일본 문학, 사랑을 꽃피우다

일 본 연 애 문 학 사

정순분 지음

박문사

저자 **정순분**

한국외국어대학교 일본어과를 졸업했으며 일본 와세다대학교 대학원 문학연구과(일본 문학 전공)에서 일본의 대표적인 고전문학인 헤이안 문학을 연구, ≪마쿠라노소시(베갯머리 서책)≫에 대한 논문으로 석사 학위와 박사 학위를 취득했다. 귀국 후 한국외국어대학교, 고려대학교, 이화여자대학교 등에서 강사로 활동하다가 2001년부터 배재대학교 일본학과 교수로 재직 중이다. 일본 와세다대학교 일본고전적연구소 객원연구원과 미국 플로리다대학교 아시아어문학부 객원교수를 역임했다. 저서에 ≪枕草子大事典≫(공저, 2001), ≪枕草子 表現の方法≫(2002), ≪平安文學の風貌≫(공저, 2003), ≪枕草子와 平安文學≫(2003), ≪모노가타리에서 하이쿠까지≫(공저, 2003), ≪交錯する古代≫(공저, 2004), ≪日本古代文學と東アジア≫(공저, 2004), ≪일본고전문학비평≫(2006), ≪平安文學の交響≫(공저, 2012), ≪키워드로 읽는 겐지 이야기≫(공저, 2013), 옮긴 책에 ≪마쿠라노소시≫(2004), ≪돈가스의 탄생≫(2006), ≪마쿠라노소시 천줄읽기≫(2008), ≪청령 일기≫(2009), ≪무라사키시키부 일기≫(2011), ≪사라시나 일기≫(공역, 2012), ≪천황의 하루≫(2012), ≪사누키노스케 일기≫(2013), ≪베갯머리 서책≫(2015) 등이 있으며 그 외에 헤이안 문학에 관련된 다수의 논문이 있다.

일러두기

○ 본서는 각 시대별 대표적인 작품에 대하여 먼저 개괄적인 해설을 하고, 연애에 대한 주제로 이야기를 풀어가는 식으로 구성되어 있다. 그리고 주요 장면은 한국어로 번역한 문장을 소개하여 감상하도록 하였다.

○ 원문에 대한 한국어역 문장은 이미 나와 있는 번역본을 참고로 하여 새로 번역, 정리한 것이다.

머리말

일본 문학을 공부한 지 어느덧 30년이 넘었다. 내가 대학에 다닐 때만
해도 국내에 들어온 일본 책이 거의 없어서 전공 수업을 통해서만 단편적
으로 접했다. 그러다보니 당시에는 일본 문학이 어렵기만 하고 뭐가 뭔지
잘 모르는 상태에서 외우기에 급급했다. 일본에 유학 갔을 때도 마찬가지
였다. 세부 전공인 고전 문학을 중심으로 접하다 보니 허공에 떠 있는 구
름처럼 가까이 하기 어렵고 손이 잘 안 닿는 느낌이었다.

한국에 귀국하고 일본 문학을 가르치면서 내가 일본에서 배운 지식을
어떻게 하면 한국인이 이해할 수 있도록 쉽게 전달할까 고민하기 시작했
다. 그래서 일본 문학의 근간이 되는 문학사 수업에서는 일본인을 대상으
로 쓰인 책의 내용을 그대로 가르치지 않고 한국인이 바라보는 시점으로
풀어서 설명하고자 노력하였다. 그 결실이 ≪일본고전문학비평≫이라는
책인데 암기할 내용이 많은데도 불구하고 설명과 자료를 곁들이면 학생들
은 일본 역사와 문화를 같이 배울 수 있는 기회라며 열심히 따라와 주었다.

그 다음 단계로 일본 문학의 내용에 좀 더 가까이 갈 수 있는 방법을 생각했더니 작품 하나하나를 소개하고 해설을 덧붙여 문학적인 체험과 영감을 직접 경험할 수 있도록 하는 것이었다. 그렇게 작품 자체의 감상과 이해를 염두에 두니 머릿속에 '사랑'이라는 키워드가 떠올랐다. 일본 문학만큼 고대부터 현대까지 시종일관 남녀간의 '사랑' 혹은 '연애'가 주제가 된 경우도 매우 드물다. 물론 셰익스피어나 톨스토이, 도스토예프스키와 같은 세계적인 대문호의 작품도 남녀 간의 연애는 주요 모티브 중의 하나였다. 문'학'이라는 것 자체가 원래 남자에게는 여성'학'이 되고 여자에게는 남성'학'이 되니까 말이다.

하지만 고대로 거슬러 올라가 보면 반드시 그렇지만도 않다. 가까운 중국의 경우를 보면, 당나라의 ≪유선굴≫이라는 남녀의 사랑을 그린 소설은 9세기에 견당사에 의해 일본에 들어와 ≪겐지 이야기≫와 같은 연애 소설 성립에 영향을 주었지만 그 후 중국 문학에서는 자취를 감추었다. 그리고 청나라 때가 되어서야 다시 역수입되어 지금에 이른다. 중국에서는 유교적인 사상이 뿌리 깊다 보니 ≪삼국지≫≪수호전≫과 같은 역사소설이나 영웅담이 중시되고 남녀 사이의 연애를 소재로 한 소설은 경시하는 풍조가 있었다. 중국의 영향을 받아 유교가 일상생활을 지배한 우리나라에서도 상황은 비슷했다.

그에 비해 같은 한자문화권이지만 중국의 사상적인 영향이 적었던 일본에서는 전혀 다른 식으로 문학이 전개되었다. 일본에서는 건국 신화, 즉 천황의 조상신이 국토를 창조하는 이야기부터 남녀 간의 연애로 시작하고 있다. 보통 동양에서의 남녀 간의 연애라는 소재는 근대 이후 서양 문학의 산물이지 않을까 하는 생각을 많이 하게 되는데 일본의 경우는 그렇지 않다. 근대 메이지유신 이후에 서양의 낭만주의가 유입되면서 더욱 세련된 것으로 발전하기는 했지만 일본 문학은 고대부터 전통적으로 사랑, 즉 남녀 간의 연애가 중심 테마였다. 일본은 외래의 문화를 수용하면서도 중심축은 항상 자국의 전통 문화였기 때문에 그러한 연애지상주의는 여러 시대를 거치면서도 그대로 계승되었다. 남녀가 연애를 하면서 극대화되는 성정(性情)이 일반적인 미의식으로 자리 잡아 일본인의 대표적인 정신으로 정착된 것이 많은데 예를 들면 '모노노 아와레(나와 상대방을 일체화시켜 애틋한 심정으로 발현되는 마음)' 정신이 상대방에 대한 배려의 마음으로 이어진 경우이다. 우리가 일본에 여행 갔을 때 친절하다고 느끼는 일본인의 원류적인 부분이 된다.

그러면 일본 문학에서는 처음에 왜 사랑, 즉 연애가 중요한 모티브가 되었을까? 그 형성 과정에 있어서 가장 유력한 요인은 일본의 고대 사회 형태가 모계 중심이었다는 점이다.

고대 사회에서 인간이 삶을 영위하는 데 가장 중요한 것은 자손 번식인데 아이가 태어났을 때 그 아이의 어머니가 누구인지는 확실히 알 수 있어도 아버지가 누구인지는 불분명하다. 따라서 혈통이나 혈연이라는 것을 연결시켜 재산을 상속하는 데는 부계보다 모계가 안정적이다. 즉 일본 고대 사회에서 집을 계승하는 것은 여성이었으며 남성은 집을 나가 밖에서 아내를 찾아야 했다. 그런 모계 사회의 구조에서 남성이 아내의 집에 찾아가는 형태가 '통혼(通い婚, 가요이콘)'이라는 초서혼의 형태이다. 일부다처제의 형태가 근대 사회 직전까지 남아 있던 일본에서는 사회 자체는 남성 중심적인 구조였지만 집안에서만큼은 여성이 중심이 된 모계 사회였다.

그러므로 고대 일본에서는 결혼 제도 자체는 일부다처제일지라도 부부 사이에서 최종적인 결정권은 여성에게 있었으므로 남성은 여성의 마음을 얻으려고 노력하지 않으면 안 되었다. 더구나 상류층 남성들은 많은 처를 거느려 자신의 후계자를 확고히 할 필요가 있었으므로 여러 여성들 사이에서 몸과 마음을 갈고 닦아야 했다. 즉 귀족들 세계에서는 남녀 사이의 연애가 가장 중요한 덕목이 되어 남성이 여성에게 어필하는 법, 여성이 남성을 대하는 법 등이 교양 생활의 근간을 이루었다.

그렇게 일본에서 오랫동안 남녀 간의 연애에 집중할 수 있었던 것은 사회적인 안정이 뒷받침되었기 때문이다. 일본은 가문 중심의 세습제가 유지되고 또 외부로부터 침입을 받지 않았기 때문에 상류층은 오로지 연애에 힘쓰고 문예를 즐길 수 있었다. 무사들이 할거하여 서로 전쟁을 하던 전란의 시대조차도 사랑이라는 주제는 문학에서 사라지지 않는다. 귀족들을 동경한 무사들이 자신의 품위 유지를 위해 풍류, 즉 여성과의 관계에 계속 관심을 가졌기 때문이다. 전쟁을 떠나는 무사와 사랑하는 여인과의 사랑과 이별의 장면은 귀족 시대보다도 더 애틋하게 그려졌다.

또한 일본에서는 감정이나 욕망의 억제와 조절을 기본으로 하는 종교, 즉 불교나 유교의 사상이 일상생활을 지배하지 않은 것도 큰 요인이었다. 일본인의 정신세계를 지배하던 고유 신앙인 신도(神道)는 위에서 언급한 것처럼 오히려 사랑이라는 감정이나 욕망을 신성시하여 남신과 여신의 결합을 첫 출발점으로 삼고 있다. 일본인은 대대로 남녀 간의 연애를 저속하고 비천한 것으로 보는 인식이 희박하다. 그것이 성(性)의 영역으로 노골적으로 표출되었을 때 품위를 잃는다고 생각한 때는 있을지언정 말이다. 그렇게 일본 문학에서는 형태와 정도는 다소 차이가 있더라도 전 시대를 통틀어 남녀 간의 사랑이 주제가 되지 않은 적이 없고 연애의 형태가 묘사되지 않은 적이 없다. 사랑 즉 연애야말로 일본 문학의 가장 큰 특징이며 전 시대를 꿰뚫을 수 있는 키워드가 될 수 있다.

본서에서는 그러한 남녀 간의 사랑이 시대에 따라 미묘하게 변하는 모습을 자세히 들여다보기로 한다. 역사에서의 일반적인 시대 구분, '상대(~794년)-중고(794년~1192년)-중세(1192년~1603년)-근세(1603년~1868년)-근현대(1868년~현재)', 즉 '나라 시대-헤이안 시대-가마쿠라·무로마치 시대-에도 시대-메이지·다이쇼·쇼와·헤이세이 시대'를 기반으로 각 시대의 문학적 주체자인 '신-귀족-무사-상인-소시민'을 통해서 이야기를 풀어간다. 그리고 각 시대별로 대표적인 작품을 3개씩 뽑아서 소개한다.

대표적인 작품을 선별하는 데는 많은 시간이 소요되었다. 그만큼 일본 문학에서 사랑을 다루고 있는 작품은 수없이 많다. 특히 마지막 시대인 근현대에는 섬세하고 아름다운 연애 문학이 너무 많아 세 작품으로 줄이는 데 끝까지 망설였다. 기회가 되면 다른 연애 문학도 소개하고 싶다.

일본문학에는 고대부터 현대에 이르기까지 실로 다양한 스토리의 세계가 있다. 신화시대부터 일본인들은 사실보다 허구를 중요시하고 그 세계를 고유문자인 가나(仮名)를 통해 자유자재로 표현해왔기 때문이다. 그런 다채로운 스토리가 밑거름이 되어 오늘날 일본은 만화, 애니메이션, 영화, 게임과 같은 문화 콘텐츠의 강국으로 거듭날 수 있었다. 흥미진진한 일본 연애스토리를 통하여 문화의 새로운 패러다임을 창출하고 인문학 기반의 소프트 파워를 키우는 계기가 되길 바란다.

제1장
신들의 사랑

제2장

귀족들의 사랑

제3장

무사들의 사랑

제4장

상인들의 사랑

제5장
소시민들의 사랑

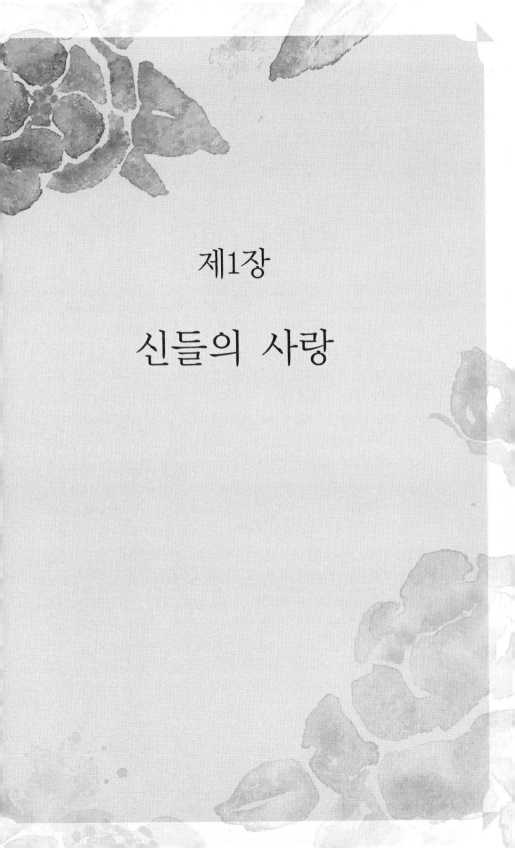

제1장

신들의 사랑

● 지금부터 머나먼 일본의 고대, 즉 상대 시대(~794년)는 모든 것이 신(神)과 연결된 신화의 시대였다. 여기에서 신이란 천황의 조상신, 즉 천황까지 포함된 의미이다. 일본은 고대뿐만 아니라 현재까지도 불교나 기독교와 같은 외래 종교보다 일본의 국토를 창조하고 대대로 다스려온 천황의 조상신을 믿는 신도(神道)가 큰 비중을 차지하고 있다. 일본 문학사에서 신들의 시대, 신화의 시대가 중요하게 다루어지는 이유이다.

이 시대는 신을 통해 남녀 간의 연애가 솔직하고 거침없는 형태로 묘사되어 초기 문학의 풍요로운 근간을 이루고 있다. 신은 절대적이고 신성한 모습을 띠고 있지만 세부적으로 보면 인간적이고 감정적인 존재로 그려진다. 일본 신화에서 신은 처음부터 완전한 이성을 가진 전지전능한 존재가 아니라 인간과 같이 감정이나 욕망을 가지고 고난과 역경을 헤쳐 나가는 존재이며 거기에 인간이 갖지 못한 초능력이 더해진 것으로 본다. 예를 들면 태초에 신이 일본이라는 국토를 창조하는 원리를 남자와 여자가 만나 사랑을 하고 부부가 되어 자식을 낳는 현상으로 설명하고 있다.

천황 조상신들의 다채로운 모습을 담은 ≪고사기≫, 변방을 토벌하고 나라를 세우는 초기 단계에서 천황들의 활약상을 담은 ≪풍토기≫, 소박한 생활상을 노래로 읊은 ≪만엽집≫ 등이 이 시대의 대표적인 작품으로, 그 안에서 신(천황)들은 인간처럼 사랑을 속삭이고 그 사랑을 성취하기 위해 파란만장한 과정을 겪는 것으로 그려진다.

1. 신화 속 연애, ≪고사기≫

≪고사기(古事記)≫는 712년에 편찬된 일본에서 가장 오래된 역사서이다. 역사서라고 해도 역사적인 사실을 그대로 기록한 사료(史料)라기보다는 천황의 조상이 되는 신(神)들이 어떻게 나라를 세우고 또 그 후손인 천황이 어떻게 나라를 통치했는지 그 일련의 과정을 허구의 세계로 흥미진진하게 그린 신화서, 즉 문학서에 가깝다. ≪고사기≫에는 천황의 공적인 행적 이외에 신화나 전설, 가요 등이 다수 포함되어 있어 일본 고대인들의 감정과 생각, 미의식이 고스란히 나타나 있다. '고사기'라는 책 제목 자체도 '옛날 일을 기술한 책'이라는 뜻이다.

제목의 '고사(옛날 일)'란 구체적으로 태초에 천지가 창조되고 일본 열도가 만들어져 신이 하늘에서 내려와 통치하게 되기까지 있었던 일(상권)과, 그 신의 자손인 초대 진무(神武) 천황 때부터 제33대 스이코(推古) 천황 때까지 있었던 일(중권과 하권)이 된다. 참고로, 8년 후인 720년에 편찬되는 ≪일본서기(日本書紀)≫라는 역사서는 ≪고사기≫와 비슷한 내용을 기반으로 하면서도 '고사(옛날 일)'를 국가적인 정통성에 입각하여 보다 체계적이고 통합적으로 서술하였다는 점이 다르다. 일반적으로 ≪고사기≫는 야사(野史)적인 성향을, ≪일본서기≫는 정사(正史)적인 성향을 띤다고 본다.

이 두 신화서는 일본의 토속 종교인 신도(神道)의 경전 역할을 해오면서 일본인의 사상적인 집약체이자 정신적인 규범이 되어 왔다. 신도는 자연물에 신이 깃들여 있다고 보는 애니미즘, 토테미즘의 성격이 강한데 그 기본적인 맥락은 ≪고사기≫에서 표방하는 국토 창조 이야기에서 처음 비롯된다. 천황의 조상인 신이 일본이라는 나라를 만들었기 때문에 돌 하나, 나무 한그루가 모두 경배의 대상이 되는 것이다. 동식물뿐만 아니라 산, 강, 바다 등 생명력을 가지고 스스로 생성, 발전하는 자연 전체의 섭리가 인간이 영위하는 삶에도 그대로 적용되고 그 자연과의 조화를 인간세계의 최고 가치로 설정하는 논리가 바로 이 신화서이자 역사서에서 나왔다.

≪고사기≫의 내용은 국토 창조 이야기부터 출발하는데 그것은 남신과 여신의 연애에서 시작한다. 그 뒤를 잇는 신과 그 후손인 천황 역시 다양한 사랑의 주인공으로 등장한다. 일본의 신화는 남신과 여신의 사랑이 기본 맥락이 되어 후대까지 이어지며 특히 최초의 신화서인 ≪고사기≫에는

정치적인 성격이 강한 ≪일본서기≫에 비해 남신과 여신의 연애 과정이 훨씬 상세하고 세밀하게 묘사되어 있다.

일본은 남신과 여신의 합작품

≪고사기≫의 첫 부분은 천지가 개벽하여 생긴 천상의 다카마가하라 (高天原) 벌판에서 여러 신이 태어나는 것으로 막을 연다. 아메노미나카 (天之御中) 주신과 다카미무스비(高御産巣) 신, 가미무스비(神産巣) 신의 세 명의 신이 태어나고 이어서 여러 신이 태어나는데 그 신들 중에서 제일 마지막에 태어난 신이 이자나기(伊邪那岐)와 이자나미(伊邪那美)이다. 이 두 신은 남자와 여자라는 성별을 가지고 태어났다는 점에서 그 이전의 신들과는 큰 차이를 보이는데 천신의 명에 따라 하늘에서 지상으로 내려와 부부가 되어 일본이라는 국토를 낳는 것으로 되어 있다. 다음은 두 신이 부부로 맺어지는 과정을 그린 장면이다.

두 신은 그 섬에 하강하여 큰 기둥을 찾아내고 넓은 궁을 찾아냈다. 그러자 이자나기 신이 그의 처 이자나미 신에게 "그대의 몸은 어떻게 생겼는가?"라고 물었다. 이자나미 신은 "이 몸의 신체는 다 이루어졌지만 아직 덜 차 있는 곳이 한 군데 있습니다"라고 답했다. 다시 이자나기 신이 "내 몸은 다 이루어졌지만 남는 곳이 한 군데 있소이다. 그러니 내 신체의 남은 곳으로 그대 신체의 덜 차 있는 곳을 채워서 나라를 낳으려 하는데 그대 생각은 어떻소이까?"라고 했다. 이자나미 신은 "네, 그게 좋겠습니다"

라고 답했다.

그러자 이자나기 신은 "자 그럼, 나와 그대 둘이서 기둥을 돌아 만나서 교합을 갖도록 합시다"라고 하고 바로 "그대는 오른쪽으로 돌아 나와 만나고 나는 왼쪽으로 돌아 그대를 만나겠소"라고 말했다. 두 신이 약속한 대로 기둥을 한 바퀴 돌아 만났을 때 이자나미 신이 먼저 "아 참으로 멋진 낭군이십니다"라고 하니 이자나기 신이 그 말을 받아 "아 참으로 아름다운 낭자로소이다"라고 말했다.

그런데 이자나기 신은 그렇게 응답은 하면서도 "아무래도 여자 쪽에서 먼저 말을 건 것이 마음에 걸리는 도다"고 하였다. 하지만 그대로 진행이 되고 교합이 이루어져 히루코라는 자식이 태어났다. 그런데 이 히루코는 제대로 된 자식이 아니라 갈대배에 태워 흘려보냈다. 다음에 낳은 야하시마도 역시 자식으로 치지 않았다.

다시 두 신이 의논하기를 "지금 우리가 낳은 것은 성한 자식이 아니오. 천신께 가서 이 사실을 고하도록 합시다"고 말하고 곧바로 함께 다카마가하라에 올라갔다. 천신은 사슴의 어깨뼈를 붉은 벚나무로 태워 그 갈라진 모양으로 신의 뜻을 묻는 점을 치고 "여자가 먼저 말을 했기 때문에 좋지 않은 것이다. 돌아 내려가 다시 말하도록 해라"라고 말씀하셨다. 그래서 두 신은 오노코로 섬으로 돌아 내려와 다시 기둥을 전처럼 돌았다.

이번에는 이자나기 신이 "아 참으로 아름다운 낭자로소이다"라고 말하고 뒤를 이어 이자나미 신이 "아 참으로 멋진 낭군이십니다"라고 말했다. 이렇게 말을 마치고 교합을 가지니 자식이 태어났다. 그 자식이 아와지시마이고 그 다음에 낳은 자식이 이요시마였다. (상권)

우선 이자나기 신과 이자나미 신은 천신의 명령에 따라 '하늘의 뜬 다리 (천상과 지상을 연결하는 다리로 이 다리를 건너서 신들이 지상으로 내려온다)' 위에서 '하늘의 늪 창'으로 질척질척한 상태였던 지상을 휘저은 후 가만히 들어올렸다. 그러자 창끝에서 떨어진 물방울이 굳어서 오노코로 섬(自凝島: 스스로 응고되어 만들어진 섬. 지금의 아와지시마 근처로 추정)이 되었다. 이 오노코로 섬은 일본 국토 중에서 가장 먼저 생겨난 것으로 이 두 신이 그 오노코로 섬 위에서 무엇을 했는지가 국토 탄생 신화의 주요 골자가 된다.

이 두 신은 오노코로 섬에 기둥을 세우고 궁전을 지은 다음 서로의 몸을 살펴보며 대화를 시작한다. 남신 이자나기와 여신 이자나미가 나누는 대화는 지금에서 보면 마치 장난을 치는 것처럼 가벼운 말투로 전개되지만 여기에는 중요한 점이 시사되어 있다.

첫 번째로 일본이라는 나라는 남녀의 연애와 교합에 의해서 탄생한 나라라는 점이다. 서양의 경우에는 전지전능한 유일신에 의해 독점적으로 천지가 창조되는 것으로 되어 있는데 비해 일본의 경우에는 남녀의 신이 서로의 의사를 확인하고 힘을 합해서 만들어지는 것으로 묘사된다. 특히 국토를 낳는 과정에서 남녀의 신체적인 특징이 매우 구체적으로 묘사되어 있고 교합에 이르는 순서까지 명시되어 있다는 점에서 일본 ≪고사기≫의 신들은 인간적인 측면이 더 강조되어 있다고 할 수 있다.

남녀의 신체적인 특징과 교합에 대해서 낱낱이 서술하고 있는 문장은 순수하고 꾸밈없다 못해 외설스러울 정도이다. 유교적인 사상이 강한 우리나라 사람이 일본의 노골적인 성(性)문화에 종종 놀라곤 하는데 이 대목 또한 민망해지는 장면이 아닐 수 없다.

이와 같이 노골적인 일본의 성애 묘사는 서양에서조차 받아들이기 어려운 시대가 있었다. 19세기 일본이 문명개화를 외치며 서구의 근대 문물을 적극적으로 받아들이던 메이지 시대, 일본에 와 있던 영국인 바질 체임벌린(Basil Hall Chamberlain: 1850~1935)은 1882년 일본 최초의 신화적 연대기 ≪고사기≫를 영어로 완역하여 서양에 소개하는 큰 업적을 이룬다. 그런데 체임벌린은 ≪고사기≫를 번역하면서 국토 탄생 신화의 외설스러운 부분으로 고심하지 않을 수 없었다. 당시 영국은 빅토리아 왕조 시대로 국회가 1857년에 제정한 '외설적 출판물 금지법'이라는 것이 있었다. 잘못하면 법에 저촉되어 처벌을 받을 가능성이 있었다. 결국 이 동양학 연구자는 읽기에 민망한 부분을 라틴어로 처리하는 방법을 택했다. 라틴어는 지식인들만이 읽을 수 있는 상류층 언어이므로 대중을 외설로 현혹한다는 혐의는 생기지 않을 것으로 생각한 것이다.

이와 같이 일본의 국토 창조 신화는 절대적인 신성성보다는 오히려 솔직하고 소박한 인간적인 모습으로 표현되어 있는 것이 특징이며 그러한 신들의 모습은 우리가 잘 아는 애니메이션 ≪이웃집 토토로≫ 속 '토토로(숲의 신)'처럼 때로는 친근하고 귀여운 이미지로 형상화된다.

또 한 가지 이런 남녀 교합은 농경 사회였던 일본에 있어서 매우 중요한 의미를 가진다. 감염 주술(感染呪術)이라는 민속학적 용어가 있다. 일본에서는 신 앞에서 남녀가 교합 행위를 흉내 내는 퍼포먼스를 한다. 감염 주술이란 인간의 교합 행위를 보고 땅의 신이 자극(감염)을 받아서 곡식을 풍요롭게 하고 자손을 번영시키고 나아가서는 모든 일을 잘 되게 한다고 믿는 신앙이다. 이것은 창세기 최초의 남녀 신이 교합에 의해 국토를 낳은 것처럼 그와 동일한 행위에 의해 국토를 낳을 정도의 강력한 힘을 받아서

농작물과 후손들이 성장하고 만사형통할 수 있도록 기원하는 것을 뜻한다. 일본에서는 힘(권력)이 있는 존재의 신체 일부나 그 몸에 착용되었던 물건을 받아서 자신의 몸에 지님으로써 자신도 그와 같은 힘을 가질 수 있다고 생각한다. 이것이 바로 감염 주술의 원시 신앙에 해당되는데 옛날에는 그와 같은 행위를 '乞い(고이)' 즉 '간청하기'라고 불렀다. 남녀가 애정을 품고 서로 통하는 것을 일본어로 '恋(고이)' 즉 '사랑'이라고 부르는 것은 그로부터 비롯되었다. 전쟁에 나가는 무사가 사랑하는 여인의 머리카락을 몸에 지니고 나가면 칼이나 총에 맞지 않고 무사히 돌아온다고 믿는 것 역시 같은 맥락이다. 즉 남녀의 성적인 행위에서 아이가 태어난다고 하는 우주의 섭리를 풍요로운 생산력의 기본 논리로 간주한 것이다.

두 번째로 국토 창조 신화에서 알 수 있는 것은 남녀의 구애 순서가 정해져 있었다는 점이다. 생물학적으로 보면 아무래도 남성이 사랑에 대한 욕구가 더 강하다. 그러므로 남성 쪽이 여성에게 말을 먼저 건네는 것이 더 자연스럽고 성사될 확률이 높다. 그리고 그것은 남녀 간에 사랑이 성사되기에는 일정한 절차가 필요하다는 뜻이기도 하다. 먼저 남자가 사랑의 노래를 읊으면 거기에 여자가 화답하고 그러한 과정을 여러 번 거친 후에야 부부로 맺어질 수 있다는 뜻이다.

물론 당시의 노래를 모아 놓은 《만엽집》에는 여성이 먼저 남성에게 읊은 노래도 종종 볼 수 있다. 그것은 실제 상황에서 여성이 먼저 읊는 경우가 있던 것을 나타내고 당시에는 남자고 여자고 누가 먼저라고 할 것 없이 자유롭게 구애의 말을 건넸던 상황을 암시한다. 그러므로 《고사기》의 국토 창조 신화의 본문 속에서 처음에 여성이 먼저 말을 건 것은 상황적으로는 현실 세계에서 충분히 있을 수 있었다.

하지만 8세기 일본에서는 중국의 율령제도를 수용한 상태였기 때문에 지배층에서 남성이 가장이 되는 부계 사회적인 측면이 조금씩 나타나고 있었다. ≪고사기≫에서 남자가 프로포즈를 먼저 해야 국토 탄생이 성공적으로 수행된다고 한 문맥은 모계 사회였던 일본이 부계 사회에 대한 관심을 적극적으로 표명한 것으로 볼 수 있다. 모계 사회가 일반적이던 당시의 일본에서 부계 사회라는 새로운 체계는 뭔가 특별하고 세련된 것으로 생각되었을 수 있다.

최초의 교합으로 생긴 아이 히루코가 결국 실패로 끝난 것은 다른 나라의 국토 창조 신화의 창세기 부분에서 처음 만들어진 것은 보통 실패한다고 하는 유형과 일치한다. 동남아시아에서는 태반을 첫아이로 보는 풍습이 있는데 그 역시 첫아이는 제대로 된 인간의 모습이 아니라는 생각에 의한다.

세 번째로 모든 일은 남녀가 함께 협력해야 한다는 것을 나타낸다는 점이다. 농경이 생활의 근간이었던 고대 일본에서는 농사일을 남자 혼자서 할 수 없었다. 농경을 기본으로 하는 민족은 수렵 채집이나 목축을 기본으로 하는 민족에 비해 여성의 역할이 클 수밖에 없다. 식물을 재배하는 데는 남성의 강한 힘뿐만 아니라 여성의 세심한 보살핌이 동반되어야 한다. 이 또한 목축업을 기본으로 하여 모든 것이 남성에서 비롯된다고 생각하는 서양의 기독교적인 창세기 신화와는 차이가 있다고 할 수 있다.

남녀의 연애라는 것은 단순히 개인적인 차원을 넘어서 나라 전체의 농경 사회에 커다란 힘을 불러오는 근본이 된다고 보았다. 일본의 고대인들은 남자의 힘으로만 국가 경영이 가능하다고 생각하지 않고 남자와 여자가 사이좋게 힘을 합쳐서 부족한 부분을 서로 보완하며 화합을 통해 국가를 경영하고자 했던 것으로 해석할 수 있다.

실제로 고대 일본은 사회 자체는 남성 중심의 구조였지만 가정 내에서는 여성이 중심이 되는 모계 사회의 성격이 강해서 남성과 여성이 서로 조화를 이루는 것을 중요시했다. 사회에 대한 역할에서도 남성은 정치를 담당하여 사회 전체를 이끌어가는 쪽에 주력하고 여성은 남성의 후원을 받아 문예를 담당하여 지식과 교양 쪽을 이끌어가는 식이었다. 중국 대륙의 고대 문물이 가장 늦게 전달된 일본에서 문화적인 산물이 많이 형성되고 그것이 현재까지 전해 내려올 수 있었던 것은 사회 구조 자체가 남성과 여성의 상호 보완적인 관계를 기반으로 구축되었기 때문이라고 할 수 있다.

네 번째는 남녀가 서로 좋아지고 협력 관계가 이루어지기 위해서는 말이 중요한 수단이 되었다는 점이다. 먼저 말에 의한 합의가 이루어지고 두 사람의 육체적 결합이 이루어지고 있다. 일본의 고대 사회에서는 언령(言靈) 신앙이라는 것이 있었다. 말(글)에는 영혼이 깃들어 있어 말을 몸 밖으로 표현하면 그 말이 어느 신이든 귀에 들어가게 되고 그 신이 말의 뜻 그대로 이루어질 수 있게 해준다고 믿는 신앙이다.

특히 말에 운율이 들어가면 그 효험은 극대화된다고 생각했다. 산문체는 인간 사회에서 일상적으로 사용하는 언어이기 때문에 특별한 영험이 없고 비일상적인 운문이야말로 영묘한 힘을 가지고 있어 신에게 도달할 수 있다고 믿었다.

더구나 이 신화에서는 남녀가 관계를 좋게 하기 위해서 '말=언어(言葉 또는 言の葉: 고토바 또는 고토노하)'를 주고받는 것이 무엇보다도 중요하다고 말하고 있다. 고어에서는 '言葉' 또는 '言の葉'가 주로 영험한 기운을

가진 '노래', 즉 운문을 의미했다. 그 운문이 바로 와카(和歌, 일본 노래)라는 형식이었다. '5·7·5·7·7'의 음수율을 기본으로 하는 31자의 와카야말로 남녀 사이에서 사랑을 이어주는 전령사 역할을 한다고 믿었다. 그러므로 일본의 고대인들에게 와카는 남녀의 사랑이 진행되는 과정에서 서로의 마음을 이어주는 매개체로서 빼놓을 수 없는 필수 항목이었다.

서양에서는 주로 남자가 부르는 세레나데가 강조되는 데 비해 일본에서는 남녀가 노래를 주고받는 과정이 모두 갖춰져야 한다는 점에서 상대적으로 여성의 비중이 컸다고 할 수 있다. 일본 문학에서는 특히 와카와 같은 노래, 즉 운문이 매우 중요한 위치를 차지하는 데 그에 대해서는 ≪만엽집≫ 부분에서 다시 서술하기로 한다.

남자가 여자에게 와카, 즉 노래를 읊고 여자가 그에 화답하는 형태(때로는 그 반대의 경우도 있었지만)가 바로 고대 일본인이 연애를 시작하는 행위였다. 그러므로 노래를 잘 읊지 못하는 남녀는 사랑의 현장에서 다른 사람에게 밀릴 수밖에 없었다. 노래를 읊는 행위 자체가 남녀 사이의 모든 것을 결정짓는 중요한 요소였다고 해도 과언이 아니다. 그것이 바로 일본에서 문학이 발달한 가장 큰 요인이다.

근친혼은 신성한 것

이와 같이 일본의 국토 창조 신화는 천지가 개벽한 이래 맨 마지막으로 태어난 이자나기 남신과 이자나미 여신이 오누이면서도 부부로 맺어져 바다뿐인 세상에 일본이라는 국토를 낳아서 만든 것으로 되어 있다. 그리고 천황의 조상신이자 일본인의 시조신의 중심적 존재인 태양신 아마테라스는 그들에게서 마지막으로 태어난 세 아이 중의 하나이다. 이자나기는 불의 신을 낳다가 죽은 이자나미를 따라서 황천국에 갔다가 홀로 이 세상에 돌아오게 되고, 부정 탄 것을 정화하고자 강으로 가서 왼쪽 눈을 씻으니 아마테라스 신이 태어나고, 오른쪽 눈을 씻으니 쓰쿠요미 신이 태어났으며, 코를 씻으니 스사노오 신이 태어난 것으로 그려진다.

즉 일본의 태양신 아마테라스는 출생 자체가 이미 근친상간과 동성애적 코드를 상징하고 있다. 물론 어느 나라의 신화에도 현대인들이 이해하기 힘든 의미와 상징들이 은유되어 있기 마련이지만 일본의 신화는 국토 탄생 신화부터가 예사롭지 않다.

또한 어떤 신화든 처음에 태어난 신은 주변에 다른 신이 없는 상태에서 결혼을 해야 하므로 근친간의 결혼이 필연적일 수밖에 없다. 기독교의 창세기 신화에서도 아담과 이브는 한 몸에서 태어난 형제이지만 남자와 여자로서 부부의 인연을 맺는 것으로 나온다. 기본적으로 창세기 신화에서는 근친끼리 결혼하는 것이 하나의 패턴이라고 할 수 있다.

그럼에도 불구하고 유독 일본 신화에서 근친혼이 부각되는 이유는 일반적으로 신화시대 초기에만 나타나는 근친혼이 일본의 경우에는 천황제라는 형태가 지속되면서 계속 나타나기 때문이다. 신의 후손을 자처하며 혈통을 중요시하는 천황가의 결혼은 어쩔 수 없이 황족 안에서 배우자를 찾게 되고 황족이 아닌 일반인과 결혼한 경우는 현재의 제125대 아키히토 천황이 처음이다. 그러므로 일본은 전통적으로 근친간의 연애나 결혼을 불미스럽게 생각하기보다는 오히려 자연스러운 현상으로 생각하는 경향이 강했다. 황족뿐만 아니라 일반인들까지도 사촌간의 결혼이 허용되고 있듯이 전혀 모르는 사람한테 사랑의 감정을 느끼기보다는 어릴 때부터 함께 지내던 친숙한 사람한테 사랑의 감정을 느끼는 것이 순리에 맞는다고 생각한다. 우리와는 매우 다른, 현재의 일본인들의 연애관이나 결혼관이 바로 이 ≪고사기≫의 국토 탄생 신화에서부터 비롯된 것을 알 수 있다.

이와 같이 일본의 고대 사회를 연애지상주의적인 성향으로 보게 되면 자칫 남녀 간의 사랑의 행위가 난잡한 양상을 띠지 않았을까 하고 상상하기 쉬운데 사실은 그렇지 않았다. 만물 탄생의 근원이 되는 사랑이라는 감정은 중요시하되 그 과정은 엄격하게 절제된 것이었다. ≪고사기≫의 국토 창조 이야기에서도 살펴 본 것처럼 남녀의 연애에는 여러 조건이 있었다. 진행 방법에 있어서 아무 것이나 다 허용된 것이 아니라 일정한 규범이 있었고 그것을 따라야만 했다.

첫째로 연애는 비밀 연애를 기본으로 한다.
둘째로 연애에는 일정한 순서와 절차가 있었다.
셋째로 연애는 중매인에 의해 맺어지는 것이 바람직한 형태였다.
넷째로 연애는 지금의 결혼이라는 개념까지 포함하는 것으로, 체계화된 제도로 묶여 있는 것이 아니었기 때문에 언제 깨져도 이상하지 않았다.
다섯째로 연애란 정신과 육체 양면에서의 관계를 포괄하는 관계를 뜻했다.

이러한 순서를 밟아 남녀 모두 노력을 거듭하여 하나의 마음이 되고 그 결실로써 잠자리에 도달하게 된다. 그 과정에서 처녀성과 같은 윤리는 문제가 되지 않았다. 성인이 된 남녀가 육체적인 관계를 갖는 것은 당연한 일로 생각하였으며 지금 눈앞에 있는 상대방에게 얼마나 열과 성의를 다하는지가 중요시되었다. 농사의 생산력의 근간이 되는 노동력을 많이 확보하는 것이 가장 큰 목표였던 고대 사회에서 여성이 평생 한 남성하고만 연애를 해야 한다는 논리는 성립하지 않았다.

이러한 연애나 결혼에 대한 기본적인 사고방식은 현대의 일본인에게도 얼마간 남아 있다. 우리보다는 불륜이라는 것에 대해서 훨씬 관용적인 태도를 취하는데 그것은 위에서 살펴본 바와 같이 고대부터 내려오는 전통에 의한다. 일찍부터 중국의 유교 사상이 들어와 현대까지도 그 경향이 강하게 남아 있는 우리 쪽에서 보면 일본인이 가끔 성도덕이 부족하다는 인상을 받게 되는데 그것은 남녀 간의 연애를 해석하는 방법이 전혀 다르기 때문이다.

신들도 아름다운 여성이 좋아

그렇게 남신과 여신의 연애로부터 시작되는 ≪고사기≫에는 그 후에도 흥미로운 신들의 연애담이 곳곳에 그려진다.

그런데 아마쓰히다카히코 호노 니니기 신은 가사사 해변에서 아름다운 여인을 만났다. 그래서 "너는 누구의 딸인가?"라고 물었더니 "오야마쓰미 신의 딸로 이름은 고노하나노 사쿠야 낭자라고 합니다"라고 아뢰었다.

니니기 신이 "너에게는 형제가 있는가?"라고 물었더니 "저의 언니 이와나가 낭자가 있습니다"라고 아뢰었다. 그리하여 니니기 신이 "나는 너와 결혼하려고 생각한다. 어떠한가?" 라고 했더니 "저는 아뢸 수 없습니다. 저의 아버지 오야마쓰미 신이 아뢸 것입니다" 라고 하였다. 그래서 그 아버지 오야마쓰미 신에게 사자를 보내 딸을 원한다는 뜻을 전했더니 오야마쓰미 신은 매우 기뻐하며 그 언니 이와나가 낭자를 딸려서 많은 혼수품을 실어 보냈다. 하지만 니니기 신은 그 언니의 얼굴이 매우 추했기 때문에 언니는 되돌려 보내고, 동생 고노하나노 사쿠야 낭자만을 머물게 하여 하룻밤의 교합을 가졌다.

이에 대해 아버지 오야마쓰미 신은 큰 딸 이와나가 낭자가 되돌아온 것을 매우 수치스럽게 여기며 말하길 "저의 딸 둘을 함께 올린 이유는 큰 딸 이와나가 낭자를 아내로 맞으시면 눈이 내리고 바람이 불어도 항상 바위처럼, 천신의 수명이 언제까지나 끄떡하지 않을 것이고, 또 작은 딸 고노하나노 사쿠야 낭자를 아내로 맞으시면 나무에 꽃이 피듯이 번창할 것이라는 마음으로 올렸던 것입니다. 이렇게 큰 딸 이와나가 낭자를 되돌려보내시고 작은 딸 고노하나노 사쿠야 낭자 한 사람만 머물게 했으니 천신께서는 수명이 벚꽃처럼 짧을 것입니다"라고 했다. 이 때문에 오늘에 이르도록 천황들의 수명은 길지 않은 것이다.   (상권)

태양신이자 천상계의 주신 아마테라스에 의해 천신의 후손으로서 지상에 내려 온 니니기 신은 다카치호(高千穗) 봉우리에 강림하여 가사사 해변을 거닐다가 아름다운 처녀를 보고 한눈에 반한다. 그리고 말을 걸어 청혼하기에 이르는 데 그 처녀의 아버지인 오야마쓰미 신은 그런 니니기 신에게 큰 딸인 이와나가 낭자(石長比売: 돌처럼 오래 변치 않는 아가씨)까지 아내로 삼으라고 제안한다.

하지만 못 생긴 큰 딸의 얼굴을 보고 니니기 신은 작은 딸 고노하나노 사쿠야 낭자(木花之佐久夜毘売: 꽃나무 아가씨)만 받아들여 첫날밤의 인연을 맺게 된다. 화가 난 오야마쓰미 신은 천손의 생명이 바위처럼 영원하고 꽃나무처럼 번성하기를 바라는 마음에서 두 딸을 보낸 것인데 니니기 신이 그 제안을 거절했기 때문에 앞으로는 천손의 수명이 마치 나무에서 꽃이 지듯이 덧없고 허무한 것이 될 것이라고 저주한다.

결국 ≪고사기≫에서는 신의 자손인 천황이 일반적인 신의 특성과는 달리 생명이 유한해서 죽음을 맞이하는 이유를 아름다운 용모의 소유자인 사쿠야 낭자만을 아내로 맞았기 때문이라고 설명하고 있다. 신화 속의 두 자매는 이름 자체에 이미 용모의 미추가 드러나 있다. 당시 미인의 조건은 지금과는 달랐지만 동서고금을 막론하고 예쁜 여성을 좋아하는 것은 모든 남성(인간뿐만 아니라 신들조차도)의 기본적인 속성이다.

사랑에 빠진 천황들

이와 같이 미인에게 반하는 이야기는 천상신의 후손인 천황에까지 이어진다. 일본의 제16대 천황으로 4세기 때 재위한 닌토쿠 천황은 주변의 부족 국가를 토벌하여 고대 국가의 기틀을 마련한 천황답게 사랑에 있어서도 매우 적극적이었다. 지금의 나라 지방 야타의 독신녀를 사모한 이야기가 있다.

천황이 야타 낭자를 사모하여 노래를 보내셨다. 그 노래에서 말하길,

'야타의 청아한 독신 여성은 아이를 갖지 않고 황폐해져만 가는가. 안타까운 골풀이여. 말은 스가와라라고 하는데.' 거기에 야타 낭자가 대답해서 노래 읊기를 '야타의 한줄기 골풀은 혼자 있어도 괜찮습니다. 그대가 그래도 좋다고 생각하고 있다면 혼자 있어도 괜찮습니다.' 이 답가를 받으신 천황께서는 사랑하는 야타 낭자의 이름을 남겨야 마땅하다며 그 지역을 야타베라고 이름을 붙이셨다.   (하권)

일본에서 닌토쿠 천황은 인덕(仁德)이라는 이름자 그대로 '어질고 덕이 있는 천황'으로 전승되고 있다. 닌토쿠 천황은 예를 들면, 저녁 무렵 밥을 지을 때가 되어서도 마을에서 연기가 피어오르지 않으면 백성이 곤궁하다고 생각하여 3년간 세금을 면제토록 하였다. 당시 백성들이 닌토쿠 천황을 성군이라고 칭송한 이유이다. 하지만 닌토쿠 천황에게는 성군이라는 이미지 외에 또 다른 모습이 전해진다. 황후 이외의 많은 여성들에게 관심을 가져 여기저기에 청혼을 한 사랑꾼의 모습이다. 닌토쿠 천황의 황후는 이와 낭자(石之日売)였는데 그 이와 낭자는 매우 질투심이 강한 여성이었다. 여러 여성을 비(妃)로 들이고 싶어 하는 닌토쿠 천황을 이와 낭자는 허락하지 않았다. 《고사기》와 같은 신화서에는 이와 낭자의 심한 질투로 인해 고뇌하는 닌토쿠 천황의 인간적인 모습이 많이 그려져 있다. 위의 문장의 야타 낭자라는 여성도 닌토쿠 천황의 로맨스 중의 하나였다.
　　제21대 천황으로 5세기에 재위한 유랴쿠 천황 역시 아름다운 무희를 보고 읊은 노래가 있다.

　　유랴쿠 천황께서 요시노 궁에 출타하셨을 때 요시노가와 강변에 한 동녀가 있었다. 그 모습이 아름다워 동녀와 혼인을 하고 궁으로 돌아왔다. 그 후에 다시 요시노에 출타했을 때 그 동녀와 만난 곳에 잠시 머물러 나지막한 상을 놓고 앉아서 칠현금을 뜯으며 그 동녀에게 춤을 추게 하였다. 그 동녀가 훌륭하게 춤을 추었기 때문에 천황은 다음과 같은 노래를 읊으셨다.

양반다리 한 신의 손가락으로 뜯는 칠현금
춤추는 여인이여 영원히 보고파라   (하권)

유랴쿠 천황은 형인 제20대 안코 천황이 암살당한 후 경쟁자인 황위 계승 후보자들을 무력으로 제압하고 천황 자리에 즉위했다. 고분에서 출토된 칼에 새겨진 '와카다케루(젊고 용맹한) 대왕'이라는 문구가 말해 주듯이 4세기 일본 최초의 통일 정권인 야마토 조정의 통일 과정에서 그 세력을 관동 지방과 규슈 지방까지 뻗친 강력한 군주이다. 그 유랴쿠 천황 역시 국토 통일 과정에서 각 지방의 어여쁜 여성을 만나게 되고 그 여성들과 결혼을 하는 경우가 많았다. 위의 문장에 나오는 요시노 지방의 동녀도 그 중의 하나이다.

이와 같이 일본 신화에 나오는 신이나 신의 자손인 천황들은 아름다운 여성을 흠모하여 결혼까지 이어지는 경우가 많았다. 그것은 아름다운 여성과의 연애가 신이나 천황의 위대한 자질 중의 하나라는 생각에서 비롯된 것이다. 그러한 신들의 연애 모습은 인간들의 모습과 다르지 않은데 그것은 ≪고사기≫의 전체적인 성격과 무관하지 않다. 일본 신도 사상의 경전이 되는 ≪고사기≫는 다른 종교의 경전과 같이 인간에게 어떤 가르침, 즉 계율을 정해서 계도하는 식의 신성성을 가진 존재로 신을 묘사하는 것이 아니라 오히려 인간들과 같이 삶을 영위하는 지극히 친숙한 존재로 신을 그리고 있는 것이다.

이것은 처음에 신화를 창조할 때 현세에 나타난 인간인 천황을 신격화하기 위해 만들어진 논리이다. 모든 사람이 실제 눈으로 보고 있는 인간인 천황을 비인간적인 초월적 존재로 만드는 것은 현실과 동떨어져 설득력이 없었을 것이다. 그러므로 일본 신화 속의 신들은 이성적인 존재라기보다는 감정을 가진 인간적인 모습으로 그려지는 경우가 더 많다. 그리고 이러한 방식은 후대에 가서도 신의 존재를 초월적 존재로 믿게 하는 식으로 발전하는 것이 아니라 인간 세계에서 뛰어난 사람, 즉 정치인이나 학자 등을 신으로 모시는 식으로 발전한다. 일본의 신은 전지전능한 초월적 존재가 아니라 주변에서 흔히 볼 수 있는 보통 인간 모습의 신이다. 인간인 천황을 신으로 인식하도록 만들기 위한 방법이었다.

그런 일본 신의 인간적인 면 중에서 가장 중심이 되는 것이 바로 남녀 사이에 전개되는 연애라는 형태였다. 이로써 ≪고사기≫ 이후의 일본 문학에서 사랑과 성애는 성스러운 의식의 한 부분으로 인식된다. 일본에서 우리가 보기에 이해가 안 될 정도로 자유로운 성문화가 발달되어 있는 것도 여기에 근본적인 이유가 있다. 일본에서는 남녀 간의 사랑이나 성문제가 이미 국토를 창조한 건국 신화에 나오는 것처럼 모든 생산적인 활동에서 가장 근본이 되는 것으로 본다.

2. 토속적인 연애, ≪풍토기≫

≪풍토기(風土記)≫는 원래 '각 지방별로 풍토나 문화를 기록한 책'이라는 뜻으로, 713년에 제43대 여성 천황인 겐메이 천황이 각 지방 관청에 내려 보낸 공문서에 대하여 각 지방에서 작성한 일종의 보고서였다. 당시에는 각 지방에서 제출한 ≪풍토기≫가 약 50개에 달했던 것으로 추정되는데 현존하는 것은 5개에 불과하다. 당시 권력을 잡고 있던 후지와라노 후히토가 지방 정치의 실태를 파악하여 스스로 구축한 율령정치를 조직적으로 철저하게 적용하려 한 데서 비롯된 것으로 가깝게는 ≪일본서기≫ 편찬의 자료로 삼고자 한 것으로 보인다.

이 보고서에는 기본적으로 지켜야 할 다섯 가지 원칙이 있었다.

① 국(國), 군(郡), 향(鄕)의 이름에는 호자(好字: 의미가 좋은 글자)를
   사용할 것
② 지역 내에서 나는 자연 산물을 적을 것
③ 토지가 비옥한 정도를 적을 것
④ 하천 산야의 명칭 유래를 적을 것
⑤ 예로부터 전해 내려오는 전승을 적을 것

①은 당시 미정비 상태인 각 지방의 명칭을 파악함과 동시에 체계화·
통일화시키려는 과정이며 ②와 ③은 특산물과 토지 상태를 조사해서 세금
을 부과하려는 것이다. 말하자면 중앙 정부가 지방 지배를 위해서 실태
조사를 한 것으로, 그 조사 결과를 토대로 정치적 편의를 꾀하고자 한 것이
었다. 그런데 ④ 지명의 유래와 ⑤ 전승 설화에 대한 사항은 중앙의 정치
적·경제적 요구와는 직접적인 관련이 없다. 이것은 대륙문화의 영향을
받아 지방의 문화적인 면까지 현실적·실무적으로 장악하려고 한 태도이
며 ≪풍토기≫의 이와 같은 면이야말로 문학적으로 가치 있는 부분이다.
신(천황)들의 연애 이야기도 ④와 ⑤의 부분에 주로 등장한다.

수집된 자료를 중앙에서 편찬한 ≪고사기≫와 달리 ≪풍토기≫는 각
지방에서 1차적으로 자료를 수집하고 편찬했기 때문에 지방색이 강한 것
이 특징이다. 지방을 방문한 신이나 천황, 그리고 인간들의 이색적인 사랑
이야기가 토속적인 정취 가득한 세계로 펼쳐진다.

내 짝은 어디에, 우타가키

각 지방의 《풍토기》 중에서 남녀의 연애와 관련해서 문화사적으로 중요한 자료가 있다. 바로 쓰쿠바 산이 위치하는 히타치 지방의 《풍토기》이다. 히타치 지방이란 지금의 이바라키 현 북동부를 말하는 데, 쓰쿠바 산은 그 이바라키 현의 쓰쿠바 시 근처에 있는 산으로 흔히 '서쪽은 후지, 동쪽은 쓰쿠바'라고 일컬어질 만큼 유명한 산이다. 봉우리가 두 개로 나뉘는데 서쪽 봉우리를 남체산, 동쪽 봉우리를 여체산이라고 부른다. 쓰쿠바 산에 대한 전설은 《히타치 지방 풍토기》에 다음과 같이 서술되어 있다.

옛날에 조상인 큰 신이 여러 지방의 신을 찾아다녔을 때의 일이다. 여행 중에 스루가 지방의 후지 산에서 날이 저물어 버렸다. 그래서 후지 산의 신에게 머물 곳을 청했다. 그러자 "신상제(新嘗祭: 가을에 햇곡식을 신에게 바치는 제사)로 지금 모두가 근신중이오이다. 부디 양해를 해 주시길"하고 거절했다. 큰 신은 슬퍼하며 "나는 너의 선조이거늘 왜 머물 곳을 내주지 않는 것이냐. 너희가 사는 산은 지금부터 내내 겨울과 여름 모두 눈과 서리로 덮여 추위로 사람들이 찾지 않을 것이다. 따라서 음식을 공양하는 일도 없을 것이다" 라고 선언했다. 그리고 이번에는 쓰쿠바 산에 올라 머물 곳을 청했다. 그러자 쓰쿠바 산의 신은 "오늘밤은 신상제이지만 그렇다고 거절할 수도 없는 노릇이다"라고 대답했다. 그리고 식사를 준비해서 정성껏 대접했다. 큰 신은 매우 기뻐하며 다음과 같은 노래(장가)를 읊었다.

어여쁘라 우리 후손 드높아라 신의 궁전
천지가 모두 같이 해와 달이 모두 같이
백성들이 모두 모여 차린 연회 풍요로워
대대손손 끊임없이 날로 날로 번성하여
천추만세 즐거움이 끊어지지 않으리라

이렇게 해서 후지 산은 항상 눈에 덮여 오를 수 없는 산이 되었다. 한편 쓰쿠바 산은 사람들이 모여 춤추고 신과 함께 먹고 마시며 연회를 하는 사람이 끊이지 않았다.   (쓰쿠바 고을)

큰 신을 소홀히 대한 후지 산은 항상 눈으로 뒤덮여 오르기 힘든 산이 되었고 쓰쿠바 산은 신을 잘 대접한 덕분에 사람들이 찾아가 가무와 연회를 즐기는 명산이 되었다는 이야기이다.

그러한 유래 설화를 증명이라도 하듯이 쓰쿠바 산은 언제나 사람의 발길이 끊이지 않고 점차 남녀의 만남, 유혹, 구혼, 구애의 장으로 발전했다. 쓰쿠바 산의 '쓰쿠(つく)'라는 말도 '붙다'라는 뜻이다. 경치 좋은 곳에 가서 마음에 드는 사람에게 자신의 연정을 표현하는 행사가 있었고 그 행사는 '우타가키'라고 칭해졌다. 말하자면 우타가키는 일본 고대인들의 공인된 유혹의 장이었다. 춤과 노래를 통해서 상대방의 마음을 얻으려는 로맨틱한 방법이 총동원된 자리였다.

특히 ≪히타치 지방 풍토기≫에는 쓰쿠바 산에서 우타가키가 펼쳐진 이야기가 구체적으로 나온다.

쓰쿠바 산은 구름 위에 높이 솟아 서쪽 정상은 높고 험해서 남자의 산(남체산)이라고 하여 오를 수 없었다. 동쪽 봉우리(여체산)는 사방이 바위 산으로 오르고 내리기는 어렵지만 길옆에 샘물이 많아 사시사철 맑은 물이 솟아나왔다. 여러 지방의 남녀는 벚꽃이 피는 봄이나 단풍드는 가을에 손을 서로 잡고 신에게 바치는 음식을 가지고 말에 타거나 걸어서 산에 올라 즐기며 놀았다. 그리고 저마다 노래를 읊었다.

쓰쿠바에서 만나자고 약속한 그 사람 대체
누구 말 듣고 와서 놀이를 하고 있나

쓰쿠바에서 놀이 후에 내 짝을 못 만난다면
나 혼자 잠을 자도 밤은 지나가겠지

이와 같은 노래는 여기에 다 열거할 수 없을 정도로 많다. 속담에 '쓰쿠바 산 모임에서 짝짓기의 보물을 얻지 못한다면 제대로 된 남녀로 생각하지 않는다'라고 하였다.　　　　　　　　　　　　　　　　(쓰쿠바 고을)

우타가키는 봄과 가을에 열렸고 그곳에 많은 남녀가 모였으며 저마다 노래를 읊었다고 나와 있다. 이 때 읊어진 노래는 고대 문학에서 매우 중요한 부분이 된다.

보통 사랑의 노래는 일상적인 생활 속에서도 주고받을 수 있지만 우타가키와 같이 특화된 자리가 준비되어 있는 경우에는 특히 주의할 필요가 있다.

우타가키는 일반적으로 한자로 '歌垣'이라고 쓰는데 노래를 부르면서 울타리를 만드는 것이라는 뜻으로도 풀이되지만 그중 '가키'라는 말은 일본어에서 원래 '서로 걸기'는 뜻의 '가키(掛き)'를 나타내기도 한다. 노래, 즉 말을 서로 걸어서 남녀가 즐겁게 어울린다는 뜻이 포함되어 있다.

우타가키는 봄과 가을, 1년에 두 차례 남녀가 산이나 장터에 모여 노래를 부르며 춤을 추던 행사로, 명칭에서도 알 수 있듯이 많은 사람이 울타리를 치듯 둥글게 둘러서서 노래하던 집단 가무 행사였다. 이 행사는 원래 신에게 풍작을 기원하고 또 감사하는 의미로 벌이던 축제였다. 그러다가 점차 만물이 소생하는 봄의 생명력과 많은 결실을 맺는 가을의 풍성함에 기대어 미혼 남녀들이 구혼하는 자리로 변형되었다. 혼기가 된 남녀는 우타가키에 나가 연모의 정을 담은 노래를 서로 주고받음으로써 짝짓기를 한 것이다. 우타가키의 노래는 증답의 형태로, 먼저 남자가 여자에게 구혼하는 노래를 부르면 여자는 거절하는 노래로 답한다. 그러면 남자 쪽에서 포기하지 않고 다시 구혼하는 노래를 부르고, 여자 쪽에서 허락하는 노래로 답하면 두 사람은 맺어진다.

쓰쿠바 산에 올라가 가가이(우타가키)를 한 날에 읊은 노래 한 수 그리고 반가

1759 독수리가 사는 쓰쿠바 산의 모하키쓰 나루터 근처에서 일제히 젊은 남녀가 모여들어 춤추며 노는 가가이에서 나도 남의 아내에게 구혼해야지 내 아내에게도 다른 남자가 구혼하겠지 이 산을 다스리는 신께서 옛날부터 허락한 행사이니 오늘만큼은 가

없게 여기지 마소 탓하지 말아주소

반가

1760   남체산 아래 구름 피어오르고 가을비 내려

　　　흠씬 젖어버려도 내 어이 돌아갈까

(≪만엽집≫ 제9권 다카하시노 무시마로)

이 노래는 ≪만엽집≫에 수록된 노래인데 역시 도읍지에서 멀리 떨어진 동북 지방의 쓰쿠바 산을 무대로 하고 있다. 일종의 동북 지방 민요로 볼 수 있으며 이 쓰쿠바 산에는 우타가키가 열리는 곳이 따로 있었던 듯하다. 현대인이 보면 꽤 노골적이고 과감한 사랑의 표현이 쓰여 있는데 내용은 비가 오든 눈이 오든 절대로 이 우타가키에서 그냥은 돌아가지 않겠노라고 호언장담하는 모습을 담고 있다.

이 우타가키라는 행사는 단순히 노래를 서로 주고받는 것이 아니라 그 자체가 구애의 행위였다. 남자가 자신을 어필하면 여자는 그것을 얼버무려 회피하고 다시 남자가 적극적으로 자신의 마음을 표현하면 여자가 다시 되받아치는 식으로 마치 모차르트의 오페라 ≪돈 조반니≫에서 주인공이 시골 소녀 쩨를리나와 서로 밀고 당기며 주고받는 대화처럼 이어지다가 남자가 설복시키면 여자가 남자가 하는 말을 받아들이고 신체적인 관계까지 허락하는 식이었다. 당시로서는 남녀 모두 행복하고 즐거운 시간이었다고 할 수 있다. 남자가 절대로 그냥은 돌아가지 않겠다고 선언하는 것도 납득이 간다.

위의 우타가키 노래를 읽어 보면 표현이 매우 외설적이다. 장가에서 남의 아내에게 구혼하겠다는 표현도 그렇지만 반가(反歌: 장가 뒤에 붙어

제1장 신들의 사랑 39

서 장가의 뜻을 보충해주는 단가)에서 남체산 아래 비가 내려 흠씬 젖어버린다는 표현은 성행위 자체를 은유적으로 표현한 것이다. 이 우타가키에서 불린 노래는 남녀 관계가 집단적·육체적·감각적인 것으로 표현되어, 남녀 간의 감정을 사적(私的)·심리적으로 표출하는 문학 본연의 성향과는 약간 거리가 있지만, 일본 상대 가요의 기본 성격인 서정성이 형성되는 출발점이 되었다는 점에서 의의가 있다.

이런 즐거운 행사인 우타가키가 문예적으로 세련되어 순수하게 문학적인 놀이가 되면 헤이안 시대 귀족들 사이에서 유행한 우타아와세(歌合: 노래 겨루기)라는 장르가 된다. 그리고 중세에는 렌가(連歌: 와카의 상구와 하구를 서로 다른 사람이 읊어 연결해가는 노래)라는 형식으로 발전한다.

호족 딸과의 결혼은 어려워

하리마 지방은 지금의 효고 현 서부를 말하는 곳으로, 당시 도읍지인 나라(奈良)에서 보면 수도권에 해당한다. 그 하리마 지방의 풍물을 적은 ≪하리마 지방 풍토기≫에는 제12대 게이코 천황의 연애담이 쓰여 있다. 게이코 천황에 대해서는 그다지 알려져 있지 않지만 용맹하기로 유명한 야마토 다케루의 아버지이다. 야마토 다케루는 아버지와 함께 야마토 조정에 거스르는 무리들을 평정하는 데 큰 공을 세운 인물이다. 게이코 천황이 야마토 다케루의 어머니와 부부의 인연을 맺는 과정이 다음과 같이 그려져 있다.

가코 고을. (중략) 히오카. (중략)

이 언덕에 히레 묘가 있다. 히레 묘라고 이름이 붙은 이유는 다음과 같다. 옛날에 오타라시히코 황자 즉 게이코 천황께서 이나미 지역 와키 낭자에게 구혼하고자 의례에 따라 칼을 허리에 차고 그 위쪽에 곡옥을 아래쪽에 거울을 걸고 가코 고을의 조상인 오키나가를 중매인으로 세워 도읍지에서 내려왔을 때 셋쓰 지방의 다카세 나루터에서 강을 건너달라고 사공에게 청했다.

사공인 기노쿠니 출신의 오다마는 "이 몸은 천황을 모시는 사람이 아니외다"라고 했다. 그러자 천황께서 "그래도 강 좀 건너게 해주게"라고 다시 얘기하니 사공은 "꼭 건너야겠으면 배 삯을 내시오"라고 대답했다. 그래서 천황께서는 머리에 꽂고 있던 장식을 빼서 사공에게 주었다. 머리 장식이 반짝반짝 빛이 나서 배 안을 비추었다. 사공은 배 삯을 받았기 때문에 천황을 태워 강을 건너게 해 주었다. 그래서 그곳을 아기(천황) 나룻터라고 한다.

드디어 아카시 고을의 우물에 도착해서 음식을 그릇에 담아 그 땅의 신에게 올렸다. 그래서 그곳을 가시와데(취사) 우물이라고 부르는 것이다. 그 때 이나미 와키 낭자는 천황의 구혼 얘기를 듣고 깜짝 놀라 바로 나비쓰마 섬이라는 곳으로 갔다. 천황은 가코 송림에 도착하여 아내로 맞이할 사람을 찾았다. 그 때 흰 개가 바다를 향해서 길게 짖었다. 천황이 누구 개인가 하고 묻자 그곳을 지키는 우두머리가 그 개는 와키 낭자가 키우는 개라고 대답했다. 천황은 잘 가르쳐 주었다고 하며 그 개에게 쓰게노 오비토(알림의 우두머리)라고 이름을 지어 주었다.

천황은 그렇게 해서 와키 낭자가 그 섬에 있는 것을 알고 곧바로 바다를 건너려고 했다. 아헤 나룻터에 도착하여 그 지역의 신에게 음식을 올렸다. 그래서 그 지역에 아헤(음식) 고을이라는 이름이 붙었다. 또한 해변의 물고기를 잡아 그릇에 담아 바쳤다. 그래서 그 해변을 미쓰키에(그릇)라고 한다. 그리고 배를 탄 곳에서 나뭇가지로 선반을 만들었다. 그 포구를 다나쓰(선반 포구)라고 한다. 이렇게 신들에게 기원을 한 후 바다를 건너 서로 만났다. 천황은 "이 섬에 사랑스런 아내(쓰마)가 숨어(나비) 있으니 축복받은 섬이로다"라고 하며 이 섬을 나비쓰마라고 했다.

드디어 천황의 배와 와키 낭자의 배를 이어서 바다를 건너 사공 이시지에게 이름을 하사하여 오키나카 이시지라고 하였다. 또한 이나미 무쓰기 고을에 도착하여 처음으로 부부의 인연을 맺었다. 그래서 그곳을 무쓰기(인연) 고을이라고 한다. 천황은 또한 "이곳은 파도 소리와 새 소리가 모두 시끄럽구나"라고 하며 안 쪽의 높은 곳으로 옮겼다. 그래서 그곳을 다카미야(높은 궁) 고을이라고 한다.

(가코 고을)

야마토 다케루의 어머니는 하리마 지방의 이나미(印南) 지역의 와키 낭자이다. 그녀는 하리마 지방 출신의 유일한 황후라고 전해지고 있다. 하지만 황후가 되어서도 야마토 조정에 들어가지 않고 히노카와(氷の川. 현재의 효고 현 가코가와 시) 주변에 살았다. 따라서 야마토 다케루도 하리마 지방에서 자랐을 가능성이 크다.

게이코 천황은 다른 천황이 그랬던 것처럼 사냥에 나간다. 거기에서 와키 낭자를 보고 반했다. 그녀는 지방 호족의 딸이었다. 바로 구혼을 했지만 거절당했다. 다수의 여성을 아내로 삼은 게이코 천황에 대한 소문을 이미 들어서였을 것이다. 그녀는 여러 여자 중의 한사람이 되고 싶지 않았다. 하지만 거절을 당하면 더욱 강렬해지는 것이 사랑의 감정이다.

결국에는 천황을 상징하는 3종의 신기를 모두 꺼내 몸에 걸치고 아내를 맞이하러 갔다. 검(劍)은 허리에 차고 곡옥은 허리띠에 붙이고 거울은 속 저고리 허리띠에 붙이고 나선 것이다. 그리고 만전을 기하기 위해 이번에는 중매인(주례)을 세운다. 지금은 중매인을 세우지 않는 경우가 종종 있지만 당시의 혼담은 당사자가 서로 아는 사람이라도 중매인을 세우는 것이 정식 절차였다.

게이코 천황은 첫눈에 반한 와키 낭자를 아내로 맞이하러 가코 고을로 향한다. 하지만 세상물정 모르고 오만한 태도를 보이다가 사공한테 미움을 사서 배를 못 타게 된다. 결국 관에 붙어있던 장식을 떼어내어 배 삯을 치르고나서야 겨우 배에 올라탈 수 있었다. 그리고 하리마의 아카시에 도착하여 식사를 하고 가코 고을로 향한다.

하지만 와키 낭자는 그 사실을 알고 도망쳐 버린다. 천황을 거절하였기 때문에 '거절하기(否み, 이나미)'라는 뜻으로 그곳 일대를 이나미 들판이라고 부르게 되었다. 그녀가 도망친 곳은 후에 나비쓰마라고 불리는 섬이었는데 아내(つま, 쓰마)가 숨은(なびく, 나비쿠) 곳이라는 뜻이다.

천황은 와키 낭자가 없다는 사실을 알고 매우 실망한다. 왜 자신의 마음을 알아주지 않는 것일까? 멍하니 서 있으니 거기에 와키 낭자가 기르고 있던 개가 남아서 섬 건너편을 향해서 짖는다. 와키 낭자가 개를 남겨둔 이유는 무엇일까? 몰래 서둘러 도망쳤기 때문에 데리고 가지 못한 것일까, 아니면 개는 배에 태울 수 없었던 것일까?

어쨌든 이것으로 개 주인이 섬으로 도망친 것을 알고 천황은 벳푸 포구에서 섬으로 건너가 와키 낭자를 찾았다. 와키 낭자는 더 이상 도망가는 것을 단념하고 거기까지 와 준 것에 대해서 감동하고 그를 받아들인다. 여자는 역시 계속 밀어붙이는 남자에게 약하다. 남자는 한 번 마음을 품으면 목숨을 건다. 마음이 끌리는 것은 남녀 사이에 뭔가가 있기 때문이다. 결국 두 사람은 부부가 되어 하리마 지방의 여기저기를 다니며 적당한 곳을 물색한다. 신혼살림을 차리는 곳은 중요하기 때문이다. 그리고 결혼식을 올리고 첫날밤을 보낸다.

구혼을 받은 여성이 일단 섬으로 몸을 숨기는 것은 신앙에 기반을 둔 고대인의 혼인 습속을 반영한 것이라고 할 수 있다. 와키 낭자는 ≪고사기≫와 ≪일본서기≫에 의하면, 게이코 천황은 혼인 후 50년 동안 야마토의 히시로 궁전에서 하리마의 이나미 지역을 종종 방문하여 와키 낭자와의 사이에 3명의 자식을 둔 것으로 되어 있다. 그 중의 1명이 바로 야마토 다케루이다.

이와 같이 ≪고사기≫나 ≪풍토기≫에서 그리는 고대 천황의 사랑에는 일반인들과는 다른 몇 가지 특징이 있었다.

① 주고받은 노래가 있다.

여성이 마음에 들면 천황은 그 여성에게 노래를 보낸다. 그 노래가 증거가 되어 여성은 후에 천황비가 될 수 있다. 그리고 두 사람 사이에서 태어난 아들은 다음 천황의 후보자가 될 수 있다. 말하자면 구혼의 노래는 증거 자료가 될 수 있었다. 따라서 경우에 따라서는 여성 쪽에서 노래를 요구하는 경우도 있었다. 그 노래로 천황의 연애와 결혼이 효력을 갖게 되는 것이다.

② 천황에게 집은 없었다.

고대 일본 천황은 기본적으로 신의 자손이므로 성씨가 없고 일반적인 개념의 가족도 없었다. 어떻게 보면 천황은 평생 독신과 같은 생활을 했다고 할 수 있다. 천황은 대대로 그렇게 해서 구혼을 반복해왔다. 그리고 자신의 집이라는 것도 없었다. 그것은 천황이 죽으면 천황의 몸에 지니고 있던 것과 궁전을 모두 태워버리기 때문이다. 천황이 사는 집은 아내의 본가도 아니고 부모의 집도 아니었다. 그 증거로 천황이 죽으면 궁전은 바뀌었다. 즉 천황의 궁전은 한 대로 끝나는 식이었다. 서양의 킹이나 중국의 황제와는 전혀 다른 부분이다.

그것이 크게 달라진 것이 제41대 지토 천황 때였다. 694년 후지와라쿄(藤原京: 지금의 나라 시 근방)로 도읍지가 바뀌면서 고정적인 도읍지가 생겼다. 천황의 집도 비로소 안정되었다. 천황에게 영원한 집이 생기고 천황이 죽어도 그 집을 태우지 않고 그대로 남긴다. 그러면 ≪풍토기≫ 안의 신화나 설화가 형성된 시기인 후지와라쿄 이전에는 천황이 죽으면 어떻게 되었을까. 궁전이 불태워졌으므로 천황의 비(妃)들은 뿔뿔이 흩어진 것으로 보인다. 천황의 자식들도 각기 다른 곳에서 자라는 경우가 많았다.

③ 천황은 많은 후계자를 두었다.

천황의 비나 자식들은 천황과 동거하는 경우가 거의 없고 자식들은 성인이 되기까지 어머니의 집에서 생활했다. 남자아이는 모두 천황의 후계자가 된다. 아이가 수십 명이 되어도 모두 천황의 후계자가 된다. ≪고사기≫에 의하면 자식 수가 10명이 넘는 천황은 다음과 같다.

제10대 스이진 천황은 12명, 제11대 스이닌 천황은 16명, 제12대 게이코 천황은 80명, 그리고 제15대 오진 천황은 26명이었다. 80명이라는 많은 후손을 둔 게이코 천황은 정식 기록에 있는 것이 21명이고 정식 기록에 없는 것이 59명이다. 그리고 그 80명 중에 야마토 다케루를 비롯한 3명만이 황위 계승 후보자가 되었다.

천황과 호족의 딸이 맺어져 많은 자식이 태어나지만 차기 천황은 그 중 한 사람밖에 될 수 없다. 천황이 되지 못한 천황의 자식들은 어떻게 되었을까? 예를 들면 게이코 천황의 자식들은, ≪고사기≫ 상권에 서술되어 있는 것처럼, 지방의 지배층이 되어 왕족이 되었다. 왕족은 천황의 피를 받았으므로 적어도 천황의 아군이 된다. 딸이든 아들이든 자식이 많으면 천황에게는 세력 확대에 도움이 되었다.

고대 일본에서 천황의 결혼에는 태양신 아마테라스의 피를 지방 호족이나 중앙 호족의 딸들에게 분배한다는 의미가 있었다. 그것이 고대 천황의 연애이자 혼인이었다.

④ 지방 호족들을 자기편으로 만든다.

천황의 비가 되는 것은 호족의 딸들이었는데 그 출신은 야마시로, 야마토, 가와치, 이즈미, 셋쓰 등의 기내(畿內: 지금으로 하면 수도권) 지방이 중심이 되었다. 그 주변으로는 이가, 기, 하리마, 오미 등이 있었으며 그곳을 넘은 곳으로는 이세, 오와리, 에쓰, 단바, 기비, 지쿠시, 휴가 등이 있었다. 이 중에서 규슈 지역의 지쿠시와 휴가 출신의 비는 전체수에서 보면 극히 적었다. 제2대 스이제이 천황에서 제6대 고안 천황에 이르는 시대는 야마토 지방 출신의 비가 많았는데 가쓰라기 왕조를 수립한 제7대 고레이 천황 때부터 각 지방의 호족으로부터 비를 맞이하는 제도를 만들었다.

천황의 비의 숫자도 제7대 고레이 천황부터 급증했다. 그 전에는 1명이었으나 ≪일본서기≫의 자료에 의하면 고레이 천황 4명, 제8대 고겐 천황 3명, 제9대 가이카 천황 3명, 제10대 스이진 천황 3명, 제11대 스이닌 천황 6명, 제12대 게이코 천황 8명, 제14대 주아이 천황 3명, 제15대 오진 천황 8명, 제16대 닌토쿠 천황 3명, 제21대 유랴쿠 천황 5명으로 이어진다. 천황은 혼인을 통해서 호족을 자기편으로 만들었다. 그리고 호족들에게 '씨성'을 부여하고 천황가를 중심으로 한 조직을 만들었다. 씨성 제도의 탄생이다.

5세기 말 제21대 유랴쿠 천황에 의해 만들어진 씨성 제도는 두 가지를 골자로 했다. '씨(氏)'는 주로 혈연 집단으로 맺어진 호족에게 부여되었으며 그들은 야마토 정권내의 여러 가지 직무를 담당했다. '성(姓)'은 신(臣), 연(連), 군(君), 직(直)과 같은 정치적인 지위를 나타내며 그들은 정권의 중추에서 정치를 주로 담당했다.

씨성 제도로 관위를 받을 수 있던 것은 남자에 한해서였다. 그러자 중앙에 있는 호족뿐만 아니라 지방의 호족들도 앞 다투어 관위를 받고 귀족이되고자 했다. 지방의 호족은 중앙에 점차 흡수되어 호족의 귀족화 현상이일어났다. 모든 호족에게 서열이 매겨지고 그들은 천황을 지탱하는 관료가 되고 관리가 되었다. 이와 같이 씨성 제도는 6세기 중엽에 궤도에 올라중앙집권화가 진행되었다.

≪풍토기≫ 신화 속 천황의 결혼은 이와 같은 정치적인 동향과 무관하지않다. 온갖 고난을 극복하며 이루어낸 사랑의 성취 과정은 천황의 권력과위대함을 나타낸다. 어떻게 보면 이 시대는 사랑의 힘이 한 가정의 울타리를 넘어 나라 전체를 좌우하는 대단한 위력을 발휘한 시대이기도 하다.

연애는 곧 결혼

≪풍토기≫와 마찬가지로 8세기 중엽에 성립한 ≪만엽집≫에서는 '結婚'이라는 한자 단어를 쓰고 그것을 '요바이'라고 읽는다. 유교 사상이 강한 중국의 경우에는 남녀의 결혼 전 성행위를 인정하지 않고 결혼 의식을 거쳐서 비로소 부부간의 성행위가 이루어진다. 한편 일본 고대의 경우에는 남녀가 자유롭게 교제하고 서로 마음이 맞으면 얼마든지 맺어질 수 있으며 결혼 전의 성행위는 당연히 인정되었다. '結婚'을 '요바이(夜這い)', 즉 '밤에 여성의 집에 가는 것'과 동일시한 이유이다. 아내의 집을 방문한다는 뜻인 '쓰마도이(妻問い)'도 거의 비슷한 의미로 쓰였는데 '요바이'와 '쓰마도이'는 어떻게 구분이 되었는지 살펴보기로 한다.

고대 일본의 연애는 혼인과 구별하지 않고 남녀 간의 관계는 매우 유동적이고 임의적이었다. 아내를 찾아가는 '쓰마도이'를 시작한 남녀는 보다 안정적인 연애 관계, 즉 혼인 관계를 맺기 위해서는 어떤 증표가 있어야 할 것이다. 그리고 그러한 증여 행위 외에 정해진 의식을 통해서 사회적인 승인 과정이 필요했을 것이다. 혼례를 올리고 연회를 베푸는 이유이다.

여기에는 앞서 인용한 ≪하리마 지방 풍토기≫〈가코 고을〉에서 게이코 천황이 와키 낭자에게 구혼하는 과정을 그린 부분이 참고가 된다. 고대 일본의 경우 남성이 여성에게 구혼할 때 우선 중매인을 세운다. 구혼을 받은 여성이 몸을 숨기고 있으면 남성이 찾아내고 두 사람이 맺어지면 남성 측은 결혼 준비를 시작해서 아내가 살 집을 마련한다. 그리고 연회나 음식을 준비하는 건물을 만들게 되는데 그것이 결혼 의식을 하기 위한 준비가 된다. 이 일련의 과정을 통해 비로소 정식의 혼인 관계가 성립되었다고 할 수 있다.

밤에 여성의 집에 간다는 뜻의 '요바이'와 아내의 집에 간다는 뜻의 '쓰마도이'의 차이는 전자가 구애가 되고 후자가 구혼이 된다. 즉 후자의 경우에는 구혼의 표시로 물건이 오고가며 그로써 여성 부모의 승낙도 얻은 상태라고 볼 수 있다.

앞서 인용한 ≪히타치 지방 풍토기≫〈쓰쿠바 고을〉에 나오는 '쓰쿠바산 모임에서 짝짓기의 보물을 얻지 못한다면 제대로 된 남녀로 생각하지 않는다'라는 속담은 당시의 '쓰마도이'의 실상을 잘 보여준다. 즉 '쓰마도이'에서 물건(보물)이 오고간 사실을 알 수 있다. 따라서 남성이 여성을 보고 마음에 들었다는 뜻을 전하는 과정이 '요바이'라고 한다면 거기에서 한 단계 더 나아가 증여 행위가 있어서 교제의 승낙이 되면 안정적인 관계인 '쓰마도이'로 옮겨가는 것이다.

이와 같이 고대 일본의 경우에는 연애와 결혼의 구별이 매우 어렵다. 결혼은 그저 안정적인 연애를 의미하며 연애에 증표나 의례가 더해진 경우이다. 연애와 결혼은 모두 성관계를 포함한 말이다. 그러므로 일본의 고대 문헌에 그려져 있는 천황들의 연애 모습은 의례적이고 형식적인 부분이 강조되어 있는 경우가 많다. 지금으로 하면 결혼의 의미가 내포되어 있기 때문이다.

이색 연애담, 우라시마 다로 이야기

우라시마 다로(浦島太郎) 이야기는 단고(丹後: 지금의 교토 부 북쪽)

지방의 전설로, 우라시마 다로가 바다에서 낚시를 하다가 오색 거북이를 낚고, 그 거북이가 여자로 변해 우라시마 다로를 봉래산(蓬萊山 : 불로불사의 땅)으로 데려가는 데서 시작한다. 우라시마 다로는 그곳에서 거북이 여자와 결혼하고 3년을 살다가, 어느 날 고향으로 돌아가고 싶다고 거북이 여자에게 말한다. 거북이 여자는 상자를 하나 주며 "내가 있는 곳으로 다시 오고 싶으면 절대로 이 상자를 열어서는 안 됩니다"라고 말한다. 그렇게 해서 우라시마 다로가 고향에 돌아와 보니 이미 300년이 흘러 아는 사람이 하나도 없었다. 우라시마 다로는 어찌할 바를 몰라 약속을 잊고 그만 상자를 열고 만다. 그러자 젊은 육체는 순식간에 바람과 함께 날아가고 우라시마 다로는 다시는 거북이 여자와 만날 수 없음을 깨닫고 눈물을 흘린다.

우라시마 다로 이야기는 원형이 많이 변형된 옛날이야기이다. ≪단고 지방 풍토기≫ 일문(逸文)에는 놓아준 거북이를 따라 우라시마 다로가 용궁으로 간다. 보물 상자를 열면 노인이 된다는 현대의 중심 부분은 존재하지 않는다. ≪풍토기≫에는 거북이 여인이 우라시마 다로를 열렬히 사랑한 이야기로 되어 있다. 다음은 그 전체 문장이다.

요사 고을.
히오키 마을.
이 마을에 쓰쓰카와 촌이 있었다. 이곳의 백성으로 구사카베의 우두머리 조상인 쓰쓰카와의 시마코라는 사람이 있었다. 태어날 때부터 생김새가 뛰어나고 기품이 있었다. 보통 사람들은 그를 미즈노에 포구의 시마코라고 불렀다. 이하의 이야기는 전임 수령인 이요베 무라지 우마카이께서 기록하신 내용과 다르지 않다. 그 옛날이야기를 여기에 기술하는 바이다.

하쓰세의 아사쿠라 궁에서 천하를 다스리던 천황(유랴쿠 천황) 때의 일이다. 시마코는 홀로 작은 배를 타고 큰 바다로 나가서 낚시를 하고 있었다. 3일 밤낮이 지났지만 물고기를 한 마리도 못 잡고 유일하게 잡은 것인 오색(청색, 적색, 황색, 백색, 흑색)으로 빛나는 거북이었다. 이상한 일도 다 있다며 그 거북이를 배 위에 올려놓고 잠시 잠이 들었을 때 그 거북이가 돌연 한 여자로 바뀌었다. 그 여자의 얼굴은 천하절색으로 너무도 아름다웠다.

시마코는 "사람 사는 곳에서 멀리 떨어진 곳으로 주변에는 아무도 없는데 어이하여 이곳에 와 있는가?"하고 물었다. 그러자 그 여자는 "멋있는 남자가 홀로 바다에 떠 있어서 친하게 지내려고 바람과 구름을 타고 찾아온 거예요" 하고 대답했다. 다시 시마코는 물었다. "그 바람과 구름은 어디에서 온 것이오?" 그랬더니 그 여자는 "하늘나라의 선인들이지요. 제발더 이상은 저를 의심하지 말아 주세요. 그리고 저를 받아주세요"라고 했다. 그녀가 신의 딸이라는 사실을 알고 시마코는 겨우 두려운 마음을 진정시킬 수 있었다. "이 몸은 해와 달과 같이 언제까지나 변치 않을 것입니다. 그대의 마음은 어떠신지요? 허락하시는지 알고 싶습니다." 시마코는 "굳이 대답할 것도 없소이다. 주저할 일이 아니니 말이오" 라고 했다. 그 여자는 "그럼 그대가 배를 저어 주세요. 신선들이 사는 봉래산으로 갑시다"라고 하여 시마코는 그 말에 따라 배를 저었다.

그 여자는 이 세상과 저 세상의 경계에서 시마코를 잠이 들게 하여 일순간에 해상의 큰 섬에 도착했다. 그 섬은 보옥을 깔아 놓은 듯이 아름답기 그지없었다. 집들이 모두 찬란하게 빛이 났다. 어디에서도 보지 못했던 광경이었다.

손을 잡고 천천히 걸어가자 어느 큰 집에 도달했다. 그 여자는 시마코에게 잠깐 기다리라고 하고 혼자 문 안으로 들어갔다. 그러자 7명의 동자가 다가와서 "와 거북이 아가씨 서방님이다!"라고 했다. 다시 8명의 동자가 다가와서 "와 거북이 아가씨 서방님이다!"라고 했다. 시마코는 그 여자의 이름이 거북이 아가씨라는 사실을 알았다. 시마코가 동자들과 얘기를 하고 있는 동안 그 여자가 돌아왔다. 그리고 "이 7명의 동자는 묘성(昴星)이고 8명의 동자는 비를 내리는 별이에요. 놀라지 않으셔도 되어요." 그 여자는 앞장서서 시마코를 집 안으로 안내하기 시작했다.

그 여자의 부모가 시마코를 맞이해서 안으로 들였다. 그 부모는 인간 세계와 선인 세계의 다른 점을 설명하며 인간과 선인이 만난 기이한 인연에 대해 놀라워했다. 그리고 진수성찬 음식을 권했다. 형제자매들도 같이 음식을 먹으며 술을 나눴다. 이웃에 사는 어린 여자 아이들도 와서 같이 즐겼다. 선인세계의 노래는 멀리까지 울리며 선녀의 춤은 아름답기 그지없었다. 연회의 모습은 인간 세계와는 완전히 다른 것이었다. 그곳에서는 해가 지는 것도 전혀 알지 못했다. 단지 저녁 무렵이 되니 모두 하나둘씩 빠져 나가고 나중에는 시마코와 그 여자 둘만 남았다. 그 둘은 어깨를 나란히 하고 소매를 겹쳐 부부의 인연을 맺었다.

이렇게 해서 시마코는 원래의 인간 세계를 잊어버리고 선인 세계에서 3년이나 놀았다. 시마코는 문득 고향마을이 그리워지고 부모님이 못 견디게 보고 싶어졌다. 한숨은 날로 늘어가고 탄식은 땅이 꺼지도록 나왔다. 그 여자는 "서방님 안색이 요즘 많이 안 좋으신데 무슨 일이 있으신지 말씀해 주세요" 하고 물었다. 시마코는 "옛날 사람이 말하길 인간은 고향을 그리워하고 여우는 고향 산에 머리를 향하고 죽는다고 했소이다. 나는 그저 허황된 말이라고 생각했는데 그 말이 틀린 말이 아니라는 것을 이제야 알겠소이다." 그 여자는 "서방님은 고향으로 돌아가고 싶은 거네요"라고 했다. 시마코는 "나는 부모 형제를 떠나 선인 세계에 왔는데 이제는 고향이 그리워 견딜 수 없소이다. 그래서 그만 쓸데없는 말을 해 버렸소이다. 하지만 만일 가능하다면 잠시 고향에 돌아가 부모님을 보고 싶소이다"라고 했다. 그 여자는 울면서 "우리 두 사람의 마음은 돌이나 쇠보다 더 단단하게 합해졌다고 생각했는데 서방님이 고향을 그리워하는 날이 이렇게 찾아올 줄은 몰랐어요"라고 하였다. 둘은 손을 서로 맞잡고 어떻게 할지 탄식으로 시간을 보냈다.

결국 두 사람은 서로 헤어져 시마코는 고향으로 떠났다. 그 여자도 그 부모도 또 그 형제자매도 모두 슬퍼하며 배웅했다. 그 때 그 여자는 자신이 아끼는 조그만 상자를 꺼내 시마코에게 주며 "만일 서방님이 이 몸을 잊지 않고 이곳으로 돌아올 마음이 있다면 이 상자를 절대로 열어 보면 안 됩니다"라고 했다. 그리고 두 척의 배에 타고 경계에 와서 잠시 시마코를 잠들게 하여 일순간에 고향인 쓰쓰카와 마을에 돌려보냈다. 하지만 시마코가 아무리 고향 마을을 둘러봐도 아는 사람은 아무도 없고 그 모든 것이 다 변해 있었다.

그래서 시마코가 마을 사람에게 "미즈노에 포구의 시마코의 가족들은 지금 어디로 갔는가?" 하고 물어 보았다. 그러자 마을 사람은 "당신은 누군데 옛날 사람에 대해 묻고 있는가? 내가 나이든 노인에게 들은 바로는 미즈노에 포구의 시마코라는 자는 혼자 바다로 나갔다가 그 후 돌아오지 못했다고 들었소이다. 이미 300년이나 지난 얘기인데 당신은 왜 그 자의

애기를 꺼내는가?" 라고 했다. 시마코는 놀라며 망연자실했지만 혹시나
하는 마음에 마을을 둘러보았다. 그러면서 어느덧 한 달이 지나버렸다.
시마코는 예쁜 상자를 어루만지며 선인의 세계에 있는 그 여자가 그리워
졌다. 그래서 열지 말라는 말을 잊어버리고 그 상자를 그만 열고 말았다.
그러자 그 상자에서 향기로운 냄새가 바람과 함께 피어올라 하늘로 올라
갔다. 시마코는 자신이 약속을 어긴 것을 깨닫고 그 여자를 더 이상 만날
수 없다는 사실에 눈물만 흘렸다.

그리고 눈물을 닦으며 다음과 같은 노래를 읊었다.

신선 세계로 구름이 날아가네 미즈노에의
포구 시마코 사연 그 위에다 실고서

그 노래를 신선 세계에서 구름을 타고 날아가던 여자가 듣고 그에 대한
노래를 읊었다.

인간 세계에 바람이 불어올라 구름 갈라져
저 멀리 날아가네 부디 날 잊지 마오

시마코는 그리움에 견디지 못하고 다시 노래를 읊었다.

그대 그리워 아침 문을 열고서 이 몸 있으면
신선 세계의 해변 파도 소리가 들리네

후세 사람이 그 노래에 이어서 노래를 읊었다.

미즈노에의 포구 우라시마코 구슬 상자를
열지 않았더라면 다시 만났을 텐데

신선 세계에 구름이 피어올라 나타나지만
그녀 만날 길 없어 이 마음은 슬퍼라   (우라시마코)

위의 본문에서는 우라시마 다로를 섬에 사는 아이라는 뜻으로 '시마코'
혹은 '우라시마코'라고 칭하고 있다.

바다에서 낚시를 하던 섬 아이에게 신의 딸이 한눈에 반하게 된다. 신의
딸은 이 세상에 천지가 있는 한 태양과 달이 빛나는 한 당신을 사랑할
것입니다, 당신의 대답을 들려주세요, 라는 사랑의 고백을 하고 우라시마
다로를 다른 세상으로 데리고 간다. 그리고 고향에 돌아가고 싶다는 우라
시마 다로에게 건네는 보물 상자. 참고로 이 보물 상자는 다마테바코(玉手
箱)라고 해서 현재 가고시마 남단 해안을 달리는 기차 이름으로 쓰이고
있다(우라시마 다로 이야기는 일본 각지에 전해 내려오고 있다). 그 안에
들어있는 것은 그 딸 자신. 우라시마 다로가 약속을 어기고 상자를 열었을
때 신의 딸은 피어오르는 구름과 함께 영원히 저 세상으로 날아가 버린다.
나를 잊지 말라는 노래를 남기고 말이다.

그런데 이 우라시마 다로 이야기는 《만엽집》(8세기 중엽)이 되면 내
용이 많이 달라진다. 낚시에 열중해 있던 우라시마 다로가 이 세상과 저
세상의 경계를 넘어 바다에서 해신인 용왕의 딸과 만나 같이 살기 시작한

다. 여기에서는 사랑을 나누는 말이 따로 없다. 사랑만을 주제로 한 것이 아니다. 다음과 같은 노래가 중심이다.

> 늙지도 않고 죽지도 않으면서 긴 세월 동안
> 살 수 있었을 텐데 어리석은 사람아

오히려 불로불사를 얻어야 할 인간이 신과의 맹세를 깨트린 것으로 낙원을 상실하는 이야기로 되어 있다. 또한 보물 상자에 의해 나이를 한꺼번에 먹는다는 설정은 《만엽집》에서 등장한다.

《풍토기》와 《만엽집》 모두 8세기 문헌이지만 우라시마 다로 이야기는 미묘하게 서로 다르다. 시대적인 배경을 추측해 보면 일본에는 여성의 순애보를 존중하는 문화가 있었지만(《풍토기》), 남존 사상의 중국 제도에 근거하여 국토 창조를 진행하는 과정에서 여성의 순애보가 주제로 되는 이야기는 안 좋다는 생각에 다시 쓴 것으로 보인다(《만엽집》).

참고로 현재 많이 알려진 이야기의 패턴과 거북이, 용궁성, 보물 상자가 하나의 세트로 나오는 것은 중세 무로마치 시대 단편 설화의 형식인 오토기조시가 기원이다.

3. 소박한 사랑가, ≪만엽집≫

8세기 중엽에 편찬된 ≪만엽집≫은 일본에서 가장 오래된 서정시가집이다. '만엽집'이란 '만(萬) 가지 말(葉) 모음(集)', 곧 많은 노래 모음집이라는 뜻이다. 옛 노래와 편찬 당시의 노래, 즉 5세기 후반부터 8세기 중반에 걸쳐서 읊어진 노래 4500여수를 20권으로 편찬한 책이다. 수록된 노래의 형식은 단가(5·7·5·7·7)가 약 4200수로 압도적으로 많고 장가(5·7·5·7…7·7)가 약 260수, 기타 형식이 그 나머지가 된다. 매우 오래된 노래도 있지만 편찬 시기와 동시대인 7세기 후반에서 8세기 전반에 걸친 100년간에 읊어진 노래가 집중적으로 수록되어 있다. 주제로 보면 사랑의 노래인 소몬카(相聞歌: 상대방의 안부를 묻는 노래), 죽은 사람을 애도하는 노래인 반카(挽歌), 그 외 축하·연회·여행에 관한 잡가 등으로 분류할 수 있는데, 비율적으로 보면 소몬카로 되어 있는 사랑의 노래가 4200여 수 중의 1900여수로 거의 절반을 차지한다. 그리고 나머지 반카나 잡가에도 소몬카의 성격을 띤 것이 많다. 사랑하는 사람이 죽었을 때 부른 노래나 사랑과 우정 사이에서 읊어진 노래 등을 모두 포함하면 사실 ≪만엽집≫의 노래는 대부분이 사랑이라는 주제와 밀접한 관계가 있다고 할 수 있다.

　일본의 고대인들은 연애를 하면서 남녀가 사랑을 할 때 주로 노래(운문)라는 문학적 형식을 빌어서 표현한 것으로 볼 수 있는데 그 양상을 구체적으로 살펴보기로 한다.

연애의 시작은 말싸움

　≪만엽집≫ 제2권에는 '구메의 선사가 이시카와 낭자를 취할 때의 노래 5수'라는 일련의 노래가 있다.

> 96　줄풀로 만든 시나노 활 당기듯 그대 당기면
> 　　　새침하게 안 돼요 라고 할지도 몰라
> 97　줄풀로 만든 시나노 활 당기려 하지 않는데
> 　　　이 몸의 그 행동을 어찌 안다 하겠나
> 98　가래나무 활 당겨서 신의 가호 받았다 해도
> 　　　이후의 그대 마음 알 길이 없으리라

99　가래나무 활 크게 당겨 신 부른 무녀는 이미

　　이후의 이내 마음 알고 그리 한 거네

100　아즈마 사람 짊어지고 온 통을 묶은 끈에도

　　그대 향한 마음이 가득한 듯이 보여

　이것은 소몬카라는 부류에 들어가 있는 노래로 사랑의 마음을 읊은 노래이다.

　구메 선사와 이시카와 낭자는 어떤 사람인지 구체적인 사항은 미상이지만 선사라고 하니 승적에 있던 사람으로 보이며 이시카와 낭자는 점을 치는 무녀였을 가능성이 높다.

　맨 처음 96번가의 '줄풀로 만든'구는 '시나노'구에 걸리는 이른바 마쿠라코토바(枕詞: 관용적으로 일정한 말 앞에 놓는 4·5 음절의 일정한 수식어)로 큰 의미는 없는데, 이런 식으로 지명이 들어간 것은 민요다운 발상이다. 선사는 낭자에게 이렇게 읊어 보낸다. '줄풀을 베어 만든 시나노 지방의 명물인 활을 당기듯이 지금 내가 그대의 마음을 잡아당기려고 말을 걸게 되면 그대는 분명 귀족 아가씨인 척 "안 됩니다!"하고 거절하겠지요'라고. 시나노 지방은 지금의 나가노 현 일대를 말한다. 그에 대해 낭자는 다음과 같이 대답한다. '어머나, 그런 소리 마세요. 줄풀을 베어 만든 시나노 지방의 명물인 활을 당기지도 않고 활시위를 걸려고 하다니 당치도 않아요. 말도 안 해보고 내가 거절할 것이라고 하다니 어처구니가 없습니다'라고 말이다. 이시카와 낭자는 보통내기가 아님에 틀림없다.

　이번에는 낭자가 먼저 노래를 읊는다. 98번가에서 '이 가래나무 활은 무녀들이 붕붕 소리 내며 그 소리로 혼을 불러내는 것이니 만일 당신이

이 활의 시위를 당기듯이 내 마음을 당겨 주신다면 나는 세상의 혼들이 그러하듯이 그 쪽으로 끌려가겠지요. 하지만 문제는 그 다음이에요. 한번 당신의 구애를 받아들이면 그 후에는 내가 어떻게 될지 아무도 모를 거예요'라고.

낭자는 역시 만만한 상대가 아니다. 마음속 얘기를 거침없이 쏟아 놓는다. 여자는 그저 남자의 말에 따르며 순종한다는 식의 '미덕'은 찾아볼 수가 없다. 그런 당당하고 거리낌 없는 낭자의 노래에 선사는 어떻게 하면 좋을지 난처해졌다. 고민 끝에 읊은 노래가 99번가이다. '이쪽도 어처구니 없기는 마찬가지네. 그대가 이 가래나무 활에 시위를 걸어서 붕붕 소리를 내는 사람이라면 혼이 따라붙는다는 사실 또한 잘 알고 있지 않소이까? 내가 그대의 마음을 끌려고 하는 것은 나중까지 그대의 마음이 변치 않는다는 사실을 잘 알기 때문이오. 그런데 그대는 내가 마음이 변할지 모른다고 그런 쌀쌀맞은 말씀을 하시는 겁니까?'라고 말이다.

두 사람이 노래를 주고받은 상황을 보면 두 사람 앞에는 활이 있었을 것이다. 낭자가 무녀라면 혼을 부르기 위해 항상 가래나무 활을 도구로 가지고 있었다. 낭자가 활을 갖고 있는 것을 보고 거기에 맞추어 선사가 자신의 사랑의 마음을 노래로 읊었다. 직접 노래를 읊지 않았다고 해도 노래를 적은 종이를 가늘게 접어 그 활에 묶어서 주고받았을 수도 있다. 어쨌든 여기에서 볼 수 있는 낭자의 모습은 애절한 사랑의 괴로움을 노래하는 청순가련한 여인이 아니다. 조용하지만 단호하고 강단 있는 여인 혹은 전략적으로 상대를 밀쳐내는 팜므파탈 같은 모습이다.

이와 같이 고대 일본의 사랑 노래는 자신의 사랑하는 마음을 넌지시 비추며 매달리는 식이 아니다. 남자가 유혹의 노래를 읊으면 여자는 그 남자 노래 속의 말꼬리를 잡고 늘어지면서 되받아친다. 그러면 남자는 쩔쩔매면서 다시 그것을 되받아치려고 애를 쓴다. 그렇게 보면 위의 증답에서는 낭자의 승리가 분명하다. 선사는 쓴웃음을 짓고 머리를 긁적이며 '한방 먹었네' 라고 생각하게 된다. 그러면서 낭자의 재기발랄한 모습에 점점 매력을 느낀다. 그는 결국 두 손을 들고 자신의 마음속에 낭자가 들어와 이미 자리 잡았다는 것을 고백하기에 이른다. 바로 5수 째의 노래, 100번가이다. '저 멀리 아즈마, 즉 동북 지방 가까운 시나노 지방 근처에서 헌상하는 끈처럼 튼튼하고 무겁게 그대는 내 마음 위에 올라앉아 버렸소이다' 라고.

위의 노래에서 시나노 지방이나 아즈마 지방이라는 말이 등장하는 것을 보면 이 선사와 낭자는 시나노 지방 근처의 사람이거나 시나노 지방에서 열린 우타가키 같은 행사를 계기로 하여 노래를 주고받았을 가능성이 있다.

이런 식으로 바로 넘어가지 않고 꼿꼿하게 기를 세운 채 반박하는 여자가 당시에는 '잘난 여자'였다. 반면에 남자가 말하는 대로 바로 넘어가는 여자는 '쉬운 여자' 즉 품위가 없는 여자였다.

사랑의 노래라는 것은 이와 같이 강인한 마음을 기반으로 한 '말싸움'이며 그 전통은 우타가키부터 이어져 내려온 것이다. 즉 사랑의 노래는 고대로 갈수록 이런 유희성 혹은 의례성이 강하게 나타나며 그 마음을 액면 그대로 받아들여서는 안 된다는 것을 알아둘 필요가 있다.

멀리 떠난 님에게 보내는 노래

　당시는 남녀가 결혼해서 부부가 되어도 각자 따로 살았기 때문에 두 사람을 이어줄 수단, 즉 노래가 필요했다. 두 사람은 노래를 주고받으며 서로의 마음을 끊임없이 확인하는 과정이 있어야만 관계 유지가 가능했다. 그러므로 당시의 결혼은 연애의 연장선상에 있었다고 할 수 있다. 지금처럼 결혼이라는 형태가 두 사람이 같이 살면서 안정적인 상태가 되는 것이 아니었다. 더구나 남자가 멀리 지방관으로 부임해 갔을 때는 여자는 남자를 따라가지 않고 긴 이별을 하는 것이 보통이었다.

　나카토미노 야카모리라는 남자는 739년 누명을 쓰고 에치젠(越前: 지금의 후쿠이 현 일대) 지방으로 유배를 떠나야 했다. 이 남자에게는 진심으로 사랑한 여자가 있었는데 이름이 사노노 지카미 낭자라고 했다. 이 두 사람은 부부가 되자마자 헤어질 수밖에 없게 되어 서로 만날 수 없다는 사실을 슬퍼하며 노래를 읊었다. 《만엽집》 제15권에 서로의 사랑의 마음을 읊은 63수의 노래가 수록되어 있다. 먼저 낭자가 읊어 보낸 4수 중 2수이다.

> 3724　　그대 가시는 길고도 긴 그 길을 접고 접어서
> 　　　　　　다 태워 없애버릴 하늘 불 있었으면

　마치 불을 토하듯이 노래를 읊어내는 낭자의 어조에는 강렬한 주술적인 힘까지 느껴진다. 그것은 자신의 염원으로 사랑하는 남자가 떠나야 하는 상황을 바꿔버리고 싶다는 강력한 의지의 표명이기도 하다. 그야말로 정

열적인 마음의 표출이라고 볼 수 있다.

> 3725 　내 님이시여 멀리 가야 한다면 그 곱고 하얀
> 　　　　소매 흔들어 주오 보며 그리워하리

당시 '소매'라는 말에는 매우 중요한 의미가 있었다. 길 떠나는 사람이 소매를 흔들면 그 소매에서 방사되는 혼의 힘이 배웅하는 여자의 마음까지 도달한다고 믿었다. 여자는 남자의 혼이 마음속에 있으므로 남자가 언젠가 다시 돌아올 것으로 믿고 계속 남자를 기다리게 된다. 고대인들이 지니고 있던 순수하고 강인한 마음이 원시적인 주술성으로 발전한 하나의 형태로 볼 수 있다.

여자의 애절한 노래를 받고 야카모리는 자신의 마음속을 피력한다. 4수 중 2수이다.

> 3727 　먼지만큼의 가치조차도 없는 이 몸 때문에
> 　　　　그리 괴로워하는 그대가 슬프도다

낭자와 슬픈 이별을 하고 유배를 떠나는 길에 야카모리가 읊은 것이다. 먼지만도 못한 하찮은 이 몸을 그토록 생각해주는 그대가 얼마나 사랑스러운지. 이런 식으로 자신을 '먼지'라는 보잘 것 없는 것에 비유해서 스스로를 비하하는 식의 전개 방법은 그 이후의 일본의 사랑 문학에서 하나의 유형적인 표현으로 자리 잡는다. 특히 남자가 여자에게 사랑의 편지를 보낼 때는 상투적인 표현이 된다. 이 노래는 역사적으로 볼 때 가장 오래된

예에 속한다.

3729   어여쁘게만 여겨지는 그대를 남겨 두고서
        가려고 길나서니 도저히 갈 수 없네

첫 구의 '어여쁘다'는 말은 모습만 예쁘다는 뜻이 아니고 자신을 향한 낭자의 숭고한 사랑의 마음이 존경스럽다는 뜻이 포함되어 있다.

그 다음에는 야카모리의 노래 16수의 연작이 등장하는데 이것은 유배지인 에치젠 지방에서 도읍지인 나라(奈良)에 있는 낭자에게 보낸 것이다. 그 중의 3수이다.

3732   꼭두서니 빛 낮엔 그리워하고 칠흑과 같은
        밤에는 소리 내어 울면서 지낸다오

이 노래는 자신의 모습을 낮과 밤으로 나누어 대조적으로 묘사하고 마쿠라코토바와 같은 수식어를 많이 쓴 기교적인 노래이다.

남자가 소리 내어 엉엉 울고 있다는 표현을 남자답지 못하고 나약하다고 생각할 수도 있지만 그것은 어디까지나 현대적인 생각이다. 일본의 옛날 남자는 잘 울었다. ≪이세 이야기≫를 보면 '남자는 피눈물을 흘리며 멈출 줄을 몰랐다.··· 남자가 울면서 읊은 노래'(제40단)와 같이 일상다반사였다. 오히려 여자를 그리워하며 눈물을 흘리는 남자야말로 섬세한 감성을 가진 남자, 즉 풍류를 잘 아는 남자로 생각되었다. 일본의 고대에는 남자가 울면 안 된다는 유교적인 가치관이 없었다. 그러므로 남자는 계속

해서 자신이 울고 있다는 것을 노래로 읊어 자신의 마음을 어필하려고 했다. 물론 이것도 어느 정도 유형화된 상투적인 것이다.

> 3733　나의 낭자가 이별할 때 준 옷이 없었더라면
> 　　　　이 몸 무엇을 보고 이 세상 살아갈까

　당시에는 헤어질 때 서로 전별품을 교환하는 것이 관례였다. 그것 역시 혼의 주술이었다. 즉 일본의 고대인들은 혼이라는 것은 나눌 수 있다고 믿었다. 그래서 떠나지 않으면 안 되는 상황에서 반드시 자신의 몸에 붙이고 있던 물건을 상대에게 주고 헤어진다. 그렇게 하면 전별품에 깃들여 있는 자신의 혼의 일부가 다시 하나가 되려는 영적 인력에 의해 두 사람은 재회할 수 있다고 믿었다. 그것은 물건에 의지해서라도 두 사람의 사랑과 재회를 믿고 싶은 애틋한 마음의 발상이라고 할 수 있다.

　낭자는 야카모리에게 옷을 주었다. 그 옷에는 당연히 낭자의 향기가 남아 있을 것이다. 그러므로 그 옷을 꺼내서 바라볼 때마다 마치 낭자가 옆에 있는 것처럼 느껴지고 또 한편으로는 그런 상황이 만날 수 없다는 현실에 대한 고뇌를 더욱 깊게 했을 것이다. 아무도 의지할 데 없는 에치젠 지방에서 야카모리는 가끔씩 낭자의 옷을 꺼내 보고 그 향기를 맡으며 지내게 된다. 낭자는 자신이 입던 옷을 줌으로써 그에게 혼의 일부를 분할해 준 것이다. 그리고 그 옷에 대한 답례로 야카모리는 낭자에게 거울을 주었다. 거울 역시 상당히 주술적인 것으로 특히 여자에게는 없어서는 안 될 것이었다.

3737 　그 누구보다 그대가 나쁘다오 사랑 없으면
　　　괴로움도 없다고 생각하면 말이오

　이 노래는 반어법으로 전개되어 있다. 언뜻 보면 상대방을 비난하고
원망하는 듯이 보이지만 사실은 그 이상의 찬미가 없다. 이런 편지를 남자
에게 받으면 여자는 얼마나 감동할 것인가. 이런 식의 반어법은 오히려
잘 다듬어진 최고의 달콤한 속삭임으로 상대방에게는 전달된다.
　다음에 낭자의 노래가 9수 이어지는데 그 중의 2수이다.

3750 　하늘과 땅의 끝에서 바닥까지 이 몸과 같이
　　　그대를 사랑하는 사람은 없을 거요

3751 　곱고도 하얀 이 몸이 입던 속옷 없애지 말고
　　　그대 잘 간수해요 다시 만날 때까지

　이 사노노 지카마라는 낭자는 여장부 스타일의 스케일이 큰 여자였던
것 같다. 야카모리가 비교적 유형적인 노래를 읊은 것에 비해 이 낭자는
정곡을 찌르는 진격의 노래를 읊고 있다. 거두절미하고 단도직입적으로
자신의 마음을 표현했는데 여기에는 유형적으로 노래를 꾸미려는 수사법
이 거의 없고 자신의 마음을 있는 그대로 상대방에게 표출하려는 당당함
과 솔직함이 있다.
　이렇게 두 사람의 사랑은 식지 않고 더욱 불타올랐다. 만날 수 없는
상황이 오히려 사랑하는 마음에 기름을 붓는 꼴이 되었다. 그리고 다시

낭자의 노래가 8수 이어지는 데 그중에 너무나도 유명한 노래가 있다.

> 3772　용서를 받아 사람이 돌아왔다 말을 듣고서
>
> 　　　거의 죽을 뻔했네 혹시 님인가 하고

이런 발상은 낭자의 것만은 아니다. 예를 들면 푸치니의 오페라 《나비
부인》의 유명한 아리아 '어느 개인 날과 비슷한 발상이며 영국의 '남풍아
불어라'라는 민요와 유사한 맥락이다. 남편이 돌아오기만을 애타게 기다
리는 나비부인의 순정이며 남풍을 타고 배로 돌아올 연인을 그리는 여자
의 애절한 마음이다.

이와 같이 《만엽집》의 노래는 의례적이고 유희적인 노래에서 벗어나
문학적인 색채가 짙은 것이 주를 이룬다는 사실을 알 수 있다.

죽은 아내에 대한 사랑가

반카는 사람이 죽었을 때 그 사람에 대한 애도하는 마음을 노래로 읊은
것이다. 전체적으로 장중한 느낌이며 장가의 형태를 띠는 것이 보통이다.
반카는 사후 세계를 믿었던 고대인들의 노래로 이 시대에만 나타나는 특
징적인 형태이다. 다음은 가키모토노 히토마로가 읊은 반카이다.

> 207　하늘 가까운 저 가루 가는 길은 내 사랑스런 아내 있는 곳이라
>
> 　　　열심히 가서 보고 싶은 맘 큰데 쉬지 않고 가면 뭇사람 눈이 많고

자주 가면 사람들이 보니까 칡넝쿨처럼 나중에 만나자고 큰 배처럼 서로 의지하면서 옥구슬 같은 바위 웅덩이처럼 몰래 숨어서 사랑을 키웠더니 하늘의 해가 산 너머로 지듯이 바닷말처럼 나부끼던 아내는 낙엽 잎사귀 떨어지는 것처럼 가 버렸다고 사자가 전해주네 너무 슬퍼서 어찌할 바 모르고 가래나무 활 소식만 듣고서는 할 말도 없고 할 일도 몰라서 소식만 듣고 그냥 끝낼 수 없어 이 사랑하는 마음 견딜 수 없어 그녀가 매일 다니던 가루 거리에 나가서 들어보니 옥 같이 두른 우네비 산에 울던 새소리조차 전혀 들리지 않네 옥의 창 같은 길 가는 사람 모두 닮은 이 없어 어찌할 바 모르고 그녀 이름을 부르며 헤매이다 소매만 힘껏 흔들고 있었노라

이 노래를 읊은 히토마로는 제41대 지토 천황의 시대, 즉 7세기 후반의 사람으로 ≪만엽집≫을 대표하는 가인이다. 일본적인 정서를 와카라는 일본 고유 운문의 형식으로 표현한 사람으로 ≪만엽집≫ 가인 중에서 가장 문학성이 높은 사람으로 꼽는다.

이 노래는 히토마로가 자신의 아내가 죽었을 때 피눈물을 흘리며 통곡하며 읊은 노래라는 해설이 붙어 있다. 이 노래의 애절한 울림은 깊고도 심오하다. 히토마로는 특히 장가의 명수였는데 위 노래에서도 수사법을 많이 사용하고 세련된 언어를 구사하여 그 애절한 마음을 잘 표현하고 있다.

이 장가의 내용을 보면 죽은 아내를 향해 읊은 것인데 마치 살아있는 사람에게 사랑을 고백하는 것처럼 되어 있다. 반카라는 노래의 형식은 죽

은 사람의 혼에게 다시 돌아오라고 비는 주술적인 기능이 있다.

일본의 경우 사람의 혼은 죽어도 바로 '무'로 돌아가는 것은 아니었다. 일본 고대의 장송 모습은 오키나와 등에 아직까지 남아 있는데 기본적으로 사람이 죽으면 일정 기간 동안은 '임시로 죽어 있는' 상태라고 생각했다. 그러므로 시체를 바로 묻거나 화장하지 않았다. 황족은 특히 빈궁이라는 임시 건물을 짓고 거기에 시체를 안치했으며 일정 기간 부활을 기원하며 여러 가지 주술 행사를 열었다. 이 빈의 기간이 끝나면 장송 의식을 거행하여 완전히 황천국 사람이 된 것을 인정하였다. 현재도 일본의 장례가 쓰야와 고별식 두 번에 걸쳐 같은 의식을 반복하는 것은 이러한 고대의 2단계 식 장송 의례가 남아 있는 것이다.

반카는 본래 이 빈 기간에 사자의 혼을 다시 부르기 위해서 읊어진 주술적인 노래이다. 그러므로 이것은 일종의 '혼 부르기' 의식이라고 할 수 있다. 말하자면 반카는 상대방의 혼을 불러 자신의 마음을 고백하는 사랑의 노래였던 것이다.

살아 있는 사람의 혼을 부르는 노래는 소몬카, 즉 사랑의 노래였고 죽은 사람의 혼을 부르는 노래는 반카였다. ≪만엽집≫ 제1권과 제2권에서 노래를 잡가, 소몬카, 반카와 같이 세 종류로 나누고 사랑의 노래와 사자의 명복을 비는 노래가 같이 들어 있는 것은 그와 같은 이유이다.

이 히토마로의 장가에서 애절한 톤으로 죽은 아내의 혼을 부르고 그 이름을 부르며 '소매를 흔들었다'고 강조하고 있는 것은 주술과 노래가 맞닿아 있다는 사실을 나타낸다. 따라서 이런 노래는 다른 사람의 마음을 감동시키지만 내용을 액면 그대로 받아들일 것인가 하는 것은 또 다른 문제이다.

왜냐하면 히토마로는 이 가루 마을을 거의 찾지 않는 동안에 아내가 죽어 버렸다고 한다. 당시에는 결혼의 형태가 일부다처제 성격을 띠고 있었기 때문에 남자가 여러 여성을 만났을 수는 있지만 가루 마을에 사는 아내를 정말 사랑하고 있었다면 안 찾는 일은 없었을 것이다. 물론 아내가 죽은 것에 슬픈 감정도 있었겠지만 그보다는 하나의 의식으로써 즉 의례적인 것으로써 이 노래를 읊었을 가능성이 더 크다.

이 히토마로의 시대로부터 한 세기 정도 흐르면 ≪만엽집≫이 성립한 시기, 즉 8세기 중엽이 된다. 제3권에는 ≪만엽집≫의 편찬자 오토모노 야카모치가 죽은 아내를 그리는 노래가 수록되어 있다.

> 462 이제부터는 가을바람 차갑게 불어올 텐데
>   어떻게 나 혼자서 긴 밤 지새울까나

> 464 가을이 되면 보며 생각하라고 그대가 심은
>   침실 밖 패랭이꽃 가득 피어나리라

≪만엽집≫이라는 일본 최고(最古)의 서정가집을 편찬한 야카모치라는 사람이 어떤 사람인지 자세한 자료가 남아 있지는 않지만 위의 노래는 정처 다음의 부인을 잃고 그 슬픔을 노래한 반가 13수 중의 2수로 보인다. 아내가 죽은 것은 여름인 6월말쯤이었다. 옛날에는 음력이었으므로 6월은 늦여름, 곧 가을에 들어설 때이다. 패랭이꽃은 가을을 대표하는 일곱 가지 풀(七草) 중의 하나로 지금도 일본의 고유한 정서가 깃든 꽃으로 되어 있다. 패랭이꽃은 야카모치의 집 처마 밑 돌계단 근처에 병으로 이미 생명이

다했음을 안 아내가 자신의 분신이라며 심은 꽃이다.

실제로 그 아내가 자신을 그리워해 달라고 패랭이꽃을 심은 것인지 확실한 것은 알 수 없지만 세상을 떠난 사람과 관련 있는 자연물을 보면서 그 사람을 그리워하는 것은 죽은 사람을 추모하는 노래에서 쓰이는 상투적인 표현이다. 야카모치는 가장 좋아하는 가련한 꽃의 이미지와 죽은 아내를 오버랩 시킨다. 야카모치는 사랑하는 아내를 패랭이꽃에 비유하고 싶었던 것이다. 패랭이꽃, 즉 나데시코(なでしこ)라는 말은 원래 '쓰다듬고 싶은 사람(撫でし子)' 즉 애정을 쏟고 싶은 사랑스러운 여자라는 뜻이다. 꽃 모양이 가련하고 연약하게 보이는 데서 붙여진 이름이다. 즉 '나데시코'라는 꽃 이름에는 읊는 사람이 애정을 쏟아 온 사랑스러운 여자라는 이미지를 쉽게 환기시킬 수 있는 힘이 있다.

이런 노래는 죽은 사람의 혼을 부르고는 있지만 표현의 본질로 보면 주술적인 분위기보다는 현재 우리가 느끼는 애상의 마음에 가깝다. 그런 점에서 야카모치는 《만엽집》의 가인으로서 고대의 가풍에서 벗어나 근대적인 가풍을 개척한 사람이며 바로 전 시대의 히토마로와는 또 다른 문학적 재능을 지니고 있었다고 볼 수 있다.

《만엽집》에서는 죽은 사람에 대한 애상을 읊은 반카도 사랑 노래의 변형된 형태라는 점을 다시 한 번 기억할 필요가 있다.

유희적인 연애가

이렇게 《만엽집》의 사랑 노래는 초기에는 의례적이고 유형적으로 읊어지다가 점차 속마음을 그대로 애절하게 표출하는 식으로 읊어지게 되는데 또 하나 살펴봐야 할 노래가 유희적인 성격이 강한 노래이다. 제1권에 수록되어 있는 노래로 덴치 천황이 시가 지방의 가모라는 곳의 들판으로 사냥을 하러 나가는데 거기에 수행한 누카타노 오키미는 다음과 같은 노래를 읊는다.

> 20 꼭두서니 빛 자초가 많은 들판 그곳에 가네
> 들지기가 안 볼까 그대 흔드는 소매

이 노래를 듣고 덴치 천황의 동생인 오아마 황자(후에 덴무 천황이 됨)가 답한다.

> 21 저 자초처럼 어여쁜 그대 어찌 밉다고 할까
> 남의 아내라 해도 사랑 안 할 수 없네

내용만으로 봐서는 상당히 불온한 노래이다. 형인 덴치 천황이 있는 자리에서 그 동생인 오아마 황자가 소매를 흔들어 자신의 연모의 마음을 표시하고 그 마음을 눈치 챈 형수가 그러면 안 된다고 주의를 주자 그 동생인 오아마 황자가 그대의 모습이 너무 아름다워 남(형)의 아내일지라도 사랑하지 않을 수 없다고 답하고 있기 때문이다.

원래 누카타노 오키미는 백제계 도래인 출신으로 재색을 겸비한 여성 가인이다. 당시 궁정의 인기를 독차지하다 보니 젊었을 때는 오아마 황자의 아내였던 때가 있었고 황자와의 사이에 도치(十市) 황녀까지 두었다.

하지만 후에 황자의 형인 덴치 천황의 총애를 받게 되었다. 어떻게 보면 위의 노래는 오아마 황자의 아내였던 오키미가 권력의 서열상 어쩔 수 없이 형인 덴치 천황의 아내가 되었지만 오아마 황자와는 여전히 애틋한 사이인 것을 노래로 읊은 것처럼 보인다. 더구나 우리가 잘 알고 있는 역사적인 사실로는 덴치 천황이 후계자를 정할 때 그의 아들 오토모 황자를 지명하자 그에 불만을 품은 오아마 황자가 군신의 신망 속에 거병하여 오토모 황자를 누르고 덴무 천황이 되었다. 이것을 672년 임신년에 일어났다고 해서 임신의 난이라고 한다.

하지만 위의 두 노래는 연회의 분위기를 돋우기 위해서 읊어진 유희적인 노래였다. 이 노래가 읊어진 시점은 덴치 천황과 오아마 황자 사이가 나쁘지 않던 때이다. 만일 이때 두 형제간에 사랑의 난투극이 있어서 동생인 오아마 황자가 이제는 형수가 된 오키미와의 불온한 마음을 형이 보는 앞에서 노래로 읊었다면 어떻게 ≪만엽집≫에 수록되어 지금까지 보전될 수 있겠는가. 그것은 불가능한 일이다.

위의 두 노래는 언뜻 보면 사랑의 노래 같지만 실제는 소몬카가 아니라 잡가로 분류되어 있다. 원래 ≪만엽집≫에서 잡가라는 부류는 단순히 '기타 여러 가지 잡다한 노래'라는 의미가 아니다. ≪만엽집≫ 전 20권 중에서 제1권에 이 '잡가'가 수록되어 있으며 '기타 여러 가지 잡다한 노래'가 권두에 올리는 만무하다. 즉 '잡가'는 궁정의 제전이나 연회 때 읊어진 지극히 의례적인 색채가 강한 노래를 뜻한다. 격이 가장 높은 성립 과정을 거친 궁정가가 바로 '잡가'인 것이다. ≪만엽집≫을 편찬한 사람, 즉 야카모치에게 있어서 위의 노래는 사랑의 노래가 아니라 연회에서 읊어진 의례적인 노래로 인식되었다는 증거이다.

위의 노래가 읊어진 연대를 보면 오키미는 34세 정도였고 덴치 천황은 55세, 오아마 황자는 46세 정도로 추정된다. 34세는 당시에는 이미 노녀(老女)에 해당한다. 그녀는 16, 7세 때 도치 황녀를 출산했다. 그리고 도치 황녀는 어머니와 비슷한 나이 때 덴치 천황의 장남 오토모 황자와의 사이에 가도노(葛野) 황자를 낳았다. 즉 오키미는 이때 이미 손자를 둔 할머니가 된 상태였다.

한 때는 아이까지 낳은 부부였지만 이미 오래전에 헤어졌고 이제는 손자를 두고 있는 노년의 오키미에게 분별력 있는 오아마 황자가 목숨을 걸고 구애의 노래를 읊었을 리는 만무하다.

게다가 오아마 황자라는 사람은 상당한 풍류인이어서 오키미 이후에도 이오에(五百重) 낭자, 오타(大田) 황녀, 히카미(氷上) 낭자 등 여러 여성을 아내로 맞아 많은 황자와 황녀를 둔 사람이다. 오키미 한사람에게 매달리는 일은 없었을 것이다.

그런 여러 가지 주변적인 상황을 고려하며 위의 노래를 읽어보면 이것은 사냥이라는 궁정 행사 때 연회 자리에서 약간은 장난스럽게 읊은 의례성이 강한 노래라는 것이 확실해진다.

즉 연회가 무르익을 무렵 오아마 황자가 소매를 흔들며 춤을 추었을 것이다. 취기에 의한 여흥으로 말이다. 그것을 보고 당대 일류의 여류 가인 오키미가 재치를 발휘하여 '꼭두서니 빛' 노래를 읊었다. 이 노래에서 포인트는 '그대 흔드는 소매' 부분이었다.

소매라는 것은 단순히 옷의 일부를 뜻하는 것이 아니라 주술적인 의미를 가진 말로 소매에는 혼이 깃든다고 생각했다. 길 떠나는 사람을 향해 배웅하는 사람이 소매를 흔들고 길 떠나는 사람 역시 소매를 흔들어 그 행위를 주고받는 것은 서로의 혼을 교환하는 풍습에 의한다. 그러한 의식을 노래로 읊은 예는 《만엽집》 안에도 많이 보인다. 즉 소매를 흔드는 것은 여행 중의 안전과 무사 귀환을 기도하는 주술의 하나였다고 볼 수 있다. 소매에는 각각의 혼이 들어 있고 그것을 흔들다(이 '흔들다'라는 행위는 혼을 불러들인다는 진혼의 의식의 한 형태로 인식되었다. 무녀가 방울을 흔들다, 소방수가 깃발을 흔들다, 신관이 비쭈기 나무 가지를 흔들다, 등과 같다)는 행위에 의해 혼을 상대방에게 붙도록 할 수가 있는 것이다.

그러한 의식이 남녀 사이에서는 사랑을 보다 확고한 것으로 만드는 행위가 되어 '恋(こい, 고이: 사랑)'라는 단어가 본질적으로 '혼의 교환'을 뜻하며 상대방의 혼을 서로 '乞う(こう, 고우: 구걸하다, 청하다)'한다는 동사의 명사형 '乞い(こい, 고이: 구걸, 간청)'에서 비롯된 것이라는 점은 앞에서도 언급했다.

그 연회에 있던 사람들은 모두 '소매를 흔들다'의 그러한 의미를 상식으로 알고 있었다. 그런데 오아마 황자는 무슨 생각을 했는지 당당하게 소매를 흔들며 웅장한 춤을 추었다. 그것을 보고 나이 들어서 적당히 뻔뻔해진 오키미가 '어머나 그렇게 소매를 흔들면 들판 지키는 사람한테 이상하게 보여요'라고 한 것이다. 연회에 있던 사람은 모두 와 하고 웃음을 터트렸을 것이다. 웃음바다가 된 상태에서 이번에는 오아마 황자가 답한다. "그렇기는 하지만 그대와 같은 아리따운 여인에게 어찌 사랑 고백을 하지 않고 배길 수가 있단 말이오. 그래서 이렇게 소매를 흔들고 있는 것이오"라고 말이다. 이 '아리따운 여인'이라는 말에 좌중은 또다시 웃음이 터졌을 것이다.

《만엽집》에는 진솔한 사랑의 노래도 있지만 이와 같이 연회에서 사랑의 노래를 빙자한 유희적인 노래도 있다는 것을 알아 둘 필요가 있다. 그만큼 사랑이라는 주제가 당시 사람들한테는 큰 관심사였으며 연회 자리를 무르익게 하는 촉매제 역할까지 한 것이다. ≪만엽집≫의 사랑 노래는 그 이후로도 일본 서정시의 원류가 되어 예를 들면 최근에 나온 애니메이션 ≪언어의 정원≫(신카이 마코토 감독)은 이 ≪만엽집≫의 애절한 사랑 노래를 모티브로 하여 만들어졌으며 극중에도 그대로 인용되고 있다.

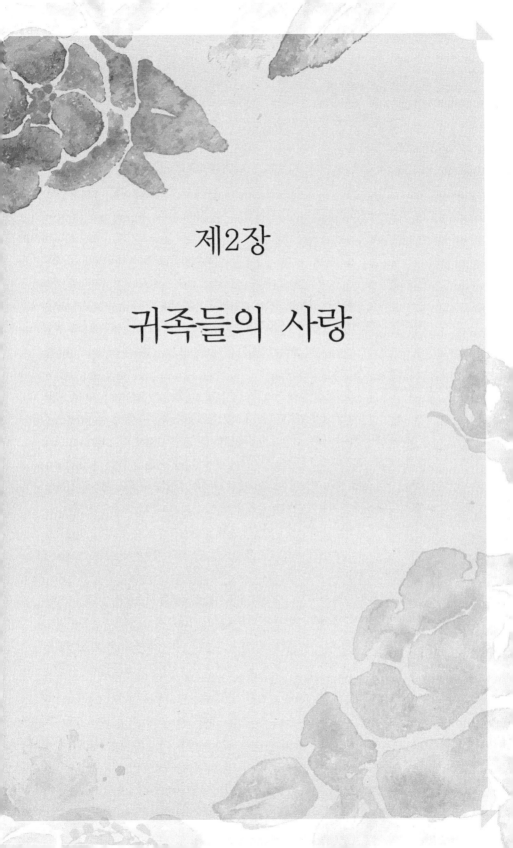

제2장

귀족들의 사랑

● 헤이안 시대(794년~1192년)는 헤이안쿄(平安京: 지금의 교토)를 중심으로 천황을 대신하여 권문세도가 후지와라 씨에 의해 정치가 세습되어 귀족 문화가 화려하게 꽃피던 시대였다. 이 시기의 귀족들은 정권 유지를 위해서 가문의 계승이 무엇보다 중요하였으므로 일부다처제의 결혼 제도를 기본으로 하였으며 많은 여성과의 연애는 능력 있는 남성의 상징이자 풍류와 멋을 아는 교양인의 기준이 되었다.

그런데 당시의 결혼 제도는 여성 중심의 모계 사회를 기반으로 한 것이어서 가정 내에서는 여성이 중심이 되었다. 즉 유교 사상이 근간을 이루던 우리나라의 조선 시대 일부다처제와는 달리 남성이 여성의 집을 찾아가는 데릴사위제 형태였다. 그러므로 남성은 결혼 후에도 여성의 심기를 살피며 좋은 관계를 유지하도록 노력해야 했다. 여성 또한 좋은 가문의 남성이 계속 찾아올 수 있도록 온갖 정성을 다해야 했다. 그래야 좋은 가문의 자식을 낳을 수 있었고 그 자식들의 앞날이 보장되었다. 그야말로 이 시대는 남녀가 서로 어떻게 하면 연애(결혼 생활)를 잘 할 수 있을지에 대한 탐구를 가장 왕성하게 하던 때라고 할 수 있다. 문학 작품에서는 각종 연애론이 넘쳐나던 시기이다.

한 풍류남의 여성 편력 이야기를 통해 귀족들에게 연애 비법을 전수해주는 ≪이세 이야기≫, 연애할 때의 여성 쪽 심리를 낱낱이 파헤쳐 여성들에게는 공감을 얻고 남성들에게는 인기남이 되는 법을 알려주는 ≪베갯머리 서책≫, 꽃미남의 연애담을 흥미진진하게 엮은 일본 문학사상 최고의 연애 소설로 꼽히는 ≪겐지 이야기≫ 등이 대표작이다.

1. 귀족들의 연애 교과서, ≪이세 이야기≫

일본에서는 4세기에 전래된 한자의 음과 훈을 빌어서 만든 만엽 가나(≪만엽집≫에 쓰인 가나라는 뜻으로 우리나라의 이두에 해당된다)가 8세기까지 쓰이다가 국풍문화가 정착되는 9세기 때부터 현재의 가나(仮名)로 확립, 널리 쓰이게 되었다. 이 일본 고유 문자 가나에 의해 감정과 생각을 자유자재로 글로 표현할 수 있게 되자, ≪만엽집≫의 노래를 계승한 운문 문학은 물론이고 모노가타리(物語: 지금의 소설 형식)나 일기, 수필과 같은 새로운 형태의 산문 문학이 발달하게 되었다. 산문이란, 함축적인 상징성에 의해 이미지를 전달하는 운문과는 달리, 언어 전달 기능에 의존하면서 전하고자 하는 뜻을 문장으로 고정시키고 설명을 전개하여 독자를 이해시키는 방법이다. 아울러 이 시대의 산문 문학은 긴 산문 문장으로만 이루어진 것이 아니라 그 안에 운문이 포함된 형태였다. 당시의 사람과 사람이 소통하는 수단이 바로 운율 있는 노래였기 때문에 등장인물의 대화 장면에서 노래는 자연스럽게 등장한다.

10세기 초에 성립한 모노가타리 《이세 이야기》는 당시의 전설적인 풍류남 아리와라노 나리히라(在原業平: 825~880)를 모델로 하여 125개의 장단으로 그 이야기를 구성한 것이다. 주인공 나리히라는 제51대 헤이제이(平城) 천황의 손자로 태어났지만 정치적으로는 적류가 아니어서 풍류 쪽으로 능하게 된 사람이다. 특히 육가선(六歌仙 : 헤이안 시대 초기의 뛰어난 가인 6명)의 한 사람으로 노래를 잘 읊는 명수였다. 《이세 이야기》는 나리히라가 사랑·우정·이별 등의 장면에서 읊은 노래와 그 노래가 읊어진 배경을 설명하는 산문 문장으로 이루어져 있는데 그 중에서 가장 중심적인 주제는 사랑이다.

이 불우한 귀공자의 사랑을 둘러싼 갖가지 에피소드는 풍류남이 갖춰야 할 조건이나 기질로서 당시 귀족들에게 교과서와 같은 역할을 했다. 처음으로 겪게 되는 연애 상황에서 어떻게 하면 풍류적인 행동을 할 수 있는지에 대한 지침서로서 《이세 이야기》는 귀족들 사이에서 인기소설이 되었다. 《이세 이야기》를 필두로 그 이후에는 출신 자체는 고귀하지만 정치적으로는 불우해서 풍류남의 길을 걷게 되는 꽃미남 이야기가 계속 이어진다. 지금까지 일본 최고의 연애 소설로 칭해지는 《겐지 이야기》 역시 이 《이세 이야기》를 기반으로 하여 쓴 것이다.

엿보기 연애의 원조

일본 문화를 얘기할 때 '엿보기'라는 말이 자주 등장한다. 엿보기라는 것은 '남이 보이지 아니하는 곳에 숨거나 남이 알아차리지 못하게 하여 대상을 살펴보는 행위'(네이버 국어사전)라고 나와 있으며 우리나라에서는 정정당당하지 못하다는 이유로 그다지 좋은 의미로 쓰이지 않았다.

그런데 일본 문화, 특히 고대의 일본 문화에서 엿보기는 매우 특별한 의미를 가지고 있었다. 즉 엿보기라는 말은 엄밀하게 보면 단순히 좁은 틈 사이로 몰래 들여다보는 행위(覗き: 노조키)를 뜻하는 것이 아니라 길 가다가 다른 사람 집의 사립 울타리 사이로 안을 살짝 들여다보는 행위(垣間見: 가이마미)를 뜻한다. 당시 여성은 바깥출입을 거의 하지 않았으므로 남성이 여성을 밖에서 만날 기회는 거의 없었다. 그러므로 남성이 여성을 만나는 것은 이 엿보기로부터 시작되었다. 남성이 길을 가다가 우연히 어느 집 울타리 너머로 악기 연주 소리나 옷 스치는 소리 등으로 사람의 기척이 느껴지면 잠시 걸음을 멈추고 안을 들여다보게 된다. 그러다가 아름다운 여성을 발견하게 되면 한눈에 반하고 편지(노래)를 보내 구애를 시작한다. 말하자면 엿보기는 당시 남녀의 연애가 시작되는 첫 출발점이었다.

남녀 연애의 시작을 암시하는 엿보기 장면으로 가장 유명한 것은 ≪겐지 이야기≫에서 희대의 꽃미남 히카루 겐지가 무라사키 부인을 운명적으로 만나는 장면이 되겠지만, 그 장면의 원조가 다름 아닌 ≪이세 이야기≫의 제1단이다.

제1단 첫 관

옛날 한 남자가 첫 관을 올리고, 나라 지방의 가스가 마을에 있는 영지로 사냥을 나갔다. 그 마을에는 젊고 참신한 미를 소유한 자매가 살고 있었다.

이 남자는 그 자매를 몰래 엿보았다. 이런 시골에 전혀 어울리지 않는 자태였기에 마음이 흔들렸다. 남자는 자신이 입고 있던 가리기누의 소매를 찢어 노래를 적어 보냈다. 그 남자는 바로 시노부즈리 무늬 옷을 입고 있던 것이다.

가스가 들녘 연보라 빛이 나는 옷 하늘대듯
내 마음 흔들리네 한없이 흔들리네

라고 즉흥적으로 지은 노래였다. 남자는 이런 식으로 전개되는 상황에 흥취를 많이 느꼈던 것 같다. 사실 이 남자의 노래는,

미치노쿠의 시노부즈리처럼 누구 때문에
내 마음 흔들리나 바로 당신 때문에

라는 옛 노래의 정취를 이어 받은 것이다. 옛날 사람은 이처럼 열정적이고 풍류어린 행동을 했다.

이것은 125개의 소화(小話) 중에서 가장 처음 나오는 이야기로 작품 전

체에서 갖는 상징성은 매우 크다. '옛날 한 남자가 첫 관을 올리고'라는 문장으로 시작하는 데 '첫 관을 올리다'는 표현은 성인식을 했다는 뜻이다. 당시 성인식은 보통 남자는 15세 전후, 여자는 13세 전후로 올렸는데 이 성인식 후에는 남자와 여자 모두 연애를 시작하여 결혼을 할 수 있게 된다. 한 남자가 성인이 되어 옛 도읍지 나라(奈良)의 가스가 마을에 사냥을 나갔더니 아름다운 자매가 있다고 했다. 그 자매의 집으로 찾아가서 울타리 사이로 가만히 엿보니 그 자매는 시골에는 어울리지 않는 훌륭한 자태였다. 마음을 빼앗긴 남자는 입고 있던 옷의 소맷자락을 찢어 바로 노래를 읊어 보냈다. 노래의 내용은 '가스가 들판의 와카무라사키(若紫: 뿌리가 보라색인 풀, 자초의 어린 싹)와 같이 연보라 빛이 나는 아름다운 두 사람을 만나서 이내 마음은 소맷자락의 시노부즈리(넉줄고사리) 무늬와 같이 심히 어지러워졌습니다'라는 뜻이다. 여기에서 나리히라는 자매를 단순히 엿보기만 하고 끝난 것이 아니라 그 자리에서 바로 노래를 읊어 적극적으로 구애를 했다는 점에서 풍류적인 남자의 행동이 되는 것이다.

보통 자매라고 하면 두 사람을 말하므로 둘 중에서 누구한테 보냈는지 그리고 그 자매가 어떤 식으로 답가를 읊었는지 등에 대해서는 본문에 나타나 있지 않다. 여러 가지 상황으로 전개될 수 있는 가능성을 남겨둔 것으로 볼 수 있는데 예를 들면 ≪고사기≫에 자매를 모두 아내로 맞이하는 이야기가 보이므로 그와 비슷한 상황일 수도 있다. 그리고 그 자매는 남자의 실제 형제가 될 수도 있다. 당시에는 일부다처제였기 때문에 얼굴을 모르는 이복동생이 얼마든지 존재했다. ≪겐지 이야기≫에도 주인공 히카루 겐지가 자신이 사랑하는 사람과 혈연관계에 있는 어린 소녀 와카무라사키에게 연정을 품는 이야기가 나온다. 일본에서는 사랑의 감정을 느끼는 상대가 자기와의 동질감을 가진 사람, 친숙함이 있는 사람일 가능성이 더 높다.

《겐지 이야기》의 〈와카무라사키〉 권에서 히카루 겐지가 우연히 찾아간 시골에서 뜻밖의 아름다운 소녀 와카무라사키를 보고 한 눈에 반하는 장면이 나온다. 물론 《겐지 이야기》에서는 그 소녀를 자신의 집으로 맞아들여 성장시킨 후에 부인으로 삼는다는 식으로 더 전개가 되지만, 시골에서 어여쁜 소녀를 보고 마음을 빼앗긴다는 설정은 바로 위의 《이세 이야기》에서 계승한 것이다. 즉 《이세 이야기》 제1단에서 남자가 보낸 노래 중의 '와카무라사키'라는 단어를 발상의 근원으로 하여 《겐지 이야기》의 〈와카무라사키〉 권이 만들어진 것이다. 이와 같이 《이세 이야기》 제1단 남자의 엿보기에서 시작되는 풍류적 사랑 이야기라는 형태는 그 후의 모노가타리(소설)에 있어서 하나의 패턴이 되어 발전하게 된다.

헤이안 시대의 여성은 남성에게 얼굴을 보이지 않는 것이 미덕이었다. 여성의 얼굴 공개를 금기시하는 것은 그전의 상대 시대, 즉 신화시대부터 내려온 풍습으로 여성은 신앙적으로 신비로운 존재이기 때문이다. 신에게 직결되던 시대의 도덕 감정(모럴 센스)으로 '신의 아내'인 여성이 신 이외의 사람에게 정체를 보이는 것은 최대의 모독이 될 수밖에 없다. 다시 말해 남성이 여성의 정체를 보는 것은 신비성을 파괴하는 행위이며 그것은 상대 여성을 자유롭게 차지할 수 있다는 뜻으로 해석되었다.

그러한 여성의 신비성을 파괴하는 수단이 문학에서는 '엿보기'라는 단어로 형상화되었다. 즉 이야기의 첫 부분에 남녀 사이의 '엿보기'가 있으면 그것은 사랑과 결혼까지 진전시키는 원리로써 작용한다. 예를 들면 우리나라에도 있는 〈선녀와 나무꾼〉 이야기에서 선녀의 나체를 엿보게 된 나무꾼이 그 선녀를 아내로 맞이하는 유형이 바로 그 전형적인 예에 해당한다.

이러한 엿보기의 관습은 자유분방한 에도 시대를 거치면서 퇴폐적인 성문화로 변질, 현재는 서양의 '관음증'이라는 용어로 규정되고 있지만 원래는 여자의 외출이 자유롭지 않던 시대에 남성이 여성에게 마음을 품게 되는 첫 번째 단계가 되었으며 특히 문학 작품에서는 남자 주인공과 여자 주인공 연애의 시작을 알리는 중요한 복선이었다는 점을 알아 둘 필요가 있다.

그렇다면 당시의 귀족 남성들은 실제로도 엿보기에 의해서만 여성을 처음 만난 것일까? 실생활에서는 꼭 그런 것만은 아니었다. 귀족들 사이의 결혼은 가문과 가문이 맺어지는 일종의 계약이었다. 결혼할 상대는 부모에 의해 정해지는 것이 보통이었다. 그러므로 엿보기는 우연히 아름다운 여성을 만나는 기회라기보다는 말로만 듣던 여성이 얼마나 매력적인지 확인하는 방법으로 쓰였을 수도 있다. 어느 집이든 젊은 처자를 소개할 때는 사실보다 부풀려서 얘기하는 것이 보통이다. 말로만 듣던 젊은 여성을 몰래 가서 살짝 엿보니 과연 듣던 대로 매력적이어서 결혼에 이르게 되는 경우는 그나마 다행이었다. 현실에서는 오히려 상대방을 실제로 보고 나서 속았다고 한탄을 하는 경우가 더 많았을 것이다.

그러나 모노가타리에서는 엿보기에서 시작되는 사랑이 로맨틱한 연애의 전형적인 패턴으로 자리 잡게 된다. 독자들은 정말 그럴까 하는 의구심을 가지면서도 ≪이세 이야기≫의 제1단이나 ≪겐지 이야기≫의 〈와카무라사키〉권에 펼쳐지는 아름다운 사랑 이야기에 빠져들게 되고 어느새 자기한테도 운명적인 만남이 찾아올 것만 같은 환상을 갖게 되는 것이다.

남자의 패기

제1단에서 풍류남의 멋진 모습을 보이며 연애를 시작하는 남자의 기본 조건(엿보기를 하고 그 자리에서 와카를 흥취 있게 읊어서 구애까지 한 점)을 제시한 ≪이세 이야기≫에는 제4단에서 남자의 모습을 다음과 같이 서술한다.

　　제4단 서쪽 마을

　　옛날 교토 동쪽 고조 거리에 태후의 저택이 있었는데 그 서편에 한 여자가 살고 있었다. 그 여자를 마음에 두면 안 된다고 생각하면서도 깊이 사랑하여 찾아오는 한 남자가 있었다. 그러다가 정월 10일쯤에 그 여자가 홀연히 자취를 감추고 말았다. 남자가 그 여자가 있는 곳을 물었더니 보통 사람이 갈 수 있는 곳이 아니어서(입궐했음을 암시한다) 결국 그 남자는 아무 것도 할 수가 없었다.

　　이듬해 정월, 매화가 한창일 때, 그 남자는 지난해를 그리워하며 그 여자 집 앞으로 갔다. 서서도 보고 앉아서도 보았지만 매화는 지난해처럼 아름답게 보이지 않았다. 눈물을 흘리며 거친 마룻바닥에 누워 달이 질 때까지 지난날을 생각하며,

　　예전 달 아냐 봄도 예전에 보던 그 봄이 아냐
　　이내 몸 하나만이 옛날의 그 몸이네

라고 읊고는, 새벽이 어슴푸레하게 밝아올 무렵에 울면서 집으로 돌아왔다.

이 이야기에는 한때 교제하던 여성이 궁궐로 출사하게 되어 자주 못 만나게 된 것을 안타까워하는 남자의 마음이 잘 나타나 있다. 당시 여성은 관직에 오르는 일이 없어 기본적으로 사회생활은 하지 않았는데 유일하게 천황의 비로 입궐하거나 그 비를 모시는 여방(女房: 고급 궁녀, 우리로 하면 상궁 정도 된다)으로 출사하는 경우가 있었다. 신분이 높은 상류 귀족의 여성이라면 전자의 경우가 많았으며 중류 귀족의 여성의 경우에는 후자가 많았다. 그렇게 해서 입궐을 하게 되면 면회나 외출이 극도로 제한될 수밖에 없었다. 궁궐로 출사한 여자를 그리워하며 홀로 눈물짓던 그 남자는 한때 그 여자가 사가에 와 있을 때를 틈타 보쌈을 하여 도망가려는 시도까지 한다. 그 이야기가 제6단에 나온다.

제6단 아쿠타가와 강

옛날에 한 남자가, 감히 넘보기 힘든 여자를 오랫동안 흠모하다가 겨우 여자의 허락을 얻었다. 그래서 밤에 그녀를 몰래 업고 그녀의 집을 빠져나와 추적자들을 피해 달아나고 있었다. 아쿠타가와 강어귀에 도달했을 때 그들의 옆으로 이슬에 젖은 풀잎이 보였다. 여자는 워낙 귀하게 집안에서만 자라서 이슬을 처음 보았다. 남자에게 "저것이 무엇입니까?"라고 물었더니, 남자는 한시라도 빨리 달아나야 한다는 생각에 대답을 해주지 않았다. 한참을 달아나자 헛간이 보였다. 남자는 여자를 헛간 속에 넣어두고 문 밖에서 칼을 들고 서 있었다. 그런데 그 헛간 속에는 도깨비가 있어서 그녀를 덥석 삼켜 버리고 말았다. 여자는 비명을 질렀지만 마침 천둥번개가 치고 있어서 남자는 여자의 비명 소리를 듣지 못했다.

다음날 아침이 되어 남자가 헛간 문을 열자 여자는 흔적도 없이 사라져 있었다. 남자는 울면서 이 노래를 읊었다.

흰 이슬인지 무엇인지 그녀가 물어 봤을 때
이슬이라 답하고 사라질 걸 그랬네

이것은 니조(二條) 황후가 자신의 사촌인 여자네 집에 머물고 계실 때, 워낙 미모가 뛰어나다 보니 어떤 남자가 훔쳐 달아났던 것을, 황후의 오라버니이신 호리카와 대신과 장남 구니쓰네 대납언이 아직 하급직일 때, 입궐하시는 길에 심하게 우는 사람이 있다는 말을 듣고 데리고 돌아오신 것이었다. 여자를 데려간 사람을 이런 식으로 '도깨비'라고 말한 것이다. 이때는 황후가 아직 젊었을 때로 입궐하시지 않았을 때의 일이었다고 한다.

여자와 사랑의 도피행각을 하려던 남자의 계획은 결국 실패로 돌아가게 된다. 이 이야기의 전반부, 즉 교토에서 도주한 남녀가 인적이 드문 곳에서 도깨비를 만난다는 식의 전개는 일본에서 자주 보이는 이야기의 한 유형이다. ≪겐지 이야기≫에서 히카루 겐지가 한밤중에 유가오라는 사랑스런 여자를 로쿠조의 허름한 곳으로 데리고 갔다가 원령의 습격을 받아 여자가 급사하는 이야기가 나오는데 그 유가오 이야기가 바로 이 ≪이세 이야기≫의 제6단 이야기를 기반으로 하여 만들어진 것이다.

≪이세 이야기≫는 초기 형태이기 때문에 이와 같이 시시하고 싱겁게 끝난다. 통렬한 사랑의 열정이나 복잡하게 얽힌 애정의 구도는 찾아볼 수 없다. 그만큼 누구나 읽기 쉬웠다고 할 수 있다. 오늘날에도 가벼운 콩트와 같이 짤막하고 별 것 아닌 이야기가 오히려 많은 사람한테 부담 없이 읽히는 것과 같은 이치이다. 위의 이야기에서도 결국 고귀한 여성을 자기 아내로 맞이하는 것은 실패했지만 신분의 차이에도 불구하고 사랑을 성취하려고 야반도주까지 감행하는 그 남자의 패기는 읽는 사람으로 하여금 흥미진진하고 또 본받을만한 행동으로 인식되었던 것이다.

이와 같이 ≪이세 이야기≫의 주인공 남자인 나리히라는 상대가 누구든 사랑을 이루기 위해서는 수단과 방법을 가리지 않고 적극적으로 행동한 사람으로서 당시 귀족 남성들의 표본이 되었다. 헤이안 시대 귀족들의 풍류 정신인 이로고노미(色好み: 여성을 좋아하고 그 여성을 위해서 뭐든지 할 수 있는 풍류가다운 면모)가 무엇인지 실제적으로 구현하여 보여준 예가 바로 이 ≪이세 이야기≫였다고 할 수 있다.

우물가에 꽃핀 사랑

제1단에서 성인식을 올렸다고 나온 주인공 남자에게는 어린 시절부터 같이 놀던 여자가 있었다.

제23단 우물 벽

옛날 교토를 떠나 오랫동안 시골 생활을 하던 사람들이 있었다. 그들의 아이들은 우물가에 나와 놀곤 했는데, 성인이 되자 남자도 여자도 서로를 부끄럽게 생각하게 되었다. 하지만 남자는 그 여자를 꼭 아내로 삼고 싶다고 생각하고, 여자도 그 남자를 남편으로 맞이하고 싶다고 생각했다. 그 여자는 부모가 다른 남자와 결혼시키려고 해도 받아들이지 않았다. 그러는 사이 인근에 살고 있던 그 남자가 이런 노래를 읊어서 보냈다.

우물의 벽에 키 재기 하며 놀던 그 때 그 시절
이제는 더 컸겠지 보지 않은 사이에

이 노래에 여자가 답가로,

길이 대 보던 가르마 탄 머리도 어깰 넘었네
그대가 아니면 그 누가 올려 주리오

라고 읊어 보내는 등, 편지를 주고받은 끝에 두 사람은 원하던 대로 부부가 되었다.

그 후 몇 년이 지나자 부모는 세상을 떠나고 여자는 곤궁해져 갔다. 남자는 이 여자와 같이 가난하게 살 수는 없다고 생각하고 가와치 지방 다카야스 군(高安郡)에 아내를 만들어 그쪽으로 다니게 되었다. 그런데도 이전 여자는 미워하는 기색이 전혀 없이 남자를 보내 주었다. 남자는 여자에게도 다른 남자가 생겼기 때문에 그런 것이라고 생각했다. 그래서 남자는 어느 날 가와치 지방에 가는 것처럼 꾸미고 마당의 나무 사이에 숨어서

여자를 보았다. 여자는 화장을 정성들여 하고 시름에 잠겨,

　　바람이 불면 도적이 출몰하는 다쓰타 산을
　　이 밤중에 당신은 홀로 넘는 건가요

라고 읊었다. 그것을 보고 남자는 여자가 더없이 사랑스러워 가와치 지방의 여자에게는 더 이상 가지 않게 되었다.

　그리고 한참이 지난 후에 남자가 그 가와치 지방의 여자에게 다시 한 번 가 보았다. 처음에는 품위 있게 치장하고 있던 여자가 완전히 긴장이 풀어져 스스로 주걱을 들고 그릇에 밥을 푸고 있었다. 그 남자는 넌더리가 나서 아예 그쪽은 쳐다보지도 않게 되었다.

　그렇게 남자가 찾아오지 않자 가와치의 여자는 야마토 쪽을 바라보며,

　　이 몸은 그대 사시는 쪽만 보며 살겠나이다
　　구름아 가리지 마 설령 비가 내려도

라고 읊조리며 밖을 내다보고 있었다. 그러다 어느 날 야마토의 남자에게서 '그쪽으로 가겠다'는 편지가 왔다. 여자는 기뻐하며 남자를 기다렸지만 남자는 오지 않고 몇 번이나 허무하게 시간만 지나갔다. 여자는,

　　그대 오신다 하신 밤들이 자꾸 지나만 가니
　　기대는 아니 해도 그립기는 하여라

라고 읊어 보냈지만, 남자는 더 이상 찾아 주지 않았다.

본 장단은 '우물 벽(筒井筒)'이라는 제목으로 널리 퍼져 후세의 문예 작품에서도 재창작되었다. 중세 무로마치 시대의 무사 사회에서 성행한 전통극 노(能)의 대본 중에 〈이즈쓰(井筒)〉가 있는데 그 이야기의 모티브가 바로 이 장단이다. 그리고 근대 메이지 시대에 활동한 여성 소설가로 현재 5천 엔 권 지폐의 모델로 되어 있는 히구치 이치요(樋口一葉: 1872~1896)의 대표작 ≪키 재기≫ 또한 기본 맥락은 본 장단과 비슷하다. 시대에 따라 작품 배경이나 등장인물의 성향은 조금씩 달라도 옛 사랑이 최고이며 그 사랑을 잊지 않고 순정을 다하는 남자가 그 주제가 된다.

본 장단의 주인공 남자는 가난 때문에 잠시 주춤했던 야마토 여자와의 사랑을 계속 이어가고 새로 만난 가와치 여자로부터 멀어지게 되는데 이 것은 진정한 풍류남의 면모가 무엇인지 보여주고자 한 것이다. 어렸을 때부터 사랑을 나눈 야마토 여자는 남자를 너그럽게 용서하고 받아주는 품위와 교양을 갖추었는데 비해 가와치 여자는 교양이 없고 천박한 모습으로 그려져 좋은 대조를 이루고 있다.

옛 연인을 대하는 법

그러면 주인공 남자로 나오는 풍류남 나리히라는 헤어진 연인에 대해서는 어떻게 대처했을까? 당시에는 일부다처제의 형태였으며 남녀 두 사람이 부부로 맺어져도 그 관계가 고정적이고 확고한 상태는 아니었다. 연인 혹은 부부 사이에는 언제든지 이별이 있을 수 있었다. 다음 두 가지 이야기는 옛 연인을 대하는 법에 대해서 말한다. 먼저 첫 번째 이야기이다.

제60단 귤꽃

옛날 한 남자가 있었다. 궁궐에서 일하는 것이 바빠서 아내한테 소홀하고 말았다. 아내는 참다못해 성실하게 사랑해줄 사람을 따라 다른 지방으로 갔다. 그 남자가 우사의 칙사가 되었을 때 이전의 아내가 칙사 접대 관리의 아내가 되어 있는 지방에 가게 되었다. 남자는 "이 집의 안주인에게 잔을 받들도록 하시오. 그렇지 않으면 이 몸은 술을 마시지 않겠소"라고 해서 그 안주인이 잔을 들어 내밀자 남자는 안주로 나온 귤나무가지를 들고,

오월 기다려 피는 귤나무 꽃의 향을 맡으니
옛날 그 사람의 소매 향기가 나네

라고 읊었다. 그것을 듣고 그 여자는 이 우아하고 고귀한 사람이 이전의 남편이라는 사실을 알아차렸다. 여자는 자신의 처지가 너무 부끄러운 나머지 중이 되어 산으로 가서 숨어 살았다.

사람은 예나 지금이나 미래에 대한 꿈과 희망을 품고 열심히 학문에 매진하며 그 지식을 발판 삼아 일에 전념하며 살게 된다. 그러면서 사랑에 빠지고 또 결혼을 하여 가정을 꾸리고 기쁨을 찾는다.

그런데 제60단에 등장하는 남자는 너무 일에만 열중하며 지내다 보니 아직 젊은 아내가 자신을 더 사랑해줄 남자를 찾아 떠나는 상황이 벌어지고 만다.

아내가 떠나고 나서 몇 년이 지났기 때문에 그 남자가 과연 얼마큼 아내를 사랑하고 있었는지 모르지만 그 아내가 어느 지방의 칙사 접대 관리의 처가 되어 있다는 소문을 듣게 된다. 그 남자는 그 지방을 방문하여 다른 사람이 눈치 채지 않게 술잔을 준비하도록 하여 원래의 아내를 보고자 했다.

남자의 행동은 자신보다 낮은 직급의 남자의 아내가 되어 있는 예전의 아내가 어떤 표정을 지을지 한 번 보고 싶다는 장난스러운 마음에서 나온 것은 아니었다. 그렇다고 원래 아내에게 미련이 남아서 두 사람 관계를 다시 되돌리려는 마음이 있던 것도 아니었다. 그저 예전 아내의 얼굴을 한 번 보고 싶었을 뿐이었다. 그런데 변하지 않은 아내의 모습을 보고 마음이 복잡해져 노래를 읊조린 것이다.

그런데 그 여자는 '옛날 그 사람의 소매 향기가 나네'라는 구절을 듣고 그 남자가 예전의 남편이라는 사실을 알았다. 그리고 어찌할 바를 모른 채 조용히 산 속으로 출가해버리고 말았다.

남편이 돌아봐주지 않는 것에 대해 불만을 품고 더 사랑해줄 남자를 따라 떠난 것을 보면 그 여자는 어느 정도 자존심이 강한 사람이었던 것 같다. 그런데 예전의 남편이 출세해서 눈앞에 나타나 노래를 읊으니 놀랍기도 하고 한편으로는 자신의 처지가 부끄럽기도 했을 것이다. 여자는 다시 예전의 남편을 따라갈 수도 없고 그렇다고 지금의 남편과 그대로 지낼 수도 없다. 결국 모든 것을 끊고 출가하여 산에서 지내는 것으로 결정한 것이다. 한 때 경솔한 행동을 한 여자는 결국 비구니가 되어 산으로 갈 수밖에 없다는 것이 당시의 시각이었을 것이다.

일에 매진하는 사이 자신을 떠나버린 여자를 다시 만나게 되었을 때 과연 어떤 식으로 행동하는 것이 풍류남다운 면모가 될까? 품위 없이 여자를 마구 다그치거나 모욕감을 주어서는 안 된다. 눈치 채지 못하도록 만날 기회를 만든 후 은근슬쩍 노래를 읊어서 옛 추억을 환기시키고 여자가 자신을 알아봐 주기를 기다린다. 그것이 바로 헤이안 귀족들이 추구한 멋이었다. 하지만 실제로는 그렇지 않은 경우도 많았다. 다음 장단을 보도록 하자.

제62단 꽃잎 떨어진 가지

옛날 몇 년 동안 찾아가지 않았던 여자가 지혜롭지 못했던 것일까 그다지 미덥지 않은 사람의 말에 따라서 한 지방관 밑에 가서 일을 하게 되었다. 그러다가 이전에 남편이었던 남자 앞에 나와서 식사 시중을 드는 일이 생겼다. 밤이 되어서 "아까 시중들던 사람을 이쪽으로 부르게"라고 주인에게 말하자 그 여자가 왔다. 남자는 "나를 모르시겠는가?" 라고 말하고,

그 먼 옛날의 고운 자태 어디로 화사한 벚꽃
모두 져버리듯이 그대는 변했구려

라고 하는 것을 듣고 그 여자는 부끄럽게 생각하였다. 대답도 않고 앉아 있자 "어째서 대답을 안 하는가?"라고 하자 "눈물이 흘러 아무 것도

보이지 않습니다. 말도 할 수 없습니다"라고 했다.

그 모습 보니 나와의 오미 지방 도망쳐 나와
몇 년이 지나도록 나아진 것 없어라

라고 남자가 노래를 읊고 옷을 벗어 주었지만 여자는 어디로 가버렸는 지조차 알 수 없었다.

본 장단도 제60단과 마찬가지로 자신을 버리고 다른 지방으로 떠난 여자와 원래의 남편이 재회하는 이야기이다. 제60단의 남자가 아내를 다시 만나 그리움에 젖어 노래로 다정하게 말을 건넨 것과는 대조적이다. 남자는 여자에게 자신의 존재를 알아보도록 강요하고 다그치며 비난하는 투로 노래를 읊었다. 그 노래를 듣고 여자는 심한 수치심과 모욕감을 느꼈다.

여자가 그 남자를 떠나 보잘 것 없는 처지가 되어 원래의 남편과 재회한다는 점에서는 제60단과 비슷한 맥락이지만 본 장단에서는 남자가 심술궂은 말만 집요하게 반복하여 여자에 대한 배려가 보이지 않는 것으로 그려져 있다.

여자는 지방관의 시종이 되어 이미 영락한 상태이다. 그 지방관의 집을 방문한 예전의 남편은 그 여자가 시종으로 일하는 것을 보고 일부러 불러서 "완전히 영락해 버렸네. 꽃이 다 져버린 벚나무 가지 같잖아"라고 심한 말을 한다. 여자는 기가 막혀서 아무 말도 못 하는데 남자는 또 무슨 말이든 해 보라고 채근한다. 그리고는 "이것이 한 때 고왔던 여자의 말로란 말인가. 더 이상 볼 만한 데가 없다"고 확인 사살까지 한다. 그리고는 '옛다, 이거나 입어라'는 식으로 자신의 옷을 벗어 준다. 그 남자는 여자의 심정을 조금도 헤아리지 못하고 가슴에 대못을 박는 몰염치하고 비정한 남자이다.

당시에는 헤어진 연인을 그리워하며 다시 만났을 때 자신의 그리움을 은유적인 노래로 읊어 여전히 사랑하고 있음을 암시하는 남자, 그런 남자가 진정한 풍류남이었던 것이다.

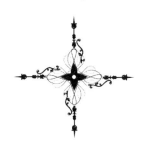

2. 연애의 기술, ≪베갯머리 서책≫

≪베갯머리 서책≫은 제66대 이치조 천황의 중궁 데이시의 궁녀 세이 쇼나곤에 의해 1000년경에 완성된 것으로 보인다. 궁정 생활에서 듣고 본 일이나 감상을 여성의 시각으로 간결한 표현과 가볍고 재치 있는 문체로 묘사하여 ≪겐지 이야기≫와 더불어 헤이안 문학을 대표하는 작품으로 손꼽힌다. 짧은 단편 300여개의 장단으로 이루어졌는데, 내용은 유형에 따라 세 가지로 분류된다. 한 제목 아래에 관련된 항목을 열거하는 유취적 장단, 자연과 인간에 대한 전반적인 생각을 적은 수상적 장단, 궁중 생활을 회상하여 그린 일기 회상적 장단이 그것이다. 간결한 문체에 참신한 감각,

개성적인 내용으로 당시 미의식의 정수를 보인 것으로 알려져 있다. 대상물을 일정한 거리를 두고 보는 미적인 개념 '오카시(をかし)'가 바탕이 된다.

≪베갯머리 서책≫에서 가장 유명한 장단은 제1단 〈사계절의 멋〉으로, 시적인 언어를 통해 자연미를 응축시켜 표현한 일본수필문장의 결정체이며 사계절부터 시작하는 당시의 운문적 자연인식을 더욱 구체적이고 일상적인 감각으로 세련되고 섬세하게 묘사한 것으로 평가받고 있다. 마찬가지로 인간의 모습에 대해서도 ≪베갯머리 서책≫은 객관적이고 관조적인 태도에 의해 세밀하고 입체적으로 묘사하고 있는데 특히 당시 귀족들에게 가장 중요한 부분인 연애에 대해서 솔직하면서도 위트 넘치는 문장으로 독특한 재미를 더하고 있다.

인기남이 되는 법

헤이안 시대의 귀족들은 현재와는 매우 다른 생활을 하고 있었다. 특히 남녀 관계에 있어서 가장 큰 차이를 보인다. 연애뿐만 아니라 결혼 제도 자체가 일부다처제다. 당시는 신분제에 의해 사회가 구성되었으므로 사회 진출은 오직 가문을 통해서만 할 수 있었다. 귀족은 자식을 많이 낳을수록 관리로 진출하는 후손이 많아져 가문이 번성하게 된다. 귀족이나 황족들은 집안의 대를 잇기 위해 가능하면 여러 여성과 결혼하고 또 많은 자식을 낳으려고 노력했다. 그렇다고 집안 좋은 남성들이 무조건 매력적인 여성과 연애나 결혼을 할 수 있었던 것은 아니었다. 남성들은 마음에 드는 여성을 아내로 맞이하고 또 그 관계를 유지하기 위해 끊임없이 노력해야만 했다.

헤이안 귀족들의 연애는 와카를 읊어 상대방의 마음을 여는 것부터 시작되었다. 보통 남성들이 여성에게 먼저 말을 걸기 때문에 인기남의 첫 번째 조건은 매력적인 와카 읊기였다. 당시 신분 있는 여성은 얼굴 보이는 것이 금기시되어 밖에 외출하는 일이 거의 없었다. 여성을 직접 만날 기회가 없었던 남성들은 소문을 듣거나 집 안에 있는 모습을 엿보거나 하여 마음이 끌리면 먼저 와카를 읊어서 여성의 마음을 살펴야 했다. 서양의 봉건주의 시대에 남성이 밤에 연인의 집 창가에서 세레나데를 부르면서 구애를 했던 것과 비슷한 맥락이다.

남성은 온갖 문장 실력을 발휘해서 와카를 읊고 그 와카를 종이에 정성껏 쓴 다음 계절에 맞는 꽃이나 나뭇가지, 풀 등을 덧붙여 여성에게 보내게 되는데 이러한 과정이 한 번에 끝나는 경우는 거의 없었다. 여성은 남성의 마음이 충동적이거나 가벼운 것은 아닌지 또 자신에게 끝까지 애정을 쏟을 것인지에 대해 검증을 하려고 했기 때문에 남성은 여성이 확신을 가질 때까지 계속 어필하지 않으면 안 되었다. 남성에게는 이미 아내가 있는 경우도 있었기 때문에 또 다른 여성에게 지속적인 호의를 보이는 것은 쉬운 일이 아니었다.

그렇게 해서 여성한테 답장이 오면 여성의 집으로 찾아 갈 수 있었는데 당시에는 통혼(通い婚, 가요이콘)이라고 해서 저녁 무렵 남성이 여성의 집으로 가서 밤을 같이 보내고 이튿날 아침에 본인의 집으로 돌아가는 식이었다. 익숙하지 않은 집을 그것도 어둠 속에서 방문해야 했기 때문에 물건에 부딪치지 않고 조용히 들어가는 것이 쉽지 않았다. 자칫 방심했다가는 바로 교양 없고 몰염치한 남성으로 전락하게 된다. 그렇게 둔감한

남성에 대해서 ≪베갯머리 서책≫에서는 비난을 서슴지 않는다. 제25단 〈어쩌지는 못하고 정말 얄미워−밉살스러운 것〉 중에 다음과 같은 문장이 있다.

남의 눈에 띄면 안 되는 곳에서 코를 골며 자는 사람이나, 몰래 찾아오는데 높은 에보시(烏帽子)를 쓰고 와서, 남의 눈을 피한답시고 허둥지둥 들어오다가 물건에 부딪쳐서 소리를 내는 사람도 얄밉다. 특히 이요(伊代) 지방 발(簾) 밑을 건드려 부스럭 소리를 내거나, 장식 있는 발의 끝이 바닥에 탁하고 소리 나게 내리는 사람은 바보스럽기까지 하다. 발을 살짝 들고 들어오면 소리가 전혀 안 날 텐데 조심성이라곤 찾아볼 수가 없다. 쪽문을 거칠게 열고 들어오는 것도 도대체 그 속을 알 수가 없다. 조금 들어 올리듯이 하면서 열면 그런 소리가 나겠는가 말이다. 그렇게 아무 생각 없이 문을 여닫으니 얇은 장지문을 열 때도 큰 소리가 난다.

당시에는 비밀 연애−자유연애의 형태였지만 상대방이 누구인지 남에게 알려지지 않도록 하는 것이 서로에 대한 예의였다−가 기본이었으므로 두 사람의 만남을 다른 사람이 눈치 채도록 하는 것은 조심성 없는 행동이 되었다. 인간관계에서도 이러한 둔감함, 몰염치함, 뻔뻔함은 경계해야 할 사항이지만 연애할 때는 더더욱 조심해야 할 부분이 된다. 그리고 당시에는 남성이 여자네 집에서 밥을 먹어도 보기 흉한 것으로 조롱의 대상이 될 수 있었다. 제189단 〈여자네 집에서 밥 먹는 남자〉에는 다음과 같이 이야기하고 있다.

궁궐에 출사한 여방한테 찾아오는 남자가 밥을 먹고 가는 것은 정말 꼴불견이다. 먹고 가라고 하는 여자도 여자다. 마치 남자 몸을 많이 생각하는 듯이 "그렇게 말씀하시지 말고 잡숫고 가시지요"라고 애정을 듬뿍 담아 권해서 도저히 뿌리칠 수 없게 만드는 것이다. 나 같으면 술에 잔뜩 취해서 밤늦게 찾아와 자고 가도, 절대 물에 만 밥조차 주지 않을 것이다. 눈치 없는 여자라고 나중에 안 찾아와도 상관없다. 사가에 내려가 있을 때 슬그머니 밥을 내주는 것은 어쩔 수 없지만 그때조차도 볼썽사나운 것은 볼썽사나운 것이다.

헤이안 시대의 식문화에 대한 당시의 의식을 알 수 있는 장단이다. 귀족 사회에서는 인간의 기본적인 욕구, 즉 식욕이나 수면욕, 색욕 등과 직결되는 형태로 행동이 발현 되면 그것은 교양과 품위가 없는 것으로 간주하였다. 그러므로 특히 남녀 관계에서는 연애의 풍류적인 정취가 저속한 것이 되지 않도록 은밀하고도 조심스럽게 행동했다.

그리고 당시에는 낮에 주로 하는 생활적인 부분과 밤에 주로 하는 연애적인 부분이 서로 분리되어 생활을 영위하기 위한 행위, 즉 식사와 같은 본능적인 행위가 남녀의 연애 장면에 개입되면 그것은 연애적인 풍류를 해치는 것으로 생각했다. 특히 여러 사람이 공동생활을 하는 궁중에서는 한쪽에서 찾아온 남자에게 밥을 먹이고 있으면 같이 생활하는 다른 사람들은 모른 척 하면서도 민망함을 느꼈을 것이다. 여자가 밥을 푸고 있는 모습을 보고 질려서 더 이상 찾지 않았다는 이야기는 앞서 ≪이세 이야기≫ 제23단 〈우물 벽〉에서도 확인한 바이다. 당시의 문학 작품에 밥 먹는 장면 자체가 거의 나오지 않는 이유도 거기에 있다. 지금의 드라마에서 남녀가 식사를 같이 하는 것으로 데이트가 시작되는 것과는 대조적이다.

결국 헤이안 귀족들은 음식을 먹는 행위를 풍류에 위배되는 것으로 생각했기 때문에 식문화는 크게 발달하지 않았다. 인간의 기본적인 생활 문화인 의식주 중에서 귀족의 지위와 품위를 나타내는 의복은 이 시대에 매우 화려하고 다채롭게 발달하였으며 풍류 생활의 기반으로 삼은 주거 문화 또한 정교하고 밀도 있는 정원을 중심으로 크게 발달하였다. 지금도 일본의 전통 음식이라고 하면 화려하고 거창한 것보다는 쇼진(精進) 요리와 같이 정갈하고 소박한 것들이 중심이다.

이와 같은 현상은 연애뿐만 아니라 결혼—남성이 사흘 밤을 한 여성의 집에 연속으로 방문하면 결혼 성립으로 보았다—후에도 남녀가 동거의 형태가 아니라 별거의 형태로 지낸 것에 기인하는데 남성은 마치 손님처럼 세심한 배려와 예의를 다해서 여성의 집을 방문해야 했고 그것을 지키지 않는 남자는 여성들의 관심에서 제외되었다. 여자네 집에서 함께 밤을 보내고 이튿날 여성의 집에서 나올 때도 남성은 긴장을 늦추어서는 안 되었다.

문학은 남녀의 연애 장면의 아름다운 모습을 그려서 잔잔한 감동을 주는 경우도 있지만 추악하고 우스꽝스러운 모습을 들추어내서 통쾌함과 즐거움을 주는 경우도 있다.

새벽에 헤어지는 법

자연뿐만 아니라 사람의 군상도 가장 재미있는 순간을 포착해서 극명하게 보여주는 ≪베갯머리 서책≫에서는 연애의 장면에서 꼴불견인 남자의 모습을 다음과 같이 서술하고 있다. 제60단 〈새벽에 헤어지는 법〉이다.

새벽녘 여자네 집에서 돌아가는 남자는, 너무 복장을 단정히 하거나 에보시 끈을 꽉 묶지 않는 것이 좋다. 옷차림이 조금 흐트러졌다고 해서 누가 흉을 보겠는가? 밤을 같이 보내고 새벽이 가까워 오면 남자는 자리에 누운 채 일어나기 싫다는 듯이 우물쭈물하고 있어야 한다. 여자가 "날이 다 밝았어요. 다른 사람 눈에 띄기라도 하면 어쩌려고 그러십니까?" 하는 재촉을 듣고서야 한숨을 내쉬며 일어나 앉는다. 일어나 앉아서도 바로 사시누키를 입으면 안 되고 한동안 우두커니 앉아 생각에 잠긴 듯이 있다가 귓속말로 밤에 있던 일을 속삭이며 슬그머니 속곳 끈을 묶고 일어서야 한다. 격자문을 들어 올리고 쪽문까지 여자와 함께 가면서 낮 동안에 못 보는 것이 얼마나 괴로운지 다시 한번 귓속말로 속삭인다. 그런 식으로 해서 남자가 밖으로 나가게 되면 여자는 자연히 그 뒷모습을 바라보며 이별을 슬퍼하게 되는 것이다.

그런데 보통은 그렇지 않다. 무슨 급한 일이라도 갑자기 생각난 사람처럼 자리에서 벌떡 일어나 잽싸게 사시누키를 입고, 그 위에 노시나 포, 가리기누를 걸치고 옷매무새를 매만진 후 허리띠를 졸라맨다. 그러고는 다시 자리에 앉아 에보시를 머리에 쓰고 끈을 꽉 묶어 반듯하게 고쳐 쓴 다음, 전날 밤 베개 밑에 놓아둔 부채와 회지를 찾아 엎드린 채 손바닥으로 방바닥을 더듬거리기 시작한다. 어두워서 잘 안 보이면 "도대체 어디 있느냐, 어디 있는 게야"하면서 손바닥으로 방바닥을 탁탁 내리치다가 손에 부채와 회지가 만져지면 휴우 간신히 찾았네 하고 안도의 숨을 크게 내쉬고는 그 부채를 쫙 펴서 마구 부쳐대며 회지를 품에 집어넣고 "에헴,

그럼 이만 실례하겠소이다"라며 돌아가는 것이 보통 남자들의 태도이다.

헤이안 시대 귀족 사회에서는 남자가 여자네 집을 방문해 밤을 함께 보낸 후 새벽에 다시 자기 집으로 돌아가는 통혼 형태였기 때문에 그 관계는 매우 불안정한 것이었다. 남자가 새벽에 헤어질 때 저녁에 다시 오겠노라고 굳게 약속을 해도 막상 저녁이 되면 다른 여자(아내)의 집으로 가는 경우가 허다했다. 또는 오직 당신만을 기다리겠노라고 약속한 여자(아내) 역시 남자가 저녁에 다시 가 보면 다른 남자를 맞이해서 함께 있는 경우가 있었다.

언제 관계가 끊어질지 모르는 상황 속에서 줄곧 긴장하고 마음을 졸이며 지내야 하는 상황이었지만 한편으로는 짧은 만남인 만큼 풍류와 멋이 극대화되어 표현되었다. 현대의 남녀가 서로의 멋있는 모습에 반해 결혼을 하지만 점점 상대방에게 실망을 하고 어긋나게 되는 것은 어떻게 보면 동거에 의해 관계가 고정되어 긴장감이 없어지기 때문이다. 당시에는 모든 남녀 간의 사랑이 고정되지 않은 유동적인 연애의 형태였기 때문에 잠시라도 상대방에게 해이한 모습을 보이지 않으려고 노력했다.

당시의 남녀간 사랑은 결혼 후에도 안정적이고 일상화된 것이라기보다는 멋과 낭만이 강조된 특별하고 비일상적인 것이었다. 위에서도 언급한 것처럼 남녀가 만나면 밥을 먹어서도 안 되고 잠을 쿨쿨 자서도 안 된다. 인간의 일차적인 욕구의 표출은 긴장감이 풀어진 행동인 만큼 천박하고 교양 없는 것으로 인식했기 때문이다.

위의 본문을 바탕으로 당시 새벽에 여성의 집에서 돌아갈 때의 남성들의 이상적인 모습을 정리해 보면 다음과 같다.

① 에보시를 쓴다.

② 일어나기 싫은 듯이 한다.

③ 여자가 돌아갈 것을 재촉할 때 겨우 일어나 앉는다.

④ 이별을 탄식하며 한동안 멍하니 있는다.

⑤ 여자의 귓속에 달콤한 말을 건넨다.

⑥ 슬그머니 옷을 입기 시작한다.

⑦ 천천히 일어나 격자문을 밀어 올린다.

⑧ 쪽문까지 여자를 데리고 가며 다시 한 번 귓속말을 속삭인다.

⑨ 여자가 배웅하는 것을 뒤로하고 부채와 회지를 품에 넣는다.

본 장단에서는 새벽에 헤어질 때의 이상적인 남자의 모습과 그렇지 않은 현실에서의 남자 모습을 함께 그리고 있다. 일부다처제였던 당시, 연애의 정취를 잘 알고 풍류를 체현한 사람만이 여러 여성과 교제할 수 있는 최고의 남성이었다. 여자의 마음을 잘 헤아리고 센스 있는 남자가 여러 여성의 인기를 얻고 매력남이 되는 것이다. 하지만 현실에서는 무신경하고 아둔하게 행동하는 남자가 많아서 여성의 한숨을 자아내기도 한다. 멋있게 헤어지고 싶은 여자에게는 자기 물건 챙기는 데 급급한 남자의 뒷모습이 실망스럽기 짝이 없다. 본 장단에서는 여자의 미묘한 연애 심리를 새벽에 헤어지는 장면을 통해 솔직하면서도 사실적으로 표현하고 있다.

풍류남의 편지 쓰기

　당시는 결혼한 상태라고 해도 지금의 연애와 같은 형태이기 때문에 남성과 여성은 매번 서로에게 정성을 다해야 했다. 그래야 다음 만남으로 이어질 수가 있었다. 여성의 집에서 하룻밤을 보낸 남성은 자신의 집으로 돌아가 바로 후조 편지(後朝文: 밤을 같이 보낸 후 다음 날 아침 남자가 여자에게 보내는 편지)를 써야 했다. 이 후조 편지 또한 와카로 읊어야 했으며 얼마나 빨리 정성스럽게 써서 보내느냐에 따라 그 남성의 매력이 가늠되었다. 제184단 〈후조 편지 1〉이다.

　　풍류를 알고 아직 독신인 남자가, 전날 밤 어느 여자네 집에 갔었는지 새벽녘에 돌아와 졸린 눈을 비비며 벼루에 먹을 곱게 갈아 후조 편지를 정성 들여 쓰는 것은 정말 운치 있다.
　　흰 속곳을 여러 겹 입고 그 위에 황매화 옷과 다홍색 옷을 입었는데, 그 흰 속곳이 심하게 구겨진 것을 힐끔힐끔 내려다보며 편지를 쓰고 난 후에 앞에 있는 여방한테 주지 않고 일부러 밖에 나가 시종을 불러서 무슨 말인지 조용히 이르고 편지를 줘서 보내는 것은 매우 그럴듯해 보인다. 편지를 보낸 후에도 혼자 상념에 빠져 밖을 내다보며 불경을 여기저기 펼쳐서 조그만 목소리로 읊조리는데, 안쪽 방에서 여방이 아침 죽과 물을 준비해서 갖고 왔는데도 계속 불경만 읽고 있다.
　　흥이 나는 곳은 소리 높여 읽기도 하며, 손을 씻고 노시를 입은 후에도 허공을 향해 법화경 제 6권을 열심히 읽는다. 그러는 동안에 상대방 여자네 집이 가까운 곳에 있었는지 심부름 갔던 시종이 답장을 받아와서 손짓을 하니, 그 남자는 바로 독경을 멈추고 그 답장을 받아서 펴 본다. 한편으로는 이런 식으로 독경을 게을리해서 벌을 받는 것은 아닌지 염려스럽기도 하다.

당시에는 연애 혹은 결혼의 상대가 한 사람으로만 고정된 상태가 아니라 여러 명과 동시에 교제하는 것이 가능했기 때문에 오히려 이성에 대한 관심이 많고 다수의 이성과 교제하는 것을 풍류적인 성향으로 생각했다. 본 장단에서는 그런 남자의 일상생활의 일단을 매우 사실적으로 그리고 있다.

남자는 여자네 집에서 돌아와 지체하지 않고 바로 후조 편지를 써야 한다. 금방 떠나온 것이 매우 슬프고 괴롭다는 내용으로 해서 말이다. 그 아쉬워하는 마음을 얼마나 절절히 표현했는지 또 얼마나 편지를 짧은 시간 안에 써서 보냈는지에 따라 그 남자의 애정의 정도를 가늠했다. 마음에 드는 여자한테 정성을 다해 편지를 써서 보내고 그에 대한 답장이 와야 두 사람의 만남은 그 후로도 지속된다. 상대방이 마음에 안 들어 관계를 끊고 싶으면 편지(답장)를 보내지 않으면 된다. 두 사람이 밤을 같이 보내고 새벽에 헤어진 후에는 오로지 후조 편지에 두 사람의 관계의 지속 여부가 달려있었다고 할 수 있다.

헤이안 귀족 사회에서는 남녀가 서로의 관계를 이어갈 수 있는 중요한 매개체로 편지가 있었고 그만큼 애절한 사랑의 감정이 집약적으로 표현된 것이었다. 더구나 후조 편지는 별거의 형태인 남녀가 이별한 후에 주고받는 것이었기 때문에 그 애절함이 더했다고 할 수 있다. 사랑하는 사람의 마음을 이어주는 러브레터, 그 러브레터를 중심으로 헤이안 시대는 연애

문학이 활짝 꽃필 수 있었다. 문학은 일상생활과 긴밀한 관계를 가질 때 비로소 유용성은 극대화되고 응축된 세련미가 더해진다.

한눈파는 남자의 마음

이와 같이 이 시대의 남성은 집에 돌아가서도 피곤하다고 바로 잠자리에 들면 안 되고 지난밤의 여성과의 만남을 떠올리며 여성과 헤어진 슬픔을 와카로 지어 먹을 곱게 갈아 종이에 써야 했다. 그리고 그 편지를 잘 전달할 시종을 신중하게 골라 보내는 세심함까지 있어야 풍류를 아는 매력남의 반열에 오를 수 있었다.

하지만 그런 남성은 현실적으로 매우 드물고 대부분은 집으로 가는 길에 한눈을 팔기도 한다. 제33단 〈여름날 새벽 정경〉이다.

7월은 너무 더워 어디든 문을 열어놓고 밤을 지내곤 하는데, 문득 잠에서 깨어 밖을 내다보았을 때 달이 휘영청 떠 있으면 더할 나위 없이 풍아롭다. 달이 없을 때도 그 나름의 멋이 있지만, 새벽달이 수줍은 듯이 얼굴을 내밀고 있는 밤이면 온 세상이 청아하고 그윽한 정취로 가득하다.

한 여자가 깨끗하게 잘 닦은 마루방 앞쪽에 새로 짠 다다미 한 장을 깔고 누워있다. 3척 높이의 휘장이 방 안쪽으로 밀쳐져 있는 것을 보니 이 사람은 바깥쪽보다는 안쪽이 더 신경 쓰이는 모양이다. 밤을 같이 보낸 남자는 이미 돌아가 버린 듯, 여자 혼자서 짙은 색 안감에 빛바랜 연보라색 옷인지 풀 먹인 진홍색 능직 옷인지를 머리까지 뒤집어 쓰고 막 잠자리에 든 참인 것 같다. 아래쪽으로는 정향나무 염색 홑옷 같기도 하고 황색 생고치 홑옷 같기도 한 것이 보이는데 다홍색 홑하카마 허리끈이 기다랗게 옷 아래로 늘어진 것을 보면 아직 풀어진 채인 듯하다. 옷자락 밑으로 머리채가 몇 겹이고 겹쳐 있어 머리칼이 상당히 길어 보인다.

바로 그 때 어디에서 돌아오는 길인지 한 남자가 다가오는 모습이 보인다. 이미 날도 밝아 올 때라서 안개가 자욱이 낀 가운데 남보라색 사시누키에, 여기에서는 색이 잘보이지 않지만, 정향나무 염색 가리기누와 흰 생견 홑옷을 입고, 그 밑으로는 다홍색 옷이 비쳐 보이는데, 광택 나는 무늬 옷이 안개에 젖어 조금은 단정치 못한 모습이다. 그 남자는 자면서 흐트러진 귀밑머리 정돈도 하지 않고, 그 위로 에보시를 아무렇게나 눌러 쓰고 있다. 나팔꽃의 이슬이 지기 전에 후조 편지를 쓰려고 '삼밭 아래 자란 풀'이라는 노래를 읊조리면서 서둘러 자기 거처로 가려던 모양이다. 그런데 여자 방에 격자문이 올려진 채 있는 것이 눈에 들어오자, 발 쪽으로 다가가서 발 한쪽 끝을 살짝 들어 올려 방안을 들여다본다. 방금 남자를 돌려보내고 여자가 혼자 누워있는 모습이 눈에 들어오자, 그 남자는 잠시 멈춰 서서, 새벽녘에 서둘러 간 남자도 자기와 같이 나팔꽃 이슬이 지기 전에 후조 편지를 써야겠다고 마음먹은 것일까 하고 상상해 보는 것 같았다. 여자의 베개 위에는 후박나무에 보라색 종이를 바른 여름 부채가 펼쳐진 채 놓여있고, 미치노쿠 지방 회지를 가늘게 자른 것이 엷은 남색인지 홍색인지 어두워서 잘 안 보이지만 휘장 근처에 흩어져 있다.

인기척이 나자 여자는 덮고 자던 옷 위로 남자를 올려다보았다. 기둥에 기댄 채 싱글싱글 웃고 있는 남자를 보자, 얼굴을 안 보일 사이는 아니지만 그렇다고 그렇게 허물없는 사이도 아니라서 뜻하지 않게 얼굴을 보인 것이 분하다고 생각한다. 남자가 "참으로 아쉬움이 많은 아침잠이로소이다"하고 놀리듯이 말하며 발 안으로 반쯤 몸을 밀어 넣자, 여자는 "이슬이 내리기도 전에 가 버린 사람이 미워서 그러하오"라고 대답한다. 서로 얘기를 주고받는 두 사람 모습이 특별할 것은 없지만 그래도 운치가 느껴진다. 남자가 자기가 든 부채로 여자 베개 위에 있는 부채를 끌어당기려고 팔을 뻗자, 여자 쪽에 서는 너무 가까이 왔다고 생각했는지 안쪽으로 몸을 움츠린다. 남자가 그 부채를 손에 들고 이리저리 보다가 "서먹서먹하게 대하시는군요"라고 가볍게 여자를 원망하듯이 말한다. 그러는 사이에 주위가 환하게 밝아져, 사람들의 말소리가 들려오고 햇살도 비치기 시작한다. 안개도 서서히 걷히기 시작하니, 남자들이 돌아가서 바로 쓰겠다고 약속한 후조 편지는 이런 식으로 지체되나 보다. 정말 남자의 마음이란 믿을 수가 없다.

어느 시대든 어느 나라든 남녀가 만남을 갖는 장면만큼 흥미를 끄는 것은 없다. 당시는 일종의 자유연애 형태였기 때문에 지금보다 훨씬 개방적이었다. 즉 한 사람이 여러 사람과 교제를 해도 그 사실 자체는 비난받을 것이 안 되었다. 하지만 모든 것이 노골적으로 공개되고 상대방에 대한 배려 없이 마구 대하는 무질서한 것은 철저히 배격되었다. 어디까지나 자기 통제와 절제, 그리고 상대에 대한 예의와 비밀 유지 등이 기본적으로 지켜져야만 했다.

당시 여자는 특별한 관계에서만 남자에게 얼굴을 보였다. 여방과 같은 궁중 여성 이외의 여성은 성인식(13세 정도) 후에는 같은 형제에게도 얼굴을 보이지 않았다. 그리고 집 안에서만 기거하고 집 밖으로는 거의 나가지 않았다. 외출을 할 때는 발을 늘어뜨린 우차를 탔다. 집 안에서도 남성과 대면할 때는 발을 내려 사이에 두었으며 그때도 직접 말을 하지 않고 시녀를 통해서만 했다. 가끔씩 그 발이 바람에 날려 여자의 얼굴이나 모습이 남자에게 보이는 경우가 있었는데, 그것은 여자 쪽의 부주의로 생각되었다. 그러므로 여성은 남자에게 함부로 얼굴을 보이지 않으려고 애썼고, 반면 남자는 여자의 얼굴을 들추어 보려고 애쓰는 식이었다. 본 장단에서는 그러한 쌍방 간의 팽팽한 신경전이 농염한 장면 속에서 풍류와 멋스러움으로 발현되는 과정을 잘 보여준다.

남자는 여자네 집을 나설 때만 해도 집에 도착하면 바로 후조 편지를 쓰겠다고 결심하지만 집으로 가는 도중에 알고 지내는 여자네 방을 기웃거리며 또 다른 재미에 빠지게 된다. 그런 남성들의 이중성에 대해서 세이쇼나곤은 다음과 같이 서술한다. 제120단 〈마음이 불안 불안—마음이 안 놓이는 것〉의 일부분이다.

이 세상에 불가사의한 존재가 스님 말고 또 있다. 바로 남자다. 남자는 여자가 자기 이상형이 아니라서 마음에 차지 않아도, 면전에서는 절대 싫은 내색을 하지 않는다. 여자한테 칭찬만 해서 기대를 품도록 하는 것이다. 특히 여자한테 잘 한다고 정평이 난 사람은, 여자 쪽에서 애정이 없다고 느낄 만한 행동은 털끝만큼도 하지 않는다. 그러면서도 한편으로는 마음속 생각을 이 여자 저 여자에게 옮기고 다닌다. 다른 여자의 험담을 해서 눈앞에 있는 여자가 자기한테 애정이 있는 줄로 착각하도록 만든다. 여자 쪽에서는 다른 여자 앞에서 자기 얘기를 어떻게 하는지도 모르고, 다른 여자 험담을 자기 앞에서 하는 남자를 좋게 보는 것이다. 상황이 이렇다 보니 조금이라도 호의를 보이는 남자가 있으면 이 남자 역시 그런

음흉한 사람은 아닐까 하고 도무지 마음이 놓이지 않는다. 남자라는 족속은 처지가 딱한 여자를 헌신짝처럼 버리고 뒤도 안 돌아보고 딴 여자에게 가는 냉혈 동물이다. 도대체 무슨 생각으로 그러는지 그 속을 알 수 없다. 또 남자들은 본인도 그러면서 여자에게 못된 짓을 한 남자를 열을 올리며 맹비난한다. 이러나저러나 남자란 이해하기 어려운 존재다. 어디 의지할 데도 없는 여방이랑 사귀어 애까지 갖게 해 놓고 자기가 언제 그랬냐는 듯이 나 몰라라 하는 사람들도 있으니까 말이다.

남성들의 마음속을 낱낱이 파헤치며 무책임한 남자들을 경계해야 한다고 여성들에게 주의를 환기하고 있는데 이것은 곧 남성들에게는 말과 행동을 조심해서 여성에게 상처주지 않아야 인기남이 될 수 있다는 말이 된다.

헤이안 시대 인기남이 되어 여러 여성을 아내로 맞이하는 것은 결코 쉬운 일이 아니었으며 이상적인 남성은 허구의 세계, 즉 모노가타리 속에서나 그려진다. 당대 최고의 인기남은 누가 뭐래도 ≪겐지 이야기≫의 남자 주인공 히카루 겐지다. 그가 수많은 여성에게 사랑을 받을 수 있었던 것은 희고 갸름한 얼굴에 눈 코 입이 뚜렷한 외모-당시의 미남형-때문이기도 했지만 매너와 상식을 잘 알고 교양이 뛰어났을 뿐만 아니라 한 번 인연을 맺은 여성한테는 끝까지 정성을 다하는 성실함이 더 큰 요인이었다.

≪베갯머리 서책≫에서는 ≪겐지 이야기≫보다 더 먼저 인기남이 되고 싶은 귀족 남성들에게 갖춰야 할 매너와 태도를 상세하게 알려 주고 있다.

3. 최고의 연애 소설, ≪겐지 이야기≫

제66대 이치조 천황에게는 데이시 외에 또 한 사람의 중궁이 있었다. 바로 쇼시였는데 ≪겐지 이야기≫는 쇼시의 궁녀 무라사키 시키부가 1008년 경에 쓴 최고의 연애 소설이다. 54권에 달하는 대장편으로 그 안에 800여 수의 와카가 포함되어 있다. 내용은 천황의 아들로 태어나지만 신하 계급 으로 떨어진 히카루 겐지와 그의 아들 가오루 때까지의 여성 편력 이야기 로 등장인물이 500여 명에 달하고 시간적 배경 또한 천황 4대에 걸친 70년 에 이른다. 일부다처제 사회에서 풍류남으로서 여러 여성들과 관계를 맺어가는 과정이 세밀하고도 생생하게 묘사되어 있어 남녀 관계뿐만 아니라 인간의 보편적인 심리를 깊이 있고 밀도 있게 묘사한 작품으로 평가받고 있다. 일부다처제로 여러 여성과의 연애가 허용된 당시, 희대의 꽃미남으로 등장한 히카루 겐지의 풍류 생활의 극치, 하지만 그런 풍류남의 일생은 여러 여성들 사이에서 끝없는 고뇌와 방황을 거듭해야만 하는 운명을 뜻하기도 하였다. 최고의 풍류남 히카루 겐지의 수많은 사랑의 종말은 과연 어떤 식으로 펼쳐지는 지 구체적으로 살펴보기로 한다.

엿보기 연애의 진수

헤이안 시대의 귀족 여성들은 남자들 앞에 쉽사리 모습을 보이지 않았으며 앞에서도 언급했듯이 부모나 남편 외에는 형제 사이라도 휘장이나 발을 사이에 두고 대면했다. 그리고 외출은 거의 하지 않고 마쓰리와 같은 나라의 큰 행사에 구경을 가거나 절·신사에 참배 가는 것이 전부였다. 물론 그 때도 발 내린 우차를 타고 갔다. 그러므로 남녀가 길에서 마주칠 일은 거의 없었고 남자들은 길을 가다가 울타리 사이를 통해서 엿보기를 해야만 여성을 볼 수 있었다. 당시의 연애 문학에서 '엿보기'가 남녀의 연애가 시작되는 첫 출발점이 된다는 것은 ≪이세 이야기≫에서 이미 자세히 살펴봤지만 ≪겐지 이야기≫에서는 그것이 더욱 섬세하고 정교하게 그려진다. ≪겐지 이야기≫의 〈와카무라사키〉권에는 히카루 겐지가 엿보기 하는 유명한 장면이 나온다.

낮이 길어져 무료해진 참에 (히카루 겐지는) 저녁 무렵 안개가 자욱한 틈을 타서 사립 울타리 집으로 외출을 했다. 다른 시종은 돌려보내고 고레미쓰만 대동하여 울타리 사이로 엿보기를 하자, 마침 서쪽 방에 불상을 놓고 근행하는 비구니가 보였다. 발을 조금 올리고 꽃을 꽂는 참이었다. 그리고는 방 안의 기둥에 기대어 팔 받침대에 책을 올려놓고 매우 노곤한 듯이 불경을 읽고 있는데 아무래도 비구니는 평범한 사람 같아 보이지는 않았다. 나이는 40세 정도로 피부가 희고 기품이 있으며 홀쭉한 체구에 눈코입이 오목조목하게 생겼고 머리는 어깨쯤에서 가지런하게 잘라져 있었다. 긴 머리보다 오히려 산뜻한 맛이 있다고 생각하며 히카루 겐지는 찬찬히 바라보고 있었다.

깔끔하게 차린 어여쁜 여성 두 사람이 또 있었고 그 앞을 왔다 갔다 하면서 놀고 있는 어린 아이들이 있었다. 그 중에 10살 정도 되어 보이는 아이가 하얀 속옷에 황매화 겹옷을 덧입은 채 달려오는데 다른 아이들과는 비교가 안 될 정도로 귀엽고 예쁘게 생겼다. 머리는 부채를 펼친 것처럼 살랑살랑 흔들렸고 얼굴은 손으로 문질러서 빨개져 있었다.

"어찌 된 일이에요? 다른 아이랑 싸움이라도 한 거예요?" 라며 비구니가 앉은 채로 아이의 얼굴을 올려다보자 두 사람 얼굴이 조금 닮은 듯한 느낌이 있었다. 히카루 겐지는 그 아이가 아마도 비구니의 손녀일 것이라고 생각하며 쳐다보고 있었다.

그 아이는 "개가 새끼 참새를 날려버리고 말았어요. 바구니 속에 넣어 두었는데"라며 매우 아쉬운 표정을 지었다. 다른 쪽에 앉아 있던 여성이 "항상 그런 식으로 개가 말을 듣지 않아서 큰일이에요. 참새는 어디로 갔는지 보이지 않아요. 한창 귀여울 때였는데 말이에요. 어디 가서 까마귀한테 잡히지나 않았으면 좋겠는데"라며 일어서서 나갔다. 머리가 찰랑 하고 흔들렸는데 생각보다 길었다. 쇼나곤 유모라고 사람들이 부르는 것을 보니 어린 아이의 보모인 것 같았다.

비구니가 "어쩌면 이리도 철이 없을까. 내 나이가 벌써 오늘 내일 어떻게 될지 모르는 데 그런 생각은 조금도 하지 않고 참새만 쫓아다니고 있으니 벌 받은 거예요. 정말 한심한 노릇이에요" 라며 "이쪽으로 오세요" 하자 여자 아이는 다가가서 무릎을 꿇고 앉았다.

얼굴이 매우 귀엽게 생기고 눈썹 언저리가 고와서 머리를 올려 드러난 이마와 머리가 나기 시작한 언저리가 정말 예쁘다. 그 아이가 얼마나 예쁘게 성장하는 지 앞으로도 계속 지켜보고 싶다고 생각하며 겐지는 바라보고 있었다. 그도 그럴 것이 마음 속 깊이 사랑한 사람과 너무도 닮아 있었다. 그 생각을 하니 자신도 모르게 또 다시 눈물이 나왔다.

늦은 산 벚꽃이 필 무렵, 병 치료도 일단락되어 히카루 겐지는 기타야마 산 여기저기를 산책하게 된다. 그 때 눈에 띄는 집이 있어 그 집의 울타리로 다가가 엿보기를 했다. 그런데 그 안에는 그런 산골에 어울리지 않는 예쁘게 생긴 소녀가 하나 있었다. 바구니에 넣고 기르던 새끼 참새를 날려버려 울상이 된 채 할머니한테 꾸중을 듣는 참이었다. 그 모습을 보니 꿈에도 그리던 사람, 즉 후지쓰보라는 여성과 너무도 닮아서 자기도 모르게 눈물이 나올 지경이었다. 겐지는 그 소녀를 자신의 곁에 두고 성장해가는 모습을 지켜보고 싶다고 생각한다.

히카루 겐지가 숨죽이며 엿보기 하는 장면이 클로즈업되어 한층 긴장감 넘치는 묘사로 이어지는데 원래 이 장면은 같은 〈와카무라사키〉권에 나오는 히카루 겐지와 후지쓰보의 밀통 장면과 연결시켜 읽어야 한다. 아버지인 기리쓰보 천황이 총애하는 비(妃)이면서 히카루 겐지에게는 의붓어머니가 되는 후지쓰보에 대한 이루지 못하는 사랑이 그 소녀를 엿보았을 때의 슬픈 감정을 형성하고 있기 때문이다. 그 소녀는 실제로 후지쓰보의 조카였다. 현실적으로는 도저히 맺어질 수 없는 후지쓰보 대신에 히카루 겐지는 그 느낌이 비슷한 와카무라사키를 데려다가 성장시킨 후에 평생의 반려자로 삼게 되는 데 이 장면은 그 무라사키 부인을 처음 보는 장면이라는 점에서 중요한 복선이 된다.

의붓어머니와의 금지된 사랑

어머니 기리쓰보 갱의를 3살 때 여의고 이상적인 여성을 찾아 헤매던 히카루 겐지는 어렸을 때부터 친하게 지낸 의붓어머니 후지쓰보에게 연심을 품게 된다. 겐지에게는 어머니를 일찍이 여읜 것이 평생의 한이자 오이디푸스 콤플렉스로 자리 잡아 죽은 어머니를 닮은 후지쓰보가 아버지의 비(妃)로 들어왔을 때 겐지는 마음속으로 남몰래 흠모하게 된다. 후지쓰보에 대한 겐지의 연모하는 마음은 점점 불타올라 밀회를 성사시키고자 이제나 저제나 기회를 엿보는데 어느 날 후지쓰보가 병에 걸려 궁궐을 나가 사가에 머무는 일이 생긴다. 마찬가지로 〈와카무라사키〉 권이다.

후지쓰보는 병으로 퇴궐하였다. 히카루 겐지는 주상이 마음을 졸이며 염려하는 것을 마음 아프게 생각하면서도 이번 기회는 두 번 다시 없을 거라고 혼이 반쯤 나간 상태로 있었다. 어디에도 외출하는 일 없이 궁궐 안이나 집에서 멍하니 상심에 잠겨 있다가 저녁 무렵만 되면 후지쓰보의 사가에 가서 왕명부를 재촉하기에 여념이 없었다.

어떤 식으로 해서 안내가 된 걸까. 두 사람이 만나고 있는 때조차 현실이라고 생각하지 못하는 것은 안타까운 일이다. 후지쓰보는 상상조차 못한 일이라서 대단히 놀랐다. 평생 잊지 못할 고뇌거리라서 그것을 마지막으로 하려고 굳게 결심했는데 이런 일이 또 일어난 것에 대해서 너무도 한심스럽다고 괴로워하였다. 하지만 그런 속마음과는 달리 상냥하고 기품 있게 대하는 모습은 역시 다른 보통 여성과는 다르다며 히카루 겐지는 '어쩌면 이렇게 결점이 조금도 없으실까' 하고 오히려 괴롭게 생각했다. 무슨 말을 해야 할까. 구라마 산에라도 묵었다 가고 싶은데 밤이 너무 짧아서 아쉽기만 하였다.

히카루 겐지가,

꿈에서 봐도 실제로 만나는 일 거의 없어라
내 맘도 그 꿈처럼 헤매이고 다니네

하고 눈물짓는 모습은 보기만 해도 마음이 아프다. 후지쓰보가,

세상 사람들 얘기 거리로 내내 전해지겠네
괴롭기만 한 이 몸 꿈 속 일이라 해도

하고 고뇌에 빠진 모습은 정말이지 당연하고 납득이 된다. 왕명부가

노시 등 히카루 겐지의 옷가지를 주워서 가져 왔다.

히카루 겐지는 사가로 돌아와 울면서 지내게 되었다. 편지를 보내도 전혀 읽어 주지 않기 때문에 이전에도 그랬지만 여전히 망연자실하여 궁궐에도 나가지 않고 2, 3일 집에만 있었다. 무슨 일 있나 하고 염려하는 천황인 아버지에게도 황송할 따름이었다.

궁궐은 천황이 있는 신성한 장소이기 때문에 병든 사람이 있어서는 안 된다. 궁궐에서 상주하는 여성들은 병에 걸리면 잠시 자신의 사가에 가 있게 된다. 히카루 겐지에게 있어서 궁궐 안은 사람 눈도 많고 아버지인 천황이 후지쓰보를 잡고 놓아 주지 않기 때문에 항상 후지쓰보를 먼발치에서 바라볼 수밖에 없었다.

후지쓰보가 사가에 내려갔다는 소리를 듣고 겐지는 이때야말로 밀회를 성사시킬 절호의 기회라고 생각한다. 본문에는 몸에서 혼이 빠져 나가 상대방을 찾아 헤매는 상태였다고 표현되어 있다. 겐지는 후지쓰보를 염려하는 아버지의 마음은 알고 있지만 그렇다고 자신의 정념을 억누를 수는 없었다.

겐지의 아버지 기리쓰보 천황의 마음은 사랑하는 후지쓰보가 몸이 안 좋은 것도 걱정되고 자식인 겐지 역시 기타야마 산에 다녀와서 그나마 병세가 좋아지기는 했지만 다시 나빠지기라도 하는 것은 아닌 지 전전긍긍이다. 기리쓰보 천황은 후지쓰보 뿐만 아니라 겐지까지도 걱정하고 있는 것이다.

그런데 겐지는 낮에는 혼이 빠져 있다가도 저녁 무렵만 되면 모든 원기가 되살아난다. 후지쓰보의 사가에 찾아가 후지쓰보 측근의 여방인 왕명부에게 밀회의 기회를 만들도록 다그친다. 이 후지쓰보의 여방인 왕명부는 지금은 생활을 위해 신분 높은 사람의 여방이 되어 일하고 있지만 원래는 아버지가 황족인 고귀한 여성이었다.

방안에 있는 여주인은 실로 위태로운 존재이다. 저택 구조는 네 귀퉁이의 문을 닫아 놓았을 뿐으로 실내는 전부 개방된 상태이기 때문이다. 스스로 문단속을 할 수도 없다. 남자들의 계략에 의해 여방들이 문을 열어 놓으면 남자들은 얼마든지 침입할 수 있었다. 그러므로 남자들은 자신의 아내나 애인의 측근에서 일하는 여방들과 가까이 지낼 필요가 있었다. 어떤 경우에는 남녀 관계를 맺어서 자기편으로 만들어 놓는 경우도 있었다.

히카루 겐지는 자신의 매력을 발휘하여 왕명부를 설득하고 자기편으로 해 놓았다. 후지쓰보를 향한 사랑을 털어놓아 동정심을 유발했을 수도 있고 15살 위의 기리쓰보 천황보다는 6살 아래인 자신이 후지쓰보에게는 더 어울린다는 말을 해서 어필했을 수도 있다.

이 장면은 작품 전체에서 유일하게 묘사되는 후지쓰보와 겐지와의 밀회 장면이다. 한 때는 ≪겐지 이야기≫에서 이 장면이 삭제되어 출판된 적도 있지만 삭제를 할 정도로 노골적이고 직접적인 묘사는 전혀 없다.

'어떤 식으로 해서 안내가 된 걸까'하고 왕명부의 안내하는 모습에 대한 직접적인 묘사는 건너뛰고 바로 겐지가 후지쓰보를 바라보고 있는 모습부터 나온다. 그리워하면서도 만나지 못하는 때가 현실이 아닌 듯했는데 지금 이렇게 만나고 있는 때조차도 현실이 아닌 듯하다. 정말 힘들게 만남이 이루어졌는데 그리고 마지막 기회가 될 지도 모르는 데 기억에 남을만한 현실감조차 들지 않는다는 사실이 겐지를 더욱 슬프게 한다.

한편 후지쓰보는 그 무섭고 두려운 일이 또다시 일어난 것이 심히 괴롭고 그 때의 기분이 떠올라 그리움에 젖기도 하며 그렇다고 마음을 열 수도 없는 복잡한 심경이다. 하지만 중요한 것은 그러한 후지쓰보의 모습이 히카루 겐지를 강하게 거부하는 태도는 아니라는 점이다.

겐지는 그런 후지쓰보를 사랑스럽고 애틋하게 생각했다. 그런 후지쓰보를 한없이 보듬어주고 싶고 마음을 다해 위로해주고 싶다. 후지쓰보는 상대방으로 하여금 그런 애정을 불러일으키는 매력적인 여성이었던 것이다. 사랑해서는 안 되는 의붓아들인 겐지. 그러나 자신을 강렬하게 사랑하는 겐지에게 마음이 이끌리면서도 그 애욕에 몸을 맡기면 안 된다는 자각을 가지고 있는 기품 있는 모습이다.

그런 애정 어린 마음과 억제하는 마음을 같이 가지고 있는 모습을 보면서 겐지는 항상 차갑기만 한 자신의 정처 아오이 부인을 떠올린다. 기타야마 산에서 아오이 부인의 친정인 좌대신 저택에 돌아갔을 때 그녀는 너무도 차갑고 냉랭하게 맞이했다. 똑같이 냉랭한 태도라고 해도 너무 다르다. 겐지는 후지쓰보는 결점이 전혀 없는 훌륭한 사람이라서 자신이 끌리는 것이라고 생각한다.

그 다음의 상황에 대해서는 자세히 서술되는 것이 없다. 후지쓰보는 겐지를 싫어하는 것이 절대 아니며 신분이나 입장 때문에 그를 피하는 것뿐이다. 두 사람이 평범한 남자와 여자로 만났다면 마음이 서로 잘 통했을 것이라는 여운만 남기고 그 장면은 끝이 난다.

이 두 번째 만남으로 후지쓰보는 회임하게 되고 이듬해 아들이 태어난다. 아무것도 모르는 기리쓰보 천황은 대단히 기뻐하며 후지쓰보를 중궁(정비)으로 삼는다. 그 후 진실을 모르는 채 기리쓰보 천황은 세상을 떠나고 후지쓰보는 후견인을 잃는다. 아버지를 잃은 자식을 위해서 후지쓰보는 겐지에게 의지할 수밖에 없지만 겐지와의 연모의 감정 때문에 불교에 출가해 버린다.

히카루 겐지 역시 그 후에 정치적인 좌천을 겪는 등 응보의 나날을 보내게 되는데 그 아들은 커서 레이제이 천황으로 즉위하여 후지쓰보는 국모가 된다. 여성으로서는 최고의 영화를 누리지만 봄 무렵부터 병상에 누워 결국 회복하지 못하고 37살의 일생을 마치게 된다.

이와 같이 히카루 겐지는 18살에 의붓어머니 후지쓰보와 밀통하는 패륜을 저지르면서 그 사랑은 파국으로 치닫게 된다. 후지쓰보는 겐지의 아이를 임신하고 출산하게 되는데 그가 바로 훗날의 레이제이 천황이다. 기리쓰보 천황은 후지쓰보가 낳은 아들이 겐지의 자식인지 모른 채(아니면 일부러 모른 척 했을 수도 있다) 겐지와 닮았다고 기뻐하며 총애한다. 기리쓰보 천황이 영문도 모른 채 겐지의 아들을 귀여워하는 장면은 흐뭇한 웃음소리와 더불어 깊은 비애감을 복합적으로 자아낸다.

귀족들의 문학인만큼 겐지와 후지쓰보의 동침에 대해서는 구체적 묘사가 없고 훗날 과거를 회상하는 우회적 방식으로 처리된다. 남녀의 섹스에 대한 노골적 묘사가 불가능했던 당대의 풍속을 감안하면 타협적이면서도 세련된 방식이라고 할 수 있다. ≪겐지 이야기≫에서는 겐지와 후지쓰보의 밀통 장면을 비롯해서 남녀 사이에 일어나는 중대한 사건은 종종 생략되며 후에 짤막하게 암시하는 식으로 처리된다.

당시 봉건 사회적인 체계 안에서 황족과 귀족 사이에서는 친족 간의 결혼으로 인한 근친혼의 요소가 일반화되어 있는 면도 있었지만 겐지는 정도를 뛰어넘는 근친상간을 범한 패륜적 인물이다. 10대에 이미 근친상간을 감행하는 겐지를 보면 ≪겐지 이야기≫가 윤리를 교훈으로 하는 작품이 아니라 탐미적인 작품임을 알 수 있다. 어떻게 보면 오늘날의 막장 드라마보다 정도가 더 심하다고 할 수 있는데 그런 점에서 ≪겐지 이야기≫는 많은 사람의 흥미를 끄는 오락성을 이미 갖췄다고 볼 수 있다.

사람은 보통 3세~6세가 되면 남자아이는 어머니를, 여자아이는 아버지를 상대로 처음 사랑을 경험한다. 어머니를 사랑하는 아들은 아버지를 강력한 라이벌로 의식하면서 최초의 삼각관계가 형성된다. 아들이 아버지에게 느끼는 경쟁심리, 즉 오이디푸스 콤플렉스는 전형적인 삼각관계 원형 중의 하나이다.

대개 삼각관계는 사랑의 시작이나 종말에 경쟁자가 끼어들어 적어도 한 사람, 때로는 세 사람 모두 고통을 당하게 된다. 공통된 대상을 서로 차지하려는 과정에서 경쟁의식이 생기는데, 어떤 이들은 바로 이런 관계 때문에 삼각관계의 상태에서는 사랑을 보다 강렬하고 크게 느끼게 된다고 말한다. 또 어떤 사람들은 아슬아슬한 흥분이나 우월함을 느끼기 위해 일부러 삼각관계를 지속시키기도 한다. 삼각관계는 인간이면 누구나 갖고 있는 욕망 즉, 동시에 두 사람에게 사랑받음으로써 서로에게 경쟁 심리를 부추기고 싶은 은밀한 갈망에서부터 시작된다고 할 수 있다.

그런데 ≪겐지 이야기≫에서 오이디푸스 콤플렉스에 의한 삼각관계는 사뭇 다른 형태로 발현된다. 불륜의 당사자인 히카루 겐지와 후지쓰보는 끝까지 두 사람의 관계를 비밀로 한다. 히카루 겐지의 아버지 기리쓰보 천황은 두 사람 사이에 태어난 불의의 자식(후의 레이제이 천황)을 자신의 아들로 여기고 히카루 겐지를 닮아 미남이라고 기뻐한다. 그 모습을 보고 있는 히카루 겐지와 후지쓰보는 비록 마음속으로는 죄의식과 자책감에 괴로워할지라도 끝내 두 사람의 관계를 밝히지 않는다. 서양에서처럼 서로의 관계를 당당히 밝히고 경쟁이나 싸움으로 발전하는 식이 아니라 일본에서는 겉으로 드러내지 않고 마음의 고통을 각자 끌어안고 가는 식으로 전개된다. 세 사람의 갈등은 끝까지 표면화되지 않는다. 이것이 일본식의 삼각관계이다.

질투 많은 여자와의 연애

히카루 겐지가 죽은 어머니에 대한 그리움으로 수많은 여성을 편력하며 자신의 공허함을 채워가던 중에 한 여성이 다른 여성을 질투하여 죽음에 이르게 하는 끔찍한 일이 벌어진다. 바로 미야스도코로 이야기이다. 히카루 겐지가 22세~23세 때의 일이며 〈아오이〉권의 주요 내용이다.

좌대신 저택에서는 모노노케(원령)가 나타나 아오이 부인이 심하게 괴로워하여 모두가 걱정하고 있었다. 그래서 겐지는 밤 나들이도 마음대로 못 다니고 이조원의 와카무라사키에게도 어쩌다 한 번 가는 정도였다. 그간 겐지가 아오이 부인에게 박정하게 대하기는 했지만 정처로서 소중하게 생각하는 분이고, 게다가 회임으로 인해 괴로워하고 있으니 대단히 애처롭게 걱정을 하며 자신의 방에서 기도를 올리게 했다. 모노노케와 생령(살아있는 사람의 원령)이 많이 나타나 자신의 이름을 말하는 가운데, 영매에 옮겨 붙지도 않고 오로지 아오이 부인의 몸에만 찰싹 들러붙어, 특별히 심하게 괴롭히지도 않으면서 한시도 떨어지지 않는 것이 하나 있었다. 영험이 뛰어난 고승들의 조복(調伏)에도 꺾이지 않는 집념은 대단한 모노노케로 생각되었다. 좌대신 댁에서는 겐지가 만나는 애인들 중의 하나가 아닐까 생각하여, "미야스도코로나 이조원의 와카무라사키 쪽은 겐지님이 지극히 사랑하는 분들이니까 우리 마님에게 원한이 깊을 것이야"라고 쑥덕거리며 여러 가지 점도 쳐보았지만 이것이라고 딱 맞히지는 못했다. 모노노케라고는 해도 특별히 원한이 깊은 원수라 할 만한 것이 없었다. 지금은 고인이 된 유모, 혹은 부모의 집안 대대로 원한을 가진 귀신이 약한 때를 골라 나타나거나 어떤 귀신인지 확실하지 않은 것이 계속 나타났다. 아오이 부인은 엉엉 소리 내어 울며 때때로 심하게 기침을 하고 도저히 참을 수 없다는 듯이 괴로워하는 모습이라 좌대신 댁에서는 어떻게 되는 것은 아닐까 하는 불길한 예감과 비통한 기분에 빠져 당황하고 있었다.

가모 신사의 재원이 목욕재계를 하는 날, 겐지의 행렬을 구경하려고 나온 정처 아오이 부인과 연인 미야스도코로의 시종들 사이에 서로 좋은 자리를 차지하려고 싸움이 붙었다. 이 과정에서 자신의 신분을 숨기고 은밀히 구경을 나온 미야스도코로는 겐지의 정처인 아오이 부인의 시종들로부터 심한 모욕을 받고 밀려난다. 자존심이 강한 미야스도코로는 가슴에 원한이 사무쳐 자신도 모르게 육체에서 영혼이 유리되어 회임한 아오이 부인을 따라다니며 괴롭힌다. 위의 장면이 바로 미야스도코로가 생령이 되어 아오이 부인을 괴롭히는 장면이다. 그해 가을 아오이 부인은 아들 유기리를 출산하지만 후산에서 미야스도코로 생령의 공격을 받고 발작하여 급사하게 된다.

겐지는 그동안 아오이 부인에 대해 소홀했던 것을 뉘우치며 정성을 다해 장례를 치른다.

생령이란 살아 있는 인간의 영혼이 몸에서 빠져나와 떠돌아다니는 것에 대한 총칭이다. 영혼이 빠져나와 돌아다니고 있는 동안에 정작 본인은 잠을 자는 상태여서 자신의 영혼이 무슨 짓을 했는지 알 수 없다. 단지 영혼이 돌아다녔던 장소의 냄새가 몸에 배어 남아 있을 뿐이다. 보통 격렬한 질투심이나 증오심을 가졌을 때 생령이 되는 것으로, 몸에서 빠져나온 영혼이 상대방에게 달라붙어 그 사람을 죽음에 이르게 한다.

겐지는 본인보다 7살이나 연상인 미야스도코로와 오랫동안 연인 사이로 지냈지만 실은 마음이 식어 있었다. 그것을 원망스럽게 생각하던 미야스도코로는 생령이 되어 꿈인지 생시인지 모르는 상태에서 겐지의 연인 유가오를 죽이고, 그 다음에는 겐지의 정처인 아오이 부인을 죽게 했다. 겐지는 그 사실을 희미하게 느끼고 점점 더 그녀를 멀리 한다. 미야스도코로는 원래부터 질투심이 많고 히스테리가 심한 사람이 아니었다. 오히려 일상에서는 교양이 높고 배려심 있는 조용한 성격이었다. 겐지를 사랑하는 마음이 채워지지 않는 상태가 계속되어 갈등과 번민의 수렁에 빠지게 된 것이다. 그러다가 가모 신사의 마쓰리 날에 아오이 부인의 우차에 밀려나면서 수치심을 느낀 것이 결정적인 계기가 되었다. 어찌 보면 미야스도코로라는 여성은 불쌍한 사람이다.

결국 그녀는 모든 것을 잊기 위해 옛날 황태자인 망부와의 사이에 낳은 딸을 이세 신궁의 재궁으로 보내기로 하고 거기에 동행하고자 한다. 이례적이기는 하지만 그런 식으로 해서라도 겐지에 대한 사모의 정을 끊으려고 애쓰는 것이다.

그렇게 미야스도코로가 헤이안쿄(平安京), 즉 교토에서 떠나려 하자 겐지는 갑자기 그녀가 보고 싶어졌다. 상대방에게 상처만 주는 겐지의 변덕스러운 마음이 여기에서도 발휘된다. 결국 겐지는 사가노의 노노미야 신사에서 근행 생활을 하는 미야스도코로 모녀한테 몰래 잠행을 하게 된다.

그러면 미야스도코로의 생령 사건을 어떻게 해석해야 할까?

미야스도코로는 히카루 겐지의 연인 중 한 사람이다. 히카루 겐지의 사랑이 그다지 크지 않은데도 불구하고 소문만 크게 나서 딸인 재궁이 이세로 내려가는 데 따라나서려고 했다. 한편 히카루 겐지의 정처 아오이 부인은 이 또한 히카루 겐지의 애정은 그다지 크지 않지만 결혼 10년 만에 겨우 회임을 하는 행운이 찾아왔다. 그 아오이 부인과의 자리 싸움에서 밀려난 미야스도코로는 그 후에 깊은 시름에 잠기게 되고 괴로움에 몸부림치다가 잠시 잠이 들어 꿈을 꾸게 되었는데 그 꿈속에서 아름다운 어떤 여자의 머리채를 휘어잡고 바닥에 내동댕이치고 있었다.

아오이 부인은 임박한 출산에 더할 나위 없는 고통으로 이제 끝인가 하고 히카루 겐지를 머리맡으로 부른다. 울기만 하는 아내의 모습에 지금까지 없던 애정을 느낀 히카루 겐지는 설령 여기에서 헤어진다 해도 다시 태어나면 또다시 만날 수 있다고 위로의 말을 건넸다. 그 때 너무 괴로우니 승려의 가지기도를 멈추라는 소리가 크게 들리는데 그 목소리가 다름 아닌 미야스도코로의 목소리였다. 원망하는 말을 하며 와카를 읊는 그 모습에 히카루 겐지는 소름이 끼쳤다.

집에 돌아온 미야스도코로는 겨자씨 냄새가 몸에 배어 있는 것을 알고 머리를 감고 옷을 갈아입지만 냄새가 가시질 않는다. 겨자씨란 원령을 퇴치하기 위해서 태우는 것으로 마약의 일종인 아편을 말한다. 그리고 아오이 부인은 무사히 출산이 끝났다고 안심한 것도 잠시, 곧바로 세상을 떠나게 된다.

이와 같이 보면 원령은 보통 남녀 관계에 의해서 정서적으로 불안정한 상태가 되었을 때 나타나는 것으로 생각할 수 있다. 하지만 헤이안 시대의 기록에 보면 원령은 정치적인 대립 관계, 즉 집안과 집안의 싸움에 의해 출현하는 것이 보통이었다. 미야스도코로와 같이 남녀 관계에 의해 출현한 것이나 사령이 아니라 생령의 형태로 상대의 여성에게 붙는다는 것이 당시 사람들에게는 새롭고 참신하게 생각되었을 것이다.

그런 의미에서 미야스도코로의 이야기는 단순한 남녀 사랑이 얽힌 치정극만은 아니다. 죽은 동궁(차기 천황)의 아내로서 세상을 잘 만났으면 중궁의 자리까지 올랐을 고귀한 여성이었으므로 그녀는 강한 자존심과 가문의 체면이 있었다. 거기에 상처를 입은 것이다.

그렇기는 하지만 원령이 되어 히카루 겐지에게 원망하는 말을 늘어놓는 미야스도코로의 목소리는 너무나도 생생하다. 당시의 상류 귀족 여성들은 스스로의 감정을 표출하는 것에 대해서 매우 억압적인 환경으로 살고 있었다. 교양이나 학식에 의해 입 밖으로 내놓지 못하는 원망이나 분노를 원령의 입을 통해서 말하게 하는 것이다. 그것은 히카루 겐지에 관한 여자들이 공통적으로 갖고 있는 내적인 소리를 대변하는 것이기도 했다.

그러면 이 원령 사건을 아오이 부인 쪽에서 본다면 또 다른 측면이 있다. 아오이 부인은 결혼 후 아이가 생기지 않다가 10년 만에 회임을 했다. 집안 모두 고대하고 고대하던 출산이었다. 하지만 당시 여성에게 출산은 매우 위험한 일이었고 출산하다가 생명을 잃는 여성도 많았다. 출산에 대한 기대와 공포에 떨고 있을 때 미야스도코로가 원령이 되어 나타나니 그 두려움은 더욱 커졌을 것이다.

헤이안 시대는 역병이 가끔씩 유행하여 많은 사람이 목숨을 잃었다.

오늘날과 같이 백신이 없는 시대, 전염병의 두려움은 말로 다 표현할 수 없을 정도였다. 게다가 여성에게 출산은 목숨을 건 일생일대의 큰 사건이었다. 이 시대에는 질병이나 신체적 위기는 사람의 힘으로 어떻게 할 수 없는 숙명적인 부분이라고 생각했다. 병과 죽음을 원령과 연결해서 생각하듯이 이러한 재해나 병고로부터 무사할 수 있도록 하는 것은 오로지 신앙심에 의해서만 가능하다고 생각했다. 원령 퇴치를 위해서 승려를 집으로 불러 가지기도를 시키거나 음양사를 불러 주문을 외우도록 하였다.

적과의 동침

당시 천황이라는 존재는 모든 질서의 중심에 있었으며 완전한 형태로 생각했다. 다른 사람에게 손가락질을 받을만한 일이 있어서는 안 된다. 그러므로 기리쓰보 천황은 히카루 겐지와 후지쓰보와의 사이에 태어난 불의의 자식을 의심의 여지없이 자신의 자식으로 키운다. 이러한 고민은 히카루 겐지가 이해할 수 있는 범위의 밖에 존재한다. 황자라는 존재는 질서 밖에 있었다. 천황이라는 중심에서 보면 주변부에 해당되며 그곳은 혼돈의 세계였다. 황자로서의 히카루 겐지는 다른 또래와는 비교할 수 없는 총명함과 상냥함을 갖고 있지만 역시 혼돈의 세계에 살고 있었다. 천황의 자리를 약속받지 못한 그는 방약무인하며 자유분방하다. 궁중 여성의 인기를 독차지하는 것도 그 이유에서일 것이다. 그렇게 세상 돌아가는 이치에 무신경하고 여성에 대한 열정만으로 지내던 겐지에게 드디어 최대의 위기가 닥친다. 결코 사랑해서는 안 되는 정적의 딸과 연애를 벌인 것이다. 그 연애는 아직 아오이 부인이 살아 있던 때부터 시작된다. 〈꽃놀이(花宴)〉권의 내용이다.

　　밤이 깊은 후에야 벚꽃놀이는 끝이 났다. 귀족들은 제각각 퇴근을 하고 중궁과 동궁도 거처로 돌아간 주위에 정적이 감돌고 있을 때, 달빛이 아주 밝게 비치자 더욱 운치가 있었다. 겐지는 얼큰한 기분에 취해 이대로 가만히 있을 수 없다는 생각이 들었다. 천황을 모시는 여관들도 모두 잠들어 있어 어쩌면 이러한 때에 의외로 좋은 기회가 생길지도 모른다는 생각이 들었다. 후지쓰보 거처 주변을 정신없이 몰래 돌아다녀 보았지만 안내해 줄만한 여방의 방문도 꽉 잠겨 있었다. 한숨을 쉬면서도 이대로 단념할 수는 없어 반대편 홍휘전 마루로 들어가 보니 세 번째 문이 열려 있었다. 고키덴 여어는 연회가 끝난 후 바로 청량전으로 가셨기 때문에 이곳은 사람이 적은 듯했다. 안쪽의 여닫이문도 열려 있고 인기척도 없다. 겐지는 이렇게 조심성이 없는 것이 원인이 되어 남녀가 잘못을 저지르게 된다고 생각하며 살짝 올라가 안을 들여다보았다. 사람들은 모두 잠이 든 것 같았다. 그때 대단히 젊고 아름다운 목소리로 보통 신분이 아닌 듯한 여자가 "으스름달밤과 닮은 것은 없어라"라고 읊조리며 이쪽으로 다가오는 것이 아닌가. 겐지는 너무나도 기뻐 불쑥 소매를 잡았다. 여자가 두려워하는 표정으로, "어머나, 무서워라. 누구신가요"라고 하자, 겐지는 "그렇게 무서워하지 않아도 돼요"라고 말하고,

　　깊은 밤중에 점점 기울어가는 으스름달빛
　　그대와의 만남은 전생의 인연이네

라고 읊으며 여인을 안아서 살짝 마루방에 내려놓고 문을 닫아 버렸다. 갑작스런 일에 놀라 멍하니 있는 여자의 모습이 순수하고 귀엽게 느껴졌다. 여자는 와들와들 떨며 "여기 모르는 사람이…"라고 말하지만, 겐지는 "나는 모든 사람에게 인정받는 사람인지라 누구를 불러도 소용이 없소. 그냥 조용히 있는 것이 좋을 거요"라고 말했다. 이 목소리를 듣고 여자는 그가 겐지라는 것을 알고 조금은 안심하는 것이었다.

여자는 어떻게 할까 하며 곤란하게 생각하면서도 겐지에게 무정하고 냉담하게 보이고 싶지는 않다고 생각한다. 겐지는 취한 기분에 이성을 잃었던 탓인지 여자를 그냥 보내는 것은 아쉽다는 생각이 들었고, 여자 또한 젊고 연약하여 강하게 거절하는 법을 몰랐던 것이리라. 귀엽고 애처롭다는 생각을 하는 동안에 점점 날이 밝아와서 마음이 조급해진다. 더구나 여자는 이런저런 생각에 심란한 모습이다. 겐지가 "이름을 알려주시오. 그렇지 않으면 연락을 어떻게 하겠소. 설마 이대로 헤어져 버리려는 생각은 아니겠지요" 하고 말하자,

불행한 내가 이대로 사라져도 당신은 결코
초원 헤치며 혼백 찾지는 않겠지요

라고 읊는 모습이 너무나 요염하다.

히카루 겐지가 20세가 되던 해 봄에, 천황의 정전인 자신전에서 천황과 후지쓰보 중궁, 동궁이 함께 한 자리에서 벚꽃 향연이 개최되었다. 한시 경연대회가 열리고 동궁의 요청에 따라 겐지와 두중장이 춤을 추었다. 겐

지의 춤에 모든 사람이 감동했지만 후지쓰보 중궁만은 평상심으로 겐지를 바라볼 수 없었다.

그날 밤 향연이 끝나고 겐지는 흥에 취해 후지쓰보의 방을 찾아 돌아다니다가 맞은편 홍휘전 마루방이 열려 있는 것을 발견했다. 살짝 엿보았더니 마침 그곳에서 요염하게 생긴 여자가 와카를 읊으며 걸어 나오는 것이었다. 겐지는 재빨리 그 여자의 소매를 잡아끌어 안으로 들어갔다. 여자는 처음에는 놀라지만 목소리가 겐지라는 것을 알아차리고 안심한다. 그러나 겐지는 여자가 누군지 모른 채 하룻밤을 같이 보낸다. 그리고 그 증표로 부채를 서로 교환한다. 이튿날 겐지는 아오이 부인을 찾아가지만 무뚝뚝한 태도에 정을 붙이지 못하고 장인인 좌대신과 대화만 나눈다.

그로부터 한 달이 지난 3월 하순, 겐지는 우대신 집의 등나무 축제에 초대 받아 가게 되는데 그 때 부채의 주인이 우대신의 여섯째 딸이며 고키덴 여어의 여동생인 오보로즈키요라는 사실을 알게 된다. 원래 우대신 집안은 히카루 겐지의 정적으로 호시탐탐 좌대신 집안을 몰락시킬 기회만 엿보고 있었다. 큰일이라고 생각은 했지만 마음은 이미 멈출 수가 없었다.

기리쓰보 천황이 세상을 떠난 후에도 히카루 겐지는 오보로즈키요와의 밀회를 계속하고 있었다. 그런데도 겐지는 후지쓰보 중궁에 대한 연모를 억누르기 힘들어 어느 날 밤 후지쓰보 중궁의 처소에 몰래 들어갔다. 의붓어머니 후지쓰보와 밀통하여 아이까지 출산한 겐지, 그 겐지는 아무런 죄책감 없이 또다시 후지쓰보와의 밀통을 범하려 한다. 히카루 겐지는 윤리관이 통하는 상식적인 세계가 아니라 혼돈의 세계에 살고 있다. 후지쓰보 중궁은 앞으로 천황이 될 동궁의 어머니로서 혼돈은 마땅히 거부해야 한다. 그 혼돈을 거부함으로써 정돈된 질서 속에서 천황이 되는 자신의 아이를 지켜야만 한다. 후지쓰보 중궁은 자신의 아들인 동궁을 지키고 히카루 겐지와의 연모의 정을 끊기 위해 출가를 결심한다. 마음대로 안 되는 후지쓰보와의 관계에 갈증을 느낀 히카루 겐지는 정적 우대신의 딸 오보로즈키요와의 밀회를 계속하게 되고 결국 우대신에게 현장을 들키는 사태가 벌어진다.

오보로즈키요는 겐지와 밀통해서 동궁비로서 예정된 운명에 착오가 생겼다. 그래도 고키덴 황태후(고키덴 여어)는 여동생을 동궁비에서 여어로 만들기 위해 어갑전으로 입궐시켰다. 어갑전은 의복을 만드는 여관을 지휘 감독하는 자리인데 천황이나 동궁의 침소에 드는 경우가 많았다. 오보로즈키요는 스자쿠 천황의 총애를 얻었다. 기리쓰보 천황의 붕어 후에는 상시가 되었다. 집안이 좋은데다가 성격까지 좋아서 승승장구했다. 황태후가 사가에 가 있는 경우가 많아서 홍휘전(고키덴)을 사실로 받아서 지내고 있었다.

화려한 궁궐 생활에서도 겐지를 잊을 수 없는 오보로즈키요는 남몰래 겐지와 편지를 주고 받으며 위험한 밀회를 즐기고 있었다. 천황이 5단 수법(천황이나 국가의 중대사에 올리는 수법)을 위해 근신하고 있는 틈을 타서 겐지와 대담하게 밀회를 했다. 밀회 장소인 홍휘전 방 옆은 사람들이 지나다니는 장소라서 목숨을 건 긴장감이 있었다. 겐지는 이런 위험한 사랑에 정열을 불태우는 성향이 있어서 천황의 총애를 받는 오보로즈키요에게 모든 열정을 쏟아 붓고 있었다.

오보로즈키요는 한창 나이로 꽃이 핀 것처럼 아름다웠다.

오보로즈키요는 권세가의 우대신 집안의 딸로 컸기 때문에 자신의 감정을 억누르거나 참거나 하는 데가 없었다. 겐지에 대해서도 편지가 없으면 주저하지 않고 자신이 먼저 편지를 보내는 적극성을 보였다. 그런 오보로즈키요를 겐지는 사랑스럽다고 생각하지 않을 수 없었다.

후지쓰보가 출가하고 우대신 일파가 권세를 얻어 겐지와 좌대신 집안이 실의의 날을 보내던 해의 여름, 오보로즈키요는 학질에 걸려 사가에 돌아가 있었다. 기도의 효험이 있었는지 병이 차도를 보이며 몸이 회복되어가자 오보로즈키요는 겐지와 조용히 연락을 취하여 집안으로 끌어들였다. 〈현목(賢木)〉권의 내용이다.

그 때 오보로즈키요는 궁궐에서 사가로 퇴궐했다. 전부터 학질에 걸려서 궁중에서는 할 수 없는 요법을 받기 위해서였다. 가지기도 등을 해서 오보로즈키요의 몸이 다 나아서 집안사람들은 모두 기뻐하고 있었다. 한편 연인들은 모처럼 있는 좋은 기회라고 생각하고 히카루 겐지는 무리한 방법을 써가며 매일 밤 만나러 왔다.

한창 젊은 여성이 잠깐 병으로 몸이 홀쭉해지니 더욱 아름다워졌다. 황태후도 같은 저택에 거주하고 있으므로 두 사람의 만남이 위험천만한 것이었는데도 그런 일이 있으면 있을수록 더 흥미로워지는 것이 히카루 겐지의 성향이었으므로 더욱 더 만나는 밤이 많아졌다. 이렇게까지 되니 눈치 챈 사람도 있었을 텐데 황태후에게 말을 하는 사람은 아무도 없었다. 우대신도 물론 몰랐다. 그런데 비가 크게 내려 천둥이 심하게 치던 새벽의 일이었다. 집안사람들이 난리가 나서 여기저기 뛰어다니고 그 외에 평생 그 시간에 나올 리가 없는 사람까지 다 나와 있어서 히카루 겐지는 오보로즈키요 방에서 나갈래야 나갈 수가 없었다. 곤혹스러운 겐지는 어떻게 할 줄 몰랐고 비밀리에 두 사람의 시중을 들던 여방들도 당황스럽기는 마찬가지였다.

천둥이 겨우 그치고 빗발이 약해졌을 때 우대신이 나와서 황태후의 어전에 먼저 문안을 갔는데 마침 그 때 비가 다시 거세게 내리기 시작해서 겐지도 오보로즈키요도 그 사실을 눈치 채지 못했다. 우대신이 오보로즈키요 방으로 문안을 와서 마치 아랫것들이 하듯이 갑자기 방의 발을 들어 올리고 고개를 내밀었다. "괜찮냐? 무시무시한 밤이라서 걱정이 되었지만 와 보지 못했다. 중장이랑은 와 있느냐?"라고 말하는 모습이 말씨도 빠르고 안정감이 없다. 겐지는 들키지 않으려고 신경을 쓰면서도 이 우대신을 좌대신과 비교하면서 재미있어했다. 기왕이면 방안으로 들어와서 얘기라도 나누면 좋을 것이라고 생각했다.

오보로즈키요는 무릎걸음으로 나왔지만 얼굴이 빨개져 있어서 대신은 병이 아직 다 안 나은 것인가 하고 생각했다. 열이 있다고 걱정한 것이다. "왜 이렇게 얼굴이 빨개져 있느냐. 지독한 원령이 붙었나 보구나. 기도를 좀 더 했으면 좋았을 걸 그랬다."

이렇게 말하는 사이에 연한 보라색 오비가 오보로즈키요의 옷에 붙어 있는 것이 눈에 들어왔다. 이상하게 생각하며 바라보고 있자 뭔가 쓰여 있는 남자의 회지가 휘장 앞에 떨어져 있는 것이 또 보였다. 세상에나 이렇게 무서운 일이 일어날 수 있는가 하고 대신은 매우 놀랐다. "저것은 누가 쓴 것이냐. 이상하지 않느냐. 이리 내거라. 누구 필체인지 내가 살펴 보겠다"라는 말을 듣고 오보로즈키요도 뒤를 돌아보았다. 더 이상 얼버무려 넘길 수는 없게 되었다. 대답을 할 수 있는 상황도 안 되었다. 딸이 실신한 듯이 보이는데도 대신은 아무런 배려심도 없이 스스로 그 회지를 주우려고 했다. 그러다가 휘장 사이로 죄지은 사람처럼 숨으려고도 하지 않고 느긋하게 옆으로 누워있는 한 남자를 보았다. 그는 대신이 보고 있는 것을 알아채고 비로소 옷으로 얼굴을 가리려고 했다. 대신은 경악했다. 무례하다고 생각했다. 분하다고 생각했지만 그 자리에서 분노를 분출할 수는 없었다. 눈이 어질어질해서 노래가 적힌 종이를 가지고 자신의 방으로 황급히 건너갔다.

오보로즈키요 쪽에서 '좀처럼 없는 기회'라고 적극적으로 연락을 하는 바람에 두 사람은 무리해서 매일 밤 밀회를 하고 있었다. 이 대담함은 오보로즈키요 스스로가 바라는 것은 다 이룰 수 있다는 자신감과 자기밖에 모르는 자기애에서 비롯된 것이지만 한편으로는 원치 않는 입궐로 느끼는 공허함을 겐지와의 밀회로 채우는 측면도 있었다. 이 해에 겐지 25세, 오보로즈키요 22세였다.

오보로즈키요는 여자로서 절정기를 맞이해서 얼굴이 화사하고 빛이 났다. 더구나 그녀는 밝고 쾌활한 성격으로 병으로 약간 마른 모습이 겐지의 눈에는 더욱 애처롭게 느껴졌다.

이 무렵 고키덴 황태후가 거의 사가인 우대신 집에 머무르고 있어서 이 밀회는 실로 위험했는데도 불구하고 겐지는 이 위험하고 힘든 사랑을 더욱 즐기면서 그 집을 드나들었다. 여방들은 알았지만 들키면 자신들의 책임으로 문책 받는 것이 귀찮아 보고도 안 본 척을 하며 황태후에게 밀고도 하지 않았다.

그러던 어느 날 밤, 갑자기 격렬한 천둥과 함께 비바람이 몰아쳐서 두려움을 느낀 여방들이 오보로즈키요 방으로 도망쳐 들어왔다. 때마침 와 있던 겐지는 새벽녘에도 집으로 돌아갈 수 없게 되었다. 두 사람이 있는 침소 바로 옆까지 여방들이 들어와 있던 것이다. 항상 겐지를 안내해주는 두 사람의 여방도 난처하기는 마찬가지였다.

오보로즈키요는 처음 있는 일에 죽고 싶을 정도로 부끄럽고 살아있는 기분이 들지 않을 정도로 충격에 빠졌다. 겐지는 그런 여자의 모습이 가련하게 느껴졌다. 경솔한 행동을 거듭한 결과 세상의 비난을 받는 처지가 되었다고 자조하면서도 오보로즈키요가 괴로워하고 있는 것을 위로하고 있었다.

로미오와 줄리엣과 같이 서로 사랑해서는 안 되는 집안의 사람들이 사랑한 결과는 실로 참담했다.

히카루 겐지는 3살 때 어머니인 갱의가 세상을 떠나고 6살 때 조모조차 세상을 떠났다. 기리쓰보 천황은 의지할 곳이 없는 겐지를 좌대신의 딸 아오이 부인과 결혼을 시켰다. 우대신의 손자가 제1황자로 되어있는 상황에서 총명한 히카루 겐지는 방해가 될 수 있었기 때문이다. 우대신 쪽에서 끊임없이 히카루 겐지를 노리는 것은 그런 이유에서였다.

좌대신은 아군이고 우대신은 적군이라는 관계 속에서 히카루 겐지는 12살에 일찌감치 성인식을 올리고 좌대신의 딸 아오이 부인과 결혼한다. 12살이라고 하면 아직 어린 나이이다. 그 유명한 '비오는 날 밤의 품평회'는 히카루 겐지 17살 때의 일이다. 아오이 부인과 결혼하고 5년이 지난 후부터 히카루 겐지의 자유분방한 본성이 발휘되기 시작했다. 겐지는 아오이 부인의 거처에 발길을 끊어 찾지 않게 되었지만 좌대신은 여전히 히카루 겐지 후견인으로서 역할을 다하려고 노력했다.

이에 비해 우대신은 호시탐탐 히카루 겐지의 좌천을 노리고 있었다. 그러는 중에 히카루 겐지가 우대신의 딸 오보로즈키요를 유혹하고 밀회를 하였다. 대단한 배짱이라고 할 수 있다. 결국 이 사건으로 인해 히카루 겐지는 궁궐에서 추방당할 위기에 처하게 되고 후지쓰보의 아들(실은 겐지의 아들)인 동궁의 지위가 위태로워지는 것을 염려해 겐지는 스스로 스마 지방으로 좌천을 떠난다. 오보로즈키요와의 위험한 밀회는 히카루 겐지의 영화로운 삶이 막을 내리게 되는 직접적인 계기가 되었다.

내 아내의 남자

히카루 겐지는 18세 때 아버지 기리쓰보 천황의 비이자 자신의 의붓어머니인 후지쓰보와 밀통하여 아이(후의 레이제이 천황)까지 낳았다. 그 밀통의 죄에 대한 벌은 히카루 겐지의 아내가 다른 젊은 남자에게 범해지는 형태로 발현된다. 〈봄나물 하(若菜 下)〉권의 부분이다.

산노미야가 아무런 의심 없이 누워 있는데 남자가 가까이 오는 기척이 났다. 겐지가 오는 것은 아닐까 하고 생각하고 있으니 그 남자는 황송하다는 듯이 산노미야를 침상 위에서 안아 내렸다. 산노미야는 꿈속에서 누군가에게 습격을 당한 것이라고 생각하며 그 남자의 얼굴을 보려고 하니 그 남자는 겐지와는 다른 남자였다.

지금까지 들어본 적이 없는 이야기를 그 남자는 계속해서 말했다. 산노미야는 기분이 불쾌하다고 생각하고 여방을 불렀지만 아무도 오지 않았다. 산노미야는 부들부들 떨면서 차가운 땀이 온 몸에서 흘렀다. 마치 실신한 듯한 그 모습은 가련하기만 하였다.

"이 몸은 하찮은 몸이지만 이 정도로 미움받을 몸은 아닙니다. 옛날부터 혼자만의 사랑을 하고 있었습니다만 결국 그대를 원한다는 말을 해서 스자쿠 천황님 귀에 들어가고 말았습니다. 천황께서는 아무 말도 하지 않으셨지만 이 몸의 신분이 낮아서 그대를 다른 곳으로 출가시키신 것입니다. 이 몸한테는 크나큰 충격이었습니다. 이제는 아무 소용없는 일이라고 행동을 자제하고 있었습니다만 얼마나 실연의 슬픔이 컸는지 두려운 일까지 생각하게 되었습니다. 그대에 대한 저의 마음이 나날이 커질 뿐입니다. 저는 이제 감정을 억제할 수가 없어서 이런 부끄러운 모습으로 여기까지 오게 되었지만 스스로는 양심에 가책이 되어 이 이상의 무례한 짓은 하지 않겠습니다."

이런 말을 듣고 산노미야는 그 남자가 가시와기라는 사실을 깨달았다. 매우 불쾌하기도 하고 두렵기도 해서 아무런 대답도 하지 않았다. "그대가 이렇게 차갑게 대하시는 것은 당연한 일이지만 이런 일은 완전히 예가 없는 일은 아닙니다. 불쌍한 사람이라고 생각해주세요. 그 말을 들으면 저는 사라지겠습니다" 라고 가시와기는 이렇게 저렇게 산노미야의 마음을 설득하려고 하였다.

상상한 것만으로도 대단한 존엄이 몸을 감싸고 있어 눈앞에서 사랑의 말을 하는 것은 어렵다고 생각해서 열정의 일부분만 보였다. 그리고 그 외의 무례한 행동은 하지 말아야겠다고 생각하고 있었다. 그런 가시와기였지만 고귀한 여성이라고는 생각이 안 들 정도로 부드럽고 가련한 아름다움을 가진 모습을 보고나서 도저히 자신의 연심을 억누를 수 없었다. 어딘가로 산노미야를 훔쳐 도망을 가서 같이 지내며 스스로 세상을 버리고 또 세상으로부터 버림을 받아도 좋다고 생각했다. 그렇게 생각하며 잠시 잠이 들었다고 생각했는데 그 때 고양이 울음소리가 들려왔다. 그것은 산노미야에게 돌려주려고 데리고 온 고양이였다. 쓸데없는 짓을 했다고 생각하는 순간에 눈이 떠졌다. 그 때 가시와기는 자신이 한 행동을 깨달았다. 산노미야가 엄청난 과실을 범해서 벌을 받지 않을까하고 두려움과 슬픔에 젖어 있는 것을 보고 가시와기는 "이렇게 된 것도 전생의 인연이 있어서 그런 것이라고 생각합니다. 이 몸이 저지른 일이기는 하지만 이 몸도 어찌할 수 없는 불가항력의 힘이 그렇게 시킨 것입니다."

그리고 가시와기는 고양이가 갑자기 발을 들어 올려 산노미야를 보게 된 봄 저녁의 일도 이야기했다. 그런 일이 이렇게 죄가 깊은 일을 만들어낸 것인가 하고 산노미야는 자신의 운명을 슬프게 생각할 뿐이다. 이제 더 이상 겐지의 얼굴을 볼 면목이 없다고 어린 아이처럼 울고 있는 모습이 더욱 가련하게 보였다. 가시와기는 자신도 슬픈데 사랑하는 사람이 슬퍼하는 모습을 보는 것은 더욱 견딜 수 없는 일이었다.

겐지는 어느덧 47세가 되었다. 무라사키 부인도 37세, 게다가 병이 깊어져 목숨이 위태로운 상태였다. 무라사키 부인은 10세 때 처음 겐지의 눈에 들어 그의 의도대로 성장하고 14세 때 그의 아내가 되었다. ≪겐지 이야기≫ 전체의 여자 주인공 중에서 외모가 빼어난 미인이며 높은 교양과 우아한 성품으로 일생 동안 겐지의 그늘에 있던 꽃이다. 하지만 무라사키 부인에게는 아이가 생기지 않았다. 그녀의 모든 사랑은 다른 여자가 낳은 아이들에게 쏟지 않으면 안 되었다. 그것도 불행 중의 하나였다. 무라사키 부인은 중병에 걸려 여러 여성들이 함께 지내야 하는 로쿠조 저택을 나와 니조의 옛날 집으로 옮겨 요양을 하던 중이었다.

겐지한테는 무라사키 부인의 몸 상태가 신경 쓰였지만 그녀는 호화로운 로쿠조 저택에 머물지 않고 니조 집에만 머물렀다. 로쿠조 저택에는 젊은 정처인 산노미야가 있었다. 산노미야는 이 때 21세였다.

산노미야는 13세 때 겐지에게 시집왔는데 스자쿠 천황의 딸이기도 하고 후지쓰보의 조카라서 겐지로서는 소홀히 대할 수가 없었다. 하지만 겐지의 마음속에는 무라사키 부인만 있고 산노미야는 마음에 차지 않았다. 산노미야는 너무 어리고 유치하며 분별력이 없는 여자였다. 처음에 겐지의 아들 유기리와 두중장의 아들 가시와기 등도 산노미야의 남편감으로 후보에 올랐지만 어리기만 한 산노미야를 보살피는 데는 겐지가 가장 좋다는 결론이 났다. 나이가 어리고 집안까지 고귀한 산노미야가 로쿠조 저택에 들어온다는 것은 그동안 정처 자리에 있던 무라사키 부인에게는 견딜 수 없는 노릇이었지만 그녀는 참을 수밖에 없었고 결국 그것이 병이 되었다.

산노미야의 남편 후보에 올랐던 가시와기는 이 산노미야가 마음속에서 떠나지 않았다. 이룰 수 없다고 생각하면 더 집착하게 되는 것이 바로 사랑의 감정이다. 겐지야말로 이룰 수 없는 사랑에 눈이 멀어 이치에 어긋난 행동을 얼마나 많이 했는가.

히카루 겐지와 두중장이 젊었을 때부터 라이벌이자 친구였던 것처럼 유기리와 가시와기 역시 행동을 같이 하는 절친한 사이였다. 그러던 어느 해 3월, 벚꽃이 활짝 폈을 때 로쿠조 저택에서 공차기 대회가 열렸다. 한참 공차기에 여념이 없을 때 산노미야 거처 앞에 쳐진 발이 들리는 일이 벌어졌다. 조심성 없는 산노미야가 제대로 단속을 안 해서 고양이 목줄에 걸린 것이다. 고귀한 여성이 남자들에게 모습을 보인다는 것은 매우 경박한 행동이었다. 여방한테 분별력이 없다는 말을 들었지만 이미 모습이 보인 다음에는 어쩔 수가 없었다.

이 때 가시와기는 25세였고 산노미야는 15세였다. 가시와기는 산노미야가 서있는 모습을 보고 말았다. 막상 모습을 보니 막연하게만 가지고 있던 연심이 자극을 받아 맹렬하게 불타오르기 시작했다. 그 아름다운 모습을 보면서 넋을 잃고 있자 다른 사람이 재빨리 고양이 목줄을 풀어 발을 내려 버렸다. 고양이가 가시와기에게 다가오자 가시와기는 그 고양이를 번쩍 들어 안고 쓰다듬었다. 고양이에게는 산노미야의 체취가 묻어있었다. 가시와기는 그 고양이가 마치 산노미야의 분신이라고 여겨져 사랑의 마음을 멈출 수 없게 되었다. 고양이라는 소도구를 활용해서 남자의 심리를 실감나게 그려낸 장면이다.

결국 산노미야는 회임을 하고 출산을 하게 되었다. 〈가시와기(柏木)〉권의 부분이다.

3월이 되자, 하늘도 화창하고 맑은 날이 계속되고 도련님의 탄생 50일 축하연을 하게 되었는데 정말로 피부가 희고 귀여우며, 일수에 비해 발육이 좋고 뭔가 말을 하기도 했다. 겐지가 건너와서 "기분은 좀 좋아지셨습니까? 거참 뭔가 보람이 없군요. 옛날 출가 전의 모습 그대로 이렇게 건강한 아이를 낳을 수 있었다면 얼마나 기쁠까요. 무정하게 나를 버렸군요"하고 눈물을 글썽이며 원망하는 말을 했다. 겐지는 이렇게 된 다음부터 매일 모습을 보이고 산노미야를 더할 나위 없이 소중하게 대했다.

50일 축하연에는 떡을 올리게 되어 있는데 어머니가 보통 사람과는 다른 사람이라 여방들이 어떤 예법으로 진행해야 할지 몰라 곤란해 하고 있을 때 겐지가 와서 "걱정할 것 없어요. 여자 아이였다면 같은 혈통이라

불길하다고 하겠지만"이라고 하며 남향의 정전에 조그만 자리를 준비하고 찰떡을 진열하게 했다. 유모가 아주 화려하게 옷을 차려입고 가오루가 입을 옷과 아름답게 채색한 상자와 노송나무 상자의 음식을 발 안팎에 차려 놓았다. 겐지는 여방들이 이 아이의 출생에 관한 진실을 모르기 때문에 아무 의심 없이 행동하고 있는 것을 보고 있자니 마음이 정말 괴롭고 눈을 돌리고 싶은 심정이다.

가시와기는 산노미야에 대한 연모의 정을 내내 불태우며 31세인 지금에 이르기까지 무언가 기회를 잡아서 산노미야와의 만남을 갖고자 노력했다. 그에게도 같은 스자쿠 천황의 또 다른 딸이 정처로 들어와 있었지만 전혀 매력을 못 느끼던 참이다. 정처한테는 관심이 없고 금지된 사랑에 마음이 불타오르는 것은 겐지와 가시와기에게 공통된다.

보통 부모가 되어 봐야 부모 마음을 안다고 한다. 히카루 겐지는 젊은 날의 열정과 패기만으로 철없이 행동하다가 의붓어머니 후지쓰보와 밀통을 하여 불의의 자식이 태어났다. 아버지 기리쓰보 천황에게 씻을 수 없는 패륜을 저지른 것이다. 그리고 세월이 흘러 자신의 아내인 산노미야가 다른 젊은 남자와 밀통하여 자식이 태어났다. 남녀 관계란 그리고 인간의 삶이란 결코 단순하지 않다. ≪겐지 이야기≫에는 수많은 패턴의 연애 과정과 그에 따른 등장인물의 심리 변화가 생생하고도 세밀하게 묘사되어 있다. 세계적으로 인정받는 연애문학의 걸작이다.

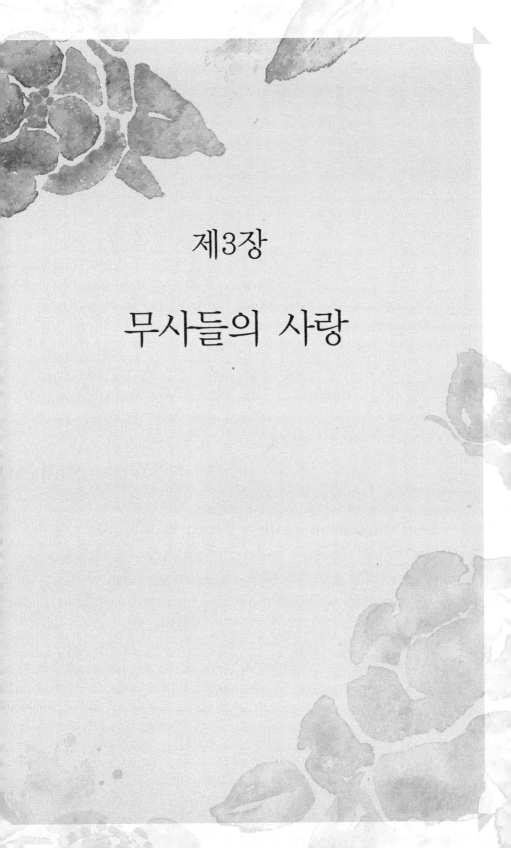

제3장

무사들의 사랑

● 헤이안 귀족들의 구태의연함에 반
기를 들고 중세(1192년~1603년)라는 새로운 시대를 연 무사들은 이후에도 자신들의
힘겨루기를 위해서 끊임없는 전쟁을 벌였다. 무사들이 군웅 할거한 중세는 「가마쿠
라 시대-남북조 시대-무로마치 시대-전국 시대-아즈치 · 모모야마 시대」로 세분화되
듯이 하나의 안정된 정권이 지속된 것이 아니라 정권의 주체가 계속 바뀌었다. 사회
적으로 불안정하다 보니 문화가 제대로 꽃 필 여유가 없어서 이 시대를 '문화의 암흑
기'라고도 하는데 오히려 이때는 전란의 시대라는 비정상적인 상황 속에서 지극히
일본적인 문화가 형성되었다. 무사 문화, 즉 사무라이 문화는 찰나적인 권력과 인생
이 사라져 가는 것을 안타까워하며 시대의 절망을 보상받으려는 무사들이 꽃피운
문화이다. 금각사, 은각사로 대표되는 정원 문화, 절제미를 강조하는 다도 및 화도
(꽃꽂이) 문화, 숨 가쁘게 살아가는 무사들의 여흥을 돋우던 가면 음악극 노(能) 등이
그것이다.

　무사들의 독특한 분위기 속에서 문학 역시 다른 시대는 볼 수 없는 장르가 발전하
였다. 무사들의 최대 전투였던 원평합전(源平合戰)의 모습을 그린 대서사시 ≪헤이
케 이야기≫는 대표적인 군기 모노가타리로 후대 문학에 많은 영향을 미친 중요한
작품이다. 인간의 본성이 가장 극대화되어 표출되는 전쟁이라는 극한 상황에서 애절
한 남녀의 사랑이 읽는 사람으로 하여금 눈물짓게 한다. 그리고 이 시대는 귀족이
아닌 무사들이 사회적 · 문화적 주체가 되다보니 평소 문화생활을 잘 못하는 무사와
서민들을 위한 문학이 대두되어 ≪우지 습유 이야기≫와 같이 설화 문학도 융성한다.
아울러 사회적인 혼란을 피해 불교에 출가하여 산속에서 지내는 사람들에 의해 ≪도
연초≫와 같은 인생에 대한 수필문학이 발달한다.

1. 전란 속의 애절한 사랑,
≪헤이케 이야기≫

일본의 무사는 본디 귀족의 신변을 호위하는 사람, 즉 지금의 경호원 같은 존재였다. 무사라는 말의 일본어가 '사무라이(侍)', 즉 모시는 일을 주로 하는 사람이라는 것이 그 사실을 뒷받침한다. 헤이안 시대 말기 귀족들 사이에서 벌어진 권력 다툼으로 무사들은 점점 강성해져 갔다. 1192년 무사 집단은 섭관정치에 의해 오랫동안 집권해온 귀족 세력을 몰아내고 천황가를 장악하여 가마쿠라에 막부를 세우고 무사 정권을 세우기에 이른다.

헤이안 시대 말 무사집단의 양대 가문으로 헤이시(平氏)와 겐지(源氏)가 있었다. 헤이시 가문을 뜻하는 헤이케(平家)는 제50대 간무 천황의 자손으로 935년 마사카도(將門)가 변방에서 천황을 참칭하며 난을 일으켰다. 그리고 같은 헤이케로 마사카도와 대립하던 사다모리(貞盛)의 자손들은 중앙에 진출하여 출세의 기반을 다졌다. 한편 겐지 가문은 제56대 세이와(淸和) 천황의 자손으로 11세기 동북 지방에서 일어난 수차례의 반란을 진압하면서 그 지역 무사들을 복속시켜 주군의 가문으로 성장하게 된다.

당시 역사서는 무사들의 세상이 1156년에 일어난 '호겐(保元)의 난'부터 시작됐다고 기술하고 있다. 궁정 쿠테타의 성격을 띤 이 난의 진압을 위해 동원되었던 헤이시와 겐지는 난 진압 후에 양편으로 나뉘어 싸웠고 승리는 헤이시 쪽이었다. 그로부터 3년 뒤 두 가문은 또다시 싸우고 또다시 헤이시가 승리한다.

헤이케를 승리로 이끈 인물 다이라노 기요모리(平淸盛: 1118~1181)는 1167년 당시 귀족 가문만이 독점 세습하던 태정대신(太政大臣 : 율령제 하에서 조정의 최고 관직) 자리에 오르고 어린 외손자를 천황 자리에 앉혀 외척정치를 펼쳤다. 심지어 당시 왕권을 행사하던 상황(上皇: 퇴위한 천황. 재임 중인 천황의 아버지)마저 유폐시켰다. 헤이케는 중앙과 지방 요직을 독차지하여 스스로 귀족화하였다. 이에 기득권을 빼앗긴 왕조 귀족들과, 호족 세력으로 성장한 지방 무사 집단이 반발하게 되었다.

두 차례나 싸움에 패한 겐지 가문은 몰락의 지경에 이르렀으나 1180년 '타도! 헤이케'라는 기치를 내걸고 유배지에서 은거하고 있던 미나모토노 요리토모(源頼朝: 1147~1199)가 거병하기에 이른다. 이에 주군의 뜻을 받들어 동쪽 지방의 무사들이 속속 모여들었다. 그 중에는 요리토모의 이복동생 미나모토노 요시쓰네(源義經: 1159~1189)도 있었다. 요리토모는 가마쿠라에 들어가 근거지를 마련하고 배후를 총괄 지휘하였으며 요시쓰네는 전선에 나가 기습전 등을 감행하여 헤이케를 멸망시키기에 이른다. 그리고 미나모토노 요리토모에 의해 가마쿠라 막부가 설치됨으로써 일본은 새로운 시대 중세로 넘어가게 된다.

　그와 같은 헤이시 집안, 즉 헤이케의 융성과 몰락의 과정을 이야기로 엮은 것이 바로 ≪헤이케 이야기≫이다. 지은이는 미상이지만 성립은 13세기로 추정되며 그 스토리는 이후 수 세기에 걸쳐 텍스트와 공연물로 제작되어 성장하고 발전하였다. 전쟁(당시 일본의 경우는 내전)이란 특수한 상황에서 보이는 인간 군상이 수많은 소설이나 영화에서 소재가 되었다. 번영하는 자는 반드시 멸망한다는 '성자필쇠'의 불교 사상에 따라 인간의 덧없음과 인생의 무상함을 묘사하여 귀족이나 무사뿐만 아니라 서민들에 이르기까지 누구에게나 공감을 얻었으며 헤이쿄쿠(平曲: ≪헤이케 이야기≫에 곡을 붙여 주로 비파를 반주로 하여 부르는 낭송 형식의 노래)에 의해 각 지방까지 널리 보급되었다.

　≪헤이케 이야기≫는 모두 3부로 구성되어 있다. 제1부는 1권부터 6권까지로 천황가와 헤이케를 이끌며 실질적인 왕권을 행사하던 기요모리가 천황가와 왕조 귀족을 탄압한 끝에 미나모토노 요리토모의 거병을 맞아 싸우던 중 병사하는 것이 주된 내용이다. 제2부는 7권부터 9권까지로 요리토모와 같은 겐지 가문 출신인 요시나카가 교토에 쳐들어가 헤이케를 몰아낸 후 천황가와 대립하다가 몰락하는 것이 주된 내용이다. 제3부는 10권에서 12권까지로 수차례의 전투 끝에 결국 헤이케가 멸망하고 그 과정에서 무훈을 세운 요시쓰네 또한 형인 요리토모의 막부 설립과 함께 몰락하

는 것이 주된 내용이다.

≪헤이케 이야기≫는 '호겐의 난'에서 승리한 헤이케와 패배한 겐지의 대조, 그 뒤에 벌어진 원평합전(1180~1185)에서 헤이케가 멸망에 이르는 과정을 그대로 좇아가는 줄거리로, 몰락하기 시작한 헤이안 귀족들과 새롭게 대두한 무사들을 적절하게 짜 넣어 인간의 희노애락을 정밀하게 묘사해낸 것으로 높이 평가받고 있다. 그 중에서 제1부의 주인공이자 헤이케의 중심인물인 기요모리의 연애담부터 보기로 한다.

기요모리를 둘러싼 삼각관계

'헤이케가 아니면 사람이 아니다'는 말이 나올 정도로 세상이 모두 헤이케의 것으로 전성기를 누렸을 때 그 권력의 절정에 있던 사람이 바로 기요모리이다. 이 기요모리는 1129년 12세의 나이로 좌병위좌(左兵衛佐)에 임명된 이래 호겐의 난, 헤이지(平治)의 난을 평정하는 등 공을 세워 정적 겐지 일가를 몰아내고, 1167년 태정대신에 취임하였다. 정치나 싸움에 있어서 거침이 없고 결단력이 있었던 만큼 성격 자체는 거칠고 행동은 제멋대로였던 것으로 보인다. 그런 기요모리의 성격을 잘 보여주는 이야기 중에 기왕·기녀 자매 이야기가 있다. 이 자매는 '도지'라는 시라뵤시(素拍子, 白拍子: 당시의 예능인)의 딸들이었는데 특히 기왕은 대단한 미인으로 예능에 뛰어났으며 기요모리의 애첩이 되어 한 때는 매월 쌀 백석 돈 백관이라는 큰돈을 받았다고 한다. 그녀의 이름을 따서 기이치(祇一), 기니(祇二) 등의 시라뵤시가 등장했을 정도로 당대에는 성공한 예능인으로서 이름이 높았다. 그 기왕이 당대의 최고 권력자인 기요모리의 총애를 받으며 부러울 것이 없는 생활을 하고 있는 중에 호토케고젠이라는 새로운 시라뵤시가 기요모리를 찾아온다.

이렇게 3년이 흘렀다.

가가 지방 출신인 호토케고젠이라는 시라뵤시가 혜성과 같이 나타났다. 방년 16세. 이 호토케가 본인이 세상에 이름을 알리기 위해서는 당시의 최고 권력자인 기요모리 공의 저택에 불려가야 한다고 생각해서 니시 8조에 있던 기요모리 공의 저택을 찾아왔다.

이 시라뵤시란 '素拍子'로 악기의 반주 없이 부채로 박자를 맞추면서 노래를 부르며 춤을 추는 여자 예능인을 말한다. 유명한 시즈카고젠이나 도모에고젠 등과 같은 사람이 이 부류이며 실제는 가리기누에 에보시를 쓰고 남장을 하고 씩씩하게 추는 것이 인기였던 것 같다. 기왕과 기녀, 호토케고젠도 그런 예능인이었는데 이 당시의 관습으로 예능인은 어떤 장소에 가서도 공연을 할 수 있도록 허가되고 어떤 고위대작 저택에 스스로 찾아가는 경우도 묵인되고 있었다. 이런 관습으로 호토케는 가가 지방에서 기요모리의 저택에 찾아온 것이다.

기요모리는 기왕이 마음에 들었기 때문에 이 신참의 시라뵤시 호토케고젠을 '신이든 부처든 뜻을 못 이룰 것이다. 어서 나가거라'하고 거칠게 쫓아내려고 하였다. 그 모습을 보고 마음씨 착한 기왕이 기요모리에게 이렇게 말했다. "저희 예능인들은 이렇게 갑자기 찾아오는 경우가 많습니다. 호토케고젠은 나이도 어린데 멀리서 기요모리 공을 뵈려고 찾아왔는데 대면도 안 하신다면 너무 가엽습니다. 공연은 보시지 않더라도 대면이라도 해 주시길 간절히 바랍니다"라고 해서 기요모리는 "그대가 그렇게까지 얘기를 한다면 한 번 보기는 하겠다"라고 하고 시종을 시켜 호토케고젠을 불렀다. 물러가라는 말을 듣고 우차를 타고 저택을 나오던 호토케고젠은 부름을 받고 다시 돌아갔다.

기요모리는 나가서 대면하고 "오늘 만나는 일은 예정에 없던 일이었으나 기왕이 꼭 한번 보라고 간곡히 얘기해서 이와 같이 보게 되었도다. 얼굴을 본 이상 소리를 안 들을 수는 없는 노릇, 이마요를 한 곡조 불러보도록 해라"고 했다. 그러자 호토케고젠은 "알겠사옵니다"라고 하고 이마요를 불렀다.

그대를 처음 보고서 이 작은 소나무는 천대나 수명을 누리겠나이다
저 뜰앞 연못의 거북이산에 학이 무리지어 즐겁게 노닐고 있나이다

라고 되풀이해서 세 번을 부르니 듣고 있던 사람 모두 깜짝 놀랐다. 기요모리도 흥미롭게 듣고 "너는 이마요를 아주 잘 부르는구나. 춤도 잘 출 것 같으니 바로 북지기를 부르도록 하라"라고 하여 또 불렀다. 그리고 호토케고젠은 북 장단에 맞추어 춤을 추었다.　　　　　　　(제1권)

이미 기왕이라는 재색을 겸비한 시라뵤시가 옆에 있는지라 기요모리는 낯선 호토케고젠을 일언지하에 내쫓으려 하였다. 하지만 멀리서 찾아온 성의를 봐서 안으로 들어오게 하여 대면이라도 하라는 기왕의 설득에 못 이겨 기요모리는 호토케고젠의 공연을 허락한다.

그런데 문제는 그 다음이었다. 호토케고젠의 모습을 본 기요모리는 한

순간에 그 젊고 아름다운 천재성에 마음을 빼앗기고 만다. 결국 기요모리는 기왕을 제쳐두고 호토케고젠을 총애하기 시작했다. 그렇게 해서는 자신을 위해서 마음을 써 준 기왕에게 면목이 없다고 호토케고젠이 간언을 하자, 기요모리는 기왕이 있어서 자신의 청을 거절하는 것이라면 기왕을 내쫓겠다고 하였다. 언젠가 이런 날이 올 것이라고 각오하고 있었기에 기왕은 기요모리의 결정을 받아들이고 담담히 그 집을 떠났다.

하지만 그런 기왕에 대한 기요모리의 태도에 호토케고젠은 더욱 괴로워할 뿐이었다. 그런 호토케고젠의 모습을 보고 기요모리는 할 수 없이 다시 기왕을 불러 호토케고젠을 위로하는 춤을 추라고 명한다. 기왕은 그런 굴욕적인 처사에 스스로 목숨을 끊고자 했으나 어머니인 도지의 만류로 그만둔다. 결국 세 모녀는 머리를 깎고 사가노(嵯峨野)의 산속에 은둔하게 되는데 그 때 기왕은 21세, 기녀는 19세, 어머니 도지는 45세였다. 그렇게 세 명의 비구니는 인적 없는 깊은 산속에서 쓸쓸히 살고 있는데 어느 날 문 두드리는 소리가 나서 나가보니 바로 호토케고젠이었다. 본인이 기요모리 저택에 찾아갔기 때문에 세 모녀가 쫓겨난 것을 두고두고 마음속으로 괴로워하다가 죄책감을 못 이겨 기요모리 집에서 도망쳐 나온 것이었다. 결국 네 명의 비구니는 매일 같이 부처님께 불공을 드리며 수행에 힘써 극락왕생을 이루었다고 한다.

이와 같이 개성적이고 박진감 넘치는 인물이 등장하는 점이 ≪헤이케이야기≫가 시대를 초월하여 많은 사람들의 공감을 얻을 수 있는 가장 큰 요인이다. 고대의 산문 문학, 즉 ≪고사기≫≪풍토기≫ 속의 신화나 설화에 나오는 등장인물(주로 신이나 천황)은 추상적이고 미화된 묘사로 영웅담의 성격이 강했고 그보다는 구체적이고 실체화된 묘사로 독자의 공감을 불러일으킨 헤이안 시대의 각종 모노가타리조차 여전히 판타지적인 성격이 강했다. 그에 비해 ≪헤이케 이야기≫에 등장하는 인물들은 위의 기요모리처럼 현실 세계의 캐릭터 그대로 그려지는 경우가 많다. 물론 ≪헤이케 이야기≫는 등장인물의 운명을 요약하고 비판하는 가치 체계면에서, 헤이안 시대 말기 귀족 지식인들이 흔히 지녔던 가치관의 범위를 넘어서지는 않았다. 중세의 불교적 무상감과 정토교, 일본적인 유교 윤리위에 궁정·섭관가의 정치적 관점과 폐쇄적인 귀족 사회의 세련된 취미가더해진 것뿐이었다. 즉 가치 체계 면에서는 헤이안 시대 말기의 귀족 지식인에 비해 크게 새로울 것이 없었지만, 인물 묘사에서만큼은 현실적이고생동감 있는 세계를 만들어냈다고 할 수 있다.

≪헤이케 이야기≫는 오늘날로 말하면 라디오 드라마와 같이 비파 법사가 비파 반주에 맞춰 구슬프게 낭독을 했던 낭송 문학이다. 그와 같이 시간의 흐름을 의식하며 읽어가는 것이 일본의 군담 소설이며 그렇게 낭송하며 읽는 것이 ≪헤이케 이야기≫의 바람직한 향수 방법이라고 하겠다.

비극의 로맨스, 미치모리와 고자이쇼의 사랑

다이라노 미치모리(平通盛: 1153~1184)는 기요모리의 동생 노리모리(教盛)의 아들로, 기요모리의 조카에 해당한다. 노리모리에게는 4명의 아들이 있었는데 그 중에서 미치모리를 아는 사람은 많지 않다. 헤이케의 대표적인 무장으로 맹활약을 펼친 미치모리의 동생 노리쓰네(教経)가 더 유명하다. 하지만 ≪헤이케 이야기≫에 그려진 일대기를 보면 미치모리 쪽이 훨씬 더 감동적이고 슬프다. 미치모리는 헤이케의 주류로 순조롭게 성장하여 입신출세에 이른다. 중궁전(황후궁)의 차관을 지내고 헤이케의 영향력이 미치는 에치젠(越前: 지금의 후쿠이 현) 지방의 영주가 되었다. 그런 미치모리가 황후궁 차관이었을 때 사랑에 빠졌다. 그 상대는 바로 후에 남편의 뒤를 따라 아름답게 죽어간 고자이쇼(小宰相)라는 여성이다.

고자이쇼의 모습을 우연히 보고 첫눈에 반한 미치모리는 다음과 같이 고자이쇼에게 편지를 보낸다.

이 부인은 형부경 후지와라노 노리카타의 딸로 태상왕의 의모인 조사이몬인 여원의 여방 출신이었다. 궁내 제일의 미인으로 이름은 고자이쇼라고 했다. 이 부인이 열여섯이던 안겐 연간의 어느 해 봄, 조사이몬인이 벚꽃놀이 차 법승사에 행차한 적이 있었는데 당시 중궁전의 차석으로 있던 미치모리 경이 이 때 고자이쇼를 보고 그만 첫눈에 반하고 말았다. 그 자태가 언제나 머릿속을 어른거리며 잊히지 않아 처음에는 계속해서 노래를 지어 편지를 보냈으나 고자이쇼는 쌓아놓기만 할 뿐 읽어보는 일이 없었다. 그렇게 3년이 지나자 미치모리 경은 이것이 마지막이라며 편지를 써서 고자이쇼에게 보냈다. 그런데 편지를 가지고 간 하인은 그날따라 중개해 주던 하녀의 얼굴조차 볼 수 없었다. 할 수 없이 그대로 돌아오는 길에 때마침 우차를 타고 입궐하는 고자이쇼를 보게 되었다. 하인은 그냥 돌아가기 뭣해 우차 옆을 쓱 지나가는 척하며 미치모리의 편지를 주렴 안으로 집어던졌다. 고자이쇼가 밖의 수행원들에게 누구의 편지냐고 물으니 모르는 사람이라는 답이었다. 하는 수 없이 펼쳐 들고 읽어보니 미치모리가 보낸 편지였다. 우차 안에 그냥 둘 수도 없고 그렇다고 길에다 버릴 수도 없어 허리춤에 꽂고서 입궐했다. 그런데 궁에서 일을 하던 중에 하필이면 조사이몬인 어전에서 그 편지를 떨어뜨리고 말았다. 이를 본 조사이몬인은 얼른 집어 올려 소매 안에 감추더니 "귀한 물건을 손에 넣었구나. 이 편지는 누구 것이냐?" 하고 물었다. 바로 앞에 있던 여방들은 하늘에 맹세코 모른다고 하였으나 유독 고자이쇼만 얼굴이 빨개진 채 말을 못하고 있었다. 조사이몬인도 예전부터 미치모리가 열을 올리고 있다는 사실을 알고는 있었지만 편지를 펼쳐 드니 뭐라 말할 수 없는 그윽한 향기가 배어나오는 가운데 흔히 보기 힘든 뛰어난 필치로 '그대가 도도했던 게 오히려 이젠 기쁘구려'라고 또박또박 쓰여 있고 끝에 노래 한 수가 곁들여 있었다.

나의 사랑은 계곡에 걸쳐 놓은 통나무 다리
밟히고 또 밟혀서 마를 날이 없으니　　　　　　　(제9권)

고자이쇼는 형부판서인 노리카타(憲方)의 딸로 헤이안 시대의 절세미인 오노노 고마치(小野小町)에 비유될 만큼 당시 궁중에서 소문난 미인이었다. 미치모리는 이 고자이쇼에게 한 눈에 반하지만 고자이쇼는 냉랭하기만 했다. 미치모리는 고자이쇼를 마음속으로 흠모하며 계속 편지를 보내도 번번이 퇴짜를 맞는다. 그러던 중에 또 다시 편지를 써서 시종에게 시종에게 맡기지만 시종은 편지를 전달조차 못하고 돌아오게 되고 그때 궁궐로 가는 고자이쇼 우차를 우연히 만난다. 시종은 재치를 발휘하여 편지를 우차 안으로 던져 넣고 그 자리를 뜬다. 편지를 버릴 수 없었던 고자이쇼는 그대로 품에 넣고 입궐하고 어전에서 실수로 그 편지를 떨어뜨리고 만다. 편지가 누구 것이냐는 여원의 물음에 혼자 얼굴이 붉어지는 고자이쇼. 여원은 미치모리가 고자이쇼에게 호의를 갖고 있다는 사실을 알고 고자이쇼에게 그 편지에 대한 답장을 쓰도록 지시한다. 이렇게 해서 두 사람은 맺어지게 되었다.

이토록 어렵게 맺어진 두 사람이었지만 만남도 잠시, 이별을 할 시각이 다가왔다. 헤이케에 대한 반란이 각지에서 일어나 미치모리 역시 도읍지 교토를 떠나 호쿠리쿠(北陸: 주부 지방 가운데 일본해에 접하는 네 현, 즉 니가타 현, 도야마 현, 이시카와 현, 후쿠이 현) 지방으로 출정을 가야만 했다. 그러다가 기소 요시나카(木曾義仲)의 맹공격에 헤이케는 도읍지를 지키지 못하고 교토의 서쪽 바다, 즉 세토내해의 서해(지금의 야마구치 현 근처)까지 밀리고 말았다. 미치모리는 사랑하는 아내 고자이쇼를 데리고 교토를 떠났다. 지금의 야마구치 현 야시마에 본거지를 두고 세력을 회복한 헤이케는 혼자 지금의 고베 지역으로 돌아와 이치노타니(一ノ谷)에 성곽을 쌓고 교토를 노렸다. 성곽이 완성되어 미치모리는 사랑하는 아내 고자이쇼를 이치노타니로 불렀다. 그와 같은 상황에서 헤이케 앞으로 한 통의 편지가 도착한다. 바로 고시라카와 상황의 것이었다. 그 편지의 내용을 철석같이 믿고 미치모리는 겐지가 더 이상 공격을 하지 않을 것으로 생각하고 안심하고 한 시름 놓고 있었다.

하지만 겐지는 약속을 깨고 이치노타니를 습격했다. 미치모리는 전투가 있기 전 날 고자이쇼를 보고 이번 전투에서 죽을 지도 모른다는 말을 한다. 그 때 고자이쇼는 처음으로 임신한 사실을 알렸다. 미치모리는 뛸 듯이 기뻐했다. 30세가 넘은 나이에 아이가 생겼기 때문에 미치모리는 눈물이 나올 정도로 기뻐했다. 그러나 벌레의 심상치 않은 움직임으로 본인의 죽음을 예견한 미치모리는 고자이쇼에게 아이를 낳아 잘 키워달라는 부탁을 했다. 그리고 다음 날 전투에서 미치모리는 겐지 군사의 칼에 찔려 이 세상을 떠난다. 고자이쇼는 그 사실을 믿을 수가 없었다. 물 한 모금 못 넘길 정도로 슬픔에 빠진 고자이쇼는 자신의 유모에게 속마음을 털어 놓는다. 유모는 그런 그녀를 필사적으로 말리며 밤이 되어도 뜬 눈으로 그녀를 지키려 안간 힘을 썼다. 하지만 비극은 결국 눈앞에서 일어났다.

이치노타니에서 야시마로 가는 한밤중에 일어난 일이라 배 안은 조용 해 아무도 알지 못했다. 그러나 적군 하나가 자지 않고 있다가 이를 보고 서 "저게 웬일이야, 저 배에서 그림같이 아름다운 여인네가 방금 바다로 뛰어들었다"하고 큰소리로 외쳐댔다. 그 말에 놀라 잠에서 깬 유모가 옆을 더듬어보았으나 모습이 보이지 않아 "어머, 어머" 하며 어쩔 줄 몰라 했다. 많은 사람들이 배에서 내려 건져보려 했으나 그렇지 않아도 봄 바다란 밤이면 해미가 끼어 잘 보이지 않는데 사방에 구름이 내리깔려 몇 차례고 물속으로 들어가 보았으나 달빛이 어두워 보이지 않았다. 한참 지나 건져 내긴 하였으나 이미 이 세상 사람이 아니었다. 명주 속옷을 두 벌 겹쳐 입고 흰 너른바지를 입고 있었는데 머리도 바지도 물에 흠뻑 젖어 건져내 긴 했어도 가망이 없어 보였다. 유모는 손을 부여잡고 부인의 얼굴에 자기 얼굴을 비비며 "이럴 작정이었으면서 왜 천길 바다 속까지 함께 데려가지 않았단 말이오. 제발 한마디만이라도 해보시구려" 하고 울부짖었지만 한 마디 대답도 없었고 실낱같던 숨도 이미 완전히 끊어진 후였다.

그러던 중 봄밤의 달도 구름 너머로 기울고 뿌옇던 하늘도 동이 터오자 이별이 아쉽기는 했지만 마냥 그러고 있을 수만도 없었다. 시체가 다시

물에 떠오를까 봐 한 벌 남아 있던 미치모리 경의 갑옷에 싸서 바다 속에 가라앉혔다. (제9권)

유모가 잠시 눈을 붙이고 있는 사이 고자이쇼는 뱃속에 아이를 품은 채 배에서 뛰어 내렸다. 고자이쇼에게 미치모리는 없어서는 안 될 존재였다. 당시에는 불교 사상이 널리 퍼져 있었기 때문에 아무리 남편이 죽었다고 해도 뒤따라서 죽기보다는 삭발하고 출가해서 조용히 여생을 마치는 것이 일반적이었다. 죽음으로 미치모리와의 신의와 절개를 지키려고 한 고자이쇼의 행동은 당시로는 보기 드문 예로써 많은 사람들에게 이야깃거리가 되었다. 뱃사공이 그녀가 물에 뛰어든 것을 알고 찾아서 건져냈을 때는 이미 숨을 거둔 후였다. 헤이케 사람들은 모두 큰 충격에 빠졌다. 미치모리의 유품인 옷으로 고자이쇼를 싸서 다시 바다에 던져 가라앉혔다.

이 밖에도 ≪헤이케 이야기≫에는 수많은 비련의 여성이 등장한다. 이미 언급한 기왕과 호토케고젠, 고자이쇼 외에도 요코부에, 도모에고젠 등이 있다. 하지만 그 중에서 고자이쇼는 가장 슬프고 장렬한 결말을 맞이한 것으로 유명하다. 상대방에 대한 사랑의 감정이 죽음이라는 거대한 비극을 초월한 예는 그다지 흔치 않기 때문이다.

꽃미남 고레모리의 사랑

다이라노 고레모리(平維盛: 1157~1184)는 원평합전의 거센 파도에서 애틋한 부부애로 유명한 인물이다. 고레모리는 기요모리의 장남 시게모리의 적남, 즉 기요모리의 적손에 해당한다. 그는 헤이케 제일의 미모를 가진 귀공자였다. 고시라카와 상황의 50세 축하 연회에서 그가 춤을 추자 사람들은 그 환상적인 모습에 감탄하며 마치 전설적인 꽃미남의 대명사 ≪겐지 이야기≫의 주인공 히카루 겐지가 살아나온 것 같다고 칭송했을 정도였다.

그런 고레모리가 마음에 두고 연모의 정을 느낀 상대는 권대납언 후지와라노 나리치카(藤原成親)의 딸이었다. 고레모리는 젊은 나이에 종3위에 올라 고마쓰 3위 중장이라고 불렸다. 한편 나리치카의 딸은 10살을 넘겼을 때 여방으로 궁궐 생활을 한 재녀였다. 모든 사람이 부러워하는 중에 두 사람이 결혼한 것은 15세, 13세 때로 바로 아이가 생겼다. 첫째는 아들이고 둘째는 딸이었다. 부부는 두 아이를 사이에 두고 금슬이 매우 좋았다. 그러나 두 사람에게도 원평합전의 큰 물결은 밀어닥쳤다.

날로 강성해지는 헤이케에 반기를 들고 1177년 헤이케 타도의 음모가 계획되었는데 그 중심적 역할을 한 것이 바로 후지와라노 나리치카였다. 나리치카는 그 해 1월 관위 승진에서 희망하던 좌근위대장 지위를 헤이케의 무네모리(宗盛, 고레모리의 숙부이자 기요모리의 3남)에게 빼앗겨서 그 불만으로 헤이케 타도 강경론에 가담한 것이다.

얄궂게도 나리쓰네의 처는 기요모리의 이복동생인 다이라노 노리모리(平教盛)의 딸이었다. 아버지 시게모리의 처도 나리치카의 여동생이었다. 헤이케 일가의 남자들은 고대 국가 체제를 유지해 온 후지와라 씨와 몇 겹이나 혼인을 맺어 완전히 귀족화되어 무슨 일만 생기면 가족이 서로 적이 되는 측면이 있었다. 이 사건으로 고레모리의 장인인 나리치카는 유배지에서 살해되고 만다. 기요모리가 단호하게 대처했기 때문이다.

궁정에서의 화려한 평판과는 달리 무장으로서의 고레모리는 매우 참담

했다. 겐지 쪽 가마쿠라 군과 대치한 '후지가와 강 합전'에서 그는 대장군
으로 출전하였으면서도 물새의 날갯소리에 놀라 싸움 한 번 해보지 않고
도망을 치는 바람에 기요모리의 분노를 크게 샀다. 그 후 기소 요시나카의
상경을 저지하기 위해 벌인 전투에서 그는 대장군의 지위였지만 크게 참
패해서 헤이케 멸망의 단초를 만들고 만다. 물론 그에게도 사정은 있었다.
'후지가와 강 합전' 때 그는 불과 23세였다. 무장으로서 아무런 경험도 없
으면서 단지 시게모리의 적남이라는 이유만으로 대장군 자리에 앉혀진
것이 비극의 원인이었다. 그가 대장군이라는 직위를 감당하기에는 너무도
버거웠다. 결국 그는 두 번의 합전에서 완전히 내동댕이쳐지게 되었다.

고레모리 부부의 비극은 헤이케의 총수 기요모리의 죽음으로부터 2년
후, 헤이케 일가가 어린 안토쿠 천황을 받들어 서해로 도망치는 사건에서
비롯된다. 이 때 아들은 10살, 딸은 8살이었다. 고레모리는 가족을 동반하
라는 무네모리(宗盛, 이때의 헤이케 일가의 총지휘자)의 명을 어기고 울며
따라오는 아내와 아이들을 억지로 교토에 떼어놓고 떠난다. 다른 헤이케
사람들은 그런 고레모리의 행동을 보고 본인만 몰래 교토로 다시 돌아오
려는 수작으로 의심을 했다. 하지만 고레모리는 아내가 헤이케 타도를 획
책하였다가 죽음을 당한 나리치카의 딸이기 때문에 같이 가면 분명히 힘
든 일이 생길 것으로 판단했다. 당시 정략결혼의 구조적인 폐해였다. 고레
모리가 처자식과 생이별하는 장면은 ≪헤이케 이야기≫ 중에서도 눈물을
자아내는 최고의 명장면으로 꼽힌다.

　　3위 중장 고레모리는 오래전부터 교토를 떠나 처자와 헤어져야 할 날이
　　올 것임을 알고 있었지만 막상 그날이 닥치고 보니 슬픔을 금할 길이 없었

다. 중장의 부인은 이미 고인이 된 대납언 나리치카 경의 딸로 이슬에 젖은 복사꽃이 갓 피어난 듯한 얼굴에, 곱게 화장한 매혹적인 눈빛과 바람에 날리는 버들 같은 머릿결은 세상에 이보다 더 아름다운 사람이 있을까 싶은 절세의 가인이었다. 슬하에 로쿠다이라는 열 살 난 아들과 여덟 살 난 딸이 있었는데 둘 다 함께 가겠다고 졸라, 중장은 "이전부터 말했듯이 나는 집안사람들과 함께 교토를 떠나 서쪽으로 내려가오. 어디라도 함께 가야겠지만 중도에 적들이 대기하고 있는 모양이라 쉬이 지나갈 수 있을 것 같지 않구려. 그러니 설사 내가 전사했다는 말을 듣더라도 절에 출가할 생각일랑 절대 하지 마시오. 누구에게라도 몸을 의지해 당신도 살고 이 아이들도 키워가길 바라오. 당신을 보살펴줄 사람이 반드시 있을 것이오" 하며 백방으로 달래봤지만 부인은 아무런 대답 없이 옷을 뒤집어쓰고 엎드려서 울 따름이었다. 그러다 중장이 집을 나서려 하자 소매를 부여잡고 매달리면서 "저의 두 분 부모님도 이미 다 세상을 뜨셨으니 당신이 설사 날 버릴지라도 다른 사람 따윈 생각도 없는데 아무에게나 몸을 의지해 살라니 너무하십니다. 다 전생의 인연이 있었기에 당신의 사랑을 받은 것인데 어느 누군들 당신 같겠습니까? 어디든 함께 가 한 들판에서 목숨을 버리고 한 물속에 가라앉자고 하신 것은 모두 잠자리에서의 약속에 지나지 않으셨다는 말씀입니까? 소첩 한 몸이라면 어찌하겠습니까. 버림받은 슬픔을 참고서 이곳에 머물러야겠지요. 그러나 어린아이들을 누구한테 맡기고 어떻게 하라는 것입니까? 이곳에 남으라니 너무 하십니다" 하며 원망도 했다가 애원도 했다가 하는지라 중장은 "당신이 열세 살 나고 내가 열다섯일 때 함께 돼 물속이건 불속이건 함께 뛰어들고 같이 들어가 죽을 때도 먼저 가거나 혼자 남는 일이 없도록 하자고 약속했었지만 이렇게 한심한 모양으로 전장에 나서 당신을 데리고 정처 없이 떠돌다가 참혹한 꼴을 겪게는 할 수 없구려. 게다가 이번엔 같이 갈 준비도 돼 있지 않으니 어느 포구건 간에 안심할 수 있는 곳에 도착하거든 데리러 올 사람을 보내도록 하겠소" 하고 마음을 모질게 먹고 일어섰다.

중문의 낭하로 나와 갑옷을 입고 말을 끌고 오게 해 막 올라타려 하는데 아들과 딸이 달려와 갑옷 자락을 꼭 부여잡고서 "도대체 어딜 가십니까? 소자도 따라가겠습니다", "소녀도 따라 가겠습니다"하며 둘이 함께 매달리며 울어대자 중장은 자식이야말로 이 덧없는 세상에서 가장 끊기 힘든 인연이란 생각이 들어 어찌할 줄 모르고 난감해 하였다.　　　　(제7권)

고레모리는 처자식을 동반해서 가고 싶었지만 험난한 도망 길에 고생이 될 것을 우려하지 않을 수 없었다. 그는 앞으로 헤이케가 다시 일어설 것이라는 희망을 갖지 않았다. 아내에게 자신이 죽어도 비구니는 되지 말고 재혼을 하더라도 아이들을 잘 길러달라고 부탁까지 했다.

이듬해 헤이케 군사는 시코쿠의 앞바다에 있는 야시마(屋島)에 진을 쳤다. 고레모리는 몇 명의 무사들만 데리고 야시마의 진지에서 빠져나왔다. 교토로 돌아가 아내와 아이들의 행방을 찾기 위해서였다. 하지만 겐지 군사의 헤이케 사냥은 치밀했다. 결국 고레모리는 교토에 잠입하는 것을 단념할 수밖에 없었다. 지위 상 교토에서 체포되어 수치를 겪는 일은 절대로 피해야 했다. 그는 처자와 재회하지 못한 채 고야 산(高野山)으로 들어가 실의에 빠져 1184년에 나치(那智) 앞바다에 몸을 던져 죽고 만다. 향년 27세였다. 고레모리와 나리치카의 딸이 부부의 연을 맺고 산 것은 헤이안 왕조 시대 말기. 이 두 사람의 지고지순한 사랑은 시대를 격변시킨 원평합전에서 전란의 물거품이 되어 사라졌다.

때는 춘삼월 28일이라 바다에는 안개가 뿌얗게 끼어 한층 애수를 자아 냈다. 아무런 근심거리가 없어도 늦봄의 노을 낀 하늘은 사람의 마음을 울적하게 하는 법인데 하물며 오늘로 이 세상을 하직할 생각이었으니 더 말할 필요가 없었다. 바다 위에 떠 있는 낚싯배가 파도에 휩쓸릴 것 같으면서도 용케 가라앉지 않는 것을 보고 자신의 처지와 비교하기도 하고, 무리 지어 북으로 날아가는 기러기 떼에 편지를 부쳐 고향집에 소식을 전할 수 있었으면 하다가 흉노의 포로가 됐던 한나라 소무 장군이 오랑캐 땅에서 맛보았을 고통을 떠올려보기도 하는 등 만감이 교차하는 모양이었다. 그러다가 문득 '이 무슨 망발인가. 역시 미망과 집념이 완전히 사라진 것은 아니었구나' 하며 마음을 고쳐먹고 서방을 향해 합장하고 염불을 외다가 '교토 집에서는 이제 내가 죽으리라고는 꿈에도 모르고 행여 내 소문이 바람결에라도 실려 전해오지 않을까 하고 애타게 기다리겠지. 언젠가는 알려지고 말텐데 내가 죽었다는 사실을 알면 얼마나 슬퍼할까' 하는 생각이 들자 염불이 끊기고 합장한 손에 힘이 빠지고 말았다. 고레모리는 하는 수 없이 다키구치에게 "아무래도 사람에게 처자란 있어서는 안 될 존재인 모양이오. 살아 있을 땐 근심만 끼치다가 죽은 후 극락왕생하는 데 방해가 되니 말이오. 지금 이 순간에도 생각이 나는구려. 이러한 생각을 마음에 품고 죽으면 죄가 된다기에 참회하는 것이오" 하고 털어 놨다.

(제10권)

그는 대단한 애처가였다. 아내의 입장을 배려해서 교토에 남기고 갔지만 야시마에서 처자가 그리워 눈물짓는다. 바다에 뛰어들기 전에도 처자가 걱정된다고 다키구치 입도에게 털어놓을 정도로 가족에 대한 애정이 남달랐다. 하지만 반대로 말하면 그것이 전부인 남자였다. 두 번의 대참패로 스스로를 책망하고 교토를 떠난 후에 바다에 뛰어들어 자살하였으며 같은 헤이케 일가의 주류인 무네모리한테 외면당한 심신 모두 허약한 사람이었다. 고레모리는 체격도 호리호리한 꽃미남 스타일로 무가가 아닌 귀족으로 태어났으면 오히려 행복하게 살았을 사람이었다.

천재무장 요시쓰네의 사랑

유명한 러브 스토리는 또 있다. ≪헤이케 이야기≫의 중후반으로 갈수록 기고만장한 헤이케가 점차 몰락하고 겐지 집안이 발흥하게 되는 데 그 겐지 집안의 최고의 장수는 누가 뭐래도 미나모토노 요시쓰네(源義經: 1159~1189)이다. 헤이케를 멸망시킨 일등 공신이자 천재적 무장이었으나 명성이 높아지면서 이를 견제한 이복형 미나모토노 요리토모에 의해 제거당한 비운의 인물이다. 기구한 운명과 비극적인 최후 때문에 그를 영웅시하는 전설이나 이야기가 많이 생겨났다.

이 요시쓰네가 활약한 헤이안 시대 말기, 이른바 원평합전 시대는 일본 사상 가장 격렬한 전투가 벌어진 시기이기도 하지만 어떤 의미에서는 가장 로맨틱한 시대이기도 했다. 주된 무대가 왕조 문화의 본거지인 교토라는 점도 하나의 요인이지만 지금의 전쟁 모습과는 달리 헤이시 가문과 겐지 가문이 적과 백의 깃발 아래 각각이 화려한 색채의 갑옷을 두르고 서로 이름을 대면서 칼을 부딪치는 풍경이 전개되던 시대였다. 서양 사람들이 유럽에서 활약한 기사 시대에 어떤 낭만을 느끼듯이 일본의 중세 시대가 개막되기 직전, 즉 원평합전 때까지의 크고 작은 전란 시대는 그야말로 인간미 넘치고 다채로운 인간 군상이 펼쳐진 때이기도 했다.

겐지 집안의 최고의 장수 요시쓰네와 그의 연인 시즈카고젠은 그 때를 대표하는 비극의 주인공들이다. 이 두 사람의 운명적인 사랑은 당시 많은 사람의 입에 회자되어 ≪헤이케 이야기≫ 뿐만 아니라 요시쓰네의 일생을 소설로 엮은 ≪기케이키(義経記)≫도 성립하였다. 우선 ≪헤이케 이야기≫에서는 다음과 같이 요시쓰네와 시즈카고젠에 대해서 서술한다.

요시쓰네는 유녀 이소노젠지의 딸인 시즈카라는 여인을 총애했는데 이 시즈카 또한 한시도 그의 곁을 떠나지 않았다. 이 시즈카가 오더니 "지금 큰 길에는 무사들이 가득하답니다. 장군께서 소집 명령을 내리지도 않았는데 궁궐의 경비 무사들이 이리도 법석을 떠는 일도 있습니까? 이는 낮에 왔던 법사의 짓인 듯싶으니 사람을 보내 상황을 살펴보도록 하시지요" 하고 단발동자 둘을 골라 내보냈다. 이들은 전에 기요모리 공이 로쿠하라에서 부리던 동자들로서, 시즈카는 그 중 서너 명을 수하로 부리고 있었다. 그러나 시간이 한참 지나도 돌아오지 않기에 차라리 여자가 나을지 모르겠다며 하녀를 하나 염탐 보냈다. 얼마 안 있어 돌아온 하녀가 "단발동자로 보이는 아이들은 둘 다 쇼슌의 거처 문 앞에 칼을 맞아 쓰러져 있었습니다. 집 앞에는 안장 없은 말이 빽빽이 늘어서 있고, 장막 안에는 활집을 메고 활을 든 사람들이 모두 무장을 하고 금방이라도 쳐들어 올 것 같은 태세였습니다. 절에 참배 가는 모습들은 절대로 아니었습니다" 하고 전하자 겨우 허리끈만 묶은 채로 대도를 들고 밖으로 나오니 하인 하나가 중문 앞의 말에다 안장을 얹어 기다리고 있었다.   (제12권)

시즈카(고젠)는 요시쓰네의 연인으로 시라뵤시라는 예능인의 신분이었다. 시라뵤시는 신분이 높은 사람을 상대로 춤을 추거나 공연을 했다. 춤을 출 때는 에보시를 쓰고 남장을 했다. 지금의 다카라즈카 가극단의 남자 배역처럼 말이다. 인물이 출중하고 춤을 잘 춰서 조정으로부터 일본 제일이라는 칭호까지 받았다. 더구나 그녀는 검술의 명수이기도 했다. 고위직 관리의 집에서 연회가 있을 때는 출장을 가기도 했다. 지체가 높은 사람을 상대로 했기 때문에 대화도 잘 해야 했고 머리도 좋아야만 했다. 그리고 미인이라는 것이 필수 조건이었다. 뭇 남성들로부터 선망의 눈초리를 받기도 했지만 한편으로는 천한 신분으로 경시받는 경우도 있었다.

그렇게 잘 나가던 시라뵤시 시즈카고젠 앞에 당대 최고의 인기남이 나타난다. 미나모토노 요시쓰네이다. 당시 요시쓰네는 헤이케를 단노우라 전투에서 멸망시킨 영웅 중의 영웅이었다.

그런데 운명이라는 것은 알 수가 없어서 요시쓰네는 이복형인 요리토모의 분노를 사서 쫓기는 신세가 된다. 요리토모가 보낸 암살자들이 위협을 하는가 하면 권력자들이 등을 돌려 요시쓰네는 더 이상 도읍지에 머물 수가 없었다. 할 수 없이 요시쓰네는 도읍지를 떠나 규슈로 피신을 가게 되는 데 거기에 시즈카고젠이 동행하게 된다. 그러한 상황은 위에 인용한 제12권의 본문 속에 잘 나타나 있다.

그리고 요시쓰네가 시즈카고젠을 얼마나 총애했는지에 대해서는 ≪기케이키≫에 잘 나타나 있다. ≪기케이키≫는 요시쓰네 한 사람의 일생을 상세하게 쓴 역사 소설이다. 특히 두 사람이 이별을 앞 둔 장면은 사랑하는 연인들이 이별을 하는 장면의 전형이 될 정도로 유명하다.

판관(미나모토노 요시쓰네)은 무사시를 불러서 말하기를 "너희들 기분을 이 요시쓰네가 모르는 것이 아니지만 사사로운 인연을 버리지 못하고 여기까지 여자(시즈카고젠)를 데리고 온 것을 미안하게 생각한다. 여기에서 시즈카고젠은 도읍지로 돌려보내려고 한다. 어떤가?"라고 물었다. 무사시보(벤케이)가 황송한 듯이 말하기를 "정말 훌륭하신 결단이옵니다. 이 벤케이도 그렇게 아뢰려고 생각하고 있었습니다만, 송구스러운 일이라고 주저하고 있었사옵니다. 그와 같이 생각하셨다면 해가 지기 전에 서두르는 것이 좋을 것이옵니다"라고 하자 요시쓰네는 무슨 이유를 들어서 돌려보낸다고 말하면 좋을지 고민에 빠졌는데 다시 망설이면 무사들이 어떻게 생각할지 마음이 쓰였다. 결국 "시즈카를 교토로 돌려보내자"고 하였다. 그러자 무사 2명과 하급 관리 3명이 동행하겠다고 하여 요시쓰네는 "이 요시쓰네에게 목숨을 맡겨주었다고 생각하마. 시즈카를 잘 보살펴주고 교토에 도착하면 어디로 가도 좋다"라고 명하고 시즈카고젠을 불러서 말하기를 "정이 다해서 교토로 돌려보내는 것이 아니다. 여기까지 데리고 온 것도 대단한 인연이다. 험난한 여행길을 다른 사람 눈치도 보지 않고 데리고 왔는데 이 산은 수행자가 처음 들어간 보제의 봉우리라고 한다. 정진 결제 없이는 못 들어간다고 하니 이 몸의 업보 때문에 여기까지 같이 온 것도 신불의 계시를 받아야 할 것이다. 자네는 돌아가서 이소노젠지(시즈카의 어머니)한테 가서 내년 봄을 기다리거라. 이 요시쓰네도 내년에 형님(요리토모)과 화해가 되면 출가하려고 한다. 자네도 뜻이 있다면 나와 같이 불경을 읽고 염불을 하자꾸나. 그리 하면 현세도 내세도 같이 할 수 있지 않겠느냐'라고 하자 시즈카고젠은 다 듣기도 전에 옷소매를 얼굴에 대고 흐느낄 뿐이었다.

더 이상 거친 싸움터에 동행을 시키기 어렵고 또 긴박해지는 상황에 부하들에게도 눈치가 보여 요시쓰네는 도읍지인 교토로 시즈카고젠을 돌려보내고자 한다. 죽음을 맞이해도 같이 있겠다며 뜻을 꺾지 않는 시즈카고젠을 요시쓰네가 조용히 타이르는 장면이다.

시즈카고젠은 "정이 있을 때는 시코쿠의 파도 위에서도 같이 있었사옵니다. 인연이 다한 것이니 어찌할 도리가 없사옵니다. 그저 이 몸의 가련한 신세를 생각하니 슬프기 한이 없습니다. 지금 말씀드리는 것도 송구하오나 지난 여름부터 몸이 심상치 않더니 이제 산달이 가까워졌습니다. 세상에 숨길 수도 없는 일이라서 로쿠하라에도 가마쿠라에도 분명 소문이 날 것이옵니다. 동쪽 사람들은 정이 없다고 들었사옵니다. 곧바로 동쪽 지방으로 보내지게 되면 얼마나 슬픈 신세가 되겠사옵니까? 소첩이 싫어지신 거라면 여기에서 제 목을 내리쳐 주십시오. 당신한테도 저한테도 그것이 살아서 슬퍼하는 것보다는 나을 것이옵니다"라고 몇 번이나 말했다. 요시쓰네는 "지금은 어떻게 해서든 도읍지로 돌아가는 것이 좋다"라고 했지만 시즈카고젠은 요시쓰네의 무릎 위에 얼굴을 묻고 소리를 내며 울고 있을 뿐이었다. 무사들도 이것을 보고 모두 소맷자락을 적셨다. 판관(요시쓰네)은 손거울을 꺼내 "이것은 내가 아침저녁으로 비춰 보는 거울이다. 이것을 볼 때마다 이 요시쓰네를 생각하거라"라고 하며 주었다. 시즈카고젠은 그것을 받아 들고 지금은 없는 사람의 유품인 것처럼 가슴에 대고 몸을 떨었다. 그리고 눈물을 흘리며 다음과 같이 읊었다.

거울을 보고 내 기쁘지 않아라 사랑하는 님
그 사람의 모습이 비춰지지 않으니

판관은 베개를 꺼내서 "이것을 몸에서 놓지 말고 소중히 하거라"하고 말하며 이렇게 읊었다.

아무리 앞길 재촉하려 하여도 어쩔 수 없네
이 베개를 안고서 마음을 위로해라

사태가 험악해지자 그 많던 여자들은 모두 떠나고 시즈카고젠만 마지막까지 요시쓰네와 함께 하였다. 요시쓰네와 시즈카고젠은 멀리 떨어졌다가 다시 만났다가 하는 역경이 계속된다. 눈물을 흘리며 끝까지 같이 가겠다는 시즈카고젠과 일단 교토에 돌아가 있으라는 요시쓰네. 시즈카고젠은 요시쓰네의 아이를 임신한 상태로 그와의 이별이 더욱 괴롭고 견딜 수 없다. 하지만 쫓기는 몸인 요시쓰네는 시즈카고젠의 동행이 부담스럽기만 하다. 어쩔 수 없이 요시쓰네의 베개만을 안고 홀로 교토로 돌아온 시즈카고젠에게 요시쓰네의 소식은 끊어지고 생사조차 알 수 없는 상황이 된다.
그러는 사이 시즈카고젠에게 또 다른 역경이 찾아온다. 요시쓰네의 이복형 요리토모가 시즈카고젠을 가마쿠라로 불러 뱃속의 아이가 요시쓰네의 아이라는 이유로 그 자리에서 죽이고자 한 것이다. 겨우 중재가 되어 출산까지 기다린 후에 남자아이일 경우에만 죽이는 것으로 되었지만 결국 남자아이가 태어나 바로 강물에 던져진다.

시즈카고젠의 수모는 거기에서 끝나지 않았다. 미나모토 씨의 조상신을 모신 쓰루가오카 하치만구(鶴岡八幡宮) 신사에 끌려가 사랑하는 요시쓰네를 쫓아낸 원수 요리토모를 위해서 춤을 추도록 명령 받는다. 구름처럼 몰려든 사람들 앞에서 시즈카고젠은 노래를 읊조리며 조용히 춤을 추기 시작한다.

> 요시노 산의 봉우리 위 흰 눈을 힘들게 헤쳐
> 들어가 버린 사람 자취가 그리워라

이 때 요리토모의 안색이 변했다고 한다. 그것은 누가 들어도 사랑의 노래였다. 가마쿠라에 새로운 무사 정권이 세워진 것을 경축하고 그 업적을 치하하는 노래를 읊기는커녕 요시노 산에서 헤어진 남편 요시쓰네가 그립다고 노래한 것이다. 그리고 시즈카고젠은 다시 천천히 춤을 추며 또 다른 노래를 읊조린다.

> 시즈 야 시즈 소리의 물레처럼 다시 돌아서
> 옛날을 지금으로 되돌릴 수는 없나

이 노래는 《이세 이야기》 제32단에 나오는 노래를 패러디한 것이다.

> 그 먼 옛날의 시즈 소리 물레가 다시 돌아서

옛날을 지금으로 되돌릴 수는 없나

《이세 이야기》에서는 남자가 옛날에 사귀던 여자에게 이 노래를 바치고 '한 번 더 만나고 싶다'는 뜻을 전했지만 여자는 아무런 대답을 하지 않았다는 내용이다.

시즈카고젠이 읊은 노래의 뜻은 표면적으로는 '시라뵤시로 무시당하며 가마쿠라까지 불려온 나이지만 요시쓰네를 생각하는 마음에 거짓은 없어라. 아 옛날의 화려한 때처럼 요시쓰네와 같이 행복하게 살고 싶어라'는 뜻이다.

그리고 이 노래에는 속뜻이 있었다. 《고금집》에 다음과 같은 노래가 있다.

888 그 먼 옛날의 시즈 물레와 같이 천박한 자도
      귀한 자도 모두가 한창 때는 있어라

라는 노래이다.

요리토모는 젊었을 때 교토에서 보냈기 때문에 귀족적인 왕조풍의 취미가 있었다. 귀족들의 와카 교과서인 《고금집》의 노래 정도는 익히 알고 있었다. 위의 노래는 상대방을 비꼬는 노래이다. '내가 옛날에 화려했던 때가 있었지만 지금 이렇게 여러 사람 앞에서 비참한 모습을 보이고 있는 것처럼 당신도 지금은 화려하지만 언젠가 초라해질 때가 반드시 있을 겁니다' 또는 '당신은 옛날에 고향인 교토를 떠나 떠도는 신세였습니다. 만일 가능하다면 당신을 옛날처럼 떠도는 신세로 돌려놓고 싶습니다'라는 뜻이

담겨 있다. 상대방을 저주하는 무서운 노래이다.

요리토모는 이 노래를 듣고 격노했다. 요시쓰네의 사랑하는 여인을 불러 모든 사람 앞에서 창피를 주고 웃음거리로 만들려던 요리토모의 의도는 보기 좋게 빗나갔다. 오히려 긴박한 상황 속에서도 시즈카고젠이 보여준 의연한 태도가 많은 사람들의 감동을 불러 일으켜 후세까지 미담으로 전해지게 되었다.

2. 솔직하고 대담한 연애담,
≪우지 습유 이야기≫

　≪우지 습유 이야기(宇治拾遺物語)≫는 1221년경 편찬된 설화집이다. 편자는 미상이지만, 우지(宇治)에 기거하면서 여러 계층의 사람을 불러 모아 옛날이야기를 하도록 하여 편찬했다고 서문에 쓰여 있다.

　귀족부터 서민에 이르기까지 등장인물이 다양하며, 일상적인 이야기에서 기이한 골계담까지 매우 폭넓게 설화를 모아 놓았다. 총 197화를 15권에 수록했으며 가슴 찡한 이야기, 우스운 이야기, 무서운 이야기 등 성격도 다채롭다. 헤이안 시대 후기에 성립한 ≪금석 이야기집(今昔物語集)≫과 같이 설화의 성격을 분류해 같은 종류끼리 모아서 정리하지 않고, 일정한 체계 없이 자유로운 연상에 따라 배열한 것이 특징이다. 대부분이 일본, 인도(천축), 중국(진단) 삼국을 무대로 한 설화들이지만, 한반도의 신라 이야기도 있다.

각 설화는 대체로 '이제는 옛날' 또는 '이것도 이제는 옛날'이라는 말로 시작하고, '옛날에'로 시작하는 경우도 있다. 이야기의 길이도, 배경이 되는 시대도 각각 다르며, 끝나는 형식도 정해진 것이 없다. 귀족이든 무사든 평범한 인간상이 일상에서 행동하는 모습이 그대로 그려진다. 문체는 한문 직역체인 이전의 설화집과는 달리 평이한 가나 문체이다.

내용에는 불교 설화(파계승·고승 이야기), 세속 설화(골계담·연애담·도둑 이야기), 민간전승(은혜 갚은 참새 이야기 등) 세 가지 유형이 있는데, 독창적인 것이 적고 《금석 이야기집》과 같은 앞선 설화집과 겹치는 것도 많다. 불교 설화도 있으나 전체적으로 외잡스럽고 해학적인 이야기가 주류를 이룬다. 그 외설스러움과 해학이 《우지 습유 이야기》의 특징이라고 할 수 있는데 남녀 사이의 연애를 묘사하는 경우에도 그 특징은 그대로 나타난다.

여자가 방귀를 뀌다

예를 들면 '등대납언 다다이에가 만난 여자가 방귀 뀐 이야기'(권3-2)가 있다.

이제는 옛날, 등대납언 다다이에라는 사람이 아직 고위 대신이었을 때, 소문이 자자한 아름다운 여방과 만나 이런저런 이야기를 하는 사이에 밤이 깊어졌다. 달빛은 낮보다도 환하게 비추고 그 정취를 견디다 못한 남자는 발을 걷어 올리고 문지방 위에 올라가 어깨에 손을 얹고 여자를 끌어안으려고 하였다. 그러자 그 여자는 머리를 돌리고 '어머나 부끄러워라' 하고 몸을 뒤틀며 도망치려고 하다가 그만 방귀를 크게 뀌고 말았다. 여방은 말도 못 하고 힘없이 그 자리에 엎드리고 말았다. 이 대납언은 '정말 한심한 일을 당했다. 이 속세에 남아 무엇 하겠는가. 출가해 버리자'고 생각하고 발 자락을 살짝 들어서는 급히 서둘러서 '그래 출가하자'며 두 칸 정도 달려 나가다가, '여방이 실수를 했는데 왜 내가 출가를 해야 하나' 하는 생각이 들어 다시 마음을 고쳐먹고, 뒤도 안 돌아보고 그 여자의 거처에서 도망을 쳤다. 그 여방은 그 후 어떻게 되었는지 아무도 모른다고 한다.

홀로 남겨진 여자는 미모가 뛰어나기로 소문이 자자했던 만큼 더욱 처량하게 보이고, 남자 또한 한껏 부풀었던 기대가 보기 좋게 사그라져 그 모양새가 애처롭게 느껴진다. 이러한 여자와 남자의 예기치 않은 일이야말로 읽는 사람의 웃음을 자아낸다.

이렇게 인간의 외잡스러운 모습을 기술한 것은 외잡스러운 성향이 실제로 인간의 어리석은 면 중의 하나로 있기도 하고, 또 그것이 오히려 삶의 활력소가 되기 때문이다. 우아하게 치장하고 고상하게 행동하는 것은 어떤 면에서는 인간의 본능을 감추는 가식이 된다. 인간의 외잡스러운 모습이야말로 오히려 살아있는 느낌을 더욱 살려준다고 할 수 있다. 독자들은 이러한 외잡스러운 이야기를 접하고 살아가고자 발버둥치는 인간의 행태를 보면서 삶의 희망을 재충전하는 것이다.

≪우지 습유 이야기≫의 의의는 이와 같이 인간에 대한 새로운 관점과 표현을 발견, 다양한 인간상을 창출했다는 데 있다. 이로써 설화가 문학으로서 자립성을 획득하는 계기가 되었다.

사위에게 질리다

≪우지 습유 이야기≫에는 '고토타가 사위에게 놀란 이야기'(권1-14)가 실려 있다. 미나모토노 사다후사(源定房: 1130~1188)라는 인물은 고시라카와 상황의 측근으로 대납언이라는 고위직까지 오르지만 이렇다 할 업적은 기록에 남아 있지 않다. 오히려 사다후사의 가신 고토타(小藤大)에 얽힌 일화로 다음과 같이 실려 있다.

옛날에 미나모토노 사다후사라는 사람 곁에 고토타라는 가신이 있었다. 이 사람이 사다후사 집에 출사하는 여방과 결혼하여 딸을 낳았는데, 그 딸 역시 사다후사 집에 여방으로 출사하게 되었다. 고토타는 사다후사 집의 일을 도맡아서 했고, 그가 사는 집 역시 서너 배가 커졌다. 그리고 곧 딸에게 지체 높은 집의 남자가 드나들게 되었다.

어느 날 밤에도 한 남자가 밤을 틈타 찾아왔는데, 새벽부터 비가 쏟아져 돌아가지 못한 채 그 딸의 방에서 죽치고 있을 수밖에 없었다. 딸은 출사했고 남자는 병풍 그늘에서 자고 있었다. 봄비가 계속 내려 돌아가지 못한 채 자고만 있었는데, 곧 장인이 될 고토타가 "사위께서도 지루하시겠구먼"

하고 술과 안주를 준비시켰다. 그리고 "툇마루로 가면 남들이 볼지도 모르겠군" 하는 생각에 저택 안쪽으로 해서 슬며시 찾아갔고, 그 시간 남자는 옷을 뒤집어쓰고 벌렁 누워있었다. "얼른 그녀가 왔으면 좋겠는데 말야" 하고 사내가 투덜대고 있던 바로 그때 안쪽에서 문이 열렸다. "오오, 이제 돌아왔구먼" 하며 옷을 뒤집어쓴 채 자신의 물건을 냅다 꺼내어 배를 젖히고, 고토타의 눈앞에서 커다랗게 키워보였다. 고토타는 기겁하여 술과 안주를 뒤집어엎고 쿵 하고 머리를 부딪쳐 그대로 정신을 잃고 말았다고 한다.

이 이야기는 읽고 나면 마치 다른 사람이 화장실에 들어가 있는데 모르고 문을 벌컥 열어 못 볼 것을 보고 말았을 때와 같은 충격과 당황스러움에 휩싸이게 된다. 남녀의 은밀한 상황에서는 충분히 있을 수 있는 일이지만 왠지 상상하고 싶지 않은 장면이다.

고토타라는 인물은 대납언 미나모토노 사다후사 집의 가신으로 주인이 승승장구하자 덩달아 활개를 치는 사람이었다. 대납언 집의 여방과 사내(社內) 결혼하여 딸까지 얻은 고토타는 그 딸까지도 대납언 집에 여방으로 출사시킨다.

드디어 그 딸에게도 남자가 생겨 다니러 오게 되었는데 운 좋게도 그 남자가 신분이 높은 집안의 사람이었다. 고토타는 그 사위가 마음에 들어 어떻게든 잘 해주고 싶은 마음이 있었다. 어느 날 저녁 그 사위가 딸의 방으로 찾아와서 밤을 같이 지냈는데 새벽녘에 비가 와서 집으로 돌아갈 타이밍을 놓치고 말았다. 딸이 여방 일을 하러 어전으로 나가자 그 사위는 딸의 방에 누워서 숨죽이고 있어야만 했다. 당시 남녀가 만나는 것은 밤중의 어둠 속에서만 허용이 되었고 밝은 낮 동안에는 그런 분위기를 풍겨서는 안 되었다. 귀족들이 추구한 '미야비'라는 미의식은 남녀 간의 사랑이라는 감정이 우아하고 세련된 형태로 이루어지는 것만을 뜻했으며 자칫 과해서 비천한 형태로 저속하게 되는 것을 극도로 경계했다.

고토타는 그 사실을 알고 딸이 오기만을 기다리고 있을 사위가 측은하게 여겨져서 여방들이 사용하는 그릇에다 술과 안주를 가득 담아 보통 외부 사람이 드나드는 툇마루 쪽이 아니고 안 쪽 문을 통해 살며시 들어갔다. 해가 중천에 떴는데 아직 못 돌아간 사위가 다른 사람한테 알려져서는 자신의 체면까지 구겨지게 되기 때문이다.

그런데 이 사위, 안쪽에서 사람 기척이 나자 딸이 돌아온 줄로만 알고 반가운 마음에 은밀하게 딸 앞에서나 할법한 민망한 행동을 한다. 그 모습을 본 고토타는 너무 놀라 뒤로 자빠져 기절하였으며 들고 있던 술과 안주를 떨어트려 바닥에 다 흩어지고 말았다는 이야기이다.

《우지 습유 이야기》에는 이와 같이 저속한 연애담이 많이 실려 있다. 이미 쇠퇴한 귀족 세력을 풍자하려는 의도가 다분히 있다. 남녀의 연애에서 로맨틱한 장면만을 골라 묘사하는 것이 아니라 오히려 남이 들으면 눈살이 찌푸려지는 장면이 주로 그려진다. 사실 당시에는 귀인의 집에서 여방이나 시종까지 같이 기거하는 공동생활을 했으며 주택 구조 또한 각 개인의 방이 벽으로 차단된 형태가 아니라 원룸과 같은 구조에 발이나 휘장을 놓아 칸막이를 한 정도였기 때문에 남녀의 은밀한 관계가 다른 사람한테 노출될 가능성은 항상 존재했다. 남녀가 다른 사람 눈을 피해서 만나는 밀회 장면이 발각될 위험성에 항상 처해 있었기 때문에 두 사람의 감정은 더욱 애틋하고 강렬해지기도 했는데 한편으로는 뜻하지 않는 타인의 개입으로 생각지도 않은 결말을 맞이하기도 한다.

≪헤이케 이야기≫까지 이어지는 애틋하고 우아한 사랑 이야기는 이 설화집에서 완전히 탈바꿈된다. 헤이안 귀족과 그 귀족 문화를 선망하던 헤이시·겐지와 같은 무사 세력에는 보이지 않던 생활인의 진솔한 모습이 적나라하게 드러난다. 어찌 보면 현실 세계에서는 오히려 이러한 설화적인 요소, 곧 추잡하고 욕망에 사로잡힌 존재로서의 인간을 더 흔히 볼 수 있으며, 그러한 점에서 설화에는 허구적인 모노가타리 세계에는 없는 통쾌함이 있다고 할 수 있다.

엄한 아버지를 둔 여자를 만나다

후지와라노 고레마사(藤原伊尹: 924~972)는 헤이안 중기의 유명한 귀족으로 이치조 셋쇼(一条摂政)라고도 불리었다. 우대신 후지와라노 모로스케(藤原師輔)의 장남이며 여동생인 중궁 안시(安子)가 낳은 아들이 레이제이 천황, 엔유 천황으로 즉위함으로써 섭정과 태정대신까지 오른 사람이다. 하지만 다음해에 급사해서 권력은 남동생인 가네이에 쪽으로 옮겨 갔다. 고레마사가 이치조 셋쇼라고 불린 이유는 고레마사가 살던 저택의 이름이 이치조덴(一条殿)이었고 섭정 자리까지 오른 사람이기 때문에 셋쇼(摂政)라고 하는 것이다.

이치조 셋쇼는 당시 집안이 좋고 학식도 높았으며 외모 또한 뛰어난 귀공자로 많은 여성과 교제를 한 풍류인(이로고노미)이었다. 풍류인으로 널리 알려져 있던 셋쇼는 어느 때부터 가명을 써서 여성의 집에 드나들게 되었다. 그리고 그 가명조차도 모두 알고 있을 정도로 풍류에 심취한 사람이었다. ≪우지 습유 이야기≫에는 '이치조 셋쇼가 노래를 읊은 이야기'(권 3-19)가 실려 있다.

이제는 옛날, 이치조 셋쇼는 히가시산조 대감님(후지와라노 가네이에)의 형으로 용모도 뛰어나고 마음씨도 상냥하며 풍류도 즐길 줄 아는 분이었다. 그런데 이 분이 어느 날 장난기가 약간 발동하여 자신의 이름을 숨기고 '오쿠라 판서 도요카게' 라는 이름으로 매우 고귀한 여성에게 편지를 보냈다.

마음이 통했는지 여성 쪽에서도 만나고 싶다는 식으로 되어 주위 사람도 그렇게 알고 이치조 셋쇼에게 알렸다. 드디어 셋쇼는 그 여성의 집을 방문하여 하룻밤을 같이 보냈다.

이 일에 대해서는 여성의 유모나 어머니에게는 알렸지만 아버지에게는 모르게 했는데 그 아버지가 그 사실을 알고 말았다.

아버지가 대단히 화를 내며 추궁하자 그 어머니는 그런 일은 절대로 없다고 항변하였다. 그리고 셋쇼에게 그런 일이 없다는 것을 편지로 써서 보내달라고 부탁하였다. 그래서 셋쇼가 써서 보낸 편지는 다음과 같다.

남들 모르게 이 몸은 애달픈데 몇 년 흘러도
넘기가 힘들어라 그 오사카 고개를

그 편지를 보고 아버지는 "헛소문이었나?" 하고 답장으로 이런 노래를 보냈다.

동북지방의 먼 곳으로 다니는 몸이 아니니

넘을 일 없으리라 그 오사카 고개를

이 편지를 본 셋쇼는 미소를 지었다고 가집에 실려 있다. 매우 흥미로운 이야기이다.

지금과 같은 윤리관을 이 시대에 적용할 수는 없지만 사랑하는 남성에게 또 다른 여성이 있다면 여성은 당연히 슬퍼질 것이다. 당시 결혼 제도가 아무리 일부다처제라고 해도 자신만을 사랑해주길 바라는 여성의 심정은 마찬가지였다. 여성의 그런 마음을 알고 있는 남성은 한창 때는 오로지 당신뿐이라고 사랑을 속삭이며 안심시키려고 애를 쓰지만 문제는 상황이 바뀌었을 때이다. 여성을 못 만나게 되면 하루아침에 태도를 확 바꾸는 남성이 있는가 하면 또 남성에 따라서는 그것을 능숙하게 즐기며 잘 넘기는 사람도 있다. 고레마사는 후자의 대표적인 인물인 것 같다.

거짓 이름을 가장하여 이 여성 저 여성을 상대하는 풍류남이지만 신분이 높은 남성이므로 그 연애를 응원하는 어머니. 그리고 딸이 그런 남성의 놀이 상대가 되는 것을 경계하는 아버지. 지금도 충분히 있을 수 있는 상황이다.

상대 여성의 엄격한 아버지를 보기 좋게 속인 셋쇼는 마지막에 피식하고 미소를 지었다고 되어 있다. 깜빡 속아 넘어간 상대 여성의 아버지가 불쌍해진 것일까. 아니면 이미 하룻밤히 같이 보낸 여성한테 멀어질 구실이 생겨서 기뻐한 것일까. 그 날 셋쇼는 그 여성의 집으로 가지 않고 다른 곳으로 발길을 향했을 것이다. 또 다른 여성의 집을 찾아서 말이다.

여자네 집에서 혼쭐이 날 뻔하다

다치바나노 스에미치(橘季通: 생몰년 미상)는 헤이안 시대 말기의 귀족이자 가인이다. ≪베갯머리 서책≫의 지은이 세이 쇼나곤의 남편으로 알려져 있는 다치바나노 노리미쓰(橘則光)의 2남이다.

이 스에미치에게는 여성과의 에피소드가 많이 전해져 내려오는 데 ≪우지 습유 이야기≫에는 '스에미치가 혼쭐이 날 뻔한 이야기'(권2-9)가 있다.

옛날에 스루가 지방의 관리 다치바나노 스에미치라는 사람이 있었다. 그가 젊었을 때 어느 여자의 집에 몰래 다니고 있었는데 그 집의 시종들이 낯선 젊은 놈이 밤에 몰래 왔다 가는 것을 붙잡아서 혼을 내줘야겠다고 작당을 했다.

그런 사실을 모르고 스에미치가 어린 동자 한 명을 데리고 여자네 집을 방문했다. 데리고 온 동자한테 "새벽녘에 다시 오거라"하고 돌려보냈다. 그 모습을 보고 있던 시종들은 스에미치가 집안으로 들어온 후 문을 모두 잠그고 큰 몽둥이를 들고 흙담이 무너진 곳에서 숨어 습격할 준비를 하고 있었다. 이를 이상히 여긴 여자의 시녀가 눈치를 채고 방에 있는 여자에게 "우리 집 시종들이 이런 일을 꾸미고 있습니다만, 어떻게 하면 좋겠는지요?" 하고 물었다. 사이좋게 나란히 누워있던 그 여자와 스에미치는 크게 놀라서 황급히 옷을 입고 다른 시녀에게도 물었다. 그 시녀 역시 "집안의 시종 모두가 다 같이 짜고 꾸민 일이라서 얘기를 해도 듣지 않을 것입니다" 라고 했다. 그 여자는 어찌할 바를 모르고 방으로 돌아와 울기만 하였다.

스에미치는 "어찌된 일이란 말이냐. 이러다가는 크게 봉변을 당할 것 같다"라며 분하게 생각했지만 어떻게 해 볼 방법이 없었다. 시녀에게 상황을 보고 오도록 하자 "빠져나갈 장소가 있기도 하지만 그런 곳에는 네다섯 명의 사내들이 소매를 걷어 올리고 바지를 묶고 허리에는 칼을 차고 몽둥이를 옆구리에 끼고 포진해 있어서 도저히 빠져나갈 수가 없습니다" 라고 하는 것이었다.

스에미치는 힘이 매우 센 남자여서 "이래서는 뾰족한 수가 없다. 새벽녘까지 이 방에 있다가 끌어내려고 들어오는 시종들과 한 판 승부를 해서 다 때려눕히려고 한다. 하지만 날이 새서 여기에 있는 것이 다치바나노 스에미치라고 만천하에 알려질 것을 생각하면 그렇게 할 수는 없다. 오히려 우리 집 시종을 불러 한 번에 와 하고 나가는 수밖에 없다"라고 했다. 하지만 다시 "아무것도 모르는 채 새벽녘에 시종들이 찾아와서 문을 두드리면 이 집의 시종들이 가만히 있지 않고 모두 잡아서 묶어버릴 것이다"라고 생각하고 일단 시녀를 불러 자신의 시종들과 연락을 취할 방법을 찾으려고 했다. 시녀는 밖에 시종들이 험악한 모습으로 있자 울면서 돌아와서 그 자리에 주저앉고 말았다.

드디어 새벽이 가까워져 스에미치는 동자가 왔다는 것을 알았는데 시종들이 "이봐 땡중, 자네는 뭔가" 라고 추궁하는 소리가 들렸다. 하지만 이 말에 동자는 수상한 낌새를 눈치 채고 "독경하러 가는 동자이옵니다" 라고 했다. 스에미치가 그 소리를 듣고 "그래 잘 했다. 하지만 시녀 이름을 부르면 시종들이 듣고 가만히 있지 않을 텐데" 하고 걱정하고 있으니 동자는 집으로 들어오지 않고 그대로 지나쳐 간 것 같았다. "음, 동자라고 해도 눈치가 빠르고 영민한 녀석이다. 그 정도라면 뭐라도 작전을 세우지 않을까?” 라고 동자를 믿고 기다리고 있었다. 그랬더니 큰 길 쪽에서 “강도다! 사람을 죽이려고 한다!” 라는 비명이 들려왔다.

이 소리를 듣고 시종들은 “가서 잡아라! 그대로 두어서는 안 된다!” 라면서 일제히 몰려갔다. 문은 잠겨 있었기 때문에 흙담이 무너진 사이로 뛰쳐 나갔다. “어디로 간 것이야”, “이쪽으로 갔느냐” 하면서 대소동을 벌였다.

스에미치는 “이것은 필시 동자의 술책이다” 라고 생각하고 바로 마당으로 내려갔다. 문간에는 다행히 아무도 없었지만 자물쇠는 여전히 채워져 있었다. 스에미치는 힘으로 자물쇠를 벗기고 문을 열고 그대로 도망쳤다. 이렇게 해서 흙담을 따라서 달려가고 있을 때 동자인 시종과 마주쳤다.

동자와 함께 세 정(町) 정도 달려서 겨우 숨을 고르게 되었을 때 “어떻게 된 것이냐” 하고 물었다. 동자는 “문 앞에 시종들이 지키고 있는 것이 보여 ‘독경 승의 동자가 왔습니다요’ 하고 그냥 지나갔습니다. 일단 주인님께는 제가 왔다는 것을 알려드리는 것이 좋을 것 같아서요. 그리고 다시 돌아가 어떻게 할지 이리저리 궁리를 하였습니다. 그 때 마침 옆 집 시녀가 용변을 보고 있는 것을 보고 머리채를 잡고 옷을 벗겼습니다. 시녀가 소리를 지르니 시종들이 달려온 것입니다. 주인님께서 도망치실 수 있겠다 싶어 소인도 그곳을 나와 이렇게 합류하게 된 것입니다” 라고 했다. 동자라고 해도 머리가 영민하고 재치가 있던 것이다.

여자네 집의 심술궂은 시종들에게 혼쭐이 날 뻔한 주인이 머리가 좋은 수행 동자 덕분에 무사히 빠져나왔다는 이야기이다. 이야기의 내용이 매우 박진감 넘치고 긴장감 있게 전개되어 비교적 긴 이야기인데도 불구하고 단숨에 읽어 버리게 된다.

이 이야기는 몰래 여자의 집에 다니며 사랑을 키우던 이 시대의 일반적인 연애의 모습이라고 할 수 있는데 여자의 가족이 인정하기도 전에 들키게 되면 곤란한 상황이 생긴다. 어떤 남자는 한밤중에 방문해서 피곤한 나머지 대낮까지 늦잠을 잤다는 이야기도 있다. 비밀 연애를 하는 것은 정말 힘든 일이다.

풍류남의 연애 실패담

≪우지 습유 이야기≫에는 당시 사랑꾼으로 소문났던 인물에 대한 이야기도 있다. 다이라노 사다부미(平貞文: 872~923)는 헤이안 시대 중기의 귀족으로 제50대 간무 천황의 증손자의 아들에 해당한다. 원래 황족으로 더할 나위없는 고귀한 신분이었으나 아버지 다이라노 요시카제(平好風)와 함께 다이라 씨를 하사받아 신하의 위치로 내려왔다. 이 사다부미는 정치적인 출세보다 풍류 쪽에 더 관심이 많아 ≪이세 이야기≫의 주인공 아리와라노 나리히라와 함께 당대 최고의 풍류남으로 이름이 높았다. 나리히라와 사다부미를 '자이추(在中)·헤이추(平中)'라고 나란히 칭하며 그 연애사를 모노가타리로 엮어 당대 사람들은 물론이고 후대 사람들까지 그들의 화려한 연애사를 읽고 공유하였다. 이와 같이 사다부미는 ≪헤이추 이야기≫의 주인공으로 등장할 뿐만 아니라 ≪베갯머리 서책≫≪겐지 이야기≫ ≪금석 이야기집≫ 등에도 언급되어 당시 사람들 입에 회자되었던 것을 알 수 있는데 ≪우지 습유 이야기≫(권 3-18)에는 다음과 같은 이야기가 수록되어 있다.

이제는 옛날, 병위좌 사다부미를 헤이추라고 불렀다. 여자를 매우 좋아해서 궁중의 여성은 물론이고 젊은 여자란 여자는 모두 찾아가지 않은 사람이 없을 정도였다. 게다가 마음을 담은 편지를 받고 마음을 허락하지 않은 여성은 없다고 할 정도였다. 그런데 혼인지주라는 여성은 무라카미 천황의 모후의 시중을 드는 여방이었다. 마음을 두고 찾아오는 남자도 많고 보내 온 편지에는 반드시 답장을 하지만 그렇다고 실제로 만나는 일은 없었다.

거기에 헤이추가 "당분간은 힘들어도 계속 마음에 두고 그리워하고 있으면 언젠가는 직접 만나는 일이 있을 것이다"라고 생각하고 감상적인 저녁 무렵이나 밝은 달밤에 자신의 모습이 매력적으로 환하게 보일 때를 골라서 모후의 거처를 출입하고 있는 사이에 드디어 여자 쪽도 헤이추를 알아보고 좋은 감정으로 편지를 주고받는 사이가 되었다. 하지만 역시 마지막 선을 넘는 일은 허락하지 않았으며 그렇다고 애정이 없는 답장을 하는 것도 아니었다. 다른 사람이 있는 데서는 편하게 말도 하였지만 둘만 밤을 보내는 일은 없었다. 천하의 풍류남 헤이추가 평소보다 더 자주 와서 "방으로 가겠소이다"라고 말을 해봐도 거기에는 좋은 대답을 받는 경우가 없었다. 그렇게 해서 4월 말이 되었다. 그날 밤은 비가 무섭게 오는 매우 음산한 밤이었는데 "이런 날에 찾아가면 이번에야말로 나를 받아들여 줄 것이다"라고 생각하고 헤이추는 서둘러 나갔다. 가는 길 내내 세차게 내리는 비에 "이런 빗속이라면 만나지 못하고 그대로 돌아오는 일은 없을 것이다"라고 생각하고 드디어 혼인지주 거처에 도착하니, 시녀가 나와서 "위쪽에 계십니다. 어서 들어오시지요"라고 방 한 쪽 구석으로 안내하고 사라졌다. 뒤를 보니 불빛이 희미하게 비추고 숙직용인지 옷에서 좋은 향내가 났다. 너무도 황홀한 분위기여서 마음은 더욱 초조해지는데 "지금 주인님께서 들어가십니다"라고 해서 기쁘기 그지없었다. 그렇게 해서 그녀가 들어왔다. "이런 빗속에 잘도 오셨군요"라고 해서 헤이추는 "이정도로 올 수 없다는 것은 마음이 부족한 것이지요"라고 하며 드디어 옆으로 가까이 갈 수가 있었다. 머리를 손으로 쓰다듬으며 이런 저런 이야기를 하다가 오늘 밤에야말로 틀림없다고 생각한 순간에 "그런데 저쪽 문 닫는 것을 잊어버렸습니다. 내일 아침 누가 문을 열고 밖에 나간 자가 있다는 얘기가 나오면 번거롭게 되니 닫고 오겠습니다. 바로 올 것입니다." 헤이추는 충분히 있을 수 있는 일이라고 납득하고 그렇게 하라고 승낙을 하니 혼인지주는 겉옷을 남겨놓은 채 사라졌다. 그 사이에 문을 닫는 소리가 들려 "이제 이쪽으로 돌아오겠구나"하고 기다리고 있으니 혼인지주는 소리가 나지 않게 해서 안으로 들어가 버렸다. 그렇게까지 하니 헤이추도 마음이 불안하고 한심스러워 기운이 빠졌다. 그냥 안으로 따라 들어가 버릴까 하고도 생각했지만 그렇게도 못하고 허무하게도 울면서 새벽에 돌아오고 말았다. 그렇게 해서 집으로 돌아와 날이 밝기를 기다려 애절한 마음을 편지로 써서 보냈더니 "어째서 애절한 마음이 된 것인가요? 어젯밤에 방으로 다시 돌아가려 했는데 안에서 부름이 있었소이다. 그럼 또 다른 날에 뵙도록 하지요"라고 답장이 오고 그대로 시간이 흘렀다.

드디어 헤이추는 '더 이상 그 사람을 가까이 볼 수 없다. 지금은 내가 그 사람을 싫어하게끔 하기 위한 것이다'라고 생각하고 시종을 불러서 "그 사람의 요강을 가져 오너라. 요강을 가져 와서 내게 보이는 것이다. 알았느냐?" 라고 명했다. 그래서 시종은 혼인지주의 거처에 숨어서 상황을 살피다가 하녀가 가져가는 것을 빼앗아 돌아왔다. 헤이추는 기뻐하며 몰래 열어보니 배설물처럼 보이는 것이 좋은 향기와 함께 세 겹 비단에 싸여 있었다. 비단을 풀어 열어 보니 역시 좋은 향기가 났다. 잘 보니 침향, 정자라는 진한 향목을 태워 넣은 것이었다. 그것을 보고 헤이추는 점점 마음이 타올라서 "꺼려질 정도의 배설물이라면 질려서 그만두겠지만 이것은 도대체 무슨 일이란 말인가. 여기까지 신경을 쓰는 사람이라면 보통 사람은 아니다" 하고 사모하는 마음이 더욱 커졌지만 어찌할 방법이 없었다. "단 한번 만이라도 보고 싶구나"하고 간절하게 바랐지만 만나지 못하고 시간이 지났다. "내 일이지만 그 사람 때문에 세상 부끄러운 것을 알았고 분한 것도 알았도다"라고 헤이추가 조용히 다른 사람에게 말했다고 한다.

풍류남으로 인기가 많았던 헤이추, 즉 사다부미는 궁궐 안에서도 뭇 여성들의 선망의 대상이 되었다. 여방에서부터 지체 높은 여성까지 그가 마음만 먹으면 넘어오지 않는 여성이 없었다. 그런데 딱 한 사람, 그에게 넘어오지 않는 여성이 있었다. 바로 제62대 무라카미 천황의 어머니에게 출사한 혼인지주라는 여성이었다. 혼인지주(本院侍従)라고 불린 것은 '혼인(本院) 대신'이라고 불리던 좌대신이자 당대의 최고 권력자 후지와라노 도키히라(藤原時平)의 후처였기 때문이다.

그녀는 미모가 뛰어나서 접근해오는 남성이 많았으며 이미 숱한 남성과의 연애사를 겪은 경험도 있어 제아무리 인기남인 사다부미가 구애를 해온다 해도 애송이처럼 금방 그 마음을 받아들이지는 않았다. 오히려 밀고 당기기를 하는 것이었다.

사다부미는 해가 져서 어둠이 살포시 깔리는 저녁 무렵이나 휘영청 달이 밝아 외로움이 몸에 사무칠 때 만나고 싶다는 편지를 보내지만 그녀는 형식적인 답장만 보낼 뿐 만나려고 하지 않았다. 낮에 어전에서 근무 중에 만나면 주위에 사람이 있어도 가볍게 말을 걸고 친밀하게 대화를 하지만 사다부미의 보고 싶다는 편지에 대해서는 적당히 얼버무려 넘길 뿐이었다.

사다부미는 마음이 조급해져 어느 날 밤에 드디어 일대 결심을 하게 된다. 그날 밤은 비가 거세게 내려 아무도 집 밖에 외출을 하려고 하지 않는 때였다. 사다부미는 만나고 싶다는 정도가 아니라 아예 집으로 찾아가겠다는 강력한 의지의 편지를 보냈다. 그리고 이런 빗속을 뚫고 찾아와 준 것에 대해 얼마나 감격할까 기대를 하면서 세차게 퍼붓는 비를 아랑곳하지 않고 여자의 거처에 도착했다.

여자의 거처에서는 마침 옷에 훈향을 피우는 작업을 하던 때로 좋은 향기가 온 방안에 감돌았다. 갑작스런 방문에 당황하는 여자에게 자신의 일편단심의 마음을 다시 한 번 어필한 사다부미는 드디어 여자의 옆에 가까이 갈 수가 있었다. 한껏 분위기가 무르익어 갈 무렵 여자는 밖의 문 닫는 것을 잊어버려 다른 사람 눈에 띌 수 있으니 잠깐 나갔다 오겠다고 한다. 겉옷을 벗어두어서 금방 돌아올 것이라고 믿어 의심치 않기 때문에 사다부미는 그녀를 놓아 준다. 하지만 그녀는 결국 날이 새도록 사다부미에게 두 번 다시 돌아오지 않았다. 새벽녘에 홀로 쓸쓸히 그녀의 집을 나온 사다부미, 집으로 돌아가 바로 그 여자에게 자신을 속인 것에 대한 원망의 마음을 담아 편지를 보냈다. 하지만 돌아온 답장에는 갑자기 일이 생겨 돌아갈 수 없었다는 그녀의 변명만 쓰여 있었다.

이런 식으로 몇 번이고 헛물만 들이킨 사다부미는 또 다시 일대 결심을 하게 된다. 시종을 불러 그녀의 요강을 가져오도록 한 것이다. 그녀의 배설물 냄새를 맡게 되면 그녀에 대한 정나미가 떨어져 구애를 포기할 수 있을 것이라는 생각에서였다.

청소 담당 시녀한테서 억지로 빼앗아 온 요강을 열어 냄새를 맡는 순간, 역겨운 냄새가 나는 것이 아니라 향기로운 냄새가 코끝에 와 닿았다. 어찌 된 일인가 하고 살펴봤더니 배설물이 아니라 향이 나는 생약을 뭉쳐서 배설물 모양을 만든 것이었다. 그 여성은 사다부미의 행동을 미리 예상하고 그에 대해 선수를 쳐 버린 것이다.

이쯤 되니 천하의 풍류남 사다부미도 완벽하게 패배한 것을 인정하지 않을 수 없었다. 그래서 사다부미는 친구에게 그 여자에게는 도저히 이길 방법이 없다고 조용히 털어놓았다고 한다.

《우지 습유 이야기》에서는 사다부미의 추억담 식으로 끝을 맺고 있지만 《금석 이야기집》(권30-1)에서는 그 여성에 대한 사랑이 더욱 더 불타올라 결국 상사병으로 죽음에 이르는 것으로 끝이 나고 있다.

《우지 습유 이야기》에는 ① 무서운 이야기 ② 우스운 이야기 ③ 가슴 찡한 이야기가 서로 섞여 있는데 남녀 사이의 연애담은 주로 ② 우스운 이야기로 분류되는 것이 많다. 남녀가 사랑을 하고 그 사랑을 키워가는 로맨틱한 장면에서 일어날 수 있는 예기치 않은 실패담, 그것이 서민 설화집 《우지 습유 이야기》 연애담의 특징이라고 할 수 있다.

3. 스님의 연애론, ≪도연초≫

중세 수필 문학의 꽃 ≪도연초(徒然草)≫는 ≪방장기≫와 더불어 초암 문학의 대표적인 작품이다. 1330년경 성립했다는 설이 있으나 정확한 성립연대는 미상이다. 전체 244개의 장단으로 이루어진 수필집으로 각 장단은 독립된 주제로 유식고실, 설화, 자연의 정취, 회고담, 처세훈, 불교적 무상관 등 실로 다양한 내용을 다루고 있다. 앞선 ≪방장기≫와 다른 점은 무상관을 본질로 하되 지은이가 대상에 사로잡히는 일 없이 항상 냉정한 눈으로 대상을 관찰하는 객관적 태도를 취하고 있다는 점이다. 그러면서도 지은이는 인간의 나약함에 온화한 눈길을 돌린다.

지은이 겐코(兼好) 법사는 궁중에서 구로우도(궁중의 잡무직)로 하루하루를 바쁘게 살아가다 불현듯 흉흉한 세상을 등지고 불교에 귀의하여 은둔생활을 시작한다. 그에게 있어 불교에 귀의한다고 하는 것은 불도에 대한 강한 집착이 아니라 어떤 외부 사항에도 얽매이지 않고 주변의 모든 것으로부터 자유로워진다는 의미였다. 즉 겐코 법사는 무료하고 쓸쓸한 '도연(徒然)'의 상태야말로 인간의 정신이 가장 자유로워질 수 있는 경지로 특별한 목적이 없는 시간 속에서 자기 내부와 인간 존재에 대하여 깊은 상념에 빠질 수 있다고 믿었다.

그러므로 이 ≪도연초≫는 불교의 승려가 쓴 것이지만 인간의 감정을 억제하고 자기 수양을 통해 불가에 귀의하려는 종교서가 아니다. 오히려 세속에서 한 발짝 떨어진 곳에서 인간의 다양한 모습을 생생하게 그려내고 있다. 그 중에서도 여성론과 연애론은 매우 재미있게 그려져 의외의 즐거움을 준다. 여성의 종아리 흰 피부를 보고 신통력을 잃어버린 선인 이야기는 특히 유명한데 이와 같이 지은이 겐코 법사는 색욕을 식욕, 명예욕과 함께 3대 번뇌로 꼽으며 그 번뇌에서 벗어나기 어렵다는 것을 서술한다. '사랑을 이해하지 못하는 남자는 멋이 없다', '가끔씩 찾아오는 관계가 더 신선하고 오래갈 수 있다', '장애물을 극복하고 맺어진 사랑이 더 좋다', '이루어지지 않은 사랑으로 속앓이 하는 것이 진정한 이로고노미(풍류)' 등 두고두고 음미할만한 에피소드가 많다. 특히 마음이 가는 여성상에 대해서는 매우 설득력이 있다. 덜렁거리는 귀족 여성에서부터 짙은 화장을 한 여방으로부터의 유혹으로 곤혹스러워하는 모습까지 읽는 사람으로 하여금 미소 짓게 하는 장면들이 많다.

이상적인 남성상

우선 승려인 겐코 법사가 이상적인 남성으로 꼽은 사람은 어떤 사람인지 살펴보기로 하자.

어떤 일에든 제아무리 뛰어난 사람이라고 해도 이로고노미가 아닌 남자는 어딘가 부족한 사람으로 마치 보옥으로 만든 잔에 밑이 빠져 있는 것과 같다.

밤이슬에 옷자락이 축축하게 젖을 정도로 여기저기 여자네 집에 다니며 부모의 잔소리나 세상의 비난에도 개의치 않고 이렇지 않을까 저렇지 않을까 하고 사랑의 번민에 마음이 어지러워 혼자 잠자리에 들어도 그리움과 외로움에 잠 못 드는 밤을 보내는 것은 매우 정취 있다.

하지만 그렇다고 지나치게 여색에 빠져서는 안 된다. 여성들로부터 훌륭한 분이라고 칭송을 받을 정도가 남자로서는 이상적이라고 하겠다.

(제3단)

헤이안 귀족들이 이상으로 삼았던 연애 잘 하는 남성, 즉 이로고노미에 대한 생각을 피력한 것으로, 역시 여성과의 사랑으로 번민하는 남성이 가장 정취 있고 멋있다고 하면서도 한편으로는 사랑에 너무 빠지면 안 된다고 경계하는 것도 잊지 않고 있다.

'이로고노미(色好み)'란 일반적인 '호색(好色)'과는 다른 개념이다. 헤이안 시대 귀족들이 추구한 미의식으로 여성과의 연애의 정취를 잘 알고 그것을 즐기는 것을 말한다. 좀 더 구체적으로 말하면 일부다처제의 결혼

제도에서 남성이 여러 명의 뛰어난 여성을 부인으로 삼을 수 있는 능력과 매력 그리고 그와 관계된 풍류, 정취 등을 가리키는 말로써, 우아하고 세련된 교양을 몸에 지니고 그것을 실천하는 성향을 말한다. 이러한 이로고노미의 사상의 근저에는 뛰어난 여성을 아내로 얻는 일이 일본의 토속신앙인 신도에서 여성의 무녀로서 갖는 영력을 획득하는 것을 의미하며, 남성이 그러한 여성의 영적 능력을 받아 정치적 지배권을 획득하게 된다는 고대 신앙이 있는 것으로 해석되기도 한다. 남성들이 이로고노미의 사상을 실천하고자 노력한 것은 헤이안 귀족 시대에서 뿐만이 아니라 무사 정권이 들어선 중세까지도 이어진다. 무사들이 귀족적인 가치관을 모방하려는 상고주의적인 경향이 있었으며 ≪도연초≫의 지은이 겐코 법사와 같은 당대의 지식인들은 귀족의 후예였기 때문이다.

겐코 법사는 여성들에게 멋있게 어필할 수 있는 남성을 이상적인 남성으로 꼽았다. 자신은 이미 불교에 출가해서 세속을 버린 사람이지만 솔직한 자신의 생각을 토로한 것이다. 이런 꾸밈없는 문장을 썼다는 것이 바로 ≪도연초≫가 많은 사람한테 공감을 불러일으키는 요인이 된다. 밤이슬에 젖어 여자네 집에 다니며 부모의 걱정이나 세상의 비난을 받았다는 것은 겐코 법사 자신의 젊은 시절의 모습일 것이다. 아무리 세상을 등지고 불도에 귀의했다고 해도 여성에 대한 관심과 흥미만큼은 없어지지 않는다고 스스로 깨닫고 있다.

또한 이 말을 곱씹어 보면 젊은 청춘이야말로 절망에서 시작된다는 뜻이기도 하다. 겐코 법사는 어떻게든 여성과 연애를 해서 한번쯤은 절망을 경험해 볼 필요가 있다고 말한다. 그리고 그 연애라는 절망을 통해 청춘의 영원성을 확보하라고 조언하고 있다. 그 청춘의 영원성이야말로 인간으로서 사는 증거라고 말이다.

남자의 번민

그런데 겐코 법사는 한편으로는 이런 말도 하고 있다.

이 세상 사람의 마음을 어지럽히는 것은 역시 색욕이다. 이것만큼 사람을 어지럽히는 것은 없다. 아, 사람의 마음이란 얼마나 어리석은 것이란 말인가.

예를 들어 향기라는 것은 눈에는 보이지 않는 몽글몽글한 것이다. 허상의 것이다. 하지만 아무리 여자들이 그 허상의 향기를 옷에 배도록 하여 다닌다는 사실을 알고 있어도 막상 그 향기가 밴 여자의 옷을 가까이 하면 가슴이 마구 설렌다.

그리고 보면 저 구메의 선인조차 강에서 빨래를 하고 있는 아낙의 하얀 종아리를 보고 신통력을 잃어버려 구름에서 떨어졌다고 하지 않던가. 젊은 여성의 부드럽고 새하얀 손발을 보면 일반적인 색기와는 달리 어떻게 할 수가 없다. 신통력을 잃을 수 있다. (제8단)

이보다 솔직할 수 있을까? 승려로서 금욕적인 생활을 하고 있으며 머리로는 여성의 색향에 번롱(樊籠)되어서는 안 된다는 것을 알고 있으면서도 여체에 대한 갈망, 여성의 향내에 대한 무조건적인 동경심이 마구 생겨난다고 한다. 감각적이고 육체적인 욕망이 얼마나 강렬하고 근원적인지 명쾌하게 풀어낸 문장이라고 할 수 있다. '일반적인 색기와는 달리 어떻게 할 수가 없다'라고 한 부분을 보면 겐코 법사는 인간의 욕망을 그 자체로 긍정적으로 바라보고 있다. 금욕이라는 것 자체가 의지대로 잘 안 되는 것이며 겉으로만 그런 척하는 위선이라는 사실을 겐코 법사는 솔직하게 고백하고 있는 것이다. 그 인간다운 솔직함을 접하는 우리는 저절로 흐뭇해진다. 누구라도 사랑이라는 감정에는 마음이 흔들리고 번민에 휩싸이게 된다고 고백한 이 문장이 천 년 가까이 지난 현대의 우리에게도 안도감을 준다.

제9단에서는 여성에 대해서 다음과 같이 적나라하게 쓰기도 한다.

여자는 머릿결이 아름다운 여자가 가장 먼저 사람 눈에 띄겠지만 그 인품이나 마음씨는 뭔가 말을 하는 모습 등으로 실제로 안 봐도 발을 사이에 두고도 알 수 있다. 원래 여자는 매력적이니까 어떤 일에 있어서 가만히 움직여도 남자들은 마음이 흔들리고 만다. 더구나 여자들은 남자의 마음을 끌기 위해 잠자는 모습을 보이지 않으려 하고 또 큰 대자로 편하게 자는 것도 마다한다. 뿐만 아니라 예쁘게 보이려고 몸을 아끼지 않고 힘들게 몸매 만들기까지 한다. 그것은 어찌 보면 모두 남자를 혼란시키려고 하는 것이다.

아 정말 남녀 애착의 색의 길은 그 뿌리가 깊어서 도무지 근절되지를 않는다. 눈에 아름다운 것을 보고 귀에 시끄러운 음악을 들으며 코에 좋은 향기를 맡으며 혀에 맛있는 것을 먹으며 몸에 유쾌한 것을 만지며 마음에 법열의 말을 듣는다는 6개의 욕망은 모두 없앨 수가 있다고 해도 저 색욕이라는 놈만은 아무래도 없앨 수가 없다. 늙으나 젊으나, 지혜가 있으나 없으나 그런 것은 아무런 상관이 없다. 모두 색욕에 묶여 번민하고 있다.

그러므로 여자의 머리카락을 꼬아 만든 끈으로는 커다란 코끼리도 묶을 수 있으며 여자가 신고 있는 짚신으로 만든 피리는 가을 사슴도 찾아오게 한다고 전해지고 있다. 실로 당연한 일이다. 나 스스로도 잘 경계해서 삼가야만 하는 것은 오로지 이 색욕의 번민이다.

겐코 법사는 매일 여러 가지 생각을 하면서 스스로 자신의 마음속을 탐색하고 색욕에 번민하는 자신을 발견한다. 겐코 법사 역시 뜨거운 피가 흐르는 평범한 인간이었다. 승려로서 자신의 감정과 욕망을 부정하고 단정 지어 무조건 없애버리고자 한 것이 아니라 자신의 속마음을 긍정적으로 바라보며 그 마음을 자연스럽게 표출하고 스스로 심리적인 안정을 찾아가는 과정을 보여주고 있다. 사람은 교훈이나 도덕 등으로 아무리 정신을 연마해도 색욕, 즉 사랑의 길을 피해서 지나가는 일은 어렵다. ≪도연초≫의 수필로서의 투철한 시선이 방사되는 대목이다.

이상적인 여성상

겐코 법사의 여성관은 오늘날의 여성관과 비교해보면 약간 차이가 나는 부분이 있는데 그것은 원래 불교 사상이 여인 금제, 여인 결계 등의 말에 상징되어 있듯이 남성 우위의 가치관을 기반으로 형성되었기 때문이다. 겐코 법사 개인의 문제로만 생각할 것은 아니라고 할 수 있다.

또한 겐코 법사는 제137단에서 '꽃은 한창 때에, 달은 기울지 않은 것만

이 볼만하다. 비와는 달리 달을 사랑하고 봄의 갈길을 모르는 것도 역시 정취 있다', '모든 달과 꽃은 눈으로 볼만하다'고 말하며 자연을 외형만으로 보는 것이 아니라 내면에 있는 정취를 음미하는 여백의 미를 중요시하고 사물을 슬쩍 슬쩍 보는 것을 중요시한 사람이었다. 겐코 법사는 30살 쯤 되었을 때 산속으로 들어가 은둔자가 되었는데 그때까지 조정에서 관리로 일했으며 와카를 배우고 많은 지식을 흡수하였으며 화, 한, 불의 교양을 몸에 익혀서 여성과 연애를 한 경험도 있었다. 현실적으로는 성취된 연애가 좋지만 정취 있게 느껴지는 것은 오히려 실연이나 몰래 하는 사랑, 추억 속의 사랑과 같이 만나지 못하는 사랑이라고 생각했다.

> 달이나 꽃뿐만 아니라 모든 것에 있어서 그 시작과 끝은 감흥을 불러일으킨다. 남녀간의 사랑도 오로지 만나서 정을 나누는 것만이 사랑이겠는가. 여성과 깊은 정을 나누지는 못했어도 이별의 안타까움에 괴로워하거나, 서로의 약속이 허무하게 끝나버린 것을 아쉬워하거나, 긴긴밤을 홀로 지새우며 멀리 있는 연인을 마음속에 그리거나, 허술한 집에서 밀회를 나누던 옛 추억에 젖어 지내거나 하는 사람이야말로 사랑의 정취를 아는 사람이라고 할 수 있지 않겠는가.   (제137단 후반부)

이것이 바로 겐코 법사의 연애관이다. 서로 사랑하는 사이에서 심신 모두 행복의 절정에 있다고 한다면 그것은 사랑의 끝을 의미한다. 이미 여러 번 언급했지만, 일본어에서 '사랑' 즉 恋(こい, 고이)'라는 말의 어원은 원래 '乞い(こい, 고이)', 즉 '구걸하기' '갈구하기'이다. 말하자면 '사랑'이라는 것은 상대방의 혼을 갈구하는 마음의 움직임이다. 상대방을 영원히

내 것으로 생각하는 태만한 마음으로 바뀌었다면 이미 그 사랑은 끝난 것과 마찬가지이다. 사랑이 사랑이기 위해서는 오히려 사랑이 결실을 맺기보다 비련이나 실연이 더 좋다고 제언한다. 심오하고도 역설적인 논리이다.

이것은 겐코 법사가 젊은 날에 큰 실연을 한 경험에서 온 것이라고 할 수 있는데 기본적으로 겐코 법사는 승려라는 신분상 비혼론자이기 때문에 그런 식의 발상으로 연결된 것일 수도 있다. 상대방의 마음을 갈구하여 자기 것으로 만들고자 하는 마음의 움직임, 즉 욕구 자체가 더 이상 없는 상태, 그것은 현대에서도 결혼 후에 얼마 지나지 않아 이혼하는 부부에게 많이 보이는 현상이기도 하다.

승려의 연애관

겐코 법사의 연애관과 결혼관에 대해서 좀 더 살펴보기로 한다.

집 북쪽 그늘에 아직 다 녹지 않은 눈이 얼어붙어 있는데 그곳에 세워둔 수레의 끌채에 서리가 내려앉아 아름답게 반짝이고 있고, 새벽하늘에 아직 남아 있는 달이 구름에 살짝 가려져 희미한 달빛을 비추고 있다.

인기척이 없는 불당 복도에는 평범한 신분으로 보이지 않는 남자가 한 여자와 함께 문턱에 걸터앉아 대화를 나누고 있다. 화제는 무엇인지 모르겠지만 이야기가 쉽사리 끝날 것 같지 않다.

그 두 사람의 머리 모양이나 생김새가 매우 우아하며, 뭐라 말로는 표현할 수 없는 그윽한 향기가 바람결을 타고 전해 오는 것도 매력적이다. 두 사람의 말소리가 언뜻언뜻 들려오는 것은 더욱 운치를 더해준다.

(제105단)

여기에서 겐코 법사는 제3자적인 시점에서 남녀를 보고 있는 것처럼 쓰고 있는데 어느 누구도 녹다 만 눈이 다시 얼 정도의 추위 속에서 다른 사람의 만남을 바라보고 있는 행동은 안 할 것이다. 여기에서의 '남자'는 겐코 법사 자신일 것이다. 겐코 법사가 한 겨울 찾아온 여성을 상대로 기나긴 이야기를 나누는데 그 여성은 과연 누구일까 궁금해진다. 다음 장단을 보면 겐코 법사가 사랑한 여성이 어떤 사람이었는지 분명해진다.

아내야말로 없는 편이 좋다. "저 사람은 늘 혼자 지내고 있다"라고 하면 고상한 사람이라는 느낌이 드는데, "누구누구의 사위가 되었습니다"라든가 "이런저런 여자를 맞이하여 함께 살고 있습니다"라고 하면 왠지 모르게 몹시 실망을 하게 된다. 각별한 애정이 있지도 않은 여자에게 이끌려서 함께 지내고 있을 것을 생각하면 애처롭게 느껴지기도 하고 만약 상대방이 꽤 괜찮은 여자라면 그녀를 애지중지 여겨 마치 자신의 수호신이라도 되는 것처럼 어쩔 줄 몰라 하며 살고 있을 것이다. 결혼했다고 하면 일단은 그런 생각이 들게 된다. 또한 집안에서 가사 일을 충실하게 하고 있는 여자에게도 흥미가 가지 않는다. 아이를 출산하여 뒷바라지를 하고 있는 모습은 그다지 매력이 없다. 그리고 남편이 세상을 등진 후에는 비구니가 되어 여생을 보내는 여자도 있는데 이는 자신뿐만 아니라 먼저 간 남편까지 한심스러움을 느끼게 할 것이다.

어떤 여자든 결혼하여 아침저녁 얼굴을 마주하고 있으면 분명히 싫증을 느끼게 될 것이며 싫어질 것이다. 여자 자신도 불안정한 상태에 놓이게 된다. 이상적인 남녀관계는 각자 다른 장소에 살면서 때때로 찾아와서 잠시 머물고 가는 것이 오랜 세월이 지나더라도 서로에게 좋은 관계로 유지될 수 있는 방법이다. 예고 없이 불현듯 남자가 찾아와서 하룻밤 묵고 가면 서로에게 신선한 느낌을 줄 것이다. (제190단)

당시의 결혼의 형태인 통혼(通い婚)의 장점에 대해서 얘기하고 있다. 결혼 후에도 남녀가 서로 다른 집에 거주하며 남자가 여자의 집을 찾아가서 밤을 같이 보내고 이튿날 자신의 집으로 돌아가는 것이 좋다는 것이다. 현대로 말하면 연애는 하되 결혼은 하지 않는 비혼론에 해당한다. 왜냐하면 현대는 결혼하면 같은 집에 사는 것이 기본이니까 말이다. 사랑하는 사이라도 결혼을 해서 한 집에 살며 모든 것을 공유하는 것이 아니라 각자 자신의 세계를 갖고 있으면서 연애의 형태를 지속시키는 것이 가장 이상적이라고 하고 있다. 현대 부부들의 '각방 쓰기', '졸혼'과 같은 형태의 장점을 이미 겐코 법사는 14세기에 인지하고 있었던 것이다.

그런데 여기에서 주목할 것은 겐코 법사가 여성에 대해서 기본적으로 부정적인 시선으로 보고 있다는 점이다. 집안일을 성실하게 하는 여자나 자식을 낳아 뒷바라지를 잘 하는 여자, 남편이 죽고 나서 비구니가 되어 홀로 지내는 여자에 대해서 냉랭하게 말하고 있다. 아무래도 결혼이라는 안정적인 형태를 거부하는 겐코 법사에게는 아내나 어머니로서의 역할에 충실한 여성보다는 신비감이나 신선함을 주는 연인으로서의 여성을 더 선호한 것으로 보인다.

겐코 법사는 평생 결혼을 안 해서 처자가 없었으며 ≪도연초≫에서도 부친과의 추억은 보이는데 모친은 전혀 등장을 하지 않는다. 여성에 대해 거리를 두고자 한 승려답게 여성에 대한 동경심과 멸시가 혼재되어 있다. 대부분의 남자들도 이 두 가지 상반된 마음을 같이 갖고 있는 경우가 많은데 겐코 법사도 그 중의 한 사람으로 특히 화목한 가정을 꾸리고자 하는 자상함과 포용력은 갖지 않았다고 할 수 있다.

2월 15일 보름달이 휘영청 밝은 깊은 밤에 센본 절로 참배하러 갔다. 사람들이 많이 모여 있는 좌석 뒤편으로 들어가서 동행인도 없이 혼자 얼굴을 두건으로 가린 채 경전의 강론을 듣고 있는데, 용모가 뛰어나고 진한 향기를 머금은 한 여성이 청중들 사이를 뚫고 내 옆으로 다가와 자리에 앉더니 무릎을 기대 왔다.

여인의 향기가 내 몸에 배어들 것 같아 안 되겠구나 싶어 무릎을 비켜 몸을 돌려 앉았더니 여인은 앉은 채로 다시 다가와서 내게 기대어 왔으므로 나는 그 자리를 뜨고 말았다. 훗날 궁중에서 일하는 여방과 이런 저런 이야기를 나누게 된 적이 있는데 내게 "풍류를 모르는 사람이라고 생각한 적이 있습니다. 당신을 무정하다고 원망하는 사람이 있으니까요"라고 했다. "무슨 말씀이신지 전혀 모르겠군요"라고 답하고 그 이야기는 그대로 중단되어 버렸다.

후일에 들은 이야기로는 내가 센본 절을 찾았던 날 밤에 고귀한 신분의 사람이 절에서 나를 발견하고 자신을 시중하는 여인을 곱게 단장시켜 "상황이 좋으면 그 사람에게 말을 걸어 보거라. 다녀와서 보고를 하도록 하고. 아마 일이 재미있게 될 것이다"라고 하며 나를 시험했다는 것

이다. (제238단)

　본 장단은 겐코 법사의 '자랑 이야기' 7개 중의 하나로 실제 체험담을 쓴 것이다.

　보통 농담으로 '차려놓은 밥상을 거절하는 것은 남자의 수치'라고 하는데 여기에서는 '차려놓은 밥상을 그대로 받아먹는 것은 남자의 수치' 식으로 남자다운 기개를 역으로 보여주고자 한 장단이다. 겐코 법사는 자신은 그렇게 쉽게 밥상을 받아먹는 남자가 아니라고 말하고 싶었을 것이다. 하지만 이 이야기에서 겐코 법사는 여성에게 무관심한 무뚝뚝한 남자로 위장하고 있는 듯이 보인다. 평소 여성과 얘기가 잘 통하는, 섬세한 성격의 소유자이기 때문에 오히려 세상 사람들은 겐코 법사가 어떤 반응을 보일지 시험한 것이 아닐까 한다. 아마도 겐코 법사의 본심은 여자를 좋아한 것이 틀림없다.

　제242단에서는 다음과 같이 쓰고 있다.

　　지금까지 이 세상이 돌아가는 모습을 널리 고찰해 보니 인간의 욕망에는 3개가 있다. 하나는 명예욕이다. 여기에는 행적의 명예도 재예의 명예도 있다. 둘째는 색욕, 그리고 셋째는 식욕이다. 인간의 모든 바람은 이 세 욕망을 이기는 것은 없다.

　일반적으로 《도연초》는 권력에서 밀려나 산 속에서 조용히 살아가는 승려가 쓴 수필이라고 생각하는 경우가 많으며 일본의 중고등학교 교과서에서도 자연을 벗 삼아 유유자적하게 살아가는 모습을 주로 소개하고 있다. 하지만 ≪도연초≫는 위에서 본 바와 같이 사랑을 구가하는 문학으로서의 측면이 의외로 강하다. 젊은 시절 사랑에 빠져 다양한 연애의 형태를 경험한 사람으로서 그 심오한 세계와 복잡한 이치를 깨닫고 그것을 담담히 때로는 격정적으로 써 내려간 겐코 법사가 ≪도연초≫ 속에는 숨어 있는 것이다.

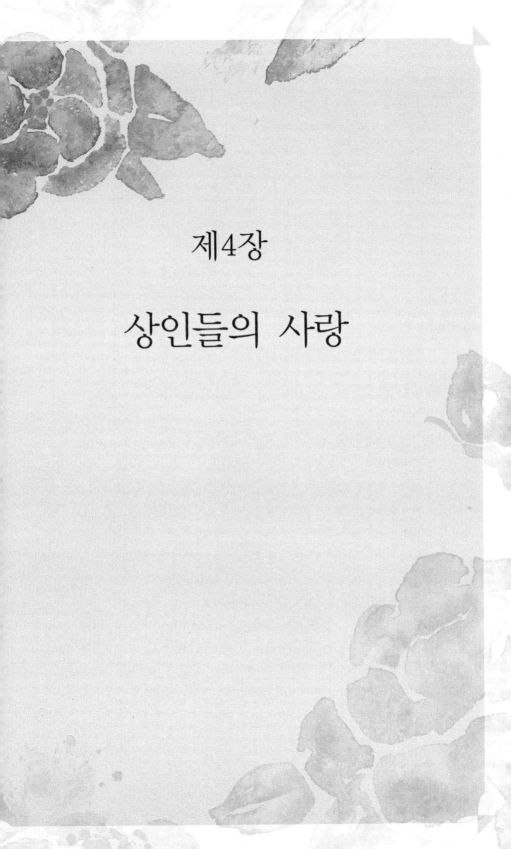

제4장

상인들의 사랑

● 도쿠가와 이에야스가 전국을 통일하여 에도(江戸: 지금의 도쿄)에 막부를 열고 막강한 권력으로 전국을 통치한 시대를 에도 시대(1603년~1868년)라고 한다. 무사가 지배하는 사회였지만 중세 시대와는 달리 무사는 더 이상 싸움을 하지 않고 사농공상이라는 엄격한 신분제를 확립하고 사회의 질서를 꾀했다.

그 중에서 가장 낮은 신분인 상인은 조닌(町人)이라고 불리며 상품 경제의 발달과 화폐 경제의 진전과 함께 성장하여 나중에는 무사 계급의 궁핍을 초래하고 농촌 사회의 구조를 변화시키기에 이른다. 경제력이 있는 상인들은 점차 문화의 주역이 되어 소설과 그림을 사들이고 가부키 공연을 보러 가는 주요 소비층이 되었다. 조닌 문화는 뜬 세상(우키요)이라는 시대정신 속에 철저히 세속화된 문화였던 만큼 향락적이고 퇴폐적인 세계였으며, 유흥가의 유녀들은 조닌 문화에서 다루어진 주된 소재였다. 남녀 사이의 일이 이 시대만큼 다양한 형태로 표출된 적이 없으며 사랑이라는 주제가 사회 전반에 보편화되고 양식화된 때였다.

상인들의 관심사인 애욕의 세계를 그린 ≪호색일대남≫과, 돈과 유녀로 가득한 도시를 떠나 동북 지방을 돌며 산문과 함께 하이쿠를 엮은 ≪오지로 가는 길≫외, 억울한 누명을 쓴 남자와 그를 사랑한 여자가 절망감에 빠져 동반 자살에 이르는 조루리 인형극 ≪소네자키 숲의 정사≫ 등이 대표작이다.

1. 자유연애의 끝판 왕, ≪호색일대남≫

≪호색일대남(好色一代男)≫은 이하라 사이카쿠의 처녀작으로 1682년 10월 오사카에서 간행되었으며, 8권 8책이다. 호색일대남이란 자식은 원하지 않으면서 애욕에 인생을 걸고 사는 남자를 뜻한다. 에도 시대의 상인들, 즉 조닌들의 욕망을 그대로 표현한 이 소설은 당시 대단한 인기를 끌어 막부의 쇼군이나 다이묘들조차 몰래 읽었다고 한다. 일본 최초의 베스트 셀러라고 할 수 있다.

내용은 주인공 요노스케가 일생 동안 여성 3742명, 남성 725명과 사랑을 나누는 과정을 그렸다. 1년을 1개의 이야기로 하여 7세부터 60세까지 총

54개의 이야기로 구성되어 있으며 크게 3개의 시기로 나뉜다.

제1기는 7살부터 18살까지 젊은 날의 사랑 이야기로 남자라면 누구나 한 번쯤은 하고 싶어 하는 엿보기나 무릎베개와 관련된 에피소드를 독자의 눈높이로 쉽고 재미있게 썼다.

제2기는 19살부터 33살까지 전국 각 지방을 유람하면서 있었던 사랑 이야기로 유람을 떠난 계기는 방탕한 생활로 인해 부모한테 의절을 당했기 때문이다. 당시 농민은 논밭에서 일하면서 일생을 보내고 상인이나 무사도 틀에 얽매여서 여행은 엄두를 못 내던 때였으므로 독자는 마치 각 지방의 가이드북을 읽는 것과 같이 대리만족을 할 수 있던 것으로 보인다.

제3기는 34살부터 60살까지의 유녀 섭렵기로 34살 때 부모가 세상을 떠나고 남긴 유산, 현재로 하면 약 312억엔을 상속받아 그동안 못해본 유녀와의 사랑에 탐진한다. 여기에는 당시 실제로도 유명했던 유녀 요시노 다유(吉野太夫)가 등장하는 등 다양한 남녀의 스캔들을 생생하게 보여준다.

≪겐지 이야기≫의 패러디 소설

에도 시대가 되면 헤이안 시대의 귀족 문학을 비튼 패러디 작품이 많이 나오게 된다. ≪베갯머리 서책≫의 유취적 장단을 본뜬 ≪개베개(犬枕)≫, ≪이세 이야기≫를 패러디한 ≪니세(가짜) 이야기≫, 그리고 ≪겐지 이야기≫를 패러디한 ≪가짜 무라사키 시골 겐지(偐紫田舍源氏)≫와 ≪호색 일대남≫ 등이다.

그 중에서 최고의 역작은 역시 사이카쿠의 ≪호색일대남≫이다. ≪호색일대남≫은 풍속 소설 우키요조시의 출발점으로, 주인공 요노스케의 호색 생활 일대기인데 1년을 1장으로 하여 7살부터 60살까지를 54장으로 그린 것은 ≪겐지 이야기≫의 54첩을 의식한 것이다. 문장 안에도 ≪겐지 이야기≫의 문장을 그대로 패러디한 것이 있고 히카루 겐지와 같은 귀족의 '호색'이 아닌 조닌, 즉 서민의 '호색'의 모습이 적나라하게 그려진다.

헤이안 시대 귀족들의 미의식을 가장 잘 보여주는 ≪겐지 이야기≫의 엿보기 장면은 ≪호색일대남≫에서 다음과 같이 묘사되고 있다.

요노스케가 아홉 살 된 해 5월 4일 단오절 전날의 일이었다. 창포로 장식한 처마 끝 앞 담벼락 너머 무성하게 늘어진 버드나무 아래쪽은 이미 석양빛이 내리기 시작해 어둑어둑 그늘이 드리워지고 있었다. 처마 밑 낙숫물받이 돌 옆에는 조릿대로 짠 발이 쳐져있고 그 앞에서 한 하녀가 발에 조릿대 무늬의 홑옷과 속치마를 벗어 걸어 놓고 창포면을 감으려던 참이었다. "솔바람 소리만 들리고 만일 들리는 게 있다면 저 벽의 귀 정도일까, 설마 보는 사람은 없겠지" 하고 마음 놓고 부스럼딱지가 있는 배꼽 언저리 때를 씻어 낸 후 그 아래쪽 은밀한 부분을 때밀이 겨 주머니로 연신 가만가만 비벼 대니 목욕 물은 점점 기름기가 돌아 혼탁해지고 있었다. 그 때 요노스케는 옆 건물 정자 지붕위로 기어 올라가 그곳에 비치되어 있던 망원경을 꺼내 들고 면을 감으면서 자위 행위에 열중하는 하녀의 모습을 정신없이 들여다보는데 그 모습은 정말 가관이었다. 하녀는 얼마 뒤 요노스케가 지켜보는 것을 알아챘지만 너무나도 부끄러운 나머지 소리도 내지 못하고 그저 두 손으로 빌 수밖에 없었는데 요노스케는 얼굴을 찡그리면서 손가락질을 하더니 낄낄 웃어 대는 것이었다. 더 이상 그 자리에 있을 수 없어 아랫도리를 제대로 닦지 못한 채 젖은 나막신을 신고 빠져나가려 하니 요노스케는 낮은 담벼락 부근에서 하녀를 불러 세웠다. 그리고는 하는 말이 "오늘 저녁 8시쯤 주위가 조용해지면 내가 올 테니 이 문을 열어두고 시키는 대로 해야 한다"는 것이었다. 하녀는 하도 어이가 없어서 "무슨 말씀을 하시나요?"라고 답하자 요노스케는 "그런 식으로 나오면 조금 전 일을 다른 하녀들에게 다 말해 버릴 거야"라고 응수했다. 기가 막히고 난처하기만 한 상황이었다.

하녀는 어쩔 수 없이 "그러시다면 알겠습니다"라면서 일단 그 자리를 모면했다. 그날 밤 하녀는 설마 요노스케가 올까 하면서 "누구에게 보여줄 것도 아닌데"하면서 아무렇게나 머리 손질을 하고 평상복 차림으로 있는데 요노스케의 발자국 소리가 조용히 들려왔다. 하녀는 어쩔 수 없이 요노스케가 하는 대로 내버려 두었다. 잠시 뒤 작은 상자를 뒤져 전통 인형, 오뚝이 달마 인형, 종다리 피리 등을 챙겨 "이건 제가 소중하게 간직한 물건들입니다. 도련님이라면 조금도 아깝지 않사옵니다"라며 장난감을 주며 회유했지만 기뻐하는 내색도 없이 "얼마 뒤 네 몸에서 내 애가 태어나면 그 애를 어를 때 필요하겠구나. 이 오뚝이 달마 인형이 네게 반했나 보다. 네 쪽으로 넘어지려 하는구나"하면서 팔베개를 하고 벌렁 누워버렸다. 하녀는 얼굴을 붉히며 이런 모습을 사람들에게 들키면 큰일 나겠다 싶어 가만히 마음을 진정시킨 뒤 요노스케의 양 옆구리를 손으로 쓸어주면서 "작년 2월 2일 몸에 뜸을 뜨셨을 때 생긴 상처에 소금을 발라 드렸는데 그때보다 훨씬 더 의젓해지셨네요. 자 이쪽으로 가까이 오세요"라고 속삭인 뒤 허리띠는 풀지 않은 채 꼭 껴안았다. 그리고는 그대로 달려

나와 바깥 격자문을 힘껏 두드리며 요노스케의 유모를 불렀다. "아무래도 젖을 더 먹여야 할 것 같아요"라고 농담을 하면서 그간의 사정을 털어놓았다. 유모는 "아직 어린 아이라고만 생각했는데 이제 다 크셨네"라며 크게 웃었다.

혼자 목욕을 하고 있는 하녀 모습을 엿보는 요노스케는 도저히 9살이라고는 믿기지 않을 정도로 뻔뻔하고도 당당하다. 주위 사람들은 그런 요노스케의 모습을 비난하기는커녕 신기하게 바라보면서 오히려 기특하게 생각한다.

≪겐지 이야기≫ 속 귀족들의 사랑은 당연히 성애 부분을 동반한 것이지만 절대로 노골적으로 묘사되는 일이 없었다. 귀족들이 추구한 풍류의 기본은 우아하고 고귀한 미(美)였으므로 비속하거나 저급한 것을 극도로 꺼렸다. 하지만 자유분방하고 실리적인 세계를 추구한 에도 시대의 상인들은 보다 직접적이고 자극적인 것을 좋아했다. ≪호색일대남≫은 그러한 상인들의 원천적 본능인 애욕을 모티브로 삼고 있어 남녀의 성애 장면을 오히려 생생하고 사실감 있게 표현했다. 이것은 다른 의미에서는 귀족이나 무사와 같은 지배 계층의 위선적인 사랑을 야유하는 시각이 내재된 패러디의 측면도 있었다.

≪호색일대남≫의 주인공 요노스케는 조닌, 말하자면 서민 겐지로 태어났다. 요노스케가 보여주는 갖가지 에피소드는 당시의 호색한이 경험할 수 있는 '호색한 지침서'로서 기능한 것으로 보인다. 마치 ≪겐지 이야기≫가 헤이안 시대 귀족들 사이에서 '풍류남 지침서'라고 생각된 것처럼 말이다.

≪겐지 이야기≫의 주인공 히카루 겐지는 많은 여성을 사귀면서 그 과정에서 일어날 수 있는 다양한 심리 상태와 희노애락의 굴절된 양상을 보여주는데 ≪호색일대남≫의 주인공 요노스케 역시 일생 동안 수많은 여성·남성과 사랑을 나누면서 거기에서 일어날 수 있는 거의 모든 상황을 보여준다. 하지만 그 사랑의 상대를 대하는 방법이나 부수적으로 일어날 수 있는 현상은 지극히 근세적이다. ≪겐지 이야기≫의 경우 주인공은 히카루 겐지 즉 남성이지만 오히려 주역은 상대역인 수많은 여성들이다. 지은이 무라사키 시키부는 히카루 겐지라는 매력남을 설정하고 그 겐지와 사랑을 나누는 여자들의 일생을 그리고자 했다. 하지만 ≪호색일대남≫의 주인공 요노스케는 어디까지나 남성인 요노스케가 중심이다. 근세의 기본 정치 이념인 유교적인 사고방식에서 남성이 여성보다 우위에 있다고 생각한 것에 근거한다.

≪호색일대남≫의 주인공 요노스케는 ≪겐지 이야기≫의 주인공 히카루 겐지, 그보다 앞선 ≪이세 이야기≫의 주인공 나리히라와 함께 스페인 문학 ≪세비야의 호색가≫에서의 돈 후안에 비유되는 최고의 인기남 혹은 호색한의 대명사로 되어 있다.

주인공 요노스케의 탄생

≪호색일대남≫은 제1장에서 요노스케의 소개를 다음과 같이 하고 있다.

벚꽃도 바로 져버려서 탄식을 자아내고, 달도 끝이 있어서 산 너머로 들어가 버린다. 그런 허무한 경치보다 끝이 없는 여색과 남색, 두 길에 빠져 유메노스케(夢介)라는 예명으로 불리는 다이진은, 그 이름도 달의 이루사야마라고 하는 명소가 있는 다지마 지방 이쿠노 은산 근처에서 세상사를 버리고, 그 길로 도읍지로 올라온 사람이었다. 당시의 유명한 무사 나고야 산자에몬, 무장 가가에 야하치로와 함께 일곱 마름 무늬의 도당을 만들어, 몸은 술에 절고 밤이 깊어서 산스지 거리에서 돌아오는 길에 이치조 개천의 다리를 건너는데, 어떤 때는 미소년으로 나타나고 또 어떤 때는 스님으로 나타나기도 하고 혹은 머리에 각진 가발을 쓰고 멋쟁이가 되어 나타나기도 하여, 장소가 장소인 만큼 요괴가 지나간다는 말은 바로 이런 것을 두고 하는 말이다. 무슨 얘기가 들려도 귀신을 업은 히코시치와 같이 태연한 얼굴로 '다유에게 물려 죽어도' 계속 다녔더니 결국 정이 쌓여서, 유메노스케는 그때쯤 특히나 전성기였던 유녀 가쓰라기·가오루·산세키 세 사람을 각각 돈을 주고 빼내서 사가나 히가시야마, 또는 후지노모리에 아무도 모르게 살게 하고 관계를 거듭하고 있는 사이에, 그중 한 사람의 배에서 태어난 자식을 요노스케라고 이름 지었다.

첫머리에서 사이카쿠는 벚꽃과 달을 인간의 성애와 대비시켜 상대화시키고 있다. 벚꽃이나 달도 좋지만 한계가 있다는 것을 강조하며 그런 덧없는 아름다움보다 이전에는 부도덕하게 여겨 죄악시해 왔던 여색과 남색, 즉 인간의 자유로운 성애가 월화의 미를 대체할 수 있는 인간의 미로서 변치 않는다고 말하고 있다. 우아하고 세련된 세계를 추구하는 전통적인 미의식에 대응하는 근세적인 미의식이라고 할 수 있으며 사이카쿠의 현실 긍정적인 자세가 그대로 드러나 있다.

주인공 요노스케가 일생동안 수많은 여성과 연애를 하는 구성은 헤이안 시대의 대표 연애 소설 ≪겐지 이야기≫를 본뜬 것인데, 요노스케가 성적 쾌락의 달인이라는 점에서 연애의 달인인 히카루 겐지와 사뭇 비교된다. 즉 ≪겐지 이야기≫는 희대의 꽃미남인 주인공과 많은 여성과의 미묘한 심리적 교류를 중점적으로 그린 데 비해 ≪호색일대남≫은 남녀 간의 상황과 행동만을 그리고 등장인물의 복잡한 심리까지는 관여하지 않는다. 그것은 사이카쿠가 불교 경전이나 유교적 도덕과는 전혀 무관한 형태로 철저하게 쾌락주의만을 지향했기 때문이다. 당대 조닌들의 쾌락주의를 바탕으로 이상화한 세계를 그린 것을 보면서 독자는 기상천외하고 실없는 이야기에 실소하고 요노스케의 견문이나 행위를 웃어넘기면서 이전의 작품에는 없었던 인간의 생리나 감정을 보고 느낄 수 있게 된다.

다음 해 일곱 살이 되는 어느 여름날이었다. 한밤중에 쉬가 마려워 잠에서 깬 요노스케가 베개를 제치고 하품을 하면서 장지문 고리를 열려고 하니 옆방 하녀가 이를 알아 차리고 촛불을 밝히면서 긴 통로 복도를 따라나섰다. 남천촉 나무가 서 있는 동북쪽 집구석으로 다가가 솔잎이 깔려 있는 소변 통에 볼일을 본 후 손을 씻었다. 하녀는 툇마루 쪽으로 늘어진 대나무 줄기에 긁히거나 튀어나온 못에 도련님이 행여 다치지는 않을까 해서 촛불을 들고 가깝게 다가갔더니 요노스케는 "그 불을 끄고 좀 더 옆으로 가까이 오너라"라고 말하는 것이었다. "넘어지시지는 않을까 걱정이온데 불을 끄라시니 어인 말씀이십니까?" 라고 물으니 요노스케는 태연한 얼굴로 "사랑은 어둠 속에서 한다는 걸 모르는가?"라고 말하기에 호신용 칼을 들고 있던 다른 하녀가 분부대로 촛불을 꺼 드리자 하녀의 왼쪽 소매를 잡아끌면서 "혹시 근처에 유모가 있는 건 아니겠지?"라고 주위를 신경 쓰는 모습이 하도 어처구니가 없어 아이라고는 믿어지지 않았다. "하늘나라 다리 위에서 처음에는 제대로 교합을 못 했던 남녀 신들처럼 도련님이 아직 몸은 영글지 않았는데 그 마음만은 간절한 것 같네요"라고 주인 마님께 있는 그대로 말씀드렸다. 마님도 그 녀석 어린 나이지만 신통한 아들이라고 내심 크게 기뻐하셨으리라.

그 일이 있은 후 조금씩 남녀 간의 일에 눈뜨기 시작해 그림을 모으는데도 미인화만 수집하고 그것도 너무 많아져서 책장이 넘쳐나 볼썽사나워지자 "이 방에는 내가 부르기 전에는 아무도 들지 못하게 해라"라고 출입을 엄금하는 모습에 실소를 금할 수 없었다. 어떤 때는 종이접기 놀이를 하면서 "암수가 한 몸이어서 항상 같이 날아다닌다는 비익조가 바로 이것이다"라며 시중드는 하녀에게 선물로 주지를 않나, 꽃을 만들고 가지를 붙이더니 "이게 바로 암수가 한 뿌리인 연리지다. 네게 주마"라며 매사에 남녀의 교합만 생각하는 것이었다. 아래 속옷인 훈도시도 이제는 하녀의 도움 없이 혼자서 입으려 하고 두르기 어려운 허리띠도 앞에서 맨 다음 뒤로 제대로 돌려 입고 몸에는 향주머니를 걸치고 향냄새가 밴 소매를 한 조숙한 모습은 어른도 무색할 정도로 여자의 마음을 설레게 했다. 같은 또래 친구들과 놀 때도 하늘 높이 떠오른 연에는 관심이 없고 "소망이 이루어지지 않는 것을 구름의 가교라고 하는데 옛적에는 하늘나라에도 여자 처소를 몰래 찾아가는 유성인이 있었을까? 1년에 한 번밖에 없는 칠석날 밤에 비가 와서 만나지 못했던 견우와 직녀의 심정은 어땠을까?"라며 아득한 천상 세계의 남녀의 일까지 슬퍼하는 것이었다. 마음에서 저절로 끓어오르는 사랑으로 고민하면서 60세까지 사랑을 나누었던 여자의 숫자가 3742명, 남색 상대가 725명이었음은 그의 일기를 보면 알 수 있다. 어린 시절부터 쉴 새 없이 정액을 배출했을 텐데 용케도 목숨을 부지하는 것이 신기하다.

≪겐지 이야기≫의 주인공 겐지는 7살의 어린 나이에 귀인답게 학문에 뛰어난 기량과 총명함을 보여 부모와 주변 사람을 놀라게 하는데, 이는 고대 소설의 전형적인 영웅담의 한 패턴이라고 할 수 있다. 이에 반해 근세 상인의 영웅으로 설정된 요노스케는 같은 7살의 나이에 집안 하녀에게 "사랑은 어둠 속에서 이루어지는 법, 등불을 끄고 가까이 오너라"하고 명령을 할 정도의 조숙함을 보인다. 사이카쿠는 이러한 희작적 묘사를 통해 그가 의도하는 패러디의 내실을 극명하게 제시하고 있다고 할 수 있다.

상인 계급의 일탈과 사랑

7살에 이미 남녀의 섭리에 눈을 뜬 요노스케는 갖가지 방탕한 생활을 일삼다가 결국 19살 때 부모로부터 의절을 당한다.

요노스케의 방탕한 생활이 교토의 부모에게 그대로 알려진 뒤, 부모는 무섭게 부자간 의절을 통고해왔다. 이곳에서 지배인 역할을 하는 똑똑한 하인은 "참으로 괴로우시겠지만 이대로 계셨다가는 목숨도 위태로우실 수 있습니다"라고 말하면서 어떤 절의 주지스님에게 주선을 해 주어 19살이 되던 해 4월 7일에 출가해 중이 되기로 했다.

야나카 동쪽 나나오모테의 묘진 근처에서 바라보니 마음이 청명해지는 무사시노의 달 외에는 벗 하나 찾아볼 수 없다. 대나무 숲 속에 인동덩굴과 메꽃 숲을 짓밟아 길을 낸 뒤, 짚으로 초막을 만들어 간신히 거처를 만들었다. 무엇보다도 식수가 부족해서 멀리 떨어진 언덕으로부터 홈통으로 물을 끌어와 간신히 손으로 물을 떠 마시는 가련한 신세가 되었기에 혼자서 이 세상을 등진 기분이었다. 하루 이틀은 용케도 아미타불 독경을 해 보았지만 금새 "가만히 생각해보니 신심을 닦는 일은 영 할 일이 못되는 것 같아. 그 누구도 후세를 본 적이 없잖아. 부처나 귀신과 인연 없이 보낸 지난날들이 훨씬 좋았어"라면서 염불을 하고 있던 산호 염주를 팔아치워 버리고 뭔가 재미있는 것이 없을까 궁리하기 시작했다.

그때 마침 15, 16살로 보이는 미소년이 한쪽으로 다가왔다. 갈색 바탕의 자잘한 문양이 들어간 소매에 얼룩 염색의 허리띠, 작은 칼에 도장주머니를 늘어뜨리고 다카사키산 버선에 싸구려 신을 신었지만 잘 다듬어진 상투머리를 한 귀여운 모습이었다. 그 뒤에는 작은 장부와 주판이 담긴 오동나무 함을 걸머진 남자가 따라가고 있었는데 사람들 눈에 크게 띄는 모습은 아니었지만 볼수록 영리하고 아름답게만 느껴지는 소년이었다.

이 소년이 바로 말로만 듣던 화장품 장수라고 하기에 그만 마음이 끌려 그들을 불러 세워 필요도 없는 침향을 사고 싶다고 했지만 무슨 사연인지 물건을 준비하는데 시간을 질질 끌면서 제대로 보여주지 않는 것이었다. "꼭 필요하시다면 다음에 다시 준비해 드리겠습니다"라며 돌아가려고 하기에 숙소가 어디냐고 물었다. "저는 시바신메이 앞 화장품 장수 고로키치이고, 주인은 주자에몬입니다"라는 말만 남기고 돌아갔다. 그들이 왜 그러는지 요노스케는 영문을 알 수가 없었다.

그 후 어떤 이에게 물어봤더니 "우선 싸구려 술잔 한 개와 향료 한 포를 사준 뒤, 금 1보 정도를 건네고 술을 권하면 옆에서 시중드는 녀석은 눈치 채고 자는 척 해주지요. 그 미소년에게 마음이 있다면 처음부터 야박하게 가격을 깎지 않는 것이 좋을 겁니다. 이들 화장품 팔이 소년들도 격은 조금 떨어지지만 아직 극 무대에 오르지 못한 소년들과 마찬가지지요. 머리가 잘 도는 녀석들을 내세워 동쪽 지방이나 서쪽 지방의 영주 저택에서 1년 동안 교대 근무하는 시골 무사들을 유혹하고 있는 겁니다. 엄격하게 출입을 통제할 때는 문지기에 빌붙고 감시병의 눈을 속이기도 하고요. 그게 잘 안 통할 때는 예의 바르게 행동하면서 멀쩡하게 둘러대고 그 자리를 모면하기도 하지요"라고 말해 주는 것이었다. "그럼 화장품 장수의 시중을 든다는 녀석들은 어떤 애들인가요"라고 물으니 "그들은 모두 의형제를 맺고 형님이 일상 용품부터 의복까지 죄다 마련해주는 아주 든든한 후견인이지요. 제대로 된 일자리가 있는 단골 분에게만 몸을 맡기는 것을 허락할 뿐 그 이외의 사람은 절대 안 됩니다. 그리고 근무하는 무사 저택에도 한 달에 너덧번은 드나들면서 그 아우와 동침한 후 데리고 나오기도 합니다. 요즘은 무사 댁 출입이 어려워져 절을 드나든다고 하던데요"라고 답했다.

이 말을 듣고 요노스케는 그냥 지나칠 수가 없었다. 초막에서 가사이의 조하치라는 아이를 옆에 두고 귀여워했고, 화장품 장수 이케노하타의 만키치, 구로몬의 세이조에 눈독을 들여 이 세 명과 밤낮없이 쾌락에 빠졌다. 어느 틈엔가 머리는 산발인 채로 뒤쪽으로 묶어 버리고 옷은 걸레 조각이 되었다. 부엌은 먹고 버린 기러기 뼈와 북어 국물 등이 흩어져 비린내가 진동했고 타다 남은 장작에 불이 잘 붙는다는 속담처럼 원래의 요노스케로 돌아가 버렸다.

    교토에서 성공한 상인인 아버지의 뜻에 따라 요노스케는 에도 분점의 지배인을 맡게 되지만 문란한 생활이 발각되어 의절을 당하고 만다. 7살에 처음 성에 눈을 뜨고 11살에 첫 경험을 했으며 15살 때 아이를 임신시키고 태어난 아이를 내다 버리는가 하면 19살 때 호색남으로 이름을 떨치며 에도의 화려한 유곽 요시와라에 데뷔까지 하게 된 것이다. 부모가 모든 사실을 안 이상 그냥 있다가는 목숨도 위태로워진다는 하인 말을 듣고 요노스케는 출가해서 중이 되기로 한다.

    하지만 요노스케의 호색 생활은 그때부터 본격화되었다. 불가의 수행에 힘쓰고자 노력하는 것도 잠시 잠깐으로 또다시 호색남으로서의 생활이 시작된 것이다. 더구나 부모로부터 의절을 당한 요노스케는 더 이상 거리낄 것이 없었다. 집안의 구성원으로서 지켜야 할 도리는 더 이상 신경 쓰지 않아도 되었다. 자유롭게 하고 싶은 대로 해도 그 누구도 뭐라고 할 사람이 없는 것이다. 그 때부터 요노스케는 각 지방을 방랑하며 호색 생활을 본격적으로 펼치게 된다. 요노스케에게 있어서 부모로부터의 의절은 오히려 호색남 요노스케에게 날개를 달아주는 격이 되었고 호색 생활의 새로운 세계로 한 걸음 더 나아갈 수 있는 계기를 마련해준 것이 되었다.

    그렇게 전국을 돌면서 자유롭게 호색 생활을 이어가던 요노스케는 34살 때 아버지의 죽음으로 거대한 유산을 상속받게 된다.

    큰 저택의 부잣집에서 금은을 다는 천칭 소리가 역겹게 느껴진 요노스케는 "지금 내게 아무리 많은 돈을 쥐여 준다 해도 욕심에 눈이 멀어 돈에 매달리는 짓은 하지 않을 것이다. 그보다는 돈을 멋지게 써서 이 세상 모든 유곽 사람들을 놀라게 해 줄 것이다. 어이 하고 부르면 한 번에 열 명 정도는 예! 하고 달려올 텐데. 그렇지만 부친이 살아있는 동안에는 얼씬도 하지 말라고 의절하신 것을 이제 와서 새삼스럽게 원망한들 무엇하리. 내가 한 못된 짓은 스스로도 너무 잘 알고 있다. 정말 산 깊은 곳에 들어가 채식을 하면서 불도를 깨우치는 생활을 하고 싶다"는 마음이 들었을 즈음 세속의 잡소리가 들리지 않는 오토나시 강 계곡 골짜기에 고귀한 스님 한 분이 생각났다. 이분 역시 이전에는 여자에 깊이 빠진 적이 있었지만 그 뒤 마음을 다잡고 불도에 들어가신 분이다. 이분에게 불도의 길을 물어보고자 마음을 먹고 길을 나섰다.

(중략)

해변에서 어부 부인들과 여러 번 정사를 갖고 이곳도 의외로 살기 좋은 곳이라며 여러 날을 지내다 보니, 점점 불만을 말하는 여자들이 많아졌다. 요노스케는 어떤 여자에게도 제대로 얼굴을 들고 답할 수 없는 짓만 하면서 그때그때 적당히 얼버무리며 넘어갔는데 그렇기에 더욱 상대 여자에게 쓰라린 상처를 주는 것이었다. 이 몸 하나로 여러 여자들과 정을 나누다 살아나지 못한다면 다 무슨 소용이 있으리오. 여자들의 쓸쓸함을 풀어주고자 술을 권하고 옛날의 추억담을 재미있게 들려주면서 지난 세월의 쓰라렸던 추억들을 뱃놀이를 하면서 다 잊어버리자고 작은 배를 여러 척 띄워 바닷가 멀리까지 저어 나갔다. 마침 때는 6월말, 산봉우리에 단바타로라는 소나기 구름이 무섭게 깔리나 싶더니 갑자기 소나기가 쏟아지고 천둥번개가 사람들 배꼽을 향해 내리치기 시작했다. 이윽고 강풍이 들이치고 번갯불이 번쩍이더니 여자들이 탄 여러 척의 배가 강풍에 떠내려가 어느 해변에 처박혔는지 행방을 알 수 없었다.

그런데 요노스케만은 네 시간 이상 파도에 휩쓸린 끝에 후케이라는 해안가에 간신히 떠올랐다. 얼마간인지 정신을 잃은 채 그대로 해안가 모래 속에 처박혀 있다가 해안가에 표착한 나무를 줍는 사람에게 구조되었는데, 이곳 명물인 학 울음소리가 희미하게 귓가에 들려오면서 간신히 목숨을 부지한 것을 알게 되었다.

그 뒤 사카이에 도착해서 다이도스지의 야나기노마치 동네에 옛날에 하인으로 부렸던 사람의 부모가 살고 있던 것을 떠올리고 그 집을 찾아갔다. 부부는 크게 반기면서 "지금껏 도련님이 걱정되어 여러 사람들에게 부탁해 이곳저곳을 알아보던 중이었습니다. 실은 지난 6일 밤에 부친께서 돌아가셨습니다"라고 말하는 중에 이번에는 교토에서 사람이 도착해 "마침 이곳에 잘 오셨습니다. 어머님 걱정이 보통 크신 게 아닙니다. 어쨌든 바로 집으로 돌아가시지요"라고 말하면서 그 자리에서 바로 급행 가마를 불러 요노스케를 태운 뒤 서둘러 고향 집으로 향했다.

집에 도착하자 모두들 눈물을 쏟아내며 볶은 콩에서 꽃이 피어난 기분이 되어 기뻐했다. 모친은 이제 와서 무엇이 아깝겠냐며 창고의 열쇠를 모두 넘겨주었기에 오랫동안 초라하게 지내 온 요노스케는 순식간에 엄청난 부자가 되었다. "네가 쓰고 싶은대로 돈을 써도 좋다"면서 모친은 2만 5천관의 거금을 유산으로 넘겨주었다.

정확히 그 금액이었다. 언제라도 필요하면 이 돈을 다유 유녀님에게 진상하고 싶다. 평생의 염원이 지금 이루어진 거다. 좋아하는 여자를 부르고 유명한 유녀를 남기지 않고 모두 사 버릴 것이라고 유미야하치만의 신들과 120개의 말사 신들인 술집 바람잡이들을 모아놓고 맹세하니 이들은 '크나큰 나리님'이시라고 요노스케를 떠받드는 것이었다.

아버지의 유산은 자그마치 2만 5천관, 지금으로 하면 312억엔에 달한다. 그 돈으로 요노스케는 그동안 못 했던 격이 다른 호색 생활을 이어간다. 사실 요노스케는 32살 때 어느 부자한테 이끌려 처음으로 교토의 시마바라 유곽에 발을 들이는데 유녀는커녕 하찮은 하녀한테도 매몰차게 거절당했다. 이 때 "유곽은 다른 사람 돈으로 노는 곳이 아니다. 나도 한 번쯤은 내 돈으로 놀아봐야지"하고 결심했던 것이다. 요노스케는 이후 60살이 되기까지 26년 동안 상속받은 돈으로 교토, 오사카, 에도의 유곽을 누비며 호색 생활을 보낸다.

당시 상인들은 사농공상의 신분제 사회에서 가장 낮은 계급이었지만 돈이 있으면 전혀 다른 생활을 할 수 있었다. 도쿠가와 막부는 상인들의 경제 활동을 보장해주고 대신 세금을 걷어 들이는 정책을 폈기 때문에 상인들은 능력 여하에 따라 많은 돈을 벌 수 있었다. 그 돈으로 상인들은 우키요에(풍속화)나 우키요조시(풍속 소설) 등을 구매해서 각종 문화생활을 할 수 있었다. 그리고 무엇보다 유곽에서 유흥을 즐길 수 있었다. 요노스케는 가문으로부터 자유인이 되었고 돈까지 상속받음으로써 당시 조닌들이 꿈꾸는 모든 것을 가진 남자가 되었다.

호색은 나의 힘

이 세상의 모든 향락을 다 누린 요노스케는 60살이 되자 호색 생활에 필요한 물건을 배에 실고 여자들만 산다는 섬으로 떠나게 된다.

모두 해서 2만 5천관, 모친으로부터 "쓰고 싶은 대로 써라" 라고 물려받은 돈으로 나날이 방탕한 생활을 시작한 지 어느덧 27년째가 되었다. 참으로 넓은 세상의 온갖 유곽을 남김없이 돌아보니 이제 몸은 어느덧 사랑에 찌들었고, 지금 이 순간을 맞고 보니 이 세상에 미련이 없어지고 말았다. 부모는 이미 안 계시고 처자도 없다. 곰곰이 생각해 보니 일생 애욕에 빠져 멈출 줄 몰랐으나, 이제 내년이면 환갑이 될 정도로 나이를 먹어 뽕나무 지팡이가 없으면 제대로 걷기 힘들 정도로 다리에 힘이 빠지고 귀도 멀어 점점 추한 몰골로 변해 버리고 말았다.

나뿐만이 아니다. 전부터 면식이 있었던 여자들이 모두 백발이 되고 이마에 주름이 가득한 모습을 볼 때마다 속이 메슥메슥해진다. 우산을 받쳐주고 목말을 태워주던 어린 여자애가 어느새 한 남자의 마음에 들어 부인이 되어 있다. 시간이 가면 변해 버리는 이 세상이라고는 하지만 어떻게 이토록 엄청나게 바뀔 수가 있을까? 지금까지 내세의 안락을 비는 신앙 생활을 한 적이 없으니 죽으면 지옥에 떨어져 악귀에게 잡아먹히면 그만일 터, 이제 와서 갑자기 마음을 고쳐 먹어 봐도 고마운 불도의 길에는 그렇게 쉽게 들어갈 수 있는 건 아니리라. (중략)

그 뒤 요노스케는 마음이 맞는 친구 일곱 명과 함께 오사카의 에노코지마 섬에서 배 한 척을 건조시켜 호색호라고 이름을 붙이고 뱃머리에 비단천을 매달았는데 이 비단천은 옛날 요시노 다유에게 증표로 받은 속치마였다. 이전에 만났던 유녀들이 추억거리로 삼으시라며 준 기모노들을 모아서 기워 휘장으로 둘러치고, 배 한복판 바닥에는 유녀 평판기 책 종이를 뜯어내 장판지로 하고 유녀들의 머리카락을 엮어서 배를 묶는 굵은 밧줄을 만들었다. 그리고 부엌에는 수조 안에 미꾸라지를 풀어 놓고 우엉, 참마, 달걀을 쌓아 놓았다. 노를 걸치는 선량 아래쪽에는 지황환 50단지, 여희단 20상자, 쇠구슬 350개, 오란다실 700개, 주석 자위 기구 3500개, 가죽 자위 기구 800개, 춘화 200장, ≪이세 이야기≫ 200부, 훈도시 100개, 고급 규방 휴지 900뭉치, 그리고 "챙기는 걸 그만 깜빡했다"면서 정향나무 기름 200통, 산초약 400봉투, 우슬 뿌리 1000개, 수은, 목화 열매, 고춧가루, 정향 100근, 그 외에 여러 가지의 규방 도구를 마련하고 남성용 정장과 배내옷도 여러 벌 준비했다.

그리고 "이렇게 준비했으니 이제 다시 교토로 돌아올 일은 없을 것이다. 자 출발의 건배를 들자"라고 외치니, 여섯 명은 놀라서 "이곳에 돌아오지 않으신다면 그럼 어디로 모시고 가야 하는 겁니까?"라고 물었다. "나는 이 세상에 미련이 없을 터이니 지금부터 뇨고의 섬으로 건너가 마음대로 즐길 수 있는 여자들을 보여 주겠다"라고 요노스케가 답을 하니 모두들 기뻐하며 "설사 몸이 허해져서 그 섬의 흙이 되더라도 마침 처자식이 없는 일대남으로 나섰으니 그거야말로 바라시던 일"이라면서 바람에 배를 맡기고 날씨 좋은 날 이즈 지방에서 1682년 10월 말에 출발해 영원히 행방을 감추고 말았다.

일본 전국의 모든 향락을 다 즐긴 요노스케는 더 이상 이 세상에 머물 이유가 없었다. 자기와 같이 지내던 남녀가 늙고 병드는 모습을 보면서 이 세상에 대한 혐오감은 커져만 갈 뿐이었다. 요노스케는 미련 없이 떠나기로 했다. 에노코지마 섬이라는 여자들만 산다는 이상향으로 배를 타고 떠난다. 호색은 요노스케 삶 전체를 지탱하는 힘이었던 것이다.

호색물의 계보와 사이카쿠

이와 같이 근세 상인들의 최대 관심사인 돈과 욕망이라는 주제를 흥미진진하게 그려낸 ≪호색일대남≫은 순식간에 베스트셀러가 되었고 사이카쿠는 그 후에도 작품을 계속 발표하여 히트를 이어갔다.

사이카쿠의 작품은 제목에 '호색(好色: 고쇼쿠)'이란 말이 들어가듯이 남녀 간의 이야기가 주를 이룬다. 이 '호색'이란 말은 '호색'을 일본어로 읽은 '이로고노미(色好み)'와는 다른 개념으로, 근세 대중 소설의 핵을 이루는 말이다.

원래 한자어 '호색'은 ≪사기≫ ≪한서≫ ≪논어≫와 같은 중국 고전에서는 미모(美貌)나 정사(情事)에 빠지는 것을 의미한다. 이 말은 ≪만엽집≫ 시대부터 있었던 '미야비오(風流士: 남녀의 정애에 능통한 풍류남)'에 해당하는 말로 ≪만엽집≫ 편찬 당시에 일본에 전래되어, 헤이안 시대에는 일본어로 훈독한 '이로고노미'로 사용되기 시작했다. '이로고노미'란 말은 ≪다케토리 이야기≫에 처음 등장하고 ≪이세 이야기≫나 ≪겐지 이야기≫에서 주제로 자리 잡았는데, 개념으로서는 사적(私的)인 연애, 곧 남녀 관계의 정취를 이해하고 즐길 줄 안다는 의미였다. 곧 ≪만엽집≫의 '미야비(風流 : 풍류)' 개념이 헤이안 시대에 들어와서 '이로고노미'로 바뀌어, 일부다처제에서 불륜 의식 없이 여러 상대와 관계를 맺는 것이 풍류적이라는 뜻으로 사용되었던 것이다.

그러한 이로고노미의 의미는 무상(無常)의 미(美)를 추구한 전란의 시대 중세에 들어와서도 마찬가지였다. 교토를 중심으로 한 가단(歌壇)은 여전히 미야비를 계급적 미의식으로 본 왕조 문예의 영향 아래 있었기 때문에 이로고노미를 풍류의 일환으로 인식했다.

그러나 막부를 중심으로 한 무가 사회에서는 지나친 성(性)의 문란으로 간통을 엄벌에 처하는 제도를 시행했다. 전국 시대에 이르러서, 결혼한 여자의 밀통은 한 집안의 수치라 하여 간통한 남자를 때려잡는 풍습까지 생겨났다. 불륜에 대한 벌이 혹독했기 때문에 독신 여자를 돈으로 사는 성매매까지 성행했다. 여러 상대와 연애 관계를 맺는 것이 더 이상 풍류의 일환이 될 수는 없었다.

그러한 사회적인 분위기를 이어받은 근세의 막부는 신흥 상공업자인 조닌을 우대하면서도 한편으로는 정치적으로 철저히 배제하는 정책을 폈다. 곧 조닌 계급은 상업의 번성과 함께 새로운 사회 주도층으로 대두했지만, 일상생활에서는 봉건적인 도덕이나 신분 제도·가족 제도에 구속되었고, 더구나 정치에는 전혀 참여할 수 없었다. 유일하게 조닌이 활개를 치고 즐거움을 찾을 수 있는 곳은 바로 유곽이었다. 당시 일반 여성과 맺은 불륜 관계는 철저하게 단속되었으므로 조닌들은 공적으로 혼인 외 관계가 인정되는 유곽을 찾았다.

유곽에서는 사회의 제도와는 다른 그 나름의 제도와 체제가 있었으며, 사회적인 구속에서 조닌들을 해방시켜 주는 장소가 될 수 있었다. 유곽은 이로고노미를 실현할 수 있는 가장 적당한 곳으로, 왕조의 미야비에 해당하는 '이키(粹: 기질이나 행동이 촌스럽지 않고 세련됨을 뜻하는 말로 사람 관계, 특히 연인 간의 미묘한 감정을 잘 이해하는 정신)'라는 유희적인 미학과 상대방에 대한 예의범절을 실현시키는 곳이었다.

　그러한 일반 사회의 도덕이나 관습에서 격리된 유곽에서 통용되는 '이키'의 미의식만 고집하지 않고, 사회적인 시점에서 '호색'을 그려낸 사람이 바로 이하라 사이카쿠다. 사이카쿠 작품에서 '호색'이라는 말은 남녀 간에 지켜야 하는 법도인 이키 정신과 그 이키를 넘어선 극단적인 육체적 성애(性愛) 모두를 포함한 말로, 어떤 특정한 미의식이나 이데올로기에 속박되지 않는 작가의 자유로운 사실주의 정신을 보여주는 말이다.

　이로고노미가 연애를 풍류의 일환으로 보고 상징적, 은유적으로 연애의 정취를 즐기는 것이라면, '호색'은 연애를 본능 충족의 일환으로 보는 것이다. 근세의 대표적인 미의식 '이키'도 '연인 간, 특히 남녀 간의 미묘한 감정을 이해하는 정신'이라고 하지만 이로고노미보다는 훨씬 인간 본능(욕망)을 드러내는 데 더 중점을 둔다. 근세의 돈 많은 조닌들은 나름대로 연애를 삶에 즐거움을 주는 풍류로 생각했지만, 그것은 어디까지나 유곽에서 발현된 세속적이고 저속한 것이었다. 곧 '호색'은 이로고노미가 세속화된 것이라고 할 수 있다. 그런데 사이카쿠 문학의 가치는 유곽에서만 통용되던 이키 정신에 그 외의 사회적인 관습까지 포함한 '호색'을 구현했다는 점에 있다. 한 사람이 생활하는 범위는 유곽에 한정될 수 없기 때문이다. 사이카쿠는 근세 사회의 '호색' 정신을 입체적이고 다각적이며 사실적으로 묘사해냈고, 그러한 점에서 당시의 시대정신과 세태를 극명하게 형상화한 대표 작가로 인정된다.

2. 방랑 시인의 사랑,
≪오지로 가는 길≫ 외

　상인들의 돈과 욕망이 문화의 주축을 이루던 에도 시대, 평생 방랑 생활을 하며 하이쿠(俳句, 5·7·5의 음수율을 갖는 일본 고유의 운문 형식)라는 짧은 시를 읊어 일본의 시성(詩聖)으로 추앙받는 사람이 있다. 바로 현재의 미에 현 이가 시 출신의 마쓰오 바쇼(松尾芭蕉)이다. 그는 1684년 8월, 41살이 되면서 일본 전국을 돌아다니며 시를 짓는 하이쿠 방랑 여행을 시작한다. 시기적으로 크게 세 번에 걸쳐 이루어진 하이쿠 방랑 여행에서 지은 시들은 후에 그가 남긴 하이쿠 시집에 실렸다.

첫 번째 방랑 여행은 1684년 8월 에도에서 하이쿠 활동을 하던 중에 고향인 이가 우에노 지역을 탐방한 것이다. 이 여행은 9개월에 걸쳐 이루어져 이듬해인 1685년 4월에 끝이 났다. 첫 번째 여행에서 지은 하이쿠는 ≪노자라시 기행≫이라는 이름으로 간행되었다.

1687년 10월 25일 44살이 된 바쇼는 두 번째 방랑 여행을 떠난다. 두 번째 여행은 주로 나고야와 이세 지역을 돌아보고, 부친의 33기 제사를 지내기 위해 이가에도 들렀다. 이세를 돌아보면서 지은 하이쿠는 ≪오이노 고부미≫라는 제목으로 간행되었다. 그리고 그 이듬해 8월 초순에 교토, 오사카, 스마 등을 거쳐 사라시나에 있는 오바스테 산(姨捨山)까지 갔다가 8월 하순 무렵에 에도로 돌아오는데 이때 지은 하이쿠는 ≪사라시나 기행≫이라는 이름으로 간행되었다.

바쇼의 세 번째 방랑 여행은 46살이 된 1689년 3월 27일에 시작된다. 바쇼는 제자 가와이 소라를 데리고 주로 동북 지방의 여행길에 나서는데 총 5개월에 걸친 약 2400km의 여행이었다. 이 여행에서 지은 하이쿠와 산문이 바로 ≪오지로 가는 길(奧の細道)≫이다. 제목의 '오지'는 당시만 해도 미개척지였던 동북 지방을 뜻한다. 4개의 하이쿠 시집 중에서 가장 나중에 쓰여진 만큼 예술성이 높다.

마쓰오 바쇼는 여행을 통해서 풍류와 문학의 진수를 극대화하려 했으며 옛 선인들의 발자취를 찾아 와카 속에 읊어진 명소에 특히 깊은 관심을 보였다. 자연 풍경 그 자체보다는 그 자연과 연관된 역사적인 일에서 비로소 내면적인 공감을 느꼈던 것으로 보인다. 즉 옛 선인들과 교감하면서 그것을 새롭게 자신의 문장으로 재현했다는 점에 의의가 있다.

그런데 바쇼는 세속을 떠나 자연 속으로 칩거하면서도, 자연에 몰입하여 그 아름다움을 찬미하며 자연과 합일하는 모습은 거의 찾아보기 어렵다. 또한 자연의 아름다움에 자신의 정신적인 내면이 충족되어 융합하는 경지까지 전개되는 경우도 드물다. 오히려 바쇼의 하이쿠에는 세속적인 해학성과 함께 인간으로서의 고독과 우수가 깃들어 있다. 바쇼는 자연을 접하고 그 속에서 생활하면서도 자연의 모습보다는 인간의 이치에 더 관심이 있었으며, 방랑의 목적도 자연에 귀의하기보다는 시간의 흐름을 초월해 고인들의 정취에 공감하려는 것이었다.

바쇼의 인간 중심 자연관은 유명한 ≪오지로 가는 길≫ 첫 구절에서도 단적으로 드러난다.

해와 달은 영원한 과객이고 오가는 세월 또한 나그네이다.

여기저기 떠도는 방랑의 길을 인생에 비유하여, 여행과 인간의 삶을 연결했다.

인사(人事)적인 성격이 강한 자연시, 즉 일본 자연시에서 자연이란 세속에서 벗어난 은둔처이기는 하지만, 시가 추구하는 바는 자연과 합일하기보다는 일정 거리를 두고 인간 세상을 바라보는 관조적 상징 체계였다고 할 수 있다.

그런 인간과 관련된 테마가 중심이다 보니 고독한 방랑 시인에게도 사랑이라는 소재는 낯설지 않았다. 그의 연애관을 살펴보기로 한다.

사랑이라는 두 글자

와비와 사비의 시인이며 자연을 사랑한 승려처럼 평생을 방랑하며 지낸 마쓰오 바쇼는 많은 사랑의 구를 남긴 시인이기도 하다. 바쇼는 결혼한 기록이 남아 있지 않아 평생 독신으로 지낸 것으로 보인다. 하지만 연인으로 추측되는 여성이 없었던 것은 아니다. 상념에 잠긴 소녀, 비장한 사랑에 몸을 불태우는 여자, 헤어진 여자에 대한 미련 등과 같이 연애의 다양한 측면이 사랑의 애틋함으로 승화되어 표현되어 있는 것을 보면 말이다.

바쇼의 두 번째 방랑 '사라시나 기행'에 동반한 에쓰진이라는 사람이 사랑의 구를 읊었는데 바쇼는 이상적인 구라고 칭찬을 아끼지 않았다.

부럽기만 해
때 되면 사랑 끊는
저 고양이가

사랑의 구를 잘 읊을 수 있는지 없는지는 하이쿠를 읊는 사람에게 매우 중대한 자질이었다. 사랑의 구는 사랑하는 마음에 관련된 여러 감정을 읊은 것이다. 위의 구를 보면 초봄에 고양이가 많이 우는 것은 발정기이기 때문인데 부럽다고 한 것은 발정기가 끝나면 고양이는 더 이상 사랑의 마음을 이어가지 않고 끊을 수 있어서이다. 언제까지나 사랑의 마음에 끌려 다니는 인간은 고양이에게 그 마음 끊는 법을 배워야 한다는 의미이다. 한번 사랑에 빠지면 헤어 나오지 못하는 인간의 나약한 마음을 고양이의 생리에 빗대서 읊은 구이다.

흔히 바쇼는 고독 속의 메마른 느낌이나 화조풍월과 같은 자연을 소재로 삼아서 읊은 구가 대부분이라고 알려져 있다. 하지만 바쇼는 사랑의 구를 잘 읊은 것으로도 유명하다.

바쇼의 제자가 기록한 바쇼의 말 중에 "렌쿠 중에는 사랑의 구가 있어야 한다"고 말한 부분이 있다. '렌쿠(連句)'란 렌가(連歌)라고도 하는데, '5·7·5·7·7'의 음수율을 갖는 와카라는 노래를 상구인 '5·7·5' 부분을 한 사람이 읊으면 다른 사람이 그 내용을 받아 이미지를 확대시켜 하구인 '7·7'을 읊는 형식을 말한다. 그리고 또 다른 사람이 이번에는 그 '7·7'의 세계를 받아서 새로운 '5·7·5'의 세계를 읊는다. 그런 식으로 되풀이하면서 읊은 후에 전체로서 하나의 미적인 세계를 만들어내는 일종의 언어유희이다. 고대부터 있던 일본의 고유 시가인 와카에 유희적인 성격을 가미하여 에도 시대에 특히 성행한 문예이다.

예로부터 일본인의 노래는 《만엽집》에서 비롯해서 '사랑'이 주된 테마였다. 그 전통을 바쇼가 이어서 '사랑'이라는 주제에 관심을 가진 것은 당연했다. 바쇼는 방랑 여행을 떠나면서 자신이 알고 있는 옛 선인들의 노래 속 명소를 찾고자 했다. 바쇼는 옛 선인들이 노래 속에 많이 읊은 명소가 모여있는 동북 지방을 여행했다. 그 장소에 가서 옛 시인들의 노래를 음미하고 그 정취에 젖어 하이쿠를 읊은 것이다. 《오지로 가는 길》의 일부분이다.

쓰보 석비 근처의 와카 명소인 노다의 다마 강과 오키의 돌을 방문했다. 스에노마쓰 산은 지금은 절을 세우고, 맛쇼 산이라고 부르고 있다. 주변의 소나무 숲은 나무 사이사이가 모두 묘지인데, 그것을 보고 있자니 '하늘에서는 비익조가 되기를 원하고, 땅에서는 연리지가 되기를 원하네' 하고 맹세했던 남녀 사이의 굳은 언약도 결국은 모두 이렇게 묘비가 되어 끝나 버린 것인가 싶어 서글픔만 더욱 깊어진다.

그러는 동안, 이윽고 도착한 시오가마 포구에서 울려 퍼지는 절의 저녁 종소리를 쓸쓸히 듣고 있었다. 장마 속의 하늘도 잠시 구름이 걷혀서 초저녁 달빛이 희미하게 비추므로 마가키 섬도 눈앞에 건너다보인다. 조그만 어선들이 연이어서 포구로 돌아 와 잡은 생선을 나누고 있는 소리를 듣고 있자니, 옛사람이 '시오가마의 포구 노젓는 배의 밧줄이 서글퍼라'라고 읊은 심정이 실감나서 한층 감회가 깊다.

위의 문장에서 스에노마쓰 산은 와카의 소재로 많이 읊어진 장소이다. 대표적인 것으로 ≪고금집≫의 다음 노래가 있다.

> 1093   그대를 두고 내가 다른 사람을 사랑한다면
>   스에노마쓰 산을 파도가 넘으리라

옛날에 한 남자가 사랑하는 여인에게 스에노마쓰 산을 가리키며 "저 산을 파도가 넘어야만 당신을 잊을 수 있다"라고 약속했지만 곧 잊어버린 데서 남녀 사이에 마음이 변하는 것을 '파도가 넘는다'고 표현하게 되었다.

지금의 우리도 드라마나 영화에서 보거나 책에서 읽은 곳을 찾아가서 감회에 젖는 경우가 많다. 여행지로 각광 받는 곳은 스토리가 있는 곳, 내가 감동받은 작품 속 그 장소가 된다. 바쇼에게는 옛 선인들이 읊은 노래의 세계가 바로 영감을 주는 세계였다. 특히 사랑의 맹세를 한 곳으로

유명한 스에노마쓰 산(지금의 미야기 현에 위치)에 올라 사랑의 허무함에 젖어 보았다. 한창 사랑할 때는 하늘에서는 비익조가 되기를 원하고 땅에서는 연리지가 되기를 원했다. 하지만 사랑은 움직이는 것, 결국 그 맹세를 한 사람은 다른 사람한테 가 버리는 것이다.

바쇼와 사랑의 하이쿠

초기에 바쇼 자신이 읊은 사랑의 구를 보면 다음과 같다.

구불거리는
소나무와 꼭 닮은
사랑을 하네

누군가를 좋아해서 미칠 것 같은 기분을, 구불구불 휘어진 소나무 줄기에 비유한 순간의 발견과 감동을 읊은 구이다.

하고픈 말이
없어지니 그대와
마주만 보네

할 말이 없어져서 서로 마주보고 있는 두 사람의 모습이 떠오른다.

홍매화 앞에

안 본 사랑 만드는

옥구슬 발이로다

길을 가다가 홍매화가 활짝 피어 있는 집 앞을 지나가게 되었다. 살짝 들여다보니 툇마루에 맞닿아 있는 방이 있고 그 방 앞에 옥구슬로 만든 예쁜 발이 쳐져 있다. 바람이 살짝 불어오니 그 옥구슬 발이 살랑살랑 흔들린다. 어떤 아리따운 여인이 살고 있을까. 본 적도 없지만 그 바람 따라 연모의 정이 마음속을 스쳐 지나간다.

한적함의 시인이라고 불리는 바쇼는 동시에 사랑의 구를 많이 남긴 농염의 시인이기도 했다. 특히 바쇼가 만년에 떠난 방랑 여행 '오지로 가는 길'에 있어서도 많은 사랑의 구를 짓고 있으며 그 후에도 사랑의 구는 계속 읊어진다.

하이쿠 속 '사랑의 애틋함'

같은 에도 시대의 소설가 사이카쿠가 쓴 《호색오인녀》 중에는 서민 계급의 결혼 적령기의 여성이 자신이 어떤 남자에게 시집갈지 불안감을 안고 무로묘진(室明神)에게 기원하는 장면이 있다. 사이카쿠는 거기에서 '그러면 안돼. 그런 것은 이즈모 신사(出雲大社)에나 가서 해'라고 코웃음 치고 있다. 그것을 바쇼는 《거래초(去来抄)》 속에서 '그 일은 비속한 것이기는 하지만 애틋한 마음으로 말해야 한다'라고 비판하고 있다.

바쇼는 기본적으로 사랑을 주제로 할 때는 애틋한 마음으로 하이쿠를 읊어야 한다고 생각했다. 바쇼가 서민 계급의 젊은 처자의 불안을 읊은 구는 다음과 같다.

검은 나무 말리는
계곡 아래 오두막 (홋콘)

뉘 집 처자로
이 몸 맡기면 될지
시름이 깊네 (바쇼)

거친 들 백합 위에
홀로 눈물 떨구며 (란란)

계곡 아래에 허름한 집을 짓고 사는 가난하고 비속한 서민의 처자라도 그 마음은 애틋하게 그렸다.

≪오지로 가는 길≫ 중에서 4월 3일 나스노(那須野) 들판에서 열린 하이쿠 낭송 대회에서 바쇼는 다음의 구를 읊는다.

님께 부름 받았단
소문이 부끄러워 (소라)

팔베개 삼아

홀쭉한 팔꿈치를
가만히 넣네 (바쇼)

이 정도로 요염한 규방의 젊은 여성과의 관계를 그리고 있지만 혐오스
러운 느낌은 전혀 없다. 그 이유는 하이쿠 안에서 사랑이 흥미 본위로 호
색적으로 그려진 것이 아니라 애틋함으로 그려지고 있기 때문이다.

바쇼는 우리가 알고 있는 자연을 노래하는 방랑 시인이라는 면모 외에
사회의 모든 면에 정통해서 유곽의 사정에 대해서도 밝았다. 그가 하이쿠
시인으로 대성한 요인이기도 하다.

떡 두 개를 겹치고
인연 깊어진 오비 (교하쿠)

요시와라의
유곽에서 자일 날
소나무 뽑네 (바쇼)

요시와라의 유녀를 빼내 아내로 맞이하는 축하연에서 떡과 오비가 등장
한다. 인연이 깊어진 두 사람에게 정월 초 첫 자일(子日)에 어린 소나무를
뽑아 한 해의 건강과 장수를 기원하는 행사는 특별한 의미를 갖는다.

유곽의 소재를 넣어서 읊을 때도 그 묘사법이 지극히 선명하며 세련된
것을 알 수 있다.

하이쿠 중에는 왕조 문학의 장면을 상정하고 그 심정을 읊은 구가 있다.

버선도 신지 못한
세찬 빗속 안개 길 (에쓰진)
이른 아침에
너무도 가련하고
어여쁜 모습 (바쇼)

감기 드신 소리가
참으로 아름다워 (에쓰진)

아침에 헤어지는 여성이 너무 눈에 밟히고 가련하게 느껴져 남자는 빗속을 돌아갈 버선을 신을 수가 없다. 더구나 그녀는 감기까지 걸렸다. 두 번째 구만으로도 그 여성이 고귀한 여성이라는 표현이 충분한데 세 번째 구에서는 '감기 드신 소리가'라는 정중한 표현을 써서 헤이안 귀족 모노가타리 속의 지체 높은 집 여성이라는 것을 나타냈다. 아침에 헤어지면서 남자는 감기 걸린 가련한 모습의 여자의 몸을 신경 쓰며 처음 듣는 허스키한 목소리에 의외의 매력을 느끼고 안아주고 싶다는 충동에 사로잡힌다. 바쇼의 사랑의 하이쿠 중에서도 가장 요염한 것 중의 하나이다.

자리 누운 채
그대 온 기척 아는
나는야 귀신 (도스이)

흐트러진 머릿결

땀을 닦고 있어라 (바쇼)

여기저기로
상대가 달라지는
사랑을 하네 (본초)

뜬세상의 저 끝은
모두 고마치여라 (바쇼)

맨 마지막 구의 '고마치'는 헤이안 시대 재색을 겸비한 가인으로 이름이
높았던 오노노 고마치를 말한다. 바쇼가 읊은 사랑의 하이쿠에는 농염한
귀족 왕조 문학의 영향을 받아서 낭만적인 향기가 높은 작품이 많다.

방랑과 사랑

≪오지로 가는 길≫에는 동북 지방으로 방랑을 떠난 지 세달 째로 접어
든 6월 8일의 일이 다음과 같이 쓰여 있다. 바쇼 일행은 지금의 야마가타,
아키타 현 주변인 데와(出羽) 지방의 3대 산이라고 하는 하구로(羽黑) 산,
쓰키야마(月山) 산, 유도노야마(湯殿山) 산에 올랐다. 그 중에서 가장 높은
산인 쓰키야마에 오르고 다시 유도노야마 산으로 내려오면서 눈 속에 핀
벚꽃의 정취에 젖는다.

8일, 쓰키야마 산에 올랐다. 흰 베로 짠 띠를 두르고 흰 목면을 각이 지게 하여 머리에 묶은 채로 산길을 안내하는 이에게 길 안내를 받았다. 구름과 안개가 가득하여 차가운 기운이 느껴지는 산 속의 얼음 눈을 밟고 오르기를 80리, 마치 해와 달이 지나는 길에 있는 구름 틈새의 관문에 들어선 게 아닐까 의심스러울 정도였다. 숨도 차고 몸은 거의 얼어붙은 채 정상에 다다르자, 마침 해가 지고 달이 떠올랐다. 산 속의 움막에 댓잎을 깔고 조릿대를 베개 삼아 누운 채 날이 새기를 기다렸다.

드디어 해가 뜨고 어둠이 걷혀서 유도노야마 산으로 내려왔다. 내려오는 도중에 계곡한 쪽에 대장장이 움막이라는 것이 있었다. 그 옛날 이 지방의 대장장이가 영험한 물을 찾아 이곳을 택하고, 여기에서 심신을 정갈하게 한 다음, 검을 얇게 두드려 펴서 끝내 명도를 만들어냈다고 한다. 그리고 '쓰키야마'라는 이름을 새겨 세상에 내놓아 명성을 날리기에 이르렀다. 이 쓰키야마 산의 일화는 그 옛날 '용천'의 물속에 불에 구운 철을 넣어 검을 만들어 냈다던가 하는 중국의 도공 간장과 그의 아내 막야의 고생과 집념을 생각게 한다. 이런 이야기는 어느 한 분야에서 뛰어난 사람이 그 분야에 대해 갖는 강한 집념을 잘 알 수 있다.

바위에 걸터앉아 잠시 쉬고 있는 사이에, 삼 척 정도 크기의 작은 벚나무에 벚꽃이 반쯤 피어있는 것이 언뜻 눈에 띄었다. 눈 쌓인 이런 높은 산의 눈 밑에 묻혀 있으면서도 이렇게 봄을 잊지 않고 늦게나마 핀 벚꽃이 정말로 기특하다. 마치 한시에서 말하는 '염천의 매화'가 지금 여기에 아름다운 향기를 뿜고 있기라도 한 것 같다. 교손 승정이 산꼭대기에서 예기치 않게 산 벚꽃이 피어 있는 것을 보고 읊은 저 유명한 와카, '우리 서로가 가엾게 여기노라 산 벚꽃이여 이 깊은 산 속 그대 말고 아는 이 없어'에서 느껴지는 정취가 떠올라서, 이토록 늦게 핀 벚꽃이 더욱 아름답고 가치 있게 느껴졌다.

원래 이 산에 대한 자세한 것을 다른 사람에게 말하는 것은 수행자의 규칙으로 금지되어 있다. 그래서 나도 이즈음에서 붓을 놓고 더 이상은 적지 않겠다. 남쪽 계곡의 승방으로 돌아와 에카쿠 아자리의 부탁으로 데와 3산 순례의 하이쿠를 각각 종이에 썼다.

서늘함이여
초사흘 달 희미한
저 하구로 산 (바쇼)

구름 봉우리
무너져 내려 쌓인
쓰키야마여 (바쇼)

말로 못하고
유도노에 젖어든
옷소매여라 (바쇼)

유도노야마
참배 길 돈 밟으며
감격의 눈물 (소라)

예로부터 유도노야마(湯殿山) 산은 사랑의 장소였다. 이름부터가 욕탕 (浴湯)이라는 뜻이며 실제로 쓰키야마 산에서 내려오는 계곡의 바위에서 온천이 솟고 있다. 이룰 수 없는 사랑, 잃어버린 사랑, 입 밖으로 내서 말할 수 없는 사랑 등 갖가지 사랑의 밀회 장면과 슬픔이 깃들어 있는 곳이다. 요염한 기운이 감도는 분위기 속에서 바쇼는 세 개의 하이쿠를 읊으며 감상에 젖는다.

첫째 구는 어둑어둑한 하구로 산 위에 희미하게 떠 있는 초승달을 보고 있자니 가슴 깊은 곳에서부터 마음이 깨끗해진다는 뜻이다. 둘째 구는 구름 봉우리 몇 개가 무너져서 이 달의 산(쓰키야마)을 쌓아올린 것인지 달빛 아래 우뚝 서 있는 산의 정기가 그대로 느껴진다는 뜻이다. 셋째 구는 유도노야마 산에 대해서 발설을 금하고 있는 수행자의 규칙이 있어 산에 오른 감동을 입으로 표현을 못 하고 눈물만 흘린다는 뜻이다. 거기에 동행한 소라는 유도노야마 산에는 떨어져 있는 물건을 주워서는 안 된다는 규칙이 있어 길 위에는 참배객들이 떨어뜨린 돈이 그대로 있으니 그 돈을 밟고 가면서 그 산의 존엄함에 다시 한번 감동한다는 뜻으로 읊고 있다.

바쇼가 이와 같이 동북 지방을 여행하는 사이 여름이 지나고 초가을이 되었다. 7월초에 일어난 일이다.

오늘은 오야시라즈, 고시라즈, 이누모도리, 고마카에시 등 호쿠리쿠 지방에서도 가장 험난한 곳을 넘어와서 지쳤기 때문에 베개를 끌어당겨 일찍 잠을 청하여 누웠다.

그런데 장지문 하나를 사이에 둔 바깥쪽 방에서 젊은 여자의 목소리가 들려온다. 아마 두 사람으로 동행인 것 같다. 여자 목소리 사이사이 나이든 남자 목소리도 섞여서 이야기를 나누고 있는 것을 듣자니, 여자 둘은 에치고 지방의 니가타라는 곳의 유녀로, 이세 신궁에 참배하러 가는 길이었다. 그래서 남자가 이 관문까지 바래다주러 왔다가 내일은 고향인 니가타로 돌아가는 길인데, 그 편에 편지를 써서 간단한 전갈 등을 당부하고 있는 중인 모양이었다. 유녀들이 "우리는 흰 파도가 밀려오는 해변의 마을에서 몸을 파는 유녀가 되어, 어부처럼 정처 없이 떠돌며 비참하게 영락한 천한 몸으로 밤이면 밤마다 새로운 손님과 인연을 맺는 나날을 보내고 있으니, 도대체 전생의 업이 얼마나 깊었길래 이런 것인지…"하고 한탄하듯 말하는 것을 들으면서 잠 속으로 빠지고 말았다.

다음날 아침 숙소를 떠나려는데, 유녀들이 "저희는 여기에서 이세까지 어떻게 가야 할지 모르니 막막한 여로의 고초를 생각하면 정말로 불안하고 서글퍼서 당신들의 뒷모습을 멀리서나마 좇아서 따라가고자 합니다. 출가하신 승려의 모습을 하신 당신네들의 온정으로 부처님의 자비심을 저희에게도 베풀어 주시와, 부디 부처님의 도에 들어가는 인연을 맺게 해 주시어요" 하고 눈물을 흘리면서 우리에게 부탁하는 것이었다. 정말 안됐다고 생각은 했지만, "우리는 머무는 곳이 일정치 않으니 도저히 동행할 수가 없소. 그저 같은 방향으로 가는 사람들의 뒤를 따라서 가시오. 이세 신궁 신의 보살핌이 있을 것이니 꼭 무사히 도착할 수 있을 것이오" 라는 말만 남기고 떠나왔다.

그러나 그렇게 떠나오고 나니 가엾은 마음이 한참동안 가시지 않는 것 같았다.

한 지붕 아래

유녀 옆에 잤다네

싸리꽃과 달

소라에게 말하자 그가 종이에 적어 두었다.

바쇼 일행은 7월 12일 지금의 니가타 시 근처에 다다른다. 해안선에서 가장 험난한 곳으로 산이 바다로 내리뻗어 절벽을 이루고 그 아래로 파도가 치는 지형이다. 그래서 오야시라즈(親知らず: 부모 모르고), 고시라즈(子知らず: 자식 모르고), 이누모도리(犬戻り: 개가 돌아가고), 고마카에시(駒返し: 말을 돌려보내고)라는 이름이 붙었다.

그렇게 험난한 곳을 지나면서 하룻밤 묵게 되는데 같은 숙소에 아름다운 유녀가 묵고 있다. 때마침 바쇼가 묵은 곳의 뜰에는 싸리꽃이 가득 피어있고 그 위에 투명한 달빛이 아름답게 비추고 있다. 그는 바로 옆방에서 젊은 여자와 나이 든 남자가 슬픈 얘기를 하는 것을 듣게 된다. 내일이면 헤어지게 될 슬픔에 여자는 불안한 마음으로 한숨짓는다. 다음 날 여자들이 바쇼에게 여행길을 동행해 달라고 부탁하지만 바쇼는 이세 신궁 신의 가호가 있을 것이니 안심하고 가라며 이별한다. 먼 길 떠나는 젊은 여성과의 뜻하지 않은 만남에 바쇼는 잠시 감상에 젖어 하이쿠를 읊은 것이다.

3. 일본판 로미오와 줄리엣,
≪소네자키 숲의 정사≫

1703년 4월 7일 새벽에 오사카 소네자키 숲에서 남녀 정사(情死) 사건이 일어났다. 남자는 25살의 도쿠베라는 이름으로 히라노야라는 오사카에서 가장 큰 간장 도매집 종업원이었다. 그는 히라노야의 주인 주에몬에게 성실함을 인정받아 18살 된 주인의 양녀(처조카딸)와의 혼담이 성사된 후에에도 지점의 지배인으로 갈 참이었다. 한편 여자는 21살의 오하쓰라는 이름으로 교토의 유곽 시마바라에서 오사카로 옮겨와 덴마야라는 곳에서 일하는 유녀였다. 오하쓰에게 반한 돈 많은 손님이 그녀를 사서 고향인 분고(지금의 오이타 현)로 데려가고 싶다는 제안을 받은 상태였다.

당시 상황에서 보면 두 사람의 미래는 운이 좋은 편이었다. 하지만 이미 깊은 관계로 발전한 도쿠베와 오하쓰는 서로 헤어져야 할 앞날을 비관하고 소네자키 숲에서 동반 자살해 버린다.

이 둘의 정사는 사건 직후부터 오사카 사회에 큰 화제를 불러 일으켰고 사건 발생 후 불과 8일 뒤에는 가부키로 각색되어 공연되었다. 교토에서 활동하고 있던 지카마쓰 몬자에몬(近松門左衛門: 1653~1723)은 우연히 오사카에 왔다가 이 사건의 전말을 듣고 이들의 명복을 빌기 위해 인형 조루리로 극화하였다. 그래서 ≪소네자키 숲의 정사≫는 1703년 5월 7일 오사카 도톤보리에 있는 다케모토 좌에서 처음 공연되었는데 그로부터 많은 관객이 쇄도하여 공전의 히트작이 된다.

죽음의 미학으로 표현되는 도쿠베와 오하쓰의 마지막 장면 묘사에 대해 근세 일본의 대표적 유학자인 오규 소라이는 지카마쓰의 신묘함이 여기에 있다고 극찬하고 있다.

> 짧은 이 세상과의 아쉬운 이별, 마지막 이 밤도 아쉽기만 하고, 죽으러 가는 이내 몸을 비유하자면, 무덤으로 향하는 길 위에 내린 서리가 한 걸음 내디딜 때마다 사라져 가는 듯 무상하구나. 마치 꿈처럼 덧없고 애달프구나.
>
> 그 때 새벽 네 시를 알리는 종이 여섯 번 울리고 이제 남은 한 번이 이 세상에서 듣는 마지막 종소리, 적멸위락이라 울리는구나.

위 문장은 명문으로 일본 국어 교과서에도 실려 있으며 오늘날까지 인

구에 회자되고 있다.

이 작품은 1978년 영화로도 제작되었으며 최근에는 《록 소네자키 숲의 정사》, 《플라멩코 소네자키 숲의 정사》 등 다양한 형태로 변형되어 공연되고 있다. 2004년 스페인 공연 시에는 현지 언론에 '일본의 로미오와 줄리엣'으로 소개되어 큰 반향을 불러일으키기도 하였다.

두 남녀의 운명적인 만남

간장집 종업원 도쿠베와 유녀인 오하쓰는 서로 사랑하는 사이였다. 이야기는 도쿠베와 오하쓰가 이쿠다마 신사에서 오랜만에 우연히 만나는 장면에서 시작한다. 덴마야의 유녀 오하쓰는 시골에서 온 손님과 오사카 33개의 관음 순례를 하던 중에 꿈에 그리던 도쿠베를 보게 된다. 도쿠베는 오하쓰와 깊은 관계가 되어 미래를 약속했지만 한동안 감감무소식이었던 것이다.

세상에 떠도는 오하쓰와의 염문을 남에게 말하지 않겠노라고 마음속 깊이 감추어두고 애타는 가슴을 안고서 우치혼마치의 히라노야에서 수년 동안 고용살이를 하고 있는 훤칠하고 단아한 남자. 술도 이제는 조금 마실 수 있게 되었으며 삼단 같은 머리도 정갈하게 빗어 넘기고, 주위 사람들로부터 '도쿠, 도쿠'라고 불리는 멋을 아는 남자로 평판이 나 있다.

아직은 지배인 아래 점원으로 빛을 못 보는 처지이고 생간장으로 소매가 젖는 나날이지만 달콤한 사랑의 포로가 되어서 오늘은 간장 통을 견습생에게 짊어지도록 하고 단골 거래처를 돌다가 이쿠다마 신사에 도착하였다.

경내의 찻집 걸상에서 한 여인이 "저건 도쿠 님이 아닌가? 이봐요 도쿠 님, 도쿠 님"하고 손뼉을 치자, 도쿠베는 눈치를 채고 고개를 끄덕이더니, "나가조야. 나는 나중에 돌아갈 테니 너는 먼저 데라마치의 구혼지, 조큐지, 그리고 우에마치에서 무가 저택을 돌고 가게로 가거라. 도쿠베도 곧 올 거라고 전하고. 아참 아즈치마치 염색 가게에 들러 수금하는 거 잊지 마. 도톤보리에는 가지 말고"라며 나가조의 뒷모습이 보이지 않을 때까지 지켜봤다.

그러고 나서 발을 들어 올리며 "오하쓰가 아닌가. 이게 어찌된 일이야" 하고 삿갓을 벗으려고 하자 "아, 아무래도 그대로 쓰고 계세요. 오늘 손님은 시골 양반이라 서른세 곳의 관음상을 순례하고 나서 여기에서 밤늦게까지 한바탕 술판을 벌이자고 허세를 부리더니, 경내에서 예능인들의 공연이 열린다는 소리를 듣고 그걸 보러 갔어요. 그러다 돌아와서 우리를 보면 괜히 번거로워져요. 가마꾼들도 모두 당신 얼굴을 아는 사람들이니 역시 그대로 삿갓을 쓰고 계시는 게 좋겠어요.

그건 그렇고 요즘은 왜 아무런 소식이 없었나요? 걱정이 되었지만 당신 사정을 모르니 연락을 할 수 없고 단바야 찻집에 여러 번 물어봤지만 거기에도 안 오신다고 했어요. 누구더라, 맞아, 맹인 악사인 오이치가 당신 친구들에게 물어본 바로는 고향에 가셨다고 했지만 도무지 믿을 수가 있어야죠. 정말 너무 해요. 제가 어찌 되든 알고 싶지도 않은가요? 당신은 아무렇지 않을지 몰라도 저는 병이 날 것 같아요. 믿을 수 없다면 자 여기 응어리진 가슴을 만져 보세요"라며 손을 잡아당겨 품속에 넣고는 원망스럽다는 듯이 훌쩍거리며 우는 모습은 부부와 다를 바 없도다.

여기에는 오랜만에 만난 두 사람의 기쁨과 원망이 생생하게 묘사되어 있다. 오하쓰는 21살이었고 도쿠베는 25살의 젊은 나이였다. 도쿠베는 최근 자신을 찾아오지 않는 것을 질책하는 오하쓰에게 그 동안의 사정에 대해서 자세히 설명한다. 종업원으로 있는 히라노야의 주인이자 숙부인 주에몬과 문제가 생긴 것이다.

"이제 울지 마. 원망도 하지 말고. 감추려고 한 것은 아니지만 말을 한다고 해서 해결될 문제도 아니야. 그래도 어느 정도 얘기가 정리되었으니 들어 봐. 우리 가게 주인님은 나와 친숙부와 조카 사이이기 때문에 특별히 친절하게 돌봐 주셨어. 또 나도 일하면서 게으름 피거나 땡전 한 푼 속인 적이 없어. 최근에 옷 한 벌 장만하려고 사카이스지에서 가가 지방 산 비단 한 필을 주인님 명의로 달아 놨는데 이것이 처음으로 허락 없이 산거야. 물론 여차하면 다른 옷을 팔아서라도 주인님께 갚을 생각이고. 이런 나의 성실하고 정직한 면을 높이 사서 주인님은 은화 2관을 지참금으로 하여 주인마님 조카딸과 혼인을 맺도록 하고 가게를 따로 열어주시겠다고 하셨어. 작년부터 나온 얘기였지만 오하쓰 네가 있는데 어떻게 그 얘기를 받아들일 수 있겠어.

그런데 내가 관심도 두지 않고 있는 사이에 고향에 있는 계모가 나한테는 숨기고 우리 주인님과 얘기해서 은화 2관을 받아간 거야. 나는 그 사실을 꿈에도 모르고 있었지.

그리고는 지난달부터 결혼을 서두르시기에 나도 화가 나서 '주인님, 너무 하십니다. 저한테는 묻지도 않고 저희 어머니와 짜고 결혼을 밀어붙이다니 말입니다. 마님도 마찬가지입니다. 이제까지 상전으로 모시던 조카

따님을 지참금까지 해서 받으면 저는 평생 아내 말만 고분고분 듣다가 끝이 날 것입니다. 남자의 체면상 그것은 도저히 용납을 못하지요. 아버지가 다시 살아 돌아오신다고 해도 이 혼사는 절대 못 하겠습니다'라고 강변했지 뭔가. 그랬더니 우리 주인님도 화가 나서 '네가 왜 이러는지는 나도 잘 알고 있다. 덴마야 유녀 오하쓰한테 빠져서 내 마누라 조카딸이 싫다는 게지. 좋다. 정 네가 그렇다면 이 혼사는 없는 것으로 하자. 대신 지참금 은화 2관을 도로 내놓아라. 4월 7일까지는 반드시 갚도록 해라. 그리고 가게도 이제 나올 필요 없다. 앞으로 이 오사카 땅은 못 디딜 것이다!'라고 고함을 치더군.

나도 오기가 나서 '아 그래요. 잘 알았소이다!' 하고 고향으로 달려갔지. 그런데 이 계모가 한번 손에 들어간 돈은 절대 내놓으려고 하지 않는 거야. 그래서 교토 고조에 있는 간장 도매상에 가서 부탁을 해 보았는데 공교롭게도 돈이 없다지 뭐야. 다시 고향으로 가서 마을 사람들에게 자초지종을 설명하고 계모에게 돈을 받아내도록 했어. 이제 주인님께 돈을 돌려줄 수 있게 되었어. 그런데 이제 이 오사카에는 더 이상 살 수 없을 거야. 오하쓰 너랑도 만날 수 없게 되고. 내 몸이 바닷물에 씻겨 조개껍데기처럼 하얗게 변해서 물속에 가라앉아 죽는다 해도 나는 아무 상관없어. 너와 헤어져서 사는 것이 나한테는 못 견딜 노릇이지" 하고 흐느껴 울었다.

도쿠베는 부모 없는 자신을 맡아서 보살펴준 숙부가 다른 아가씨와 결혼을 시키고 가게 분점을 차려줄 계획이며 그것을 거부하다가 의도치 않게 돈 문제에 휘말리게 되었다는 이야기를 한다. 당시 돈 많은 상인인 조닌뿐만 아니라 그 조닌 밑에서 궁핍하게 살아가는 서민들이 있었으며 그러한 서민들 사이에서는 충분히 일어날 수 있는 일이었다.

의리와 배신

도쿠베의 불행한 처지는 거기에서 끝나지 않았다.

'산사의 봄날 해질녘에 와 보면'이란 노래를 여유롭게 읊조리며 오는 무리가 있었다. 그 무리의 맨 앞에 있는 것이 구헤이지라는 것을 보고 도쿠베는 "이봐 구헤이지! 이런 뻔뻔한 놈. 나한테 돈도 안 갚으면서 이렇게 놀러 다니다니. 오늘이야말로 끝을 내자"하며 가로막았다. 구헤이지는 흥이 깨진 얼굴로 "무슨 짓이야 도쿠베. 이분들은 마을의 높은 분들이라구. 다 같이 참배하러 갔다 오는 길에 술 한 잔 했는데 그게 어떻다는 거야. 이 팔 안 놓을래? 무례하기 짝이 없는 놈"라며 삿갓을 벗었다.

"나 도쿠베는 경솔한 행동은 안 해. 지난달 28일에 은화 2관을 빌려줬으니, 약속대로 이번 달 3일이 지났으니 돌려달라는 거지"라고 말을 끝내기도 전에 구헤이지는 크게 웃으며 "너 머리가 어떻게 된 거 아니냐? 도쿠베 너랑은 몇 년 동안 친구로 지냈지만 나는 너한테 한 푼도 돈을 빌린 적이 없어. 억지 부리고 나중에 후회하지 마라"라고 받아쳤다. 그러자 일행 모두가 삿갓을 벗었다.

도쿠베는 놀라서 안색이 변하며 "너 무슨 소리를 하는 거냐. 구헤이지. 네가 하도 어려운 상황이라고 해서 나한테도 정말 중요한 돈이었지만 빌려준 거 아니야. 네가 그믐날 딱 하루만 돈을 쓰면 된다고 하지 않았냐 말야. 친구의 의리 하나만 믿고 차용증도 필요 없다고 하니 그래도 혹시 모르니 차용증을 쓰고 도장을 찍자고 해서 네가 여기에 도장을 찍었잖아. 헛소리 하지 마라, 구헤이지"라고 눈에 핏발을 세우며 흥분했다.

"뭐라고? 내 도장이라고? 어디 보자."

"그래 못 보여줄 것도 없지"하며 안주머니에 손을 넣으며 "다른 분들이 보고 계시니 더 이상 말 할 필요가 없겠지" 했다. 그러자 구헤이지는 두 손을 마주 치며 "그 인감은 내 것이 틀림없다. 그런데 도쿠베 네가 내 도장을 훔쳐간 거잖아. 내가 지난달 25일에 지갑을 잃어버렸는데 그 때 도장도 같이 잃어버렸단 말이야. 이리저리 수소문을 해 보았지만 찾을 길이 없었는데 28일에 어떻게 차용증에 도장을 찍을 수 있었겠냐? 네가 내 도장을 주워서 차용증에 찍고 나한테 돈을 달라고 떼를 쓰는 것 아니냐? 차라리 도둑질을 하거라. 평소 친분을 봐서 그냥 넘어가는 것이니 그렇게 알고 고맙게 생각해"라며 차용증을 도쿠베 얼굴에 내던지고 아무 일도 없었다는 듯이 서 있다.

도쿠베는 혼담의 지참금으로 받은 돈을 계모에게 돌려받았지만 다시 곤경에 빠진 친구 구헤이지에게 빌려 줬는데 구헤이지는 그런 일 없다며 잡아뗀다. 그리고 오히려 사람들한테 퍼트려 벌을 받게 하겠다고 협박까지 한다. 오하쓰는 일행인 손님에게 도와달라고 하지만 귀찮은 일에 휘말리는 것을 꺼려 거절당한다. 결국 도쿠베는 자신이 너무 사람이 좋다보니 속은 것이라며 후회막심이다.

간장집 주인의 혼담을 거절하기 위해서는 미리 받은 지참금을 돌려줘야

하는데 구헤이지의 교묘한 속임수에 넘어가 오히려 누명을 뒤집어쓴 도쿠베는 온 힘을 다하여 돈을 되찾으려고 하지만 점점 돈도 잃고 체면도 잃게 되어 곤궁에 빠진다. 결국 그는 죽음을 결심하기에 이른다.

목숨 건 야반도주

주변 사람과의 의리와 금전 문제로 막다른 골목에 몰리게 된 도쿠베. 더 이상 갈 곳이 없는 그의 옆에는 사랑하는 오하쓰가 있었다. 도쿠베는 끝까지 그와 함께 하겠다는 유녀 오하쓰를 유곽에서 몰래 데리고 나와 야반도주를 감행한다.

오하쓰는 안에는 새하얀 소복 차림을 겉에는 사랑에 빠져 헤매는 칠흑같은 검은 평상복을 걸치고, 살금살금 걸어서 이층 입구에서 내려다보니 도쿠베는 마루 아래에서 얼굴을 내밀고 손짓하여 부른다. 고개를 끄덕이고 손으로 가리키면서 말없이 속마음을 전하고 내려오려고 하자, 계단 아래에는 하녀가 자고 있고 천장에는 밝은 등불이 매달려 있다. 어떻게 해야하나 생각한 끝에 종려나무로 만든 빗자루에 부채를 달아서, 계단의 층계참에서 부채질하여 끄려 했으나 좀처럼 꺼지지 않는다. 몸을 최대한 늘여 손을 쭉 뻗어서 확 껐는데, 그 여세에 계단에서 쿵 굴러 떨어지고 등불은 꺼져서 칠흑같이 어두워졌다. 하녀는 '음'하고 뒤척이며 돌아눕고, 그 속에서 두 사람이 몸을 떨면서 서로를 찾아 헤매는 모습이 참으로 아슬아슬했다.
주인이 안방에서 일어나 "지금 무슨 소리가 났느냐. 애야 등불이 꺼졌구나. 일어나서 불을 켜라"라고 하녀를 깨우자, 하녀는 잠이 덜 깬 눈을 비비며 알몸으로 일어나서 "부싯돌 상자가 안 보이네" 하고 찾으러 돌아다닌다. 두 사람은 하녀와 부딪치지 않으려고 기어 다니며 어둠 속을 정신없이 헤매고 있다. 이 괴로운 어둠 속에서는 살아 있어도 살아 있는 것 같지 않았다.

가까스로 두 사람은 손을 맞잡고 몰래 입구까지 빠져나와 빗장을 벗겼지만 바퀴 달린 문을 밀 때 소리가 날까봐 불안해하고 있던 차에 하녀가 불을 켜려고 부싯돌을 치기 시작했다.

부싯돌 치는 소리에 맞추어 '탁' 하고 치면 살짝 열고 '탁탁' 하고 치면 슬슬 열고 하여 그 소리에 맞추어 문을 열었다. 두 사람이 몸을 움츠려 옷자락과 옷자락을 감아쥐고 호랑이 꼬리를 밟는 듯한 기분으로 편백나무로 만든 문을 통해 연달아 밖으로 나와서는 얼굴을 마주 보고는 "아 기뻐요!"라며 죽으러 가는 처지를 한없이 기뻐하는 애절함, 괴로움, 참담함이란. 두 사람이 나온 뒤에 하녀가 치는 부싯돌의, 한순간 번쩍하고 마는 불처럼 두 사람의 명운은 너무 짧기만 했다.

오하쓰는 이미 죽음을 각오하고 소복 차림으로 기다리고 있다. 하지만 유녀집 덴마야 안에는 한밤중에도 많은 사람들이 있어서 몰래 빠져나오기가 쉽지 않다. 아슬아슬한 상황 속에서 비장한 결심으로 덴마야를 탈출한 두 사람은 정사를 하기 위해 소네자키 숲으로 향하게 된다.

원래 정사, 즉 동반 자살을 뜻하는 일본어 '신주(心中, しんじゅう)'라는 말은 한자 뜻 그대로 심정, 마음속을 의미하는 단어였다. 근세에 유녀의 등장과 함께 그 의미가 변화하기 시작했다. 여러 손님을 상대해야 하는

유녀의 입장에서 정말 사랑하는 손님을 만났을 때 그 손님에게만은 자신의 진실한 마음을 바치고 싶었다. 그래서 '신주'는 유녀가 사랑하는 사람에게 자신의 진실을 상대에게 보이려는 증거이며 사랑의 약속을 의미하는 단어가 되었다.

사랑하는 손님에게 자신의 마음을 전하는 행위로 처음에는 신불(神佛)에게 마음의 맹세를 하는 서약서(신의 이름을 나열하고 자신의 맹세를 어길 때는 신불의 벌을 받겠다는 서약을 함) 작성을 했다. 하지만 유녀가 글로써 한 맹세는 믿을 수가 없게 되고 서약서는 수십, 수백 장이고 남발되었다. 그래서 등장한 것이 머리카락을 잘라 보내는 것이었다. 그렇지만 머리카락도 시간이 지나면 다시 자라기 마련이어서 다시 고통을 수반하는 손톱을 뽑아서 사랑하는 손님에게 보내어 진실을 호소하는 방식이 등장하였다. 이 또한 손톱이 자란다는 이유로 다음 단계에서는 손가락을 잘라 보내는 방식이 생겼다. 이러한 행위는 문학 작품에도 나타나 있다. 근세 소설의 대표작으로 알려진 이하라 사이카쿠의 《호색일대남》에는 유녀가 여러 단골손님에게 손가락을 보내기 위해 사람을 시켜 시체에서 손가락을 잘라오게 하는 장면이 묘사되어 있다. 유녀는 유녀대로 손님들의 마음을 잡기 위해 이런 식으로 갖가지 방법을 고안해야만 한 것이다.

그렇게 하나의 방법이 한계에 이르면 정도가 더욱 심화된 단계로 진행되어 가다가 다음 단계로 등장한 것이 상대의 이름을 자신의 몸에 새겨 사라지지 않도록 하는 문신이었다. 그렇지만 이 또한 뜸으로 지울 수 있었다. 이에 따라 진정으로 사랑하는 손님에게 자신의 진실을 맹세하는 최후의 수단이 나타나게 되었는데 그것이 바로 단 하나뿐인 목숨을 상대를 위해 바치는 것이었다. 이러한 풍습은 주로 유녀에 의해 행해졌지만 점차 사랑하는 남녀 일반으로까지 확대되어 갔다.

마지막 정사 장면

드디어 도쿠베와 오하쓰가 정사를 하는 장면이다. 작품의 클라이막스에 해당한다.

"아. 한탄만 하지 말아야지." 도쿠베는 얼굴을 쳐들고 손을 모으며, "나는 어릴 적에 친부모를 떠나서 숙부이기도 한 지금의 주인님 보살핌으로 이렇게 컸다. 그런데 은혜를 갚지 못하고 이대로 죽은 뒤에도 또다시 폐를 끼치게 되겠지. 정말 죄송하구나. 부디 제 죄를 용서해 주십시오. 저승에 계신 부모님은 이제 곧 뵐 수 있겠지. 저를 맞이해 주십시오" 하고 통곡을 한다.

오하쓰도 같이 손 모아 합장하며, "당신이 부럽군요. 저세상에서 부모님을 뵙겠다고 하시는군요. 제 아버지, 어머니는 건강하셔서 이 세상 사람이니 언제 만나 뵐 수 있을까요. 소식은 올봄에 들었지만 마지막으로 뵌 적은 작년 초가을, 내일이면 저의 정사 소식이 고향에 알려질 텐데, 그러면 얼마나 비통해 하실까요. 부모님께도 형제들한테도 여기에서 하직인사를 드립니다. 조금이라도 마음이 통한다면 꿈에서라도 나타나 주세요. 그리운 어머니! 헤어지기 서러운 아버지!" 하고 흐느끼다가 목 놓아 운다. 남자도 복받쳐 오르는 슬픔에 엉엉 큰소리로 애타게 눈물을 흘리니 육친을 그리워하는 심정은 너무나 당연한지라, 정말 가엾기 그지없다.

"아무리 말해도 소용없어요. 어서 빨리 죽여주세요. 죽여줘요!"라고 생의 마지막을 재촉하자, 도쿠베는 "알았다"라며 허리춤에서 단도를 빼든다.

"자, 지금이다. 나무아미타불! 나무아미타불!"이라고 말은 하지만, 정말이지 지금까지 수년간 사랑스럽다, 어여쁘다고 끌어안고 자던 고운 살에 어찌 칼날을 들이댈 것인가. 눈앞이 캄캄해지고 손도 떨리고 약해지는 마음을 추스르고 또 추슬러서 칼을 되잡고 다시 찌르려고 하지만, 칼끝은 이리로 빗나가고 저리로 빗나간다. 그러길 두세 번 번뜩이는 칼날에, "앗!" 하는 오하쓰의 외마디 소리, 숨통을 바로 관통한 것일까.

"나무아미타불! 나무아미타불! 나무아미타불!" 하며 오하쓰의 목을 찌른 칼을 비틀어 도려내고 도려내는 도쿠베의 손끝에도 힘이 빠져 가고, 축 늘어져 가는 오하쓰를 보고는 양손을 뻗어보지만, 지금은 죽기 직전의 사고팔고의 고통을 겪는 모습, 애절하다고 하기에는 너무나도 가련하다.

"내 어찌 죽음에 뒤처지겠는가. 숨은 동시에 거두자"라고 오하쓰의 작은칼을 집어 목에 찔러 넣고, 손잡이도 칼날도 부서져라 하고 비틀며 도려내자 눈앞이 캄캄해지고 고통에 찬 숨소리도 새벽녘이 되자 완전히 끊어졌다.

누가 알릴 것도 없이 소네자키 숲을 지나가는 바람이 알리기라도 한 듯 소문이 돌아, 귀천을 막론하고 사람들이 이들의 명복을 빌게 되었다. 이제 두 사람의 내세에서의 성불은 의심할 여지없이 사랑의 본보기가 되었던 것이다.

도쿠베는 오하쓰가 생각하는 것처럼 빼어난 미남이 아닐 수 있다. 그리고 대단한 부자도 아니고 성실한 품성만이 장점인 간장집 종업원이다. 너무 정직한 탓에 친구인 구헤이지에게 사기까지 당한다. 말하자면 심성이 착하고 순진한 가난뱅이인 것이다. 하지만 도쿠베는 그런 자신의 운명을 비관한다든지 원망하지 않는 점이 장점이다. 세상사에 찌들지 않아서 곧고 바른 품성을 가졌다. 오하쓰가 사랑한 것은 그런 도쿠베의 아름다운 마음씨였으며 도쿠베 역시 유녀이면서도 순수함을 가진 오하쓰를 사랑했다.

그런데 두 사람의 사랑은 애당초 이루어질 수 없는 사랑이었다. 오하쓰는 어릴 때 부모가 돈을 받고 유곽에 판 여자이다. 유녀들은 누군가 돈을 주고 빼내주지 않으면 해방될 수 없는 몸이었다. 그런 오하쓰를 도쿠베는 사랑한 것이다. 도쿠베는 그런 운명에 대해서도 세상을 원망하거나 자신을 원망하지 않았다. 죽어서 자신의 결백을 증명하려고 한 것은 구헤이지와의 의리와 금전문제 때문이었다.

이 작품에는 신분제로 개인의 자유를 속박하는 당시의 봉건 사회에 대한 작가의 비판적인 목소리가 내포되어 있다. 봉건 사회에서 막다른 골목에 몰린 사람은 죽음 이외에 달리 방법이 없다. 하지만 이것은 순수한 사랑 이야기이기도 하다. 도쿠베와 오하쓰는 인간의 성정이 억압된 사회의 틀을 초월한 깊은 사랑을 한 것이며 그 사랑은 죽음까지 초월했다는 점에서 더욱 심화되었다.

여기에는 헤이안 시대 이후의 전통적인 미의식이 집결되어 있다. 두 사람이 도망쳐서 삶을 이어갈 수 있지 않았을까 라는 의문도 생기지만 당시의 사회는 그런 상황의 두 남녀가 살 수 있는 곳은 어디에도 없었다. 즉 현대의 우리가 생각하듯이 그렇게 깊이 사랑한다면 필사적으로 해결책을 찾고 그것이 사랑의 증명이 된다는 식의 전개 방식, 즉 여러 방법을 다 동원해서 유곽에서 도망친 후 먼 곳으로 떠나 그곳에서 두 사람이 같이 행복하게 살았다는 식으로 해피엔딩으로 되지는 않는 것이다.

일본에는 운명을 받아들이는 아름다움이 있다. 다시 말하면 주어진 운명을 받아들이는 식으로 주변의 상황과 싸운다는 것이다. 세상의 모든 것은 덧없다는 유한성을 인정하고 그 안에서 아름답게 살다가 완결을 하자는 책임의식 같은 것이다. 유한성을 제거하는 것도 극복하는 것도 아니라 유한성을 굳이 상정하고 거기에서 자기가 사는 법을 결정하자는 식이 된다. 형이상학적인 발상이며 이것은 불교 사상에서 나온 무상관이 근본으로 되어 있다.

그 무상관에는 자연스럽게 죽음이 절반의 수단이 된다. 죽음에 의해 가장 소중한 것과의 일체화가 이루어지며 죽음에 의해 비로소 그것을 갈라놓으려는 현실을 뛰어넘을 수 있다. 현실 자체를 바꾸는 것은 아니다. 현실은 어디까지나 현실이다. 다만 죽음에 의해 그 현실을 초월할 수 있으며 그 현실에 대하여 승리하는 것이 된다.

도망치면 지는 것이다. 도망치면 오히려 두 사람은 영원히 맺어질 수 없다. 현실도 초월할 수 없다. 현실 속에 그대로 남게 되는 것이다. 우리가 도쿠베와 오하쓰의 정사를 다룬 작품에 공감을 한다는 것은 우리 역시 무의식중에 무상관을 받아들이고 있다는 증거이다.

이룰 수 없는 사랑의 결말로 정사를 선택하기까지의 과정에는 시대에 따라 개인에 따라 제각각 다른 스토리들이 있을 수 있다. 인간 한 사람 한 사람의 인생이 그 누구와도 똑같지 않은 것처럼 말이다. 하지만 그와는 반대로 시대나 개인을 막론하고 누구에게나 공통되는 부분이 있다. 이룰 수 없는 사랑의 결말로 정사를 선택하기에 이르는 두 사람이 얼마나 막다른 골목에 몰렸으며 또 얼마나 절박한 심정이었는지에 대한 공감이다. 인간의 심리는 비슷해서 서로 통한다. 연애에 있어서의 인간의 행동이나 심리는 예나 지금이나, 일본이나 한국이나 어느 정도 유형화되어 있다고 볼 수 있다.

봉공 제도와 연애

도쿠베와 오하쓰는 왜 정사를 해야만 했을까.

유녀라는 계층은 필연적으로 빚을 떠안고 살아간다. 처음 유곽으로 팔릴 때 부모나 친척들이 받아간 돈이다. 그 돈을 오랜 시간에 걸쳐 몸을 팔아서 갚아야 한다. 만일 도쿠베가 유녀인 오하쓰와 결혼하고 싶으면 그 잔금을 유녀의 주인에게 지불해야 한다. 그런데 그 돈의 액수가 너무 커서 상점의 종업원인 도쿠베가 지불할 정도의 돈이 아니다. 그것이 첫 번째 난관이다.

두 번째 난관은 당시의 봉공 제도에 있다. 봉공 제도란 견습생과 하녀를 두고 거기에서부터 단계적으로 위로 올라가도록 하는 제도이다. 견습생으로 가게에 들어가는 것이 10살 정도이고 수년간 잡일꾼으로 일하면 종업원으로 승격된다. 종업원은 주인과 지배인 지시에 따르도록 되어 있으며 그 지시를 잘 따르면 지배인으로 승격된다. 그 중에서 뛰어난 자는 30세 전후로 독립하여 자신의 가게를 가질 수 있다. 처음에 견습생으로 시작하면 총 20여 년 동안 열심히 일해야 독립할 수 있었다.

종업원 이하는 용돈을 받는 경우는 있어도 급여는 없었다. 식사가 제공되고 상인 교육이 이루어지기 때문에 그것만으로 충분하다는 인식이 있었다. 휴가도 오본(추석)과 설날 1년에 두 번 밖에 없었다. 종업원인 도쿠베가 큰돈을 모은다는 것은 불가능했다.

더구나 봉공인은 자유연애를 할 수 없었다. 주인에게 발각되는 순간 추방되었다.

그런 조건을 생각하면 종업원과 유녀가 빚을 청산하고 맺어질 가능성은 거의 없다. 기껏 할 수 있는 것이 종업원인 남자가 용돈을 조금씩 모아서 유곽에 가서 만나는 것밖에는 달리 방법이 없다.

도쿠베와 오하쓰는 당시의 상황으로 보면 이루어질 수 없는 사랑이었다. 일반적으로 금지된 사랑은 더욱 열렬하게 불타오르는 경향이 있다. 현대의 경우라면 처자가 있는 사람과의 사랑, 유부녀와의 사랑, 가난한 남자와 사장 딸과의 사랑, 시한부 인생을 사는 사람과의 사랑 등이 된다. 현대의 드라마에서 출생의 비밀, 재벌가, 불치병 등이 계속 등장하는 이유도 거기에 있다. 연애 소설에서는 가능하면 그런 벽을 두껍게 해서 독자에게 감정이입을 시키는 것이 상투적인 수법이다.

우리나라에서도 많이 알려진 소설 ≪오싱≫도 이 봉공 제도를 소재로 한 것이다. 일본에서 봉공 제도가 폐지된 것은 제2차 세계대전 후의 일이다.

제5장

소시민들의 사랑

● 일본에서 근현대 문학이라고 하면 1868년 메이지유신 이후 서양의 근대 문명을 받아들이고 자본주의와 시민 사회를 구현한 문학을 말한다. 제2차 세계대전 이전을 근대라고 하고 전쟁 후를 현대로 보는 경우도 있지만 다른 시대와 같이 확 달라지는 문화적인 변화는 보이지 않으므로 근현대를 같이 묶어서 보는 것이 보통이다.

이 시대는 천황이 바뀔 때마다 연호가 한 번씩만 바뀌는 식으로 되어 그 연호에 따라 '메이지 · 다이쇼 · 쇼와 · 헤이세이 시대'라고도 칭한다. 초기에 문명개화와 언문일치 운동이 일어나고 후에 전쟁 패전을 통해서 많은 변화가 일어났다. 자유가 주어졌지만 어떻게 그 자유를 누려야 할지 당혹스러워 했고 갑자기 등장한 서양의 신문물을 어떻게 받아들여야 할지 곤혹스러워 했다. 하루아침에 모든 것이 바뀐 시대에 살면서 근대 사람들은 과도기적인 정체성에 혼란스러워 했고 그 근대화가 진행된 현대에 사는 사람들 역시 산업화된 도시 속에서 어떻게 자아를 지켜가야 할지 방황했다. 남녀가 만나서 사랑을 하는 연애에 있어서도 집안과는 상관없이 상대를 선택할 수 있는 시대가 되자 초기에는 많은 시행착오가 있었다. 그리고 사회적으로 개인이라는 개념이 정착되고 자아가 확립될수록 연애의 양상은 복잡하고 다양해져 갔다.

일본 근대문학의 아버지라 불리는 나쓰메 소세키의 ≪산시로≫, 일본인 최초로 노벨문학상을 수상한 가와바타 야스나리의 ≪설국≫, 현대 일본 문학의 인기 작가 무라카미 하루키의 ≪노르웨이의 숲≫ 등이 대표작이다.

1. 소심남의 서툰 연애, ≪산시로≫

나쓰메 소세키(夏目漱石)는 소설, 하이쿠, 한시 등 다양한 장르의 문학 작품을 통해 후대 일본 문학에 많은 영향을 끼친 대문호이다. 본명은 나쓰메 긴노스케(金之助)인데, 이름에 '금(金)'이라는 글자가 들어간 것은 '아이가 경신(庚申) 일에 태어나면 큰 도둑이 된다'는 일본의 미신 때문에 액을 막기 위해서였다. 필명이자 호(號)인 소세키는 ≪진서≫에 나오는 '수석침류(漱石枕流: 돌로 양치질하고 흐르는 물로 베개를 삼다)'에서 따온 말로 본인이 생각하는 바가 강하거나 고집을 피우는 괴짜를 의미한다.

소세키는 자식이 많은 집 막내로 태어나 에도 막부 붕괴 이후 혼란기 때 생가가 몰락하면서 두 차례나 다른 집의 양자로 갔고 세 살 때는 천연두에 걸렸다. 도쿄제국대학(현재의 도쿄대학) 시절에는 큰형과 둘째 형, 셋째 형수가 젊은 나이로 잇따라 죽는 것을 보고 염세주의와 신경쇠약증에 시달렸다. 여기에 영국유학 때 인종차별로 인한 불안도 겪었다. 귀국 후 대학 강사와 중고등학교 영어교사를 거쳐 1907년 아사히신문사에 입사하면서 본격적인 문학의 길에 들어서 ≪도련님≫ 등을 발표, 인기 작가가 되었다. 세속을 잊고 인생을 관조하려는 그의 작가관은 지병인 위궤양과 신경쇠약증에 맞서는 힘이 되었으나 1916년 위의 출혈로 쓰러져 49세의 나이로 이 세상을 떠났다. 현재 그의 뇌는 에탄올에 담겨 도쿄대학 의학부에 보관되어 있다.

청춘연애소설 ≪산시로≫

≪산시로≫는 소세키가 1908년에 발표한 청춘연애소설이다.

원래 후쿠오카 현 출신이지만 구마모토의 고등학교를 졸업한 오가와 산시로는 도쿄제국대학에 입학하기 위해 기차를 타고 상경한다. 도중에 동석한 여성과 나고야에서 동침을 하게 되지만 아무 일 없이 헤어지면서 "당신은 어지간히 배짱이 없는 분이군요"라는 말을 듣게 된다.

도쿄에서 생활을 하면서 산시로는 도쿄의 크기와 사람들의 활동성에 압도된다. 동향의 선배로 광선의 압력을 연구 중인 노노미야 소하치, 학우인 사사키 요지로, 요지로의 집주인이며 지식광인 히로타라는 인물과 알게 되고 연못 근처에서 처음 보게 된 사토미 미네코와 노노미야의 여동생

요시코 등의 신여성들을 알아간다.

도회적이고 자기의 의사를 가진 미네코에게 어느새 산시로는 끌리지만 미네코는 '스트레이 쉽(길 잃은 양)'이라고 의미심장한 혼잣말을 되뇌이면서 산시로를 번롱(翻弄)한다. 노노미야와도 친밀한 미네코를 보고 산시로는 두 사람의 결혼을 예상하면서 왠지 모를 패배감에 젖는다.

산시로의 생각에 반해 미네코는 자신의 오빠 친구와 결혼한다. 사랑이라고 할 수 없는 사랑에 패배한 산시로는 화가인 하라구치가 그린 미네코의 초상화를 앞두고 '스트레이 쉽'을 중얼거린다.

≪산시로≫는 순박한 지방출신의 산시로가 도쿄제국대학 입학을 기회로 찾아온 도쿄에서 지내는 모습을 그린 작품이다. 도회에 압도되어 미네코라는 수수께끼와 같은 여성에게 번롱되는 그의 나날은 권태로운 장면도 있지만 전체적으로 밝은 색채로 그려져 있다. 반복되는 미네코의 '스트레이 쉽'이라는 말이 인상적으로 와 닿는 산시로에게 연애 자체가 스트레이 쉽이라고 할 수 있다. 연애소설이면서 청춘소설이다.

미네코는 근대적인 여성 캐릭터로 신여성을 뜻한다. 하지만 미네코는 본심을 보이지 않는 여성이다. 산시로에 대한 연정이 있는 것인지 없는 것인지 어느 쪽으로도 보이는 식으로 쓰여 있다. 어쩌면 미네코 자신도 헤매고 있을 지도 모른다.

이 소설은 미네코의 결혼으로 막을 내리지만 소설 속의 인물들은 결혼이라는 명제에 대해서 그다지 긍정적이지 않은 것으로 그려진다. 오로지 산시로의 서툰 연애가 소설의 중심이 된다.

'배짱 없는 남자' 산시로

때는 바야흐로 일본이 서양의 신문물을 적극적으로 받아들이던 메이지 시대, 러일 전쟁 직후가 된다. 구마모토 고등학교를 졸업하고 도쿄에 있는 대학에 입학하여 엘리트 사회에 들어가려고 하는 산시로가 상경하는 기차 안에서 러일전쟁 후의 현실 사회에 살아가고 있는 여자를 만나게 되는데 그 기차의 여자는 산시로에게 '배짱이 없다'는 말로 강한 인상을 남긴다. ≪산시로≫의 첫 부분이다.

꾸벅꾸벅 졸다 눈을 떠 보니 여자는 어느새 옆자리의 할아버지와 이야기를 하고 있었다. 이 할아버지는 분명히 두 정거장 앞에서 탄 시골사람이다. 발차 직전에 느닷없이 소리를 지르며 뛰어들어 와서는 갑자기 웃통을 벗어 제치는 데 등에 뜸 자국이 가득했기 때문에 산시로의 기억에 남아 있었다. 할아버지가 땀을 닦은 후 옷을 다시 입고, 여자 옆자리에 앉을 때까지 눈여겨봤을 정도였다.

여자와는 교토에서부터 같이 탔다. 탔을 때부터 산시로의 눈에 띄었다. 우선 무엇보다 피부색이 검다. 산시로는 규슈에서 산요 선으로 바꿔 타고 교토와 오사카에 가까워지는 동안에 여자들의 피부색이 점차로 하얘지기 때문에 어느 샌가 고향이 멀어져가는 듯한 슬픔을 느끼고 있었다. 그래서 이 여자가 객차 안에 들어왔을 때는 왠지 모르게 이성의 동료를 만난 느낌이 들었다. 이 여자의 피부색은 정말이지 규슈 빛이다.

미와타의 오미쓰와 똑같은 피부 빛이다. 고향을 떠나기 직전까지는 오미쓰는 성가신 여자였다. 곁을 떠나게 되는 것이 아주 기뻤다. 그렇지만 어찌 보면 오미쓰와 같은 여자도 결코 나쁘진 않다.

단지 얼굴 생김새로 말하자면 이 여자 쪽이 훨씬 잘 생겼다. 입매가 야무지고 눈이 또렷하다. 이마가 오미쓰처럼 훵하게 넓지 않다. 어쩐지 보기 좋게 생겼다. 그래서 산시로는 5분에 한 번꼴로 눈을 들어 여자 쪽을 보았다. 때때로 여자와 눈이 마주치는 적도 있었다. 할아버지가 여자 앞에 앉을 때는 훨씬 더 주의해서 될 수 있는 대로 오랫동안 여자의 모습을 보고 있었다. 그 때 여자는 생긋 웃고 어서 앉으세요 라며 할아버지에게 자리를 비워드렸다. 그러고 나서 조금 있다 산시로는 졸려서 잠들어버 렸다.

산시로가 잠들어 있는 동안에 여자와 할아버지는 친해져서 이야기를 나눴던 것 같다. 눈을 뜬 산시로는 잠자코 두 사람의 이야기를 듣고 있었 다. 여자는 이런 이야기를 한다.

아이들 장난감은 역시 히로시마보다 교토 쪽이 싸고 좋은 게 많다. 교 토에서 잠깐 볼일이 있어 내린 김에 다코야쿠시도 옆에서 장난감을 샀 다. 그러나 남편으로부터 생활비 송금이 끊겨서 할 수 없이 친정에 돌아가 게 되어 걱정이다. 남편은 구레 시에서 오랫동안 해군의 직공 일을 하고 있었는데 러일전쟁 중에는 뤼순 쪽에 가 있었다. 전쟁이 끝나고 나서 일단 돌아왔다. 얼마 안 있어 그 쪽이 돈을 벌린다며 또 따롄에 돈벌이하러 갔다. 처음에는 소식도 있고 다달이 월급도 꼬박꼬박 보내왔기 때문에 좋았는데, 요 반 년 전부터 편지도 돈도 전혀 오지 않게 되고 말았다. 남편 은 불성실한 성격이 아니기 때문에 괜찮겠지만 언제까지나 놀고먹을 수는 없기에 안부를 알 때까지는 어쩔 수 없으니까 친정에 돌아가 기다리고 있을 작정이다.

할아버지는 다코야쿠시도도 모르고 장난감에도 흥미가 없는 듯, 처음에는 그저 '예, 예' 하고 대답만 하고 있다가, 뤼순 얘기 이후 갑자기 동정심을 보이며 '그것 참 안됐다'며 말을 꺼냈다. 자기 아들도 전쟁 중에 군대에 끌려가 마침내 거기서 전사했다. 도대체 전쟁은 뭣 때문에 하는 건지 모르겠다. 나중에 경기라도 좋아지면 모르지만, 소중한 아들은 죽고 물가는 올라가고, 이런 바보 같은 짓은 없다, 세상 좋은 시절에는 돈벌이 하러 외지에 간다고 하는 일은 없었다. 모두 전쟁 탓이다. 아무튼 믿음이 중요하다. 살아서 일하고 있음에 틀림없다. 조금 더 기다리면 반드시 돌아온다. 할아버지는 이런 말을 하며 줄곧 여자를 위로하고 있었다. 이윽고 기차가 멈추자, '그럼 잘 지내시오' 라고 여자에게 인사를 하고 활기차게 나갔다.

할아버지를 따라 내린 사람이 네 명 정도 있었지만 다시 탄 사람은 단한 명밖에 없었다. 원래부터 붐비던 객차도 아니었지만 갑자기 허전해졌다. 날이 저문 탓인지도 모르겠다. 역부가 지붕을 쿵쿵 밟으며 위에서 불을 켠 램프를 집어넣고 간다. 산시로는 생각난 듯이 앞 정거장에서 산도시락을 먹기 시작했다.

기차가 움직이기 시작하고 2분쯤 지났을 무렵, 그 여자는 쑥 일어서서 산시로 옆을 지나쳐 객차 밖으로 나갔다. 이 때 여자의 오비 색깔이 비로소 산시로 눈에 들어왔다. 산시로는 양념에 조린 은어 대가리를 문 채 여자의 뒷모습을 바라보았다. 화장실에 갔겠지 하고 생각하면서 계속 먹고 있었다.

얼마 있다가 여자가 돌아왔다. 이번엔 정면으로 보였다. 산시로의 도시락은 거의 다 비워져 가고 있었다. 고개를 숙이고 열심히 젓가락질을 하며 두 입 세 입 가득히 음식을 집어넣고 있는데, 여자는 앉았던 자리에 돌아와 있지 않은 것 같다. 혹시나 하고 슬쩍 눈을 들어보니 역시 정면에 서 있었다. 그러나 산시로가 눈을 든 것과 동시에 여자가 움직이기 시작했다. 그냥 산시로 옆을 지나 자기 자리에 돌아가야 할 텐데, 곧장 앞으로 와서 몸을 옆으로 향하고 창으로 목을 내밀어 조용히 밖을 바라다보았다. 바람이 세게 불어와 귀밑머리가 팔랑팔랑 흩날리는 것이 산시로의 눈에 띄었다. 이 때 산시로는 빈 도시락 상자를 힘껏 창밖으로 내던졌다. 여자의 창과 산시로의 창은 한 칸 건너 이웃하고 있었다. 바람에 거슬러 던진 상자 뚜껑이 허옇게 너울거리며 돌아오는가 싶었을 때 산시로는 어처구니 없는 짓을 했구나 하고 느끼고 여자 얼굴을 봤다. 그녀의 얼굴은 공교롭게도 열차 밖으로 나와 있었다. 그렇지만 여자는 조용히 목을 움츠려 무늬 있는 실크 손수건으로 이마 부근을 정성스레 닦기 시작했다. 산시로는 여하튼 사과하는 편이 좋겠다고 생각했다.

"죄송합니다"라고 말했다.

여자는 "괜찮아요" 라고 대답했다. 아직 얼굴을 닦고 있다. 산시로는 할 수 없이 입을 다물어 버렸다. 여자도 잠자코 있었다. 그리고 다시 목을 창밖으로 내밀었다. 서너 명의 승객은 어두운 램프 아래서 모두 졸린 얼굴을 하고 있었다. 말을 하고 있는 사람은 아무도 없었다. 기차만이 요란한 소리를 내며 달렸다. 산시로는 눈을 감았다.

산시로는 고향인 구마모토에서 고등학교를 나와 도쿄의 대학에 진학하여 기차를 타고 상경중이다. 당시에는 미국에 맞춰 고등학교와 대학교의 학년이 9월에 시작했다. 도쿄에 대해서 그리고 미래에 대해서 막연한 희망과 기대감에 부풀어 있지만 그에 못지않게 모든 것이 낯설고 두렵기만 한 상태였다.

산시로는 대도시 오사카가 가까워지면 질수록 여자의 피부가 하얘지는 것을 보고 고향에서 멀리 떠나온 것에 대한 불안감을 느끼고 있었다. 그러던 차에 교토에서 탄 여자는 피부색이 검어서 같은 시골 사람이라는 동질감을 느끼며 안심한다. 하지만 입모양이 야무지고 눈매가 또렷해서 고향에 있는 오미쓰와는 다르다고 흥미를 갖는다. 그 여자는 옆에 앉은 할아버지에게 자신의 남편에 대해서 얘기하는데 해군 직공으로 전쟁 중에 뤼순에 가 있다가 전쟁이 끝나 지금은 따렌에 돈 벌러 나갔다고 했다. 반년 전부터 소식이 두절되어 생활비가 끊기는 바람에 친정으로 돌아가는 길이라고 했다. 딱한 사정에 할아버지는 위로의 말을 건네는데 산시로는 전쟁이라는 것에 대한 절박감도 없어서 딱히 관심을 갖지 않는다.

그러다가 할아버지가 열차에서 내리고 산시로가 다 먹은 도시락 상자를 밖으로 힘껏 내던지는데 그것이 여자의 얼굴에 맞으면서 두 사람의 접점이 생기게 된다. 여자는 조용히 손수건을 꺼내 얼굴을 닦으며 미안하다는 말에 괜찮다고 했다. 이런 일이 있으면 보통 도시락통을 왜 아무데다 버리느냐고 따졌을 텐데 이 시대만 해도 여성이 조신하게 행동하는 것이 미덕이었던 것 같다.

잠시 후에 "나고야는 이제 다 왔나요?"하고 말하는 여자의 목소리가 들렸다. 눈을 떠보니 어느새 몸을 돌려 엉거주춤한 자세로 그녀의 얼굴이 산시로 옆까지 바짝 다가와 있다. 산시로는 놀랐다.

"글쎄요"라고 말했지만, 처음 도쿄에 가는 것이기 때문에 전혀 알 수가 없었다.

"이대로 가면 늦을까요?"

"늦어지겠지요."

"댁도 나고야에서 내리시는지…"

"예, 내립니다."

이 기차는 나고야가 종착역이었다. 대화는 아주 평범했다. 다만 여자가 산시로의 대각선 자리에 걸터앉았을 뿐이다. 그래서 잠시 동안은 또다시 기차소리만 들렸다.

다음 역에서 기차가 멈췄을 때 여자는 마침내 산시로에게 나고야에 도착하면 폐가 되겠지만 여인숙에 안내해 달라는 말을 꺼냈다. 혼자서는 어쩐지 찜찜하기 때문이라며 계속 부탁한다. 산시로는 당연하다고 생각했다. 그렇지만 그렇게 흔쾌히 들어줄 기분도 들지 않았다. 무엇보다 모르는 여자였으므로 주저하긴 했지만, 딱 잘라서 거절할 용기도 나지 않아 그냥 적당히 건성으로 대답을 하고 있었다. 그러는 사이에 기차는 나고야에 도착했다.

큰 고리짝은 신바시 역까지 맡겨뒀기 때문에 걱정 없다. 산시로는 들기 편한 손가방과 우산만 들고 개찰구를 나왔다. 머리에는 구제 고등학교 여름교모를 쓰고 있었다. 그러나 졸업한 표시로 교표는 뜯어내 버렸다. 낮에 보면 그 자리만 색이 선명하다. 뒤에 여자가 따라온다. 산시로는 이 모자 때문에 조금 창피했다. 그렇지만 따라오니까 어쩔 수 없다. 여자 쪽에서는 이 모자를 그저 꾀죄죄한 모자로 생각하고 있다.

아홉 시 반에 도착해야 할 기차가 40분 정도 늦어서 벌써 열시가 지났다. 그렇지만 더운 때라서 거리는 아직 초저녁처럼 붐빈다. 여인숙도 눈앞에 두세 채 있다. 그저 산시로에게는 좀 지나치게 화려한 듯이 생각되었다. 그래서 전등이 켜져 있는 3층집 앞을 못 본 척하고 지나쳐서 어슬렁어슬렁 걸어갔다. 물론 초행길이므로 어디로 가고 있는지 모른다. 그저 어두운 쪽으로 갔다. 여자도 아무 말 없이 따라온다. 그러자 비교적 한적한 뒷골목에서 두 번째 집에 '여인숙'이란 간판이 보였다. 이건 산시로에게도 여자에게도 어울리는 간판이었다. 산시로는 잠깐 뒤돌아보고 여자에게 '어때요?' 라고 한 마디 물어봤는데, 여자가 좋다고 하기에 결심하고 쑥 들어갔다. 현관에서 동행이 아니라고 말할 참인데, 어서옵쇼, 어서 올라오세요, 안내 부탁, 매실 4호 등이 연이어 들렸기 때문에 할 수 없이 잠자코 두 사람은 매실 4호실에 들어가고 말았다. 하녀가 차를 가져올 때까지 두 사람은 멍하니 마주보고 앉아 있었다. 하녀가 차를 가져와서, "목욕을…" 하고 말했을 때는 이미 '이 부인은 나의 동행이 아니다'라고 말할 용기가 나지 않았다. 그래서 수건을 들고, '그럼 먼저'라고 인사를 하고 목욕탕으로 갔다. 목욕탕은 복도 끝으로 화장실 옆이었다. 어두침침하고 꽤나 불결해 보였다. 산시로는 옷을 벗고 탕 속으로 뛰어 들어가 잠시 생각했다. '이거 참 귀찮게 됐다'고. 좍좍 물을 끼얹고 있는데, 복도에서 발소리가 들렸다. 누군가 화장실에 들어간 듯했다. 이윽고 나와서 손을 씻었다. 그게 끝나더니, 끼익 하고 목욕탕 문을 반쯤 열었다. 바로 그 여자가 입구에서, "등을 좀 밀어드릴까요?"라고 물었다. 산시로는 큰 소리로, "아니오, 괜찮습니다!"라고 거절했다. 그러나 여자는 나가지 않고 오히려 들어왔다. 그리고 허리띠를 풀기 시작했다. 산시로와 함께 목욕을 할 모양이었다. 별로 부끄러운 기색도 보이지 않는다. 산시로는 후다닥 탕 속을 뛰쳐나왔다. 대충 몸을 닦고 방으로 돌아와 방석 위에 앉아서 크게 놀란 마음을 진정시키고 있노라니, 하녀가 숙박부를 가져왔다.

산시로는 숙박부를 집어 들어, 후쿠오카 현 미야코 군 마사키 촌, 오가와 산시로, 23세, 학생이라고 정직하게 썼다. 하지만 여자 란에 가서는 매우 곤란해졌다. 목욕탕에서 나올 때까지 기다리면 된다고도 생각했지만 하녀가 이미 단정하게 옆에 앉아 있으니 어쩔 수가 없었다. 도리 없이 같은 현 같은 군 같은 촌, 같은 성, 이름은 하나, 23세라고 엉터리로 써서 건네줬다. 그러고 나서는 줄곧 부채질을 해댔다.

이윽고 여자가 돌아왔다. "아까는 실례했어요"라고 말한다. 산시로는 "아니오"라고 대답했다.

산시로는 가방 안에서 공책을 꺼내 일기를 쓰기 시작했다. 쓸 게 아무 것도 없다. 여자가 옆에 없으면 쓸 것이 많을 거라고 생각되었다. 그러자 여자는 "잠깐 나갔다 오겠어요"라며 방을 나갔다. 산시로는 점점 더 일기를 쓸 수 없게 되었다. 어디에 간 것일까를 생각하기 시작했다.

그 때 하녀가 이부자리를 펴러 왔다. 넓은 요를 하나밖에 가져오지 않아서, 이부자리는 둘을 깔지 않으면 안 된다고 하니까, 방이 좁다는 둥, 모기장이 좁다는 둥, 좀처럼 얘기가 먹혀들지 않았다. 귀찮아하는 것 같기도 했다. 결국에는 지배인이 잠시 외출 중이니까 돌아오면 물어보고 가져오겠다며 고집스레 한 장의 요를 모기장 안이 꽉 차게 깔고 나갔다.

그리고서 조금 지나 여자가 돌아왔다. "좀 늦었어요"라고 말한다. 모기장 그늘 뒤에서 부스럭 부스럭 하고 있는 사이에 딸그랑딸그랑하는 소리가 났다. 아이들 선물인 장난감 소리임에 틀림없다. 여자는 드디어 보자기를 원래대로 싼 것 같았다. 모기장 너머에서, "그럼 먼저…"라는 목소리가 들렸다. 산시로는 그냥 "예"라고 대답한 채, 문지방에 엉덩이를 올려놓고 부채를 부치고 있었다. 차라리 이대로 밤을 새워버릴까도 생각했다. 그렇지만 모기가 윙윙 날아와 밖에서는 아무래도 견딜 수 없었다. 산시로는 불쑥 일어나 가방 안에서 옥양목 셔츠와 속바지를 꺼내 입고 그 위에 허리띠를 맸다. 그러고 나서 목욕 타월을 두 장 들고 모기장 안으로 들어갔다. 여자는 요의 한 쪽 구석에서 여전히 부채질을 하고 있었다.

"미안합니다만, 저는 결벽증이 있어서 남의 이불에서 자는 것을 싫어하기 때문에… 잠시 벼룩방지책을 궁리할 테니까 양해하세요."

산시로는 이런 말을 하고, 이미 깔려 있는 시트의 남아있는 부분 끝을 여자가 누워있는 쪽으로 둘둘 말기 시작했다. 그리하여 요 한가운데에 하얗고 긴 경계선을 만들었다. 여자는 저 편으로 돌아누웠다. 산시로는 타월을 펴서 자신이 잘 자리에 두 장 잇대어 길게 깔고, 그 위에 가늘고 길게 누웠다. 그날 밤 산시로의 손도 발도 그 폭 좁은 타월 밖에는 한 치도 나가지 않았다. 여자와는 한 마디도 말을 하지 않았다. 여자도 벽을 향한 채 조금도 움직이지 않았다.

마침내 날이 밝았다. 얼굴을 씻고 밥상을 마주했을 때 여자는 생긋 웃으며 "엊저녁에 벼룩엔 물리지 않았나요?"라고 물었다. 산시로는 "예 예, 고마워요. 덕분에…"라는 등의 말로 정색을 하고 대답하면서, 고개를 숙여 종지그릇에 담긴 콩자반을 줄곧 집어먹었다.

요금을 지불하고 여인숙을 나와 정거장에 도착했을 때, 여자는 비로소 간사이 선으로 욧카이치 쪽으로 간다고 말했다. 산시로가 탈 기차는 얼마 안 있어 왔다. 열차 시간 때문에 여자는 조금 더 기다리게 되었다. 개찰구 앞까지 배웅하러 따라온 여자는, "여러 가지 귀찮게 해 드려서… 그럼 안녕히 가세요" 라고 정중히 인사를 했다. 산시로는 가방과 우산을 한 손에

든 채 빈손으로 낡은 여름교모를 벗어들고 단 한마디, "안녕히 가세요"라고 말했다. 여자는 그 얼굴을 가만히 쳐다보고 웃었다. 그러다가 마침내 침착한 어조로, "당신은 어지간히 배짱이 없는 분이군요"라며 빙긋이 웃었다. 산시로는 플랫폼 위로 튕겨져 나온 듯한 기분이 들었다. 기차 안에 들어가니 양쪽 귓불이 한층 달아올랐다. 한동안 가만히 웅크리고 있었다. 이윽고 차장이 부는 호각소리가 열차 끝에서 저 끝까지 울려 퍼졌다. 열차가 움직이기 시작했다. 산시로는 살짝 창밖으로 목을 내밀었다. 여자는 벌써 오래전에 어딘가로 가버렸다. 커다란 시계만이 눈에 띄었다. 산시로는 다시 조용히 자기 자리에 돌아왔다. 승객은 꽤 많았다. 그렇지만 산시로의 거동에 주의하는 듯한 사람은 하나도 없었다. 그저 건너편에 앉아 있는 남자가 자기 자리로 돌아오는 산시로를 힐끗 보았을 뿐이었다.

그렇게 맨숭맨숭 있던 두 사람은 여자의 적극적인 부탁으로 나고야 종착역에서 내려 여인숙에 같이 가게 된다. 산시로는 처음 보는 여자와 여인숙에 같이 들어가는 것이 내키지 않았지만 그렇다고 거절할 용기도 없었다. 결국 부부로 오해받아 같은 방에 묵게 되었어도 그렇지 않다고 부인할 용기가 없는 시골 청년 산시로. 이러지도 저러지도 못하는 난처한 상황은 여인숙 방에서도 계속되었다. 욕실에서 목욕 중이던 산시로에게 등을 밀어주겠다며 목욕탕 안으로 들어오는 여자. 그런 적극적인 공세를 펼치는 여자 때문에 산시로는 난처하기가 이를 데 없다. 일기를 쓰려고 해도 일기 쓰기에 집중할 수가 없다. 순박하고 때 묻지 않은 그야말로 시골 청년이다. 그는 결국 다음날 여자와 헤어지면서 '배짱 없는 남자'로 규정된다. 여자에게 흥미는 있으면서 관계 맺는 것은 두려워하는 남자, 여자 앞에서 말도 못하고 그렇다고 거절도 못하는 남자. 이 말은 여자에게 곤혹스러워하는 산시로의 애매한 태도를 비웃는 말로 나중에 산시로가 '23년 살면서 최고의 약점'이라고 느끼는 것처럼 산시로의 가치관과 자신감을 붕괴해버릴 정도의 위력을 가진 말이었다.

과연 그 여자는 무엇이었을까? 그런 여자가 이 세상에는 있는 것일까? 여자란 저렇게 차분하게 아무렇지도 않게 얘기하는 것일까? 교육을 안 받은 것일까, 대담한 것일까, 아니면 순진한 것일까. 결국 끝까지 가보지 않아서 알 수가 없다. 큰 맘 먹고 조금 더 가보는 것이 좋았을 것 같다. 하지만 두렵다. 산시로는 여자는 매력적이고 독립적인 존재이지만 여자를 이해할 수는 없고 여자한테 가까이 가는 것이 두렵기만 하다.

산시로는 고등 교육을 받은 사람이므로 상대가 그렇게 나오면 대처할 방법이 없다. 적극적으로 나오는 여자에 대해서 산시로는 무기력하고 거북하게 느낄 뿐이다. 혼자 열차 안에서 곰곰이 생각에 잠긴 산시로는 결국 지식과 교양을 가진 엘리트 집단은 하층민의 세계에 비해 무기력하고 거북한 것이라고 해명하기에 이른다. 대학에서 연구하고 저서를 내고 세상에서 갈채를 받고 어머니가 기뻐하시는 미래를 생각함으로써 그 여자가 한 말의 충격에서 벗어날 수 있었다. 그렇다. 이제부터 그는 도쿄의 대학에 들어가 그 여자와는 다른 세계로 나아간다. 하지만 그 여자로부터 받은 충격은 도쿄에서도 가끔씩 떠올리게 된다.

신여성 미네코와의 만남

드디어 산시로는 도쿄에 도착, 어머니가 얘기한 대로 노노미야 소하치를 찾아가는 장면부터 본격적인 도쿄 생활이 전개된다. 이과 대학 연구실로 찾아가 연구에 몰두해 있는 노노미야의 망원경을 들여다보다가 미지의 세계에 깜짝 놀라 황급히 인사를 하고 밖으로 나오고 만다. 이제까지 전혀 본 적이 없는 새로운 세계를 어떻게 받아들일지 준비가 안 된 것이다. 새로운 환경에 대한 정리가 필요해서 혼자 숲 속으로 들어가 연못가에 웅크리고 앉았다. 갑자기 아무런 소리도 들리지 않는 그곳에서 세상과 동떨어져 있는 자신을 발견하고 앞으로의 미래에 대한 생각에 잠기게 된다. 바로 그 때 여자 주인공 사토미 미네코를 만나게 된다. 운명적인 만남은 언제나 예상하지 않은 때 찾아오기 마련이다.

산시로가 가만히 연못 수면을 응시하고 있다보니 커다란 나무가 몇 그루인가 물속에 비치고 그 속에 푸른 하늘이 보였다. 산시로는 이 때, 전차보다도, 도쿄보다도 일본보다도 멀고 또 아득한 곳에 와 있다는 느낌이 들었다. 그러나 잠시 후 그 느낌 속에 옅은 구름과도 같은 외로움이 온몸으로 퍼져왔다. 마치 노노미야 씨의 지하실에 들어가 홀로 앉아있는 듯한 적막함을 느꼈다. 구마모토의 고등학교에 있을 때도 이보다 조용한 다쓰타 산에 오르기도 하고 달맞이꽃이 온통 피어있는 운동장에 눕기도 하며, 완전히 세상을 잊은 듯한 기분이 든 적은 몇 번인가 있었다. 그렇지만 이런 고독감은 지금 처음으로 느꼈다.

바쁘게 돌아가는 도쿄를 본 탓일까? 산시로는 이 때 얼굴이 붉어졌다.

기차에서 함께 탔던 여자가 생각났기 때문이다. 현실세계는 아무래도 자신에게 필요한 것 같다. 그렇지만 현실세계는 위험해서 다가갈 수 없다는 느낌이 든다. 산시로는 일찍 하숙집에 돌아가 어머니에게 편지를 써야겠다고 생각했다.

문득 눈을 들자 왼쪽 언덕 위에 여자가 둘 서 있었다. 여자들 바로 아래가 연못으로, 연못 맞은편 쪽이 높은 절벽 숲이고 그 뒤에 화려한 붉은색 기와로 이은 고딕풍의 건물이 있었다. 그리고 기울어져 가는 해가 저 편에서 비스듬히 햇빛을 투과시키고 있었다. 여자는 이 석양을 향해 서 있다. 산시로가 웅크리고 있는 낮은 그늘에서 보면 언덕 위는 아주 밝다. 한 여자는 눈이 부신 듯 부채를 이마 부근에 대고 있는데 얼굴은 잘 안 보인다. 그렇지만 기모노 색깔, 오비 색깔은 선명하게 보인다. 흰 버선 색깔도 눈에 띄었다. 신발 끈의 색깔도 선명하게 보인다. 흰 버선 색깔도 눈에 띄었다. 신발 끈의 색깔은 잘 안 보이지만 조리를 신고 있는 것도 알았다. 또 한 사람은 새하얗다. 부채도 아무 것도 들고 있지 않다. 그냥 이마를 조금 찡그리고, 저 편 언덕에 무성하게 자라 높다랗게 연못 위에 가지를 늘어뜨린 고목 속을 바라보고 있었다. 부채를 든 여자는 조금 앞 쪽으로 나와 있다. 흰 쪽은 한 발짝 언덕 끝으로 물러서 있다. 산시로 쪽에서는 두 사람 모습이 어긋나 보인다.

이 때 산시로가 받은 인상은 그저 아름다운 색채라는 것이었다. 그렇지만 시골 사람이라서, 이 색채가 어떻게 아름다운 것인지 입으로 말할 수도 없고 글로도 쓸 수는 없었다. 그저 흰 쪽이 간호사라고 생각했을 뿐이다.

산시로는 또 넋 놓고 바라보고 있었다. 그러자 흰 쪽이 움직이기 시작했다. 볼 일이 있는 듯한 동작이 아니었다. 자신의 발이 자기도 모르게 움직였다는 식이었다. 보고 있노라니 부채를 든 여자도 어느새 움직이고 있었다. 두 사람은 약속이나 한 듯이 한가로운 걸음걸이로 언덕길을 내려왔다. 산시로는 여전히 바라보고 있었다.

언덕길 아래 돌다리가 있었다. 건너지 않으면 곧장 이과대학 쪽으로 나간다. 건너면 물가를 따라 이쪽으로 온다. 둘은 돌다리를 건넜다.

부채는 이제 이마에 대고 있지 않다. 왼손에 희고 작은 꽃을 들고 그 향기를 맡으며 온다. 향기를 맡으며 코끝에 갖다 대곤 하던 꽃을 보면서 걷기 때문에 눈을 내리깔고 있다. 그리고 산시로로부터 2미터쯤 되는 곳에 와서 뜻밖에 딱 멈춰 섰다.

"이건 뭐죠?"

하며 고개를 쳐들었다. 머리 위에는 커다란 모밀잣밤나무가 햇살이 새지 않을 정도로 두터운 잎을 무성하게 둥근 모양으로 물가까지 늘어뜨리고 있었다. "이건 모밀잣밤나무야"라고 간호사가 말했다. 마치 어린아이에게 말을 가르치는 것 같았다. "그래요? 열매는 열리지 않나요?"라고 말하며 위로 치켜든 얼굴을 제자리로 돌린다. 그 바람에 산시로를 힐끗 봤다. 산시로는 분명히 여자의 까만 눈동자가 움직이는 찰나를 의식했다. 그때 색채감은 말끔히 사라지고 뭐라 말할 수 없는 무엇과 마주쳤다. 그 무엇은 기차에서 만난 여자에게 '당신은 어지간히 배짱이 없는 분이군요'라는 말을 들었을 때의 느낌과 어딘가 비슷하다. 산시로는 두려워졌다.

두 여자는 산시로 앞을 지나갔다. 젊은 쪽이 지금까지 향기를 맡고 있던 흰 꽃을 산시로 앞에 떨어뜨리고 갔다. 산시로는 두 사람의 뒷모습을 물끄러미 쳐다보고 있었다. 간호사가 앞서서 갔다. 젊은 쪽이 뒤따라갔다. 화사한 색깔 속에 흰 억새풀 무늬를 뜬 오비가 보였다. 머리에는 새하얀 장미를 하나 꽂고 있었다. 그 장미가 모밀잣밤나무 그늘 아래서, 검은 머리에 돋보이게 빛나고 있었다.

산시로는 멍하니 있었다. 이윽고 작은 목소리로 "모순이다"라고 말했다. 대학의 공기와 저 여자가 모순인지, 저 색채와 그 눈동자가 모순인지, 그렇지 않으면 미래에 대한 자신의 방침이 두 갈래 길로 모순되어 있는 건지, 또는 매우 기쁜 일에 대하여 두려움을 느끼는 것이 모순인지, 이 시골 출신의 청년에게는 이 모든 것이 이해할 수 없었다. 그저 뭔가 모순이었다.

산시로가 미네코를 처음 만나는 위의 장면은 작품 전체에서 매우 중요하다. 기모노를 입고 부채를 든 미네코가 언덕 위에서 석양을 향해 서 있고, 산시로가 아래쪽에서 올려다보는 구도이다. 산시로는 '그저 아름다운 색채'라는 느낌을 받는다. 이 장면은 소설의 끝부분에서 화가 하라구치의 그림 '숲 속의 여인'으로 그려져 전람회에 출품된다. 산시로는 이 그림의 제목이 안 어울린다며 혼자 '스트레이 쉽'을 두 번 되뇌면서 소설은 대단원의 막을 내린다. 미네코는 금테안경을 쓴 남자와 결혼을 결정함으로써 일단 그 방황의 끝을 맺는 것처럼 보이는데, 산시로는 미네코의 결혼 결정 직후에 이 말의 의미를 제대로 알게 되는 셈이다. 그리고 산시로는 방황하는 청춘의 첫 장을 마무리하고 성장해 간다.

두 사람의 만남이 회화적으로 묘사되는 장면은 이 장면 외에도 요시코를 문병했을 때의 병원 복도 묘사와 히로타 선생 집에서의 묘사 등이 있다. 그 외에도 서양화의 다양한 인용과 화가 하라구치의 회화론, 전람회 관련자들의 그림평 등을 당시 화단의 동향과 관련지으면, 《산시로》는 부분적으로 회화소설이라고도 할 수 있다. 더 나아가 영화의 기법처럼 영상미도 느껴진다.

이렇게 '기차의 여자'와 '연못의 여자'에 대하여 산시로는 공통적으로 위축감과 두려움을 갖는다. 이 때부터 연애라는 게임에서 산시로의 패배가 이미 예견되어 있는 셈이다. 그리고 나서 눈을 육감적인 눈, 그 무언가를 호소하는 눈이라고 떠올린다. 미네코의 시선은 높고 먼 곳에 가 있다. 흰 구름을 보고 타조의 깃털 같다는 등 세련된 말을 종종 한다.

산시로에게 있어서 신여성 미네코는 매력적이지만 한편으로는 이해할 수 없는 수수께끼 같은 존재로 다가온다.

'스트레이 쉽'의 의미

《산시로》는 《그 후》《문》으로 이어지는 3부작의 제1편에 해당된다. 대학생활을 배경으로 지적인 환경 속에서 성장해가는 순결한 한 청년에게 의식과 반성을 넘은 세계에서 사랑하면서도 남자를 가볍게 여기는 총명함과 자유로움을 가진 여성 미네코를 배치해서 만지려고 해도 만질 수 없는 조급함을 그렸다.

지금의 감각으로 얘기하면 산시로는 연애에 대해서 아무것도 모르고 또 자신의 사랑을 쟁취할만한 용기와 패기도 갖지 않은 겁쟁이이다. 소심하기가 이를 데 없다. 미네코 쪽도 그러한 산시로가 사랑의 감정이 전혀 없는 것은 아닌데 왜 가만히 보고만 있는지 답답하기 그지없다.

하지만 시대적으로 보면 이해가 안 가는 것도 아니다. 아무리 신여성 미네코가 남자가 모든 경제적인 면을 책임져야 한다는 생각을 가지고 있지 않았을지라도 시골에서 보내오는 생활비로 생활하는 학생 신분으로서 산시로가 용기를 내는 것은 쉽지 않았을 것이다. 그런 시대적 상황으로 애당초 불가능한 연애를 한다는 점에서 독자의 공감을 불러일으켰을 수도 있다.

산시로에 대한 미네코의 행동은 구름의 흐름에 상징되는 듯한 추상적인 무의식을 상상시킨다. 그것은 가볍다기보다는 무언가에 항상 사로잡혀 있는 듯한 모습이다. 여성적인 무의식. 미네코의 그 애매하고 미묘한 행동에 산시로가 갈피를 못 잡고 있는 사이 미네코는 모르는 사람과 결혼해 버린다.

미네코의 그러한 행동에는 억압된 복수와 같은 것이 내포되어 있다. 그것은 미네코가 산시로와 노노미야에게 자기 나름대로 보낸 시그널을 그들이 적절한 형태로 되돌려주지 않은 것에 의한다. 적절한 형태라는 것은 프로포즈 같은 실제적인 행위를 말한다.

미네코는 여성적 무의식이 발하는 시그널을 둘러싼 감정적 흐름과 객관적인 판단을 하려는 지성이 서로 얽혀 복잡한 양상으로 치닫자 결혼이라는 방식으로 단번에 해결하고자 한 것으로 보인다. 미네코의 여성적인 무의식이 발하는 시그널, 즉 '스트레이 쉽'에 대해서 좀 더 자세히 알아볼 필요가 있다.

이윽고 남자가 지나갔다. 그 뒷모습을 보며 산시로는,

"히로타 선생님이랑 노노미야 씨는 나중에 우리를 찾았겠지요?" 하고 비로소 생각난 듯이 말했다. 미네코는 오히려 냉담하다.

"뭐 괜찮아요. 다 큰 미아인걸요."

"미아니까 찾았겠지요" 하며 산시로는 역시 앞에 한 말을 주장했다. 그 랬더니 미네코는 더욱 냉정한 어투로,

"책임을 회피하고 싶어 하는 사람이니까 마침 잘 됐지요."

"누가요? 히로타 선생님 말입니까?"

미네코는 대답하지 않았다.

"노노미야 씨말인가요?" 미네코는 역시 대답하지 않았다.

"이제 기분은 좋아졌습니까? 좋아졌으면 슬슬 돌아갈까요?"

미네코는 산시로를 보았다. 산시로는 일어서려다가 다시 풀 위에 앉았 다. 그 때 산시로는 왠지 이 여자에게는 도저히 당할 수 없을 것 같은 느낌이 들었다. 동시에 자기의 속마음을 들켜버렸다는 자각과 함께 일종 의 굴욕감을 어렴풋이 느꼈다.

"미아."

여자는 산시로를 바라본 채 이 한마디를 되풀이했다. 산시로는 대답하 지 않았다.

"미아의 영어 번역을 알고 계세요?"

산시로는 안다고도 모른다고도 말할 수 없을 정도로, 이런 질문을 예기 치 못했다.

"가르쳐 드릴까요?"

"예."

"스트레이 쉽(길 잃은 양), 아세요?"

산시로는 이런 경우가 되면 대답이 궁한 남자다. 그 순간이 지나 머리 가 침착하게 움직이게 될 때 과거를 되돌아보고 이렇게 말했으면 좋았을 걸, 저렇게 했으면 좋았을 걸 하고 후회한다. 그렇다고 해서 이런 후회를

예상해서 무리하게 임기응변적인 대답을 아주 자연스럽게 잘 내뱉을 만큼 경박하지는 않았다. 그래서 그저 묵묵히 있었다. 그리고 입 다물고 있는 것이 정말이지 어정쩡하다는 걸 자각하고 있었다.

스트레이 쉽(길 잃은 양)이라는 말은 알고 있는 것 같기도 하고 모르는 것 같기도 했다. 알고 모르고는 이 말의 의미보다도, 오히려 이 말을 사용한 여자가 어떤 의미로 사용했느냐는 것이다. 산시로는 하릴없이 여자의 얼굴을 바라보며 잠자코 있었다. 그러자 그녀는 갑자기 진지해졌다.

"제가 그렇게 건방지게 보여요?"

그 말투에는 변명하려는 마음이 있었다. 산시로는 의외라는 느낌이 들었다. 이제까지는 안개 속에 있었다. 안개가 걷히면 좋겠다고 생각했다. 이 한 마디로 안개가 걷혔다. 분명한 여자가 드러났다. 걷힌 것이 원망스럽다는 생각이 들었다.

산시로는 미네코의 태도를 원래대로, 두 사람 머리 위에 펼쳐진 맑다고도 흐리다고도 할 수 없는 하늘처럼 의미 있는 것으로 하고 싶었다. 그렇지만 그건 여자의 비위를 맞추기 위한 인사치레 정도로 돌릴 수 있는 것은 아니라고 생각했다. 여자는 돌연히, "그럼, 이제 돌아가죠?" 하고 말했다. 불쾌한 듯한 말투는 아니었다. 그저 산시로에게 있어서 자기는 흥미가 없는 여자인가 보라고 단념하는 듯한 조용한 말투였다.

하늘은 다시 변했다. 바람이 멀리서 불어온다. 넓은 밭 위에는 해가 저물어, 보고 있노라면 추울 정도로 쓸쓸하다. 풀에서 올라오는 땅기운으로 몸은 차가워졌다. 생각해 보니, 이런 곳에 지금껏 진득하게 잘도 앉아 있었다. 자기 혼자라면 벌써 어딘가로 가버렸음에 틀림없다. 미네코는 이런 곳에 앉아 있을 여자인지도 모른다.

"좀 추워진 것 같으니까 어쨌든 일어섭시다. 몸이 차지면 안좋아요. 그런데 기분은 이제 말끔히 나아졌습니까?"

"네, 다 나았어요"라고 분명하게 대답하고는 느닷없이 일어섰다. 일어설 때 작은 소리로 혼잣말처럼,

"스트레이 쉬-입(길 잃은 양)" 하고 천천히 길게 끌어 말했다. 산시로는 물론 대답하지 않았다. 미네코는 아까 양복을 입은 남자가 나왔던 방향을 가리키며, 길이 있으면 저 고추밭 있는데 옆으로 지나가고 싶다고 했다. 두 사람은 그 방향으로 걸어갔다. 초가지붕 뒤쪽으로 폭이 1미터쯤 되는 좁은 길이 있었다. 그 길을 반쯤 가서 산시로는 물었다.

"요시코 양은 댁으로 오기로 정해졌습니까?"

여자는 한쪽 볼로 싱긋 웃었다. 그리고는 되물었다.

"왜 물으시죠?"

산시로가 뭐라 말하려는데, 바로 발 앞에 진흙탕이 있었다. 1미터가 좀 넘는 곳이 움푹 패여 물이 바특하게 고여 있다. 그 한가운데 발 디디기에 적당한 돌이 하나 놓여 있다. 산시로는 돌을 딛지 않고 곧바로 건너편으로 뛰었다. 그리고는 미네코를 뒤돌아봤다. 미네코는 오른발을 진흙탕 한가운데 있는 돌 위에 얹었다. 돌이 잘 놓여 있지 않아서 발에 힘을 주고 어깨를 움직이며 힘 조절을 하고 있었다. 산시로는 이쪽 편에서 손을 내밀었다.

"잡으세요."

"아니에요, 괜찮아요"하며 여자는 웃는다. 손을 내밀고 있는 동안은 조절만 할뿐 건너지 않는다. 산시로는 손을 도로 집어넣었다. 그러자 미네코는 돌 위에 있는 오른발에 몸무게를 실어 훌쩍 이쪽 편으로 건넜다. 신발

을 더럽히지 않으려고 힘이 너무 들어갔는지 허리가 붕 떴다. 고꾸라질 듯이 가슴이 앞으로 쏠렸다. 그 바람에 미네코의 두 손이 산시로의 양 어깨 위로 떨어졌다.

"스트레이 쉽" 하고 미네코가 입 안에서 말했다. 산시로는 그 입김을 느낄 수가 있었다.

산시로가 히로타 선생과 노노미야, 그리고 미네코와 함께 국화 전시회에 왔을 때의 일이다. 미네코는 상류층의 아가씨로 세련된 분위기를 풍기며 일반 사람들과는 그다지 대화에 끼지 않고 혼자 고고함을 유지하고 있다. 노노미야와 히로타 선생은 국화 재배법에 대해서 열띤 대화를 이어가고 있는데 미네코는 국화에 대해서도 별 관심이 없다. 노노미야가 국화의 뿌리를 가리키며 열심히 설명하고 있는데 미네코는 혼자 문 쪽을 향한다. 그녀에게는 국화 배양법 같은 지루한 얘기를 하면서 그녀에게 관심을 기울이지 않는 것을 굴욕적이라고 느낀 것이다.

산시로는 국화보다 미네코에 더 관심이 갔다. 물론 히로타 선생과 노노미야의 지식의 세계에도 관심은 있지만 미네코의 쓸쓸한 듯한 눈빛에 더 이끌린 것이다. 일행에서 빠져나와 산시로와 미네코는 단 둘이 냇가에 앉아 둘만의 대화를 이어갔다. 미네코는 히로타 선생과 노노미야의 대화 때문에 뒷전이 된 서운함을 보상받으려는 듯이 산시로를 자신의 편으로 끌어들이려고 했다. 평소에도 산시로가 자꾸 히로타 선생과 노노미야의 세계, 즉 지식의 세계로 이끌려 간다고 생각하고 혼자만 소외감을 느끼던 참이었다. 산시로는 그런 미네코 말에 맞장구를 치면서 분위기를 띄워보려고 노력한다.

미네코는 그렇게 자기 편을 들어주려는 산시로에게 히로타 선생을 화제로 올려 고지식한 면을 비난하듯이 말한다. 그리고는 그 비난의 말을 교묘하게 없애는 듯한 말을 덧붙인다. 스스로 교양과 품위가 있다고 생각하는 여성들의 상투적인 대화법이다. 미네코가 히로타 선생이나 노노미야를 각각 어떻게 생각하고 있는지 궁금해하는 산시로에게 미네코는 애매하게 각색된 말을 할 뿐이다. 그러면서 미네코가 '스트레이 쉽'이라고 중얼거린다. '스트레이 쉽'이란 성경에 나오는 말로 미네코가 자신을 포함한 주변의 방황하는 청춘남녀들을 일컫는 말이다. 그와 동시에 그녀보다 히로타 선생의 세계에 이끌려 있는 산시로를 다시 한 번 자신 쪽으로 끌어당기는 말이기도 하다. 그녀는 시적인 표현으로 암시를 하거나 짐짓 상대방의 반응을 시험하는 말을 하면서 산시로를 자기편으로 하고 있다. 일종의 여성 특유의 교태라고 할 수 있다. 그녀에게는 함부로 범접할 수 없는 세련미와 교양이 있으며 두뇌 회전 또한 빨랐다. '스트레이 쉽'이라는 말을 들었을 때 산시로는 진지하게 그 의미를 생각하며 그녀가 괴로움을 자신에게 호소하는 것으로 해석했다. 뭔지는 잘 모르지만 미네코의 강력한 매력에 이끌리면서도 자신과 다른 점은 왜 그런지에 대해서 분석을 해 보는 것이었다.

무의식적인 위선

미네코의 묘한 매력에 이끌려 뭐가 뭔지 확실히 알지 못하는 사이 산시로는 점차 그녀의 정체를 깨닫고 있었다. 학우 요지로가 아니라 산시로에게 돈을 주고 싶다는 미네코의 의향은 자신에 대한 특별한 호의로도 '우롱'이라고도 생각할 수 있다. 산시로가 느끼는 것처럼 요지로에게는 미네코의 영향이 미치지 않는다. 미네코는 자신의 영향력의 범위 내에 있는 산시로를 선택하고 있다.

그녀는 산시로가 그녀의 페이스에 맞춰서 응해줄지 어떨지 항상 반응을 보고 있다. 그녀의 페이스에 맞추기 위해서는 미네코의 마음을 맞춰야 하는데 색인과 같은 지침서가 없어서 못 하고 있는 상황으로 미네코에 대한 호의를 치장하는 말로 비굴하게 표현하지 않으면 안 된다. 그러면서 산시로가 미네코에게 돈을 빌리는 일이 생기고 산시로는 돈을 빌리는 것으로 미네코에게 폐가 되는 것은 아닌지 걱정한다. 경제적으로 독립한 것이 아닌 미네코를 자신과 같은 입장이라고 생각하고 있다. 산시로는 돈을 빌리는 것으로 종속적인 위치에 서는 것을 싫어하며 어디까지나 대등한 관계를 추구한다. 각각 추구하는 관계는 서로 어긋난다. 하라구치의 화랑을 방문하는 장면에서 미네코를 둘러싼 산시로, 노노미야, 하라구치 세 사람의 관계가 상징적이면서도 집약적으로 묘사되어 있다.

산시로는 멈춰선 채로 한 번 더 베니스의 수로를 바라보기 시작했다. 앞서간 여자는 이 때 뒤돌아보았다. 산시로는 자기 쪽을 보고 있지 않다. 여자는 앞서 가는 발걸음을 딱 멈췄다. 그 쪽에서 산시로의 옆모습을 주시하고 있었다.

"사토미 씨."

누군가 큰소리로 부르는 사람이 있었다.

미네코와 산시로는 똑같이 얼굴을 돌렸다. 사무실이라고 쓰여진 입구에서 서너걸음 떨어진 곳에 하라구치 씨가 서 있었다. 그리고 하라구치 씨 뒤에 조금 가려진 채로 노노미야 씨가 서 있었다. 미네코는 자기를 부른 하라구치보다는 더 멀리 있는 노노미야를 보았다. 보자마자 두 세 걸음 뒤 돌아와서 산시로 옆으로 왔다. 남의 눈에 띄지 않을 정도로 자기 입을 산시로 귀에 가까이 댔다. 그리고선 뭔가 속삭였다. 하지만 산시로는 무슨 말을 했는지 조금도 알아듣지 못했다. 되물으려고 하는 사이에 미네코는 두 사람 쪽으로 되돌아갔다. 이미 인사를 하고 있었다. 노노미야는 산시로를 향하여,

"묘한 동행과 왔군" 하고 말했다. 산시로가 뭔가 대답하려는 사이에 미네코가 "어울리죠?" 하고 말했다. 노노미야 씨는 아무 말도 하지 않았다.

(중략)

"아까 무슨 말을 했습니까?"

여자는 "아까요?"하고 되물었다.

"아까 제가 서서 저쪽 '베니스'를 보고 있을 때 말입니다."

여자는 다시 새하얀 이를 드러냈다. 그렇지만 아무 말도 하지 않는다.

"별일 아니면 얘기 안 해도 돼요."

"별일 아니에요."

산시로는 여전히 궁금한 얼굴을 하고 있다. 구름낀 가을 날은 이미 4시를 넘었다. 전시실은 어둑어둑해져 온다. 관람객은 아주 적다. 별실 안에는 단 두 사람의 그림자가 있을 뿐이다. 여자는 그림을 떠나 산시로의 정면에 돌아섰다.

"노노미야 씨…."

"노노미야 씨…?"

"이제 알았죠?"

미네코가 한 말의 의미는 커다란 파도가 무너져 내리듯 한꺼번에 산시로의 가슴을 적셨다.

"노노미야 씨를 우롱한 건가요?"

"왜, 안 되나요?"

여자의 말투는 아주 천진하다. 산시로는 홀연히 뒷말을 이을 용기가 사라졌다. 아무 말도 하지 않은 채 두세 걸음 걷기 시작했다. 여자는 매달리듯이 따라왔다.

"댁을 우롱한 것이 아니에요."

산시로는 다시 멈춰 섰다. 산시로는 키가 큰 남자다. 위에서 미네코를 내려다보았다.

"그걸로 됐어요."

"왜 나쁘죠?"

"그러니까 됐어요."

여자는 얼굴을 돌렸다. 두 사람 모두 출입구 쪽으로 걸어왔다. 출입구를 나오는 순간에 서로의 어깨가 닿았다. 남자는 문득 기차에 같이 탔던 여자가 생각났다. 미네코의 몸에 닿은 부분이 꿈결에서처럼 좀이 쑤시는 듯한 느낌이 들었다.

"정말로 됐어요?" 라고 미네코가 작은 소리로 물었다. 저쪽에서 두세 명의 관람객 일행이 왔다.

"아무튼 나갑시다" 라고 산시로가 말했다. 신발을 신고 나오니까 밖은 비가 내렸다.

"세이요켄에 갈 거에요?"

미네코는 대답하지 않았다. 비를 맞으면서 박물관 앞 넓은 들판 가운데 섰다. 다행히 비는 지금 막 내리기 시작했을 뿐이다. 게다가 세차지는 않았다. 여자는 빗속에 서서 둘러보면서 맞은편 숲을 가리켰다.

"저 나무 그늘에 들어가죠."

조금 기다리면 그칠 듯하다. 둘은 커다란 삼나무 밑으로 들어갔다. 비를 피하기에는 적합하지 않은 나무다. 그러나 두 사람 다 움직이지 않는다. 비에 젖으면서도 서 있다. 둘 다 추워졌다. 여자가 "오가와 씨" 하고 불렀다. 남자는 미간을 찌푸리고 하늘을 쳐다보고 있던 얼굴을 여자 쪽으로 향했다.

"언짢아요? 아까 그 일."

"괜찮아요."

"하지만" 이라고 말하면서 다가왔다. "전 왠지 그렇게 하고 싶었던 걸요. 노노미야 씨에게 무례하게 할 셈은 아니었는데."

여자는 눈동자를 고정해서 산시로를 보았다. 산시로는 그 눈동자 속에서 말보다도 깊은 호소력을 감지했다. 결국 당신을 위해서 한 일이지 않습니까 하고 쌍꺼풀 깊숙이에서 호소하고 있었다. 산시로는 다시 한 번, "그러니까 됐어요"라고 대답했다.

비는 점점 굵어졌다. 빗방울이 떨어지지 않는 곳은 조금밖에 없었다. 두 사람은 점점 한곳으로 다가서기 시작했다. 어깨와 어깨가 서로 스칠 정도로 서서 옴짝달싹 못하고 있었다. 빗소리 속에서 미네코가 "아까 그 돈 쓰세요"라고 말했다.

"빌립시다. 필요한 만큼만" 하고 대답했다.

"전부 쓰세요" 라고 말했다.

화가 하라구치는 항상 적극적으로 미네코의 마음을 끌려고 한다. 하지만 미네코는 말을 걸어온 하라구치를 무시하고 그의 뒷편에 있는 노노미야를 의식한다. 노노미야를 발견한 순간 미네코는 산시로의 귀에 무언가 속삭인다. 그녀가 바라는 반응을 보이지 않자 그녀는 산시로에게 친한 듯한 태도를 취해 노노미야의 주의를 끌려고 하며 노노미야의 이름을 속삭이는 것으로 산시로의 마음을 동시에 끌려고 한다.

산시로는 상류층의 아가씨인 미네코가 현재 만족할 수 없는 마음을 품고 있으며 그녀의 입장과 심정에 모순이 있다고 생각하고 있다. 미네코에게 모순을 찾는 산시로는 미네코의 노노미야에 대한 태도를 보고 무언가 깊은 의도가 숨겨져 있음에 틀림없다고 해석한다. 이때의 미네코의 행동은 특별한 호의를 표시한 태도라고는 생각할 수 없다. 오히려 거꾸로 무언가의 의도를 가지고 일부러 우롱했다고 생각한다. 산시로는 호의와 우롱의 모순된 태도를 발견한다. 미네코의 자신에 대한 태도도 마찬가지로 나한테 빠져있는 것인지 바보 취급을 당하고 있는 것인지 알 수 없고 혼란스럽기만 하다. 미네코의 태도는 항상 두 가지 결론의 어느 쪽으로도 해석할수 있다. '노노미야 씨를 우롱한 겁니까?'라고 물었을 때 산시로는 이제까지의 그녀에 대한 자신의 태도의 의미를 다시 생각해보려고 하고 있다.

미네코는 우롱이라는 산시로의 질문의 의미를 잘 이해 못했다. 미네코의 이 반응은 산시로가 찾고 있는 모순을 부정하고 있다. 말 그대로 미네코가 노노미야에게 품고 있는 호의를 솔직하게 표현한 것이 이 행동이다.

일반적으로 '무의식적인 위선자'라는 말이 미네코를 설명하는 말로 사용된다. 작가 소세키 자신은 이 말이 미네코의 특징을 나타낸 말인지 어떤지는 잘 모르겠다고 하고 있지만 서로의 감정이 서로 어긋나는 그들의 관계의 일단을 잘 나타내고 있다. '위선'이란 본심과 다른 표면적인 호의를 나타낸다. 좋아하지도 않는데 관심을 끌어서 놀리려고 하고 있거나 혹은 좋아하는데 받아들여지지 않는 화풀이로 노노미야를 질투시키려고 하고 있는, 본심과 표면적인 태도의 굴절은 미네코에는 없다. 그런 의미로 무의식이다. 노노미야와 산시로의 관심을 끌어보고 싶다는 그녀의 순수한 행위의 내용이 있을 뿐이다. 미네코에게 있어서 이런 교태는 세련된 자신의 매력의 표현이다.

노노미야는 오히려 미네코가 있는 상류 세계에서 멀어지는 것을 자신의 이익으로 보고 있다. 그렇게 하는 것이 자신의 학문의 성과가 더 올라간다고 생각하고 있는 것이다. 노노미야는 산시로도 무언가 이뤄낼 수 있는 인물이라고 인정하고 있다. 그래서 노노미야는 "묘한 동행과 왔군"이라고 산시로에게 말을 건 것이다. 노노미야는 미네코의 교태를 '우롱'이나 '위선'이라고까지는 생각하지 않는다. 미네코에게 가까이 가려고 하는 산시로가 그녀에게 번롱되는 것에 비해 미네코에게서 떨어져 있는 노노미야와 요지로는 미네코의 심리와 행동을 젊은 아가씨의 변덕스런 마음으로 알고 신사적으로 대처하고 있다. 미네코와 노노미야 사이에 특별한 감정이 있다는 산시로의 생각은 오해에 불과하며 두 사람의 인생은 크게 어긋나 있다.

미네코는 산시로에게 돈을 빌려줌으로써 산시로의 마음을 붙잡아두려 하지만 산시로는 본인이 기대하는 감정의 교류가 없는 상태로 그저 돈을 빌리고 있는 것은 부담이다. 돈을 돌려주기 위해 간 하라구치의 화랑 방문 장면에서 지금까지 산시로에게 특별한 인상을 준 미네코의 눈이 '유성과 같이 산시로의 미간을 스쳐 지나갔다'라고 묘사되어 있다. 하라구치의 아틀리에의 분위기에 녹아들어 조용한 자세로 움직이지 않는 미네코는 산시로로부터 멀어지고 있다는 것을 직관적으로 느끼고 있었다.

하라구치의 화랑에서 귀가하는 길에 미네코의 남편이 될 신사가 마중을 나왔다. 미네코와 산시로가 둘만 걷고 있는 것을 마주했는데도 그 신사는 산시로에 대해서 전혀 문제 삼지 않는다. 미네코는 산시로를 대학에 있는 오가와 씨라고 자연스럽게 소개한다. 무언가 특별한 관계가 있는 것을 나타내는 말은 없다. 남자도 신사적으로 먼저 인사를 해 온다. 두 사람은 차를 타고 가 버리고 산시로는 그들에게 있어서 무관계한 인간으로 표시된다. 확실하게 거절당하는 일이 없는 대신에 받아들여지는 일도 없고 호의를 나타내는 태도와 냉정한 태도와는 그다지 큰 차이가 없는 같은 반응이라는 것을 산시로는 이해하고 있다. 미네코와 특별한 운명에 의해 관계되어졌나 하고 생각하고 있던 산시로의 오해는 여기에서 완전히 사라진다. 교회 앞에서 두 사람이 만나는 장면에서는 지금까지 존재한 미묘한 감정의 교류가 이미 끝나버린 것을 산시로가 확실하게 의식하는 모습이 그려져 있다.

갑자기 예배당 문이 열렸다. 안에서 사람들이 나온다. 사람들은 천국에서 속세로 돌아온다. 미네코는 끝에서 네 번째였다. 줄무늬 아즈마 코트를 입고 고개를 숙이고 현관입구 계단을 내려왔다. 추운 듯 어깨를 움츠리고 양손을 앞에 포개어 될 수 있는 한 외부와의 접촉을 적게 하고 있었다. 미네코는 이 모든 것에 드러나지 않는 태도를 문 가까이 올 때까지 지속했다. 그 때 왕래가 분주하다는 걸 비로소 눈치 챈 듯 얼굴을 들었다. 산시로의 벗은 모자 그림자가 여자의 눈에 비쳤다. 두 사람은 설교 안내 게시판이 있는데서 서로에게 다가갔다.

"웬일이세요?"

"지금 막 댁에 잠시 들렀다 오는 참입니다."

"그래요? 그럼 가시지요."

여자는 반쯤 발길을 돌리려 했다. 여전히 굽 낮은 나막신을 신고 있다. 남자는 일부러 교회 담에 몸을 기댔다.

"여기서 얘기하면 돼요. 아까부터 댁이 나오기를 기다리고 있었어요."

"들어오셨으면 좋았을 텐데. 추우셨죠?"

"추웠어요."

"독감은 이제 괜찮나요? 조심하시지 않으면 재발해요. 아직 안색이 안 좋아 보이네요."

남자는 대답을 하지 않은 채 외투 주머니에서 얇은 종이에 싼 것을 꺼냈다.

"빌린 돈입니다. 오랫동안 고마웠어요. 돌려 드려야지 돌려 드려야지 하면서 그만 늦어졌어요."

미네코는 잠깐 산시로의 얼굴을 봤지만, 그냥 순순히 종이꾸러미를 받아들었다. 그러나 손에 든 채로 바라보고 있었다. 산시로도 그걸 바라보고 있었다. 말이 잠시 동안 끊어졌다. 이윽고 미네코가 말했다.

"곤란하지 않아요?"

"아뇨. 진작부터 갚을 생각으로 고향에 얘기해서 준비해 둔 거니까, 부디 받아주세요."

"그래요. 그럼 받아두지요."

여자는 종이꾸러미를 품속에 넣었다. 그 손을 아즈마 코트에서 꺼냈을 때 하얀 손수건을 들고 있었다. 코언저리에 대고 산시로를 보고 있었다. 손수건 냄새를 맡는 모양 같기도 하다. 그러다가 그 손을 갑자기 쭉 뻗었다. 손수건이 산시로의 얼굴 앞에 왔다. 진한 향기가 확 풍겨왔다.

"헬리오트로프"라고 여자가 조용히 말했다. 산시로는 무심결에 얼굴을 뒤로 뺐다. 헬리오트로프 병. 4가(街)의 해질 녘. 스트레이 쉽. 스트레이 쉽. 하늘에는 밝은 해가 높다랗게 걸려있다.

"결혼하신다지요."

미네코는 흰 손수건을 소맷자락 속에 집어넣었다.

"아세요?"라며 쌍꺼풀진 눈을 가늘게 뜨고 남자의 얼굴을 보았다. 산시로를 멀리 두고 도리어 멀리 있는 것을 너무 마음 쓴 눈매다. 그러면서도 눈썹만은 분명 안정되어 있다. 산시로의 혀가 위턱에 착 달라 붙어버렸다.

여자는 잠시 동안 산시로를 바라본 후, 듣기 어려울 정도로 한숨을 희미하게 쉬었다. 마침내 가녀린 손을 진한 눈썹 위에 대며 말했다.

'대저 나는 내 죄과를 아오니, 내 죄가 항상 내 앞에 있나이다.'

알아들을 수 없을 만큼 작은 소리였다. 그것을 산시로는 확실히 알아들었다. 산시로와 미네코는 이렇게 헤어졌다. 하숙집에 돌아오니 어머니한테서 전보가 와 있었다. 펴 보니, '언제 출발하느냐'고 적혀 있었다.

결국 산시로는 미네코에게 실연당했다. 물론 미네코는 그 사실을 인정하지 않을 수도 있다. 언제까지나 망설이고 있는 산시로를 계속 기다릴 수는 없는 것이다.

미네코가 산시로에게 '대저 나는 내 죄과를 아오니, 내 죄가 항상 내 앞에 있나이다'라고 한 말에 작가 나쓰메 소세키의 연애논리가 나타나 있다. 이 발언은 ≪구약성서≫ 시편 제 51편의 시구에서 인용한 것으로 그 허물이란 이스라엘의 왕 다비드가 그 부하 율리아의 처 밧세바와 정을 통해 밧세바를 뺏기 위해 율리아를 전사시킨 일이다. 이 시구를 부연하면 '나는 비난받아야 할 내 허물을 알고 있다. 나의 그 죄는 항상 나(와 내 신)의 앞에 던져져 있다'가 되는 것이다.

이 말을 미네코가 했을 때의 상황은 미네코의 연담이 정해졌다는 소문을 들은 산시로가 그때까지 빌렸던 돈(미네코와의 관계를 유지하기 위한 도구)을 미네코에게 돌려주고 서로의 관계를 끊은 상태에서 서로 대등한 입장이 되는 장면이기도 한다. 즉 산시로 쪽에서 보면 서로의 관계가 원래대로 돌아간 상태에서 연애로 더 발전시키느냐 마느냐 하고 다시 시작을 하는 상황이 된다. 하지만 이미 연담이 정해진 미네코는 산시로와의 연애의 길을 끊을 수밖에 없고 그래서 양갓집 규수답게 안정된 환경의 남자한테 시집가는 것을 암시적으로 비유한 것이 된다. 그리고 안정적인 환경의 남자의 아내로서 사는 한 그 '죄'는 미네코 앞에 계속 있게 된다.

이러한 문제가 발생하는 것은 연애라는 상황, 즉 자유로운 연애에서 시작하는 결혼에서는 흔하게 일어날 수 있는 삼각관계 때문이다. 즉, 산시로와 미네코의 연애 구도는 일반적인 인간관계에서도 충분히 나타날 수 있는 보편성을 갖는다.

2. 도시남의 일탈 연애, ≪설국≫

가와바타 야스나리(1899~1972)는 일본에서 처음으로 노벨문학상을 수상한 작가로 전 세계에 널리 알려져 있다. 1899년 6월 오사카에서 출생하지만 3세 때 아버지가 그리고 이듬해 어머니가 폐렴으로 사망하는 바람에 조부모 밑에서 성장하게 된다. 하지만 8세 때 다시 조모가, 그리고 중학교 3학년 때 조부가 사망하여 고아가 된다. 그 때 형성된 고아 근성은 친척 집에 살면서 더욱 깊어져 타인에게 솔직하지 못하고 애정을 주고받는 것에 대해 지나치게 민감해진다. 도쿄제국대학에 진학해 1921년 친구와 ≪신사조≫를 발간하고 ≪초혼제 일경≫을 발표했다. 같은 해 16세의 소녀 이토 하쓰요를 사랑해서 약혼까지 하지만 여자 쪽의 일방적인 파혼으로 가슴 아픈 실연을 경험한다. 부모로부터의 애정 결핍, 이성과의 실연은 가와바타 문학을 형성하는 데 근간을 이룬다.

1924년 대학을 졸업하고 요코미치 리이치 등과 ≪문예시대≫를 창간, 신감각파의 대표 작가로 활동했다. 신감각파적 경향은 작품 ≪아사쿠사 홍단≫(1930)까지 계속되었으며, 그동안 ≪이즈의 무희≫(1926)와 같은 서정적인 작품도 썼다. 그 후 ≪명인≫(1932), ≪금수≫(1933) 등을 발표하고, ≪설국≫ 이후 작품에서는 고독과 허무감을 형상화한 작품이 많았다. 제2차 세계대전 후에는 일본의 전통과 미의 세계를 그린 ≪천 마리 학≫(1949), ≪산소리≫(1949) 등을 발표하고, 말년에는 관능과 허무의 극한을 표현한 ≪호수≫(1955), ≪잠자는 미녀≫(1960) 등을 발표했다. 가와바타의 문학은 섬세한 감수성과, 고독과 허무, 죽음의 그림자와 신비성, 환상성 등을 특징으로 한다. 1957년 일본 펜클럽 회장으로서 국제 펜클럽 도쿄 대회를 주최하고 1961년에 문화훈장을 수여받았으며 1968년 노벨문학상을 수상했다. 1972년 가스 자살로 74세의 일생을 마쳤다.

≪설국≫은 가와바타 야스나리의 대표적인 장편소설로 1935년에 ≪문예춘추≫ 등의 잡지에 단편의 형태로 실리다가 1937년 초판 단행본으로 간행되었다. 그리고 그에 만족하지 못한 가와바타에 의해 속편이 집필되고 가필 및 수정 작업이 이루어져 거의 14년만인 1948년에 작품이 완성, 노벨상을 수상했다. 아시아에서는 인도 타고르에 이은 두 번째 노벨문학상 수상이었다. 작품은 영화로도 제작되어 큰 인기를 얻었다.

설국, '비일상'의 배경

이 소설의 배경이 되는 곳은 '설국'이다. 눈이 많이 내리는 고장이라는 뜻이다. 이 '설국'이라는 말은 소설 첫 문장에 등장하는데, 과연 구체적으로 어디를 가리킬까?

> 현 접경의 긴 터널을 빠져 나오자 설국이었다. 밤의 밑바닥이 새하얘졌다. 신호소에 기차가 멈춰 섰다.

소설에서는 눈 고장 즉 '설국'이라고만 되어 있다. '설국'이 어디냐는 질문에 작가는 '지명은 작가 및 독자의 자유를 구속하는 것 같아서, 그리고 하나의 지명을 밝히면 그곳에 대해 정확하게 묘사해야 할 것 같아서' 라면서 구체적으로 밝히기를 꺼렸다.

소설 《설국》에 나오는 '설국'은 니가타 현 유자와 온천을 가리키는 것으로 밝혀졌지만 단순히 어느 특정의 온천장만을 묘사한 것은 아니다. 흰 눈에 뒤덮인 온천 지역과 그 일대에 펼쳐진 자연, 인정, 풍속 등의 지방 풍물을 아름답게 그렸다고 할 수 있다. 그러한 배경은 지극히 동양적이면서도 지극히 일본적이다. 외국에 나가 있는 일본인이 이 소설을 읽으면 누구나 고국을 생각하고 향수에 젖게 되며 외국인이 읽으면 애수의 정을 느끼게 된다.

결국 작가 가와바타 야스나리가 《설국》의 세계를 비현실적인 환상의 공간으로 설정하고자 한 것이 아닐까? 주인공 시마무라와 고마코의 사랑을 더욱 순수하고 추상적인 것으로 만들기 위해서 말이다. 1년에 한번 꼴

로 찾아오는 시마무라에게 설국의 온천장은 일상에서 벗어나는 환상의
세계였다. 소설의 첫 문장은 시마무라가 생활공간이 있는 일상의 세계,
즉 도쿄에서 설국, 즉 비일상의 세계로 이동하는 과정을 상징적으로 보여
주며 터널은 바로 그 경계가 된다.

이 소설의 주인공 시마무라는 처자가 있는 남성이지만 터널을 빠져 나
간 곳에 있는 설국, 즉 눈 고장에서 고마코라는 여성을 만나게 된다. 이
터널을 빠져 나간다는 행위 자체가 비일상적인 세계로의 입장이다. 도덕
적인 규율에 얽매인 현실의 세계에서 벗어나 새로운 세계를 경험하는 자
유로움이 거기에는 존재하는 것이다.

고마코라는 여성 역시 일상적인 세계에서는 존재하기 어려운 매력을
지니고 있다. 좋아하는 사람의 이름을 써보겠다며 시마무라의 손바닥에
연극이나 영화배우 이름을 2, 30명 정도 쓴 다음 '시마무라'라는 이름을
몇 번이고 쓰는 행동을 하거나, 오랜만에 만났을 때 시마무라가 검지를
내보이며 '이 녀석이 가장 자네를 기억하고 있어' 라고 하니 고마코는 그
손가락을 가만히 손에 쥔 채 계단을 올라가는 모습을 보이는 여성이다.
좋아하는 마음을 주체하지 못하고 수줍게 표현하는 그녀는 너무도 사랑스
럽고 애틋하다. 그리고 고마코는 오랜만에 찾아온 시마무라에게 전에 만
난 것이 5월 23일이고 199일 만의 만남이라며 기뻐한다. 일기까지 쓰며
시마무라를 기다리는 순진무구한 면을 보인다. 하찮은 자신을 특별한 사
람으로 여기며 만남을 기다리는 어여쁜 여성인 것이다.

비현실적인 세계 '설국'에서 시마무라는 생명력을 느끼게 해 주는 고마
코와 어딘가 신비로운 분위기의 요코라는 두 명의 여성에게 동시에 끌리
게 된다. 순백의 눈이 쌓인 설국에서는 한밤중에 꽃처럼 피어나는 여성들

의 밤 연회가 반짝반짝 빛이 나고 시마무라는 원색적인 욕망에 눈을 뜬다. 고마코의 세계는 게이샤라는 직업상 거짓 사랑의 교감을 연기한다는 의미에서 허구의 무대로 성립한다. 시마무라는 그 설국이라는 이국적인 장소에 손님으로 들어간다. 남녀가 엮어가는 드라마는 처음부터 환상으로 사라져 가는 등불처럼 지나간다. 출발점에서 종점까지 다 알고 있는 각본을 그대로 재생하는 인형의 자동 운전이 되는 것이다.

하지만 시마무라는 게이샤의 실생활 속으로 들어가고 싶어 한다. 게이샤가 출연하는 화려한 연회는 시마무라에게는 필요치 않은 부분이다. 밤이 아닌 낮 동안에 드러내는 얼굴은 게이샤의 정체를 낱낱이 드러낸다. 얼음처럼 차가운 마을 위로 태양이 희미한 빛을 비추었을 때 게이샤 역시 다른 일반인들처럼 평범한 대중의 한 사람으로서 진실된 생활을 영위하는 것이다. 그러다가 밤이 되면 다시 게이샤로서 마치 연기를 하는 여배우처럼 여자의 색기를 발동시킨다. 그곳이 바로 설국이라고 불리는 지도상에 없는 공상의 세계이다.

시마무라는 관능에 싸인 죽음의 칩거를 고마코와 함께 한다. 그것은 생명의 불꽃을 잠시나마 꽃피게 하는 순간이기도 하다. 시간은 한 사람의 인생을 금방 노화시켜 이 세상에서 사라지게 하는 잔혹한 현실을 누구한테나 부여한다. 시마무라는 고마코와의 만남을 등에 업고라도 한 개인으로서의 현실을 살아갈 수밖에 없다. 남녀의 교합이란 숙명적인 이별 안에 서로의 아름다운 기억을 부여하므로 설국이라는 공간은 추위에 맞서 겹친 살 속에 전율이 생기도록 뜨거운 불을 피우는 영원한 여름날을 몽상시킨다.

고마코와 그녀의 언니 요코는 아름답고 맑은 존재이다. 그 신성한 모습은 시마무라를 점점 깊은 눈 속으로 유혹해서 움직이지 못할 정도의 매력에 빠지게 했다. 일상적인 세계에서는 볼 수 없는 이 자매는 가와바타가 그리는 이상향에서만 오로지 신성시된다. 시마무라는 그 매력을 일상이라고 느끼고 있지만 3번이나 설국으로 이끄는 마력은 비일상적인 것이며 두 번 다시는 없는 환상의 세계이다. 소설의 세계가 독자에게 감동을 부여하는 것은 시마무라가 비일상적인 여신과 교감하는 기적의 이야기이기 때문이다. 말하자면 독자에게도 똑같이 인생에서 가장 아름다운 장면을 상상하게 함으로써 스스로 경험한 듯한 환상을 불러일으키는 것이다.

≪설국≫이라는 소설은 일본에서는 결코 현실로 나타나지 않는 일본의 아름다움을 가르쳐 준다. 고마코라는 인물에 의해 여자의 성(性)을 새롭게 표현한 미적인 발견을 가르쳐 주는 것이다. 그리고 고마코의 언니 요코는 요염한 인간 이상의 존재감으로 고마코의 전부를 다 알고 있는 시마무라의 욕망을 투시하는 지배자의 지위를 부여받고 있다. 요코와 시마무라가 대화하는 장면이 있는데 그것은 고마코와 요코로 하여금 평범한 일상 속 자매의 모습을 드러내도록 하여 시마무라가 그들의 실제 생활 속으로 끌려들어가도록 한 일종의 장치로 볼 수 있다.

너무나도 노골적인 여자의 실제 생활은 시마무라한테나 독자한테나 결코 엿보면 안 되는 신비로운 세계를 직접 보는 듯한 경이로움과 호기심으로 몸을 달군다. 이 매혹적인 체험은 시마무라 이상으로 독자들도 흥분한다. 만들어진 아름다움이 본체인 게이샤의 진짜 생활인으로서의 모습에 끌리지 않는 사람이 있을까. 밤의 얼굴로만 등장하는 사람이 낮의 얼굴을 노출시키는 것은 일부 선택된 사람밖에 볼 수 없는 광경이다. 시마무라는 그런 특별한 체험의 가치를 스스로 음미하며 점점 빠져들게 된다.

시마무라가 자매에게 부여한 가치가 독자에게는 과분할 정도로 낮게 설정되고 시마무라가 평범한 여성으로 그 자매를 바라보는 시선이 오히려 그 신비적인 관계의 아름다움을 두드러지게 한다. 처음에 시마무라가 고마코와 육체관계를 갖고 그 기억이 시마무라로 하여금 다시 고마코에게 향하도록 하여 그 생활 속으로 들어가도록 했을 때 그리고 요코가 시마무라 앞에서 '고마짱' 하고 고마코를 애칭으로 얘기했을 때 시마무라는 마치 여신의 정원에 들어가는 특권을 얻은 것과 같은 기분이 된다.

시마무라가 고마코라는 여성과 만날 때마다 여성의 새로운 일면이 독자에게도 전달된다. 그것은 남녀의 본질을 틀에 박힌 형태에 넣어서 읽으려는 독자에게 고정 관념의 얼음을 녹이는 역할을 한다. 과잉의 기대를 가지고 읽는 독자에게는 절제력 있는 두 남녀의 행동에 점점 이끌려 들어가 설국이라는 특별한 장소에서 조용히 영위되는 환상적인 감성의 세계를 경험하게 한다. 그리고 그것은 현실을 떠난 설국이라는 세계를 무대로 하는 것으로 누구나가 매력적인 이성과의 만남을 예감하게 하는 효과까지 발생시킨다. 말하자면 설국은 생활하면서 쌓인 인간의 더러움을 정화시키는 무대와 같은 기능을 한다고 할 수 있다.

수많은 이성이 존재함에도 불구하고 한 사람의 이성에 대한 것조차 모든 것을 아는 것은 불가능하다. 말이나 감성이 생생하게 움직이는 인간이라면 한 사람의 이성 안에서도 무한한 측면이 발견된다는 것, 알면 알수록 새로운 성격이 그 이성 속에서 나타난다는 것을 새삼 인식하지 않을 수 없다. 고마코다운 부분과 요코다운 부분을 한사람의 여성에게 동시에 발견하는 것이 가능한 이유이다. ≪설국≫에 그려진 세계는 순백의 설경을 보여주는 투명한 캔버스 위에 그러한 무한한 가능성을 소중하게 끌어안으려는 애절한 사랑의 몸짓을 환시시키는 것이다.

중년 남성과 2명의 여성

주요 등장인물은 모두 세 명이다. 우선 시점 인물 시마무라는 어떤 사람인지 보기로 한다.

물론 여기에도 시마무라의 저녁 풍경이 비쳐진 거울은 있었을 것이다. 지금 자신의 처지가 유녀와의 뒤탈을 싫어할뿐더러 해질녘 기차의 유리창에 비치는 여자의 얼굴처럼 비현실적인 생각을 하고 있는지도 모른다.

그의 서양 무용에 대한 취미만 해도 그렇다. 시마무라는 도쿄의 변두리 태생이어서 어릴 때부터 가부키에 재미를 붙이고 있었다. 그런데 학생 시절에는 취미가 일본 전통춤이나 가부키 무용에 기울었는데 대충 알고는 못 배기는 성격인지라 옛날 기록을 뒤적이기도 하고 그 방면의 유명한 가문을 찾아다니기도 하여 이윽고 일본 무용의 신인들과도 아는 사이가 되었고 연구 내지 비평의 글을 쓰게 되었다.

그리하여 일본 춤의 전통이 잠들어 있는 것에 대해서도 새로운 시도의 독선적인 경향에 대해서도 당연히 불만을 느낀 나머지 이젠 자기 자신이 실제로 무용 운동 속에 몸을 던져 활동하지 않으면 안 되겠다는 기분에 내몰리게 되었다. 그러나 일본 춤의 젊은 층으로부터 권유까지 받게 되었을 때 그는 갑자기 서양 무용으로 전신하고 말았다. 일본 춤은 전혀 거들떠보지도 않게 되었다. 그 대신 서양 무용에 관한 책과 사진을 수집하고 관련 포스터나 프로그램에 이르기까지 일부러 외국으로부터 입수하였다. 외국과 미지의 세계에 대한 호기심 때문만은 결코 아니었다. 여기에서 새롭게 발견한 즐거움은 눈으로 직접 서양인의 춤을 볼 수 없다는 데 있었다. 그 증거로 시마무라는 일본인의 서양 무용은 거들떠보지도 않았다. 서양의 인쇄물에 의거해서 서양 무용에 관해서 글을 쓰는 일만큼 손쉬운 일은 없었다. 보지 않는 무용 따위는 이 세상과는 동떨어진 딴 세상의 얘기였다. 이보다 더한 탁상공론은 없으며 그것은 곧 천국의 시였다.

연구라고는 일컬을지라도 제멋대로 상상하는 것이어서 무용가의 살아 있는 육체가 춤추는 예술을 감상하는 것이 아니라 서양의 얘기나 사진을 통해서 떠오르는 그 자신의 공상이 춤추는 환영을 감상하는 것이었다. 본 일이 없는 애인을 그리워하는 것과도 같은 것이었다. 더구나 이따금 서양 무용을 소개하는 글을 쓴답시고 문필가의 말단에 끼어들기도 했는데 그러한 것을 그 자신은 스스로 냉소하면서도 직업이 없는 그의 마음을 위로하는 것이 되기도 했다.

그러한 그의 일본 춤 등에 관한 얘기가 여인으로 하여금 그를 따르게 도움이 된 것은 그 지식이 오래간만에 현실적으로 유용하게 쓰였다고도 할 수 있는 것이지만 역시 시마무라는 자신도 모르는 사이에 여인을 서양 무용을 다루는 식으로 다루고 있었는지 모른다.

시마무라는 도쿄 변두리 태생으로 어릴 때는 일본 전통춤에 흥미가 있었지만 어른이 되어서는 서양 무용 쪽으로 취미를 바꿨다. 그리고 외국으로부터 수입한 자료나 책으로 서양 무용에 대한 평론을 쓰며 지내고 있다. 말하자면 시마무라는 이렇다 할 직업도 없이 문필가 흉내를 내며 지내는 한량이다. 진실된 세계를 추구하며 성실하게 살아가기보다는 현실에는 없는 관념과 추상의 세계를 흠모하며 공상을 즐기는 남자였다. 에치고 유자와 온천장에서 고마코라는 여자를 만났을 때 그의 서양 무용에 대한 지식은 크게 도움이 된다. 눈 속에 파묻혀 지내는 산골 온천장에서는 찾아볼 수 없는 세련된 도시 남자의 매력으로 작용했기 때문이다.

　무위도식하는 시마무라는 자연과 자신에 대한 성실성마저 잃어버릴 것 같아서 그것을 회복하는 데는 산이 좋을 거라고 여기고 혼자서 곧잘 산을 타곤 했다. 그날 밤에도 현 접경의 산들을 타다가 일주일 만에 온천장으로 내려와 게이샤를 불러 달라고 했다. 그런데 그 날은 도로 공사가 끝났음을 기념하는 축하 잔치가 열려 마을의 누에고치 창고 겸 가설극장으로 쓰이는 건물을 연회장으로 사용할 만큼 흥청거리는 바람에 열두서너 명 되는 게이샤로도 손이 모자라 도저히 데려올 수 없다는 것이었다. 그러나 선생 댁 아가씨라면 연회를 거들러 갔다고 해도 춤이나 두세 차례 추고 바로 돌아올 테니까 어쩌면 올 수 있을 지도 모른다고 했다. 시마무라가 다시 물어보자 샤미센과 춤을 가르치는 선생 댁에 있는 아가씨는 아직 초보이기는 하지만 큰 연회석 같은 데는 이따금 불려가는 일도 있는데 그것은 동기가 없고 서서 춤추기 싫어하는 나이든 게이샤가 많아서 그렇다고 했다. 료칸의 손님방에는 혼자서는 잘 나오지 않지만 그렇다고 여염집 아가씨라고 할 수는 없다고 했다.

　곧이들리지 않아서 대수롭지 않게 여기고 있는 데 1시간쯤 지나서 여자가 하녀를 따라 방안으로 들어왔다. 시마무라는 놀라서 앉음새를 고쳤을 정도였다. 하녀가 바로 나가려고 하자 소매를 잡아 도로 그 자리에 앉혔다.

　여자의 인상은 이상하리만치 맑고 깨끗했다. 발가락 밑의 움푹 패인 곳까지도 깨끗할 것이라고 생각되었다. 초여름의 산들을 보고 온 자신의 눈이 깨끗해진 탓인가 하고 시마무라는 의심이 갈 정도였다.

옷매무새에 어딘가 게이샤 같은 티가 났지만 물론 옷자락은 질질 끌지 않았고 보드라운 홑옷을 오히려 단정히 입고 있는 편이었다. 오비만은 어울리지 않게 비싸 보여서 그것이 도리어 애처롭게 보였다.

산 이야기를 하고 있는 동안 하녀는 일어나 나갔지만 여자는 이 마을에 보이는 산 이름조차 제대로 몰랐다. 여자는 원래 이 눈 고장 출신인데 도쿄로 나가 술집 접대부로 있다가 몸값을 치르고 빼내 준 남자가 있어서 일본 춤을 배우며 살았는데 1년 반 만에 그 남자가 죽어서 다시 돌아왔다고 했다. 뜻밖에 솔직한 얘기에 놀라며 그 남자와 사별한 후가 진짜 이 여자의 인생 이야기가 될 것 같았지만 거기에 대해서는 쉽사리 털어 놓을 것 같지 않았다. 나이는 19살이라고 했다. 시마무라가 비로소 마음이 누그러져 가부키 얘기를 꺼내니 그 여자는 어떤 배우가 잘 하며 그 배우의 연기는 무슨 풍이라든지 너무나 잘 알고 있었다. 그런 얘기를 할 기회가 없어서 그랬는지 점점 신이 나서 얘기하는 모습이 남자한테 허물없게 대하는 화류계 여자답다는 생각을 했다. 시마무라는 1주일이나 다른 사람과 얘기를 할 기회가 없었던지라 그 여자의 그런 모습에 호감을 느꼈다.

그 여자는 이튿날 오후에 목욕도구를 복도에 놓아두고 그의 방으로 놀러왔다.

그녀가 앉자마자 그는 다짜고짜로 게이샤를 소개해 달라고 했다.

"소개요?"

"알고 있잖아."

"어머나 참 부끄러워라. 그런 부탁을 할 줄은 꿈에도 몰랐네" 하며 여자는 창가로 다가가 산들을 바라보다가 이윽고 볼이 발그레해지면서,

"여긴 그런 여자 없어요."

"거짓말."

"정말이에요" 하고 몸을 돌려 창틀에 걸터앉더니,

"강제로 그런 일을 시키는 경우는 없어요. 게이샤 마음이에요. 료칸에서도 그런 소개는 절대 하지 않아요. 꼭 부르고 싶으시면 다른 사람 불러서 직접 얘기하세요."

"당신이 부탁해봐."

"왜 내가 그런 심부름을 해요?"

"난 당신을 친구라고 생각하니까 그래. 그래서 당신한테는 아무런 요구를 하지 않는 거고."

"그게 친구란 건가요?" 하고 여자는 어린아이 같은 말투로 되묻더니 이내 내뱉듯이,

"참 훌륭하시네요. 나한테 그런 부탁을 하시다니."

"아무것도 아니잖아. 산을 타고 왔더니 원기가 충전되었어. 몸이 개운치 않아서 이대로는 당신하고 허심탄회하게 이야기를 나눌 수 없어."

여자는 눈을 내리깔고 잠자코 있었다. 시마무라는 이쯤 되면 남자의 뻔뻔함을 속속들이 드러낸 셈인데 그런 남자들의 속성을 여자는 잘 이해하는 것 같았다. 그녀의 내리깐 눈은 짙은 속눈썹 탓인지 홀연히 요염해지더니 시마무라가 바라보는 사이에 고개를 좌우로 가로저으면서 얼굴 전체가 발그레해졌다.

"좋아하는 게이샤를 부르세요."

고마코는 처음에는 게이샤가 아니고 춤 견습생이었다. 게이샤를 불러달라는 시마무라의 요청에 마을에 큰 행사가 있어 남아 있는 게이샤가

없다며 료칸의 하녀가 데리고 온 여자가 바로 고마코였다. 눈 고장 출신이지만 도쿄에서 술집 접대부로 일한 적이 있어서 고마코는 시마무라의 무분별하고 억지스런 말에 애교 있게 대꾸를 한다. 시마무라는 청결한 인상의 고마코한테 이끌리게 되고 고마코 역시 시마무라를 좋아하게 된다.

거기에 요코라는 여자가 등장한다. 요코는 고마코의 언니가 되는 데 소설 첫 부분에 등장하여 강한 인상을 남긴다.

건너편 좌석에서 한 처녀가 일어나 이쪽으로 걸어오더니, 시마무라 앞에 있는 유리창을 열었다. 차디찬 눈의 냉기가 안으로 흘러들었다. 처녀는 차창 밖으로 잔뜩 몸을 내밀더니 큰 소리로 외쳤다.

"역장님, 역장님!"

등불을 들고 천천히 눈을 밟으며 다가온 사나이는 목도리로 콧등까지 싸매고 귀는 모자에 달린 털가죽으로 내리덮고 있었다.

벌써 저렇게 추워졌나 싶어 시마무라가 창밖을 보니 철도 관사처럼 보이는 바라크들이 산기슭에 으스스하게 흩어져 있을 뿐, 하얀 눈빛은 거기까지 이르기도 전에 어둠 속에 삼켜지고 있었다.

"역장님, 저예요. 안녕하셨어요?"

"아 요코 양 아냐? 돌아가는 길이군. 또 추워졌는걸."

"동생이 이번에 여기서 일을 하게 됐다죠. 잘 부탁드려요."

"이런 곳이라서 얼마 안 가 쓸쓸해서 못 견딜 거야. 젊은 사람이 안됐어."

"아직 어린애니까요. 역장님께서 잘 좀 지도해 주세요. 네?"

"염려 마. 일은 잘 하고 있어. 이제부턴 바빠질 거야. 작년엔 큰 눈이 내렸지. 눈사태가 자주 나는 바람에 기차는 오도 가도 못하고 마을에서도 밥을 지어대느라고 야단들이었지."

"역장님은 옷을 많이 껴입으셨네요. 동생 편지에는 아직 조끼도 안 입고 있는 것처럼 쓰여 있던데요."

"난 옷을 네 겹이나 껴입었지. 젊은 사람들은 추우면 술만 퍼 마셔. 그리고는 아무데나 쓰러져 있는 거야. 감기에 걸려서 말야."

역장은 들고 있던 등불을 관사 쪽으로 돌렸다.

"동생도 술을 마셔요?"

"아니."

"역장님은 이제 돌아가시는 길인가 봐요?"

"난 몸을 다쳐서 병원에 다니는 중이야."

"어머, 어떡하죠?"

기모노에다 외투를 걸친 역장은 추위 속에서 서서 하는 얘기를 얼른 끝내고 싶은 듯이 이내 뒷모습을 보이면서 말했다.

"그럼, 잘 가요."

"역장님. 동생은 지금 나와 있지 않나요?"

요코는 눈 위를 두리번거리고 나더니 말했다.

"역장님, 동생 좀 잘 돌봐 주세요. 부탁이에요."

슬프도록 아름다운 목소리였다. 높은 울림이 그대로 밤의 눈밭에서 메아리쳐 올 것만 같았다.

기차가 움직이기 시작해도 그녀는 차창에서 가슴을 들여놓지 않았다. 그리고는 선로 밑으로 걸어가고 있는 역장에게 기차가 가까이 가자,

"역장님, 이번 휴일에 집에 다녀가라고 동생한테 전해 주세요."

"알았어."

역장이 큰 소리로 대답했다.

요코는 창을 닫고 나서 빨개진 볼에 두 손을 갖다 댔다.

제설차를 3대나 준비해 놓고서 눈을 기다리는 현 접경의 산이었다. 터널의 남북에는 전력을 이용한 눈사태 통보선이 설치되어 있었다. 제설 인부 5천 명에다 소방대 청년단 2천 명이 이미 출동 준비가 되어 있었다.

머지않아 눈 속에 파묻힐 철도 신호소에서 요코라는 처녀의 동생이 올 겨울부터 일한다는 것을 알게 되자 시마무라는 더욱 그녀에게 흥미를 느꼈다.

그러나 여기서 '처녀'라고 한 것은 시마무라에게 그렇게 보였기 때문이지 동행하는 사내가 그녀와 어떤 관계가 있는 지 시마무라로서는 알 턱이 없었다.

두 사람의 거동으로는 부부처럼 보이기는 했지만 사내는 분명히 환자였다. 환자를 상대하게 되면 자신도 모르게 남녀라는 거리가 없어지고 정성껏 보살피면 보살필수록 부부처럼 보이는 법이다. 사실 자기보다 나이가 더 많은 사내를 돌보는 앳된 여자의 어머니 같은 태도는 멀리서 바라보면 마치 부부처럼 보일 것이다.

시마무라는 그녀 한사람만을 떼어 놓고서 그 모습에서 받는 느낌만으로 제멋대로 처녀라고 단정해버렸을 뿐이다. 하지만 거기에는 그가 그 처녀를 이상야릇한 눈으로 너무 지나치게 바라본 결과 그 자신의 감상이 다분히 보태졌기 때문인지 모른다.

벌써 3시간 전의 일이지만, 시마무라는 무료한 나머지 왼손의 집게손가락을 이리저리 움직이며 바라보곤 하다가 결국 이 손가락만이 이제부터 만나러 가는 여자를 생생하게 기억하고 있구나 하고 생각했다. 그러나 그가 똑똑히 생각해 내려고 조급하게 서두르면 서두를수록 붙잡을 길 없이 희미해지는 기억의 불안정 속에서 이 손가락만은 그 여자의 촉감으로 지금도 젖어 있어 자기 자신을 멀리 있는 여자에게로 끌어당기는 신비한 힘이 있다고 생각하면서 코에 대고 냄새를 맡아보곤 했다. 그러자 문득 그 손가락으로 유리창에 줄을 긋자 거기에 그 여자의 한쪽 눈이 또렷이 떠올랐다. 그는 깜짝 놀라 하마터면 소리를 지를 뻔했다. 그러나 그것은 그의 마음이 멀리 가 있었기 때문이고 정신을 차리고 보니 다름 아닌 건너편 좌석의 처녀의 모습이 비친 것이었다. 이미 밖은 땅거미가 내려 있고 기차 안에는 불이 켜져 있다. 그래서 유리창이 거울이 된 것이다. 하지만 스팀의 훈훈한 온기로 말미암아 유리가 온통 수증기로 젖어 있었기 때문에 손가락으로 줄을 긋기 전까지는 그 거울이 없었던 것이다.

설국으로 향하는 기차 안에서 우연히 만난 요코는 환자를 보살피며 있는데 역장과 대화를 하면서 시마무라의 관심의 대상이 된다. 요코는 슬플 정도로 아름다운 목소리를 갖고 있다. 시마무라는 이 요코에게도 매력을 느끼게 되는데 밝은 성격의 고마코와는 달리 어딘가 어둡고 신비한 면이 있다. 알고 보니 요코는 고마코의 춤 스승의 아들이며 고마코의 혼처라는 소문의 유키오라는 남자의 병간호를 하며 지내고 있다. 시마무라는 주로 적극적이고 솔직한 고마코와 함께 지내면서도 마음 한편으로는 홀로 마음을 졸이며 힘들고 괴로운 상황을 견뎌내고 있는 요코에게 일종의 가련함을 느끼게 된다.

≪설국≫은 이 3명의 등장인물이 삼각관계를 이루며 서로의 감정이 복잡 미묘하게 교차하는 모습을 세밀한 필치로 엮어낸 소설이다.

시마무라라는 남자와 설국의 관능적이고 매혹적인 게이샤 고마코, 그리고 고마코의 언니이자 그 역시 설국의 아름답고 청순한 소녀 요코. 시마무라는 고마코에게 마음이 끌려 설국의 온천장으로 찾아가기는 하지만 점점 고마코의 뜨겁고 애처로운 애정을 순순히 받아들이지 못한 채 냉정하고도 지적인 눈으로 관망만 한다. 심정과 태도만 있을 뿐, 행동이 없는 허상에 불과하다. 말하자면 시마무라는 설국의 고마코나 요코를 있는 그대로 비춰 주는 일종의 공허한 거울과도 같은 존재이다. 그와 같은 공허한 거울 속에 비쳐지는 고마코와 요코의 순수한 생명이 선열한 감각과 향기에 싸여 처연하게 그려진다.

작가 가와바타 야스나리가 그리고자 한 인물은 시마무라가 아니라 오히려 시마무라를 통하여 부각되는 인물인 고마코와 요코가 될 수 있다. 그리고 이들 인물 사이에는 현실적으로 아무런 관계도 구체화되어 있지 않다. 이 작품을 쓴 의도가 어떠한 사건이나 관계를 그리고자 한 것이 아니라 설국을 배경으로 전개되는 인물들의 미묘하고 섬세한 심리의 변화와 추이를 즉물적이고 감각적으로 표현하려고 했기 때문이다. 시마무라의 그 같은 비정한 심리와 태도는 이 작품의 처음부터 끝까지 일관되어 있다.

1930년대 일본에서는 현실에도 그런 남성이 흔하게 있었다. 부모의 유산 덕분으로 풍요로운 생활이 보장된 남자, 그 남자가 추구하는 것은 고정적이고 익숙한 일상에서 벗어나게 해줄 새롭고 신선한 만남. 물론 자신의 현실 생활을 그대로 보장해주는 범위 내에서 말이다. 터널을 빠져나가 설국으로 향하는 시마무라의 모습에서 당시 중년 남성의 전형을 보는 듯하다.

설국에서 만난 아름다운 게이샤 고마코. 그리고 그 고마코의 일상생활

속에 또 다른 신비로운 여성 요코. 시마무라는 고마코의 존재보다도 요코의 존재를 어둡고 무거운 돌과 같이 느끼면서 진짜 아름다움이란 고마코가 아니라 요코에 존재한다고 느끼게 된다. 요코는 시마무라가 가까이 하기 어려운 여자이다. 고마코와 같이 가벼운 몸짓을 보이는 인간적인 존재에는 없는 신비성이 느껴지는 것이다.

고마코가 생생하게 약동할 때마다 조용히 보고만 있는 요코 쪽으로 점차 마음이 기울어져 가는 와중에 소설 마지막 부분에서 요코는 누에 창고의 불에 휘말려 화염과 연기 속에서 밝은 빛을 내며 2층에서 낙하한다. 그 때 시마무라는 요코가 공중에 부유해서 시간이 멈춘 것 같이 생각되며 하늘 강을 본 것처럼 느낀다. 그것은 여신으로서 이질성이 한계까지 도달한 요코의 진짜 육체성이 현실 세계에 비로소 나타난 증거라고 할 수 있다.

현실과 환상이란 고마코와 요코의 관계와 일치한다. 정체를 보이지 않는 이성이 때때로 뱉어내는 환상을 요코라는 여성은 만들어 낸다. 그에 비해 육체를 같이 한 고마코는 현실의 시마무라에게 의존하며 그 자태의 모든 것을 드러내려고 한다. 환상이 현실이 되는 순간 현실은 더 이상 환상이 될 수 없고 결국 또 다른 환상이 요구된다. 드디어 한 사람의 여자를 알고 사랑하고 모든 것을 다 아는 현실에서 다시는 돌아갈 수 없는 환상의 세계가 우리에게는 진실로써 존재하게 되는 것이다.

관능미와 감각적인 묘사

가와바타는 이 소설을 집필하기 시작해서 최종적으로 완성하기까지 10년

이상이 걸렸다. 하나의 작품에 긴 시간을 들여서 완성한 경우는 다른 작가에게도 있지만 그것은 대부분 일부분을 수정한다든지 불필요한 부분을 삭제한다든지 하는 경우이다. 하지만 이 소설은 처음에 단편이었다가 여러 번의 가필을 거쳐서 장편소설이 되었다. 이런 형태로 소설을 쓴 작가는 그다지 많지 않다.

그러다 보니 이 소설에는 인물과 배경은 있지만 이렇다고 할 만한 사건이 없는 것이 특징이다. 따라서 해결되는 것 또한 아무것도 없다. 사건이 없으므로 이야기 줄거리가 없고, 이야기 줄거리가 없으니 소설로서 일정한 진행 형식이 없다. 이런 점에서 이 소설을 '플롯의 부재'라고도 한다. 그저 설국이라는 풍물과 등장인물의 심리의 변화만으로 작가가 그리고자 한 인간 심리의 세계, 또는 어떤 상징의 세계를 암시하고 환기시키는 것으로 끝이다. 그리고 인물이나 배경도 마치 자연주의 소설에서처럼 구체적으로 그리고 추상적이며 상징적으로 점묘만 해 나갔다. 그런 점에서도 이 작품은 사건 소설이 아니라 분위기 소설이라고 할 수 있다. 특히 중년 남성과 게이샤라는 남녀 사이에 형성되는 연애의 분위기를 극대화시켰다는 점에서 일종의 연애소설이라고 할 수 있다.

그러면 이 작품이 '플롯의 부재'에도 불구하고 연애소설로서 성공할 수 있었던 요인은 무엇일까? 첫 번째 요인은 인간의 관능성의 예찬이다. 이 소설은 온천장을 무대로 한 여행객과 게이샤 사이에 벌어지는 애정관계를 그렸다. 이 두 사람은 손님과 접대부라는 관계로 처음 만났지만 마치 연인처럼 헤어지기 어려운 상태가 된다. 두 사람이 계속 만나야 하는 심리적 배경에 대해서는 아무런 설명이 없다. 그저 소설에는 두 사람이 육체적으로 맺어지고 그 결합은 만족스럽다는 것이다. 만족스럽다고 해도 진심으로 만족하고 있지는 않다. 남자 쪽에서는 여자를 점차 귀찮게 여기는 모습이 보이며 여자 쪽에서도 남자와 끝까지 가려고 하는 의지는 보이지 않는다. 두 사람은 그저 지금 이 순간을 즐기고 싶은 것이다.

이와 같이 이 소설에 그려진 인간관계는 평범한 연인들처럼 서로를 구속할 만큼 진심이 들어가 복잡해진 관계가 아니다. 두 사람 관계는 단순하면서도 명쾌하다. 남자가 여자에게 원하는 것은 육체적인 만족이며 여자가 남자의 관능을 만족시키는 것은 직업적인 서비스이다. 이 소설 속의 남자는 처음부터 끝까지 여자의 육체를 추구하며 살고 있다. 이 남자에게 있어서 살아있다는 증거는 여자와의 육체적 관계뿐이다. 그 외에는 아무런 생각이 없다.

이 소설은 기본적으로 남자의 시선으로 그려져 있으며 그 시선의 끝은 욕망의 대상으로서의 여자이다. 남자의 시선에서 작가가 그려내는 것은 여성의 관능적인 모습이다. 관능성에는 정신적인 부분이 전혀 없는 것은 아니지만 거의 육체가 발산하는 것이 대부분이다. 따라서 작가가 주인공 남자를 통해서 발설하는 언어에는 정신적인 부분이 거의 존재하지 않는다. 정신적인 부분이 없으므로 치밀한 심리묘사도 필요 없다. 이 소설에는 일반적인 근대 소설에서 볼 수 있는 심리묘사가 빠져 있다. 그 대신 인간의 육체를 포함한 물질적인 묘사가 대부분이다.

또한 소설 안에서 고마코라는 여자 역시 자신의 존재를 강렬하게 주장한다. 주인공 남자의 시선은 상대화되고 소설 전체는 복안적인 시선에 의해 진행된다. 같은 현상이 서로 다른 시선에 의해 묘사되면서 소설은 전체적으로 입체화된다. 치밀한 심리 묘사 대신에 등장인물이 각각의 시점에서 본 세계를 생생하게 그려낸다. 그러면서 그 세계는 폭이 넓어지고 깊이도 심오해진다. 이 소설의 독특한 분위기는 시선의 복안성이라는 방법에 의해 형성되고 있다.

이런 시각적인 아름다움의 결정체가 바로 맨 마지막 장면이 된다.

두 번째 요인으로 감각적인 문장력을 들 수 있다. 이 소설에는 이미지, 특히 시각적인 이미지를 환기시키는 것이 많다. 우리는 이 소설을 읽으면서 소설 속의 장면을 그대로 눈앞에 떠올리게 된다. 마치 영화를 보는 듯한 착각에 빠지게 된다. 그 외에도 감각적인 이미지가 동원되고 있다. 예를 들면 촉각. 남자는 고마코의 얼굴이 생각나지 않게 되어서도 왼쪽 검지는 그녀를 기억하고 있다고 한다. 그 손가락으로 고마코의 육체의 내부를 휘저었던 것이리라. 그 때의 감각이 강렬하게 남아 있어 그것만으로도 여자에 대한 인상이 되살아나는 것이다.

또한 냄새나 육체의 온기와 같은 감각도 동원되어 있다. 취한 고마코가 발산하는 냄새나 고마코의 부드러운 몸에서 느껴지는 온기가 남자의 욕망을 자극한다. 인간이란 반드시 물질만으로 되어 있는 것은 아니지만 물질성만으로도 충분히 존재감이 있다. 그리고 그 물질적인 존재감은 감각에 의해서만 인지가 된다. 작가 가와바타가 가장 중요시한 것은 바로 그 감각이었다.

이 소설은 티 없이 맑고 깨끗한 설국 안에서 일어난 남녀 간의 관능적인 연애 세계를 감각적인 수법으로 그린 연애 소설이며, 당시로는 상당한 성공을 거두었다고 할 수 있다. 노벨상 수상까지 이어졌으니 말이다.

현대적 해석, 연애의 불가능성

그런데 현대에 와서는 ≪설국≫의 연애 소설이라는 측면을 다시 해석하는 경우가 많다.

시마무라는 주연이고, 고마코는 조연이다. 연애소설은 원래 여자가 주인공이다. 남자가 주연이 되면 여자는 남자의 욕망의 대상으로만 그려지기 쉽다. 순수한 연애 소설이 되기 어렵다.

시마무라가 일을 거의 하지 않는 한가한 남자라는 점은 연애 소설에 맞는다. 일본 헤이안 시대의 연애소설 ≪겐지 이야기≫나 프랑스의 왕정 시대의 연애 소설 ≪위험한 관계≫에서 주인공은 출세에는 뜻이 없고 풍류에만 관심 있는 귀족이다.

하지만 신분제가 없어진 근현대에는 귀족을 주인공으로 할 수 없다. 결국 ≪설국≫에서는 시마무라를 부모의 유산으로 여유롭게 살아가는 유복한 집안의 남자로 설정했다. 소설이 발표되던 당시만 해도 그런 형태의 남자는 실제로도 흔히 있었을 것이다.

하지만 여주인공인 고마코는 연애 소설에 맞지 않다. 보통 연애 소설에서는 여주인공에게 고결함과 청결함이 요구된다. 게이샤라는 접대부로는 연애의 환상을 독자에게 전달할 수 없다. 게이샤 역시 당시에는 흔히 볼 수 있었겠지만 여주인공으로는 적합지 않다.

그렇게 설정된 두 사람이 하는 연애는 말하자면 불륜이다. 시마무라에게는 처자가 있다. 불륜은 판타지이며 90%는 가정을 파괴하지 않는다. 시마무라에게 고마코와의 연애는 뒤탈이 없어서 좋다. 그리고 고마코 역시 술과 춤을 파는 여자로 시마무라에게는 순정이 아니라 교태로 다가간다.

두 사람의 연애는 순수한 사랑이 아니라 서로 맺어질 수 없다는 것을 전제로 하여 형성된 불륜 관계이다. 그것이 이 연애의 불가능성이다.

그러한 전제라면 연애관계는 성립이 가능하다. 질척거리지 않게 조절하는 성인들만의 지혜가 발휘된다. 분별력의 범위 안에서 궤도를 벗어나는 일은 하지 않는다는 전제하에 이루어지는 어른들의 연애이다. 연애와 결혼은 별개라고 생각한다. 연애만으로 끝나 버린다는 사실을 두 사람은 이미 알고 있다. 한계가 있으니 두 사람은 더욱 불타오른다. 이 여자와 잠자리를 함께 하고 싶다고 생각하는 순간부터 두 사람의 연애가 시작된다.

시마무라는 단순히 고마코를 잠자리의 대상으로 생각하는 것인지 아니면 진짜 사랑을 하고 있는 것인지 불분명하다. 명백하게 묘사되지 않는다. 육체적인 관계라고 스스로에게 말하기도 한다. 소설 앞부분, 시마무라가 고마코를 처음 만났을 때 고마코가 술에 취해서 다가오는 장면이 있다.

한 시간쯤 지나자 또다시 긴 복도에 어지러운 발걸음 소리를 내면서 여기저기에 부딪히기도 하고 쓰러지기도 하면서 오다가,

"시마무라 씨, 시마무라 씨!" 하고 새된 목소리로 불렀다.

"아아 안보여. 시마무라 씨!"

그것은 틀림없이 여자의 벌거벗은 마음이 자신의 사내를 부르는 목소리였다. 시마무라에게는 뜻밖의 일이었다. 그러나 료칸 안에 온통 울려 퍼질 것이 틀림없는 날카로운 외마디 소리였기 때문에 당황하여 일어서니 여자는 장지문 종이에 손가락을 쑤셔넣어 문살을 잡더니 그대로 시마무라 몸 위로 푹 쓰러졌다.

"아아, 있군요."

여자는 그와 함께 엉클어진 채 몸을 기대었다.

"취하진 않았어요. 으음, 취하다니요. 가슴이 답답해요. 답답할 뿐이에요. 정신은 말짱해요. 목이 타. 위스키와 섞어 마신 게 잘못이에요. 아 머리야. 아무래도 싸구려 술이었나봐요. 난 그것도 모르고."

이렇게 뇌까리면서 손바닥으로 연신 얼굴을 문지르고 있었다.

바깥에서 빗소리가 갑자기 세차게 들려왔다.

조금이라도 팔을 늦추면 여자는 쓰러지려 했다. 여자의 머리칼이 그의 뺨에 짓눌려 으스러질 정도로 목덜미를 안고 있어서 손은 품안에 들어가 있었다.

그가 바라는 말에는 대답을 하지 않고 여자는 양쪽 팔을 빗장처럼 끼고서 시마무라가 원하는 것을 눌렀으나 술에 취해서 힘을 줄 수 없는지,

"뭐야, 이놈의 것. 빌어먹을. 망할 놈의 것. 맥이 탁 풀리네. 에이" 하고 자신의 팔뚝을 덥석 물었다.

그가 질겁하고 팔을 풀어보니 깊숙한 잇자국이 나 있었다.

그러나 여자는 이미 그의 손바닥에 앞가슴을 내맡긴 채 그대로 낙서를 하기 시작했다. 좋아하는 사람의 이름을 써 보이겠다며 연극과 영화의 배우 이름을 2, 30개나 늘어놓은 다음에 이번에는 '시마무라'라고 계속 써나가는 것이었다.

시마무라의 손바닥 안에 든 고마운 부품은 점점 더 뜨거워졌다.

"아 마음이 놓인다. 마음이 놓여" 하고 그는 부드럽게 말하고 어머니 같은 느낌마저 느끼게 되었다.

여자는 또 갑자기 괴로워하기 시작하더니 몸을 버둥거리며 일어나선 방 안 저쪽 구석으로 가서 푹 엎어졌다.

"안 돼, 안 돼. 가야 해, 가야 해."

"가긴 어떻게 가나. 비가 이렇게 막 쏟아지는 데."

"맨발로 갈래요. 기어서라도 가야 해."

"위험해. 돌아가겠다면 바래다주지."

료칸은 험한 비탈진 언덕 위에 자리 잡고 있었다.

"띠를 늦춰줄까, 좀 누워서 술을 깨는 게 좋을 텐데."

"그건 안돼. 이러고 있으면 돼요. 버릇이 됐어" 하고 여자는 자세를 단정히 하고서 가슴을 폈으나 숨을 쉬기가 괴로워질 따름이었다. 창을 열고 토해 보려고 해도 토해지지 않았다. 몸을 뒤틀고 뒹굴고 싶은 것을 이를 악물고 참는 모습이 계속되다가도 이따금 기운을 모아 떨치듯이 가야지, 가야지 하고 되풀이 하는데 어느덧 새벽 2시가 지났다.

"당신은 주무세요. 어서 주무시라니까요."

"당신은 어떡할 거야."

"이러고 있죠. 술이 좀 깨거든 가겠어요. 날이 새기 전에 돌아가야 해요" 하고 무릎걸음으로 다가와서는 시마무라를 끌어당겼다.

"내 걱정은 마시고 주무시라니까요."

시마무라가 잠자리에 들자, 여인은 책상에 기대어 가슴을 흩뜨린 채 물을 마시고나서,

"일어나요. 네 일어나시라니까요" 하고 말했다.

"어쩌라는 거요?"

"아뇨, 그냥 주무세요."

"무슨 소릴 하는 거야" 하고 시마무라는 일어났다.

여인을 질질 끌고 갔다.

이윽고 얼굴을 저쪽으로 돌렸다가 이쪽으로 파묻곤 하던 여자가 느닷없이 세차게 입술을 쑥 내밀었다.

그러나 그 후에는 오히려 고통을 호소하는 헛소리처럼,

"안 돼, 안 돼요. 친구로 사귀자고 당신이 말하지 않았어요?" 하고 몇 번이나 되풀이 했는지 알 수 없다.

시마무라는 그 진지한 목소리에 충격을 받아 이맛살을 찌푸리며 기를 쓰고 자신을 억누르고 있는 끈덕진 의지가 싱겁게 깨질 지경이어서 여자와의 약속을 지킬까 하고도 생각해봤다.

"나는 아무것도 아까울 게 없어요. 결코 아까워서 그러는 게 아니에요. 하지만 그런 여자는 아니에요. 난 그런 여자가 아니란 말이에요. 절대로 오래 가지 못한다고 당신 자신이 말하지 않았어요?"

취해서 반은 정신을 못 차리는 모양이었다.

"내가 나쁜 게 아니에요. 당신이 나빠요. 당신이 진 거예요. 당신이 약한 거예요. 난 그렇지 않아요" 하고 정신없이 중얼거리며 기쁨을 감추려고 소매를 지근지근 씹고 있었다.

잠시 맥이 빠진 듯이 조용해졌으나 퍼뜩 생각나서 푹 찌르는 듯한 말투로,

"당신, 웃고 있군요. 나를 비웃는 거죠."

"웃긴 누가 웃어."

"마음속으로 웃고 있는 거죠. 지금은 안 웃어도 틀림없이 나중엔 웃을 거야" 하고 여자는 자리에 엎드려 흐느껴 울었다.

하지만 곧 울음을 그치더니 자신을 내주는 듯이 태도를 부드럽게 누그러뜨려 정답게 자질구레한 신세타령을 늘어놓기 시작했다.

일반적으로 이런 상황이 되면 남자는 수동적인 자세가 된다. 이렇게 살갑게 다가오는 여자에게 남자는 약해진다. 마치 여자의 알몸이 자신의 몸에 닿은 듯한 느낌이 든다. 고마코의 솔직한 용기와 무의식적인 유혹에 지고 만다.

고마코는 관계 후에 "저를 비웃고 있지요?"라고 묻는다. 결국 보통의 게이샤처럼 몸을 파는 여자라고 비웃을 것을 염려하는 것이다. 이러면 별로 좋지 않은데 하면서 그 모습에 또 반한다.

고마코가 시마무라를 유혹할 수 있었던 것은 그가 처자나 사회를 버리지 않을 것이라는 확신이 있기 때문이다. 두 사람이 맺어져서 평생 같이 있고 싶어도 그런 것은 불가능하다는 마음. 그것은 체념하는 마음이기도 하지만 안심하는 마음이기도 하다. 두 사람의 그 마음이 더 이상 나아가지 않고 멈춤으로써 순화 작용을 일으킨 상태, 그것이 바로 이 소설의 연애소설로서의 유일한 측면이 된다.

이 소설의 전체적인 분위기는 '모두 헛수고이다'라는 말과 밀접하게 연결되어 있다. 그 말은 소설 속에 12번이나 나온다. 시마무라는 고마코의 일기를 보고 "일기를 써도 아무 소용없어. 헛수고야"라고 한다. 그리고 "우리의 관계도 헛수고 아닌가?" 라고 잘라 말하곤 한다.

이 소설의 제목도 처음에는 '도로(徒勞)' 즉 '헛수고'였다고 한다.

시마무라는 도회풍의 남자로 다른 사람의 생활에 파고들어가는 것을 싫어한다. 또한 너무 열렬해지는 관계는 피하고 싶고 상대방이 자신의 정신세계에 들어오는 것도 싫다. 귀찮은 관계나 갑자기 가까워지는 것은 철저히 배제해야 한다고 생각한다.

시마무라는 영원히 나그네로 있고 싶은 남자다. 고마코와의 연애에 있어서도 그렇다. 그런 고마코는 "적당한 선에서 돌아가세요"라고 한다. 중심을 잘 잡고 있다. 시마무라는 이런 여자라면 더 있고 싶다고 모순된 마음을 품는다. "돌아가세요"라고 말하는 여자가 씩씩하고 좋아 보인다. 소설 중반 이후에 시마무라가 "이 여자는 나한테 빠져 있어. 그것이 또 한심스러웠다"라고 하는데 그 말은 과연 어떤 의미일까?

아내와 자식이 있는 집으로 돌아가는 것조차 잊어버린 듯 오랫동안 머무른 느낌이었다. 떨어지기 싫어서인 것도 아니고 헤어지기 싫어서인 것도 아니지만, 고마코가 자주 만나러 오는 것을 기다리는 버릇이 들어 버렸다. 그리고 고마코가 안타깝게 다가오면 다가올수록 시마무라는 자신이 살아있지 않은 듯한 가책이 점점 더 심해지는 것이었다. 말하자면 자신의 허전함을 바라보면서 그저 우두커니 서 있는 것이었다. 고마코가 자신한테 빠져 들어오는 것이 시마무라에겐 이해할 수 없는 일이었다. 고마코의 모든 것이 시마무라에게 전해져 오는데도 시마무라의 어느 것도 고마코에게는 전해진 것 같지 않다. 고마코가 내는 공허한 벽에 부딪히는 메아리와 같은 소리를 시마무라는 자신의 가슴 속에 눈이 내려 쌓이는 듯이 들었다. 이와 같은 시마무라의 제멋대로 구는 태도는 언제까지나 계속될 수 있는 것은 아니었다.

이번에 돌아가면 이젠 절대로 이 온천에는 올 수 없으리라는 느낌이 들었다. 시마무라가 눈의 계절이 다가오는 화로에 기대어 앉아 있노라니, 료칸 집주인이 특별히 내 준 교토산 쇠주전자에서 부드러운 솔바람 소리가 나고 있었다. 은으로 된 꽃과 새가 정교하게 아로새겨져 있었다. 솔바람 소리는 이중으로 겹쳐져서 가까이서 나는 것과 멀리서 나는 것으로 구분되어 들렸는데, 그 멀리서 나는 솔바람의 조금 떨어진 곳에서 작은 방울이 희미하게 계속 울리고 있는 것만 같았다. 시마무라는 쇠주전자에 귀를 가져다 대고 그 방울 소리를 엿들었다. 방울이 끊임없이 울리고 있는 근처의 저 멀리서 방울 소리만큼 종종걸음으로 걸어오는 고마코의 조그마한 발이 불현듯 시마무라에게 보였다. 시마무라는 깜짝 놀라며 이젠 여기를 떠나지 않으면 안 되겠다고 생각했다.

시마무라의 사랑은 헛수고이면서 아무것도 만들어내지 않는 사랑이다. 사랑의 끝이 이미 보인다. 고마코와 시마무라는 서로 심리전을 하고 있다. 남녀가 연애를 할 때는 비인간적이다. 상대방에 대한 인간적인 부분은 사라진다. 상대방을 원할 때는 그가 처한 난처한 상황은 상관하지 않는다. 끈끈한 애정이 생기면 처음의 설렘은 없어지고 타성에 젖는다. '설국'은 일상에서 떨어진 환상의 세계이며 또 다른 세계이다.

고마코는 원래는 다른 세계의 사람인데 점차 색깔을 띠게 된다. 무위도식하는 부유층 남자와 게이샤의 관계가 생기를 띠며 점점 현실성을 띠게 된다. 요코라는 여자도 좋다고 시마무라는 말한다. 요코는 계속 다른 세계의 사람이며 비현실적인 존재이다. 완벽하게 비일상적인 세계였던 '설국'은 이제는 서서히 현실적인 공간이 되려고 한다. 시마무라는 요코를 바라보며 또다시 비일상을 꿈꾸고 싶어 한다.

연애 소설에는 이렇게 한심한 남자가 어울린다. 한심한 남자는 여자들에게 인기가 있다. 남자답지 않아서 동정심을 유발시키기 때문이다. 시마무라는 망설이고 있다. 중간 지대에서 흔들리고 있다. 도망은 치고 싶은데 아무것도 하는 것은 없다. 이별이 가까워진 것을 알면서 시마무라도 고마코도 그것을 서로 요구하지는 않는다. 고마코의 작은 편지가 기쁘기도 하지만 슬슬 발을 빼지 않으면 안 된다고도 생각한다. 소설의 마지막 부분이다.

뭘 하러 갔었는지도 깨닫지 못한 채 시마무라는 온천장으로 돌아왔다. 차가 늘 다니는 건널목을 지나 사당이 있는 삼나무 숲 옆까지 왔을 때, 눈앞에 등불이 달린 집 한 채가 나타나서 시마무라는 후유하고 안도의 한숨을 내쉬었는데 그것은 조그만 요릿집인 기쿠무라였으며 문 앞에서 게이샤 서너 명이 서서 얘기하는 중이었다.

고마코도 있겠거니 하고 생각할 겨를도 없이 고마코만 보였다.

차의 속력이 갑자기 떨어졌다. 시마무라와 고마코와의 관계를 이미 알고 있는 운전수가 무심코 천천히 몰았던 모양이다.

문득 시마무라는 고마코와 반대 방향의 뒤쪽을 보았다. 타고 온 자동차 바퀴 자국이 또렷이 남아 있어 별빛으로 뜻밖에도 멀리까지 보였다.

차가 고마코 앞에 닿았다. 고마코는 순간 눈을 감는가 싶었는데 휙하고 뛰어 올랐다. 차는 멈추지 않은 채 그대로 조용히 언덕길을 올라갔다. 고마코는 문밖의 발판에 몸을 구부려 문의 손잡이를 붙잡고 매달려 있었다.

달려들어 착 들러붙을 기세인데도 시마무라는 고마코가 하는 행동에 부자연스러움도 위험도 느끼지 않았다. 고마코는 창을 안을 듯이 한쪽 팔을 들었다. 소맷자락이 흘러내려 긴 나가주반의 빛깔이 두꺼운 유리창 너머로 넘쳐흘러 추위로 굳어진 시마무라의 눈꺼풀에 스며들었다.

고마코는 유리창에 이마를 갖다 대면서,

"어디 갔었어요? 네? 어디 갔었냐고요?" 하고 새된 목소리로 소리쳤다.

"위험하잖아. 한심한 짓을 하는군" 하고 시마무라도 큰 소리로 대답을 했지만 어디까지나 달콤한 장난이었다.

고마코가 문을 열고 옆으로 쓰러질 듯 들어왔다. 그러나 그때 차는 이미 멎어 산기슭에 닿아 있었다.

"그러니까 어디 갔다 왔냐니까요?"

"응, 저기."

"어디요?"

"어디라고 할 것도 없어."

고마코의 옷자락을 여미는 손놀림이 게이샤답다고 시마무라는 새삼 신기하게 생각했다.

운전사는 잠자코 있었다. 멈춘 차 안에서 이렇게 계속 있는 것도 우스운 노릇이라고 생각했다.

"내리세요" 하고 시마무라 무릎 위에 손을 포개서 얹었더니,

"어머 차기도 해라. 왜 나는 안 데리고 갔어요?"

"아 그랬나?"

"뭐예요? 싱겁게."

고마코는 기분이 좋아진 듯이 가파른 돌층계로 된 좁은 길을 올라갔다.

"당신이 나가는 것 난 다 봤어요. 2시인가 3시 쯤 되었을 때죠?"

"그런 것 같네."

"차 소리가 나길래 나가 봤는데 당신은 뒤도 안 돌아보더라구요."

"그랬나?"

"그래요. 왜 돌아보지 않았죠?"

시마무라는 놀랐다.

"당신은 내가 보고 있다는 것을 모른 거죠?"

"맞아. 몰랐어."

"그럴 줄 알았어요" 하고 고마코는 기분이 좋다는 듯이 미소를 띠었다. 그리고는 어깨를 기대왔다.

이별을 예감하고 고마코는 시마무라가 타고 있는 차 발판에 올라탄다. 고마코의 이런 모습이 아름답고 사랑스럽게 보인다. 시마무라는 비현실적인 관계를 유지하며 아무런 반응을 안 한다. 그리고 이 장면 바로 뒤에 화재가 일어나서 고마코가 요코를 구하러 간다. 그 화재 장면으로 두 사람의 연애가 끝난다. 연애소설을 뛰어넘는 깊이감이 느껴지는 대목이다.

《설국》의 작가 가와바타 야스나리는 삶에 지쳐 있었다. 죽음에서 삶을 느끼고 있고 사랑의 종말에서 정열을 느끼고 있다. 사랑은 이성(理性)을 앞세워서 하게 되면 파괴되어 없어져 버린다. 미리 여러 상황을 지레짐작하여 계산하거나 하면 아무것도 할 수 없다. 연애는 좋은 의미에서 자극적인 삶의 활력이 될 수 있다. 《설국》은 그런 연애의 좋은 측면을 깊이감 있게 그리고 있다. 연애의 순수한 형태, 그 불가능성을 아슬아슬한 경계 지점에서 쓴 작품이다.

일본적인 정서와 작가의 자살

이 소설은 작가 가와바타 야스나리 스스로가 '어디에서 끊어도 좋은 작품'이라고 한 것처럼, 소설이라고 하기보다는 수필에 가깝고 마지막 엔딩

에도 맺음다운 마무리는 없다. 그런 제약의 느슨함이 북쪽 고장의 아름다운 자연과 여주인공 고마코의 순정을 한층 선명하게 해서 독자를 여정과 향수, 그리고 진한 일본적 정서로 이끌어가는 것이다.

이러한 작풍의 대표격으로 일본인으로는 최초로 노벨 문학상을 받았으며 일본의 독특한 문학세계라고 높은 평가를 받았다.

그런데 그 고마코의 순정은 도시에 처자가 있는 시마무라를 향해 발현되고 있다. 시마무라는 경제적, 사회적으로 어느 정도 안정된 중년의 남자로, 무기력함에 시골의 온천장을 찾아가는 나약한 면을 지니고 있으며 거기에서 도시를 접하지 못한 청결한 여자, 고마코의 매력에 이끌려 다니는 모습으로 그려지고 있다.

산으로 둘러싸인 온천마을 게이샤와의 사랑과 그것을 긍정하는 사회성은 다른 나라의 창부촌에는 없는 풍정이며 독특한 성향이다. 그것을 설산의 적막함과 삶의 허무함, 사랑의 밀고 당기기 등의 인간 공통의 감정으로 표현함으로써 일본인이 아닌 사람에게도 소설의 인생관을 이해시킬 수가 있다. 일본문화에서밖에 접근할 수 없는 방법으로 만인에게 통용되는 인간의 본질을 표현한 것이다. 그 공적과 평가에 의해 풍정 소설은 그 가능성의 최고점에 오를 수 있었다. 그리고 소설 ≪설국≫은 인기가 높아졌다.

하지만 그런 풍정 소설은 한계점이 있다. 위에서도 언급한 것처럼, 순수한 사랑으로 그려지는 시마무라와 고마코의 사랑은 중년 남성 손님과 게이샤와의 사이에서 일어난 일이다. 말하자면 눈 고장 온천장에서의 게이샤 놀이가 되는 것이다. 산간 지역 온천장의 게이샤는 표면적으로는 예능인이지만 실제는 매춘부이다. 풍정이라는 것의 실상은 금전이 목적인 매우 세속적인 것이다. 작가도 그런 본질을 알고 고마코와 시마무라의 정사의 구체적인 묘사를 피했다. 실제로 정사가 있었는지 없었는지 독자는 판단하기 어렵도록 애매하게 해 둔 것이다. 게이샤에게 돈을 내고 방으로 불러들이는 중년 남자에게 목적은 단 하나가 된다. 여자 주인공 고마코가 게이샤이기 때문에 여자 주인공을 얻으면 해피엔딩이 되는 식의 상투적인 전개는 피할 수 있겠지만 그 사실을 묘사하지 않기 때문에 최고조의 감정도 묘사할 수 없게 된다. 시마무라라고 하는 주인공이 무슨 생각을 하고 있으며 어떤 감정을 느끼는 지 전달이 잘 되지 않는다.

결국에는 작가는 어중간한 것밖에 쓸 수가 없다. 도시 생활에서 감정이 쇠퇴된 남자가 시골에서 만난 순박함과 외국의 비평가 쪽에서 보면 일본 게이샤를 맛볼 수 있는 오리엔탈적인 감각밖에는 쓸 것이 없다. 주인공이 있는 폐쇄된 세계에서 터널을 지나 이문화로 도달하는 매력이 일본의 산골지방에는 존재한다는 식의 전개밖에는 안 된다. 그리고 거기에는 시점 인물(주인공)이 필요하게 되고 그것은 터널을 빠져나가 다른 세계에 도착하는 작가 자신의 눈이기도 하다. 그러므로 원래부터 에치고 유자와에 살고 있는 사람은 터널을 빠져나가지 않기 때문에 그가 말하는 일본 문화는 전혀 알지 못하는 식이 되는 것이다. 도쿄에서 부유한 중년남자가 와서 돈을 주니까 웃으면서 대응하고 있는 상황에 인생의 본질이 있다고 아무리 얘기해도 공감하기가 어렵다. 고마코가 아무리 청결하다고 묘사되어도 과연 그럴까 하는 의구심이 든다. 소설 속의 세계를 믿은 여행객은 현지에서 주인공 시마무라의 추체험을 할 수 없으며 설산이 아름다웠다는 편의적인 부분만을 머릿속에서 긍정하고 즐기게 된다.

풍정 소설은 일반 대중들에게까지 퍼져 널리 인지되기는 했지만 결국에는 각자의 편의에 맞는 오락으로 모습을 바꾸게 된다는 약점을 극복하지 못해서 인간의 본질을 그리는 것이 불가능해졌다. 가와바타라는 작가 혼자만 편의적인 부분만을 그리고 인간의 본질을 구가하고 있는 것이다. 가와바타는 오락소설을 싫어하고 순수문학을 장려하지만 ≪설국≫에 그려진 세계도 현실에서는 서로 편의적인 오락과 같은 성격으로 적당히 거짓을 말하고 적당히 속아 넘어가서 서로 즐기는 오락으로 회귀해가는 것이다. 산골지방이 청결하다고 하는 것은 어떻게 보면 작가 가와바타 야스나리 한 사람의 제멋대로의 논리이다. 터널 들어가기 전도 터널을 빠져나간 후도 모두 일본이다. 그래도 터널 건너편이 다른 세계라고 생각한다면 온천은 즐길 수 있겠지만 거기에는 인간의 본질은 없다. 결국 작가 가와바타 야스나리는 가장 그리고 싶은 부분, 즉 인간의 본질 부분을 거짓으로밖에 그릴 수 없었다. 인간의 본질은 억지로 아름답게 한다든지 숭고하게 한다든지 하면 당연히 부자연스러워진다. 감정으로 소설을 쓰면 나타나는 한계점이다. 가와바타 야스나리와 풍정소설의 한계점이기도 하다. 소설에서 인간의 본질을 쓸 수 없으면 그것은 단순한 재미를 주는 오락이 되어 버린다. 가와바타는 결국 자신의 무의미한 집필이 허무해진 것이리라. 72세 때 가스 자살로 자신의 생을 마감한다.

3. 청춘들의 고독한 연애,
≪노르웨이의 숲≫

일본에서 가장 인기 있는 작가라고 칭해지는 무라카미 하루키의 5번째 장편 소설이다. 발표된 순서를 보면 ≪바람의 노래를 들어라≫≪1973년의 핀볼≫≪양을 쫓는 모험≫≪세상의 끝과 하드보일드 원더랜드≫ 그리고 ≪노르웨이의 숲≫이 되며 그 다음이 ≪댄스 댄스 댄스≫이다.

≪노르웨이의 숲≫은 무라카미 하루키 작품 중에 최고의 히트작이 되었으며 상하 합쳐서 전세계 판매고가 2014년에 이미 1000만 부를 넘어섰고 현재도 계속 팔리는 중이다.

발표 때부터 큰 화제를 불러일으킨 ≪1Q84≫도 1 · 2 · 3권의 판매 합계가 223만부(2011년)가 되므로 ≪노르웨이의 숲≫이 얼마나 많이 팔렸는지 알 수 있다. 무라카미 하루키가 현대의 일본을 대표하는 작가가 된 것은 바로 이 ≪노르웨이의 숲≫의 대히트 덕분이다.

물론 그렇게 인기를 얻게 됨에 따라 한편으로는 비판도 많아서 무라카미 하루키를 '색물' 혹은 '이단'이라고 낮은 평가를 내리거나 '그런 날라리 작가는 문학자가 아니다' 라는 식의 평가도 있었다. 좋아하는 사람조차도 선뜻 '좋아하는 작가는 무라카미 하루키'라고 말하기 어려운 분위기도 있었다.

하지만 전 세계에 무라카미 하루키의 이름이 널리 알려질 정도로 많은 사람들이 ≪노르웨이의 숲≫을 읽고 감동받았다는 사실은 그 누구도 부정할 수 없다.

특이한 연애 소설

작가 무라카미 하루키는 이 작품을 100% 연애소설이라고 정의하는데 이 작품이 과연 연애소설인지에 대해서는 논란이 있다. 남녀의 연애에 중점이 두어졌다기보다는 죽음, 삶, 인생, 운명 등에 대해서 쓰고 있다는 것이다. 또한 정사 장면에 대한 거침없는 묘사를 보면 '에로물'이라는 생각이 들 수도 있다. 이 소설을 읽기 전에 '죽음의 주변'에 관한 체험이 없는 사람은 대부분 에로 소설이나 의미 불명의 소설이라고 느낀다.

이 소설에서 섹스는 실제로 에로와는 별 관계가 없다. 육체적으로 접하고 '감정의 접촉 강도'를 강화시켜서 표현한 것에 지나지 않는다. 즉 특수한 장면에 있어서 등장인물 남녀 두 사람의 '감정의 접촉 강도'의 고조나 상승을 구체적으로 표현하는 장치에 지나지 않는다. 주인공 와타나베와 레이코가 섹스하는 것 역시 두 사람 사이의 신뢰감의 고조나 앞으로의 만남이 없을 것이라는 상실감 등을 표현하는 것에 지나지 않는다. 현실에서도 어떤 여성에 대해서 인간적인 호의를 가지고 있다면 그 여성과 사귀거나 하는 일은 별개로 섹스를 하고 싶다는 마음이 들 수도 있다. 그러므로 이 소설 속 에로틱한 장면에 부자연스러움은 없으며 오히려 자연체가 될 수도 있다. ≪노르웨이의 숲≫에서는 '감정적인 접촉 강도'의 고조를 구체적으로 표현하는 섹스와는 대조적인 '허무한 접촉'의 섹스도 표현되어 있다. 이러한 섹스도 현실적으로는 존재하므로 역시 자연체로 생각할 수 있다.

그런데 연애소설이라고 생각하고 읽으면 역시 꺼림칙한 느낌이 남는다. 주인공 와타나베는 스무 살 정도의 나이로 15명 이상의 여성과 잠자리를 하고 또 여성 쪽에서 먼저 다가오는 경우가 많으며 아무런 고백도 하지 않고 연애가 진행된다. 자신의 장래에 대해서도 특별히 희망이 없으며 하고 싶은 것도 없고 매일 매일 멍하니 보내면서 섹스만 하고 있다. 연애소설로 읽으면 이 이야기는 심하게 일그러진 이야기가 되고 주인공의 편의에 맞게 세상이 돌아가는 것 같이 보인다.

여기에는 당시의 시대 배경을 생각할 필요가 있다. 1969년에서 1970년에 청춘을 보낸 사람들의 모습을 그린 시대 소설이기 때문이다. 당시 일본에서는 미일 안보 투쟁, 학생운동의 거센 바람이 불고 미국에서는 베트남 반전을 표방한 '플라워 무브먼트'가 일어났다. 영국의 전설적인 그룹 비틀

즈는 해산될 위기에 있고 미국의 유명한 기타리스트 지미 헨드릭스와 흑인 여가수 재니스 조플린, 섹스폰 연주자 존 콜트레인이 연이어 죽어갔다. 일본에서는 제2차 세계대전 후의 경제적 부흥에서 고도성장의 붐이 일단락되고 1973년 석유 쇼크를 맞이하기 바로 직전의 대혼란의 시기에 해당된다. 그리고 반전 운동과 반핵 운동의 시대. 미국으로부터 도착한 히피 문화. 거기에는 약물과 섹스를 정면으로 받아들이는 시대의 물결이 있었다. 그 때까지 주류를 이루었던 중후하고 장대한 것에 대한 안티테제가 생겨난 시대였다. 그런 시대에 헬멧을 쓰고 반미를 외치다가 어느 날 갑자기 양복 정장으로 바꿔 입고 취직활동을 하는 주위 학생들에게 동조하지 못하고 주인공은 혼자만 붕 뜬 상태로 지내고 있었다.

일본이라는 나라가 어디를 향하고 있는지 그리고 그 나라에 살고 있는 자신은 앞으로 어떻게 될지 막연하기만 한 불안감 속에 주인공은 살고 있던 것이다.

이 소설의 주인공 와타나베는 그런 1969년부터 1970년을 산 서툰 대학생 중의 한 사람이다.

5월 말 대학은 동맹 휴학에 들어갔다. 그들은 "대학 해체"를 외치고 있었다. 좋아, 해체할 테면 하라고 나는 생각했다. 해체해서 산산조각을 내어 발로 짓밟아 가루로 만들어 버리라지. 눈 하나 깜짝하지 않을 테니까. 그럼 나도 홀가분할 것이고, 뒷일이야 혼자서 어떻게든 해볼 것이 아닌가. 도움이 필요하다면 도와줄 수도 있어. 재빨리 해치우라구.

대학 문이 봉쇄되고 강의가 중단되었으므로, 나는 화물 센터에서 아르바이트를 시작했다. 화물 트럭 조수석에 앉아서 짐짝을 싣고 부리는 일이었다. 생각보다 일이 고되어서 처음에는 아침에 일어나기도 힘들 정도로 몸이 쑤셨다. 그 대신 보수가 좋은 편이었고 바쁘게 몸을 움직이는 동안에는 나 자신 속의 공동을 의식하지 않아도 되었다.

나는 일주일에 5일은 낮에 화물 센터에서 일하고 3일은 밤에 레코드 가게에서 일을 했다. 그리고 일이 없는 밤에는 방에서 위스키를 마시면서 책을 읽었다. 돌격대는 술을 한 방울도 못해서 술 냄새에 아주 민감했다. 내가 침대에 누워서 위스키를 마시면 그는 냄새가 역겨워 공부를 못 하겠으니 밖에 나가서 마시라고 투덜거렸다.

1969년에 일본에서 청춘을 보낸 사람들은 미국의 개방적인 흐름의 영향을 받아서 지금보다 훨씬 찰나적이고 자유분방했으며 한편으로는 안보 투쟁과 같은 폭력에 접하며 살고 있었다. 마치 우리나라의 7080 세대가 유신 체제와 군부독재에 저항하며 대혼란 속에서 대학 시절을 보냈던 것과 비슷한 상황이라고 할 수 있는데 가치 체계 면에서 보면 더 암울하고 허무한 무질서의 소용돌이였다고 할 수 있다.

그런 시대적 배경을 고려하며 읽으면 이 작품은 이해하기 쉽고 깊이가 생긴다.

이 소설이 일반적인 순수한 연애 소설이 아닌 것은 확실한데 그렇다면 어떤 연애 관계가 그려져 있는지 구체적으로 살펴볼 필요가 있다.

기본적으로 이 소설은 30대 후반의 남자가 옛날을 회상하며 이야기하는 식으로 구성되어 있다. 그러므로 당시 대학생의 풋풋한 모습은 그것을 이야기하는 장년의 의식 속 필터에 걸러져서 어느 정도는 분별력 있는 색조를 띠고 있다. 그러한 구성 방법이 한편으로는 이 소설이 전 세계 사람들의 공감을 얻어 널리 읽힌 이유가 되기도 한다.

청춘이란 이미 어른이 된 사람에게도 또는 지금 그 상태인 사람에게도 불가사의하고 마치 미치광이처럼 예감에 가득 차 있으며 모든 가능성이 소용돌이치는 세계이다. 누구든지 자신의 청춘을 그 무엇과도 바꿀 수 없는 단 한 번의 기회로서 산다. 그것을 어떻게 사느냐가 그것을 산 사람의 인간으로서의 본질을 방향 짓는다. 그러므로 모든 사람한테는 청춘을 어떻게 사느냐 혹은 어떻게 살아야 하느냐가 끝없는 관심사가 된다. 위대한 문학은 정도의 차이는 있지만 청춘 문학으로서의 색조를 띨 수밖에 없다.

청춘을 살고 있는 사람은 여러 사항이나 과제에 직면한다. 일어나는 일이나 과제는 사람에 따라서 다르다. 이 소설의 주인공 와타나베에게는 사랑과 죽음이 청춘의 과제로 눈앞에 놓여 있다. 사랑이란 그의 경우에 여성과의 성애라는 형태를 취한다. 그는 여성과의 사이에서 마치 연애 게임을 하듯이 사랑을 하면서 어떻게 남녀 관계를 이해하면 좋은지 그것이 자신의 인생에 있어서 어떤 도움이 되는지에 대해서 조금씩 배워 간다. 하지만 그의 사랑의 상대가 된 나오코라는 소녀는 그의 사랑을 그대로 받아 주지 않는다. 그녀는 남자와의 사이에 지극히 평범한 연애 관계는 이룰 수 없다는 사실을 나중에 깨닫는다.

작가는 명백하게 표현하지는 않지만 독자가 나오코에게 레즈비언의 분위기를 느껴도 이상하지 않도록 이야기를 진행시켜 나간다. 만일 레즈비언이 아니라고 한다면 양성애자라고 해도 좋다. 어쨌든 그녀는 평범한 여자가 되지 못한 소녀라는 느낌을 받는다.

나오코는 주인공 와타나베 친구의 연인이었다. 그 친구는 고등학교 2학년 때 자살했다. 왜 그가 죽었는지 이유는 명시되어 있지 않다. 이 소설에서는 자살하는 사람이 그 외에도 더 있다. 나오코도 마지막에는 자살한다. 와타나베의 선배 나가사와의 연인 하쓰미도 자살한다. 이들의 자살은 자세하게 설명되지는 않지만 외면적으로 보면 공통되는 요인이 있다. 그것은 청춘 시절을 무사히 넘기지 못한 사람들이 막다른 골목에 다다랐을 때 선택하는 절박한 행위였다는 측면이다.

소설 속 이야기는 와타나베와 나오코의 만남부터 시작한다. 도쿄에서 두 사람은 우연히 다시 만나게 되는데 그 때 두 사람의 공통이 되는 친구인 기즈키는 이미 자살한 상태였다. 그가 왜 자살했는지 두 사람은 자세히 모른다. 하지만 두 사람에게 있어서 그 죽음이 큰 충격이었으며 마음의 응어리로 남아 있다는 것은 확실하다. 두 사람은 그 마음의 응어리를 공유하면서 점차 깊은 관계가 되어간다.

그렇게 해서 나는 18살, 19살이 되었다. 해가 뜨고 해가 지고, 국기가 올라갔다 내려갔다 했다. 그리고 일요일이 되면 죽은 친구의 연인과 데이트했다. 도대체 나 자신이 지금 무엇을 하고 있는 지 이제부터 무엇을 하려고 하는지 전혀 알 수 없었다.

대학에서 클로델을 읽고 라신을 읽고 에이젠슈테인을 읽었지만 내게 그런 책들은 거의 아무런 감동도 유발시키지 못했다.

나는 대학, 같은 과에서는 단 한 명의 친구도 사귀지 않았으며 기숙사에서의 교제도 형식적인 것에 지나지 않았다. 기숙사 동료들은 내가 언제나 혼자 책을 읽고 있어서 작가가 되려는 줄 알고 있었던 모양이지만 나는 작가가 될 생각은 별로 없었다. 그 무엇도 되고 싶다는 생각은 없었다.

나는 그런 심정을 나오코에게 몇 번인가 얘기하려 했다. 그녀라면 내가 생각하고 있는 것을 어느 정도 정확하게 알아주지 않을까라는 생각이 들었기 때문이다. 그러나 그것을 표현하기 위한 어휘가 찾아지지 않았다. 이상한 일이라고 나는 생각했다. 이건 마치 그녀의 '말 찾기 병'이 내 쪽으로 옮아 버린 것이 아닌가 싶었다.

토요일 밤이 되면 나는 전화기가 있는 현관 로비 의자에 앉아 나오코의 전화를 기다렸다. 토요일 밤에는 대부분 밖으로 놀러 나가 로비는 여느 때보다 사람도 적고 쥐 죽은 듯이 조용했다. 나는 늘 그런 침묵의 공간에 반짝반짝 떠 있는 빛의 입자를 응시하면서 내 자신의 마음을 확인하려고 노력해 보았다.

도대체 나는 무엇을 찾고 있는 것일까? 그러나 해답다운 해답은 찾아지지 않았다. 나는 가끔 공중에 떠도는 빛의 입자를 향해 손을 내밀어 보았지만, 그 손가락 끝에는 아무 것도 닿지 않았다.

대학 생활을 하면서 친구를 사귀지 않는 주인공에게 나오코는 유일한 친구이자 안식처인 것처럼 보인다. 두 사람 사이에서는 나오코 쪽이 리드하는 편이다. 나이는 동갑이지만 생일이 빠른 나오코가 무슨 일이든 어른스러웠다.

4월 중순에 나오코는 20살이 되었다. 내가 11월생이니까 그녀가 약 7개월 정도 연상이 되는 셈이다. 그녀가 20살이 된다는 것이 어쩐지 이상한 느낌이 들었다. 나든 그녀든 18살과 19살 사이를 오가는 편이 옳지 않을까 하는 생각 때문이었다.

18살 다음이 19살이고 19살 다음이 18살이 되면 좋겠다. 하지만 어쨌거나 그녀는 20살이 되었다. 그리고 가을엔 나도 20살이 되는 것이다. 이미 죽어 버린 기즈키만이 언제까지나 17살이었다.

나오코의 생일에는 비가 내렸다. 나는 수업이 끝나자 근처에서 케이크를 사가지고 전철을 타고 그녀의 아파트로 갔다. 어떻든 20살이 된 셈이니 뭐라도 축하를 해야 하지 않겠냐고 내가 말을 꺼낸 것이다. 만일 반대로 내가 20살 생일을 맞이했다면 당연히 그런 걸 바랐을 것이다. 혼자 외톨이로 20살 생일을 보낸다는 것은 괴로운 일이다.

전철은 붐볐고 더구나 너무 흔들렸다. 그 덕분에 나오코의 방에 도착했을 때는 케이크가 무슨 로마의 콜로세움처럼 찌그러져 있었다. 그런대로 준비한 양초 20개를 꽂고 성냥을 그어 붙인 후에 커튼을 닫고 전깃불을 끄니 그럭저럭 생일 파티 분위기가 났다. 나오코가 양주를 땄다. 우리는 양주를 마시고 케이크를 조금씩 먹은 후 간단하게 식사를 했다.

"20살이 되니 왠지 바보스러운 걸요. 나는 20살이 될 준비가 전혀 되어 있지 않아요. 어쩐지 뒤에서 떠밀려온 것만 같아요."

"나는 아직 7개월이나 남았으니 조금씩 준비해야겠네" 하고 나는 웃으면서 말했다.

"좋겠네요. 아직 19살이라서" 하고 나오코는 부럽다는 듯이 말했다.

이렇게 해서 와타나베는 점차 나오코를 반려자로 의식하게 되고 나오코와 평범한 연인이 되고 싶어 한다. 일본에서는 전통적으로 스무 살이 되는 것에 큰 의미를 둔다. 현재도 1월 둘째 주 월요일을 성인의 날로 지정하고 성인식을 대대적으로 치른다. 성인이 되었다는 것은 앞으로 하는 일에 제약이 없어진다는 뜻과 함께 행동에는 책임이 뒤따라야 한다는 것을 뜻한다. 나오코의 스무 살 생일날에 두 사람은 하나가 되려고 한다. 나오코도 거기에 응하지만 두 사람은 자연스런 연인 관계를 맺을 수 없었다. 두 사람은 단 한 번 시도했지만 그것은 기쁨에 찬 것이라기보다는 슬픔에 찬 것이었다.

그날 밤, 나는 그녀와 잤다. 그렇게 하는 것이 옳았는지 잘못되었는지 나로서는 잘 모르겠다. 20년 가까운 시간이 지난 지금도 그것은 잘 모르겠다. 아마 영원히 모를 것 같다는 생각이다.

하지만 그 때는 그렇게 하는 것 외에는 달리 어쩔 수가 없었다. 그녀의 감정은 격앙되어 있었고 혼란스러워했으며 그 감정을 진정시켜 주길 바라고 있었다.

나는 전등을 끄고 조심조심 그녀의 옷을 벗기고 나도 옷을 벗었다. 그리고 끌어안았다. 비오는 훈훈한 밤이어서 우리는 알몸인 채였지만 추위를 느끼지 않았다.

나와 나오코는 어둠 속에서 말없이 서로의 몸을 더듬었다. 나는 그녀의 입술을 덮으며 두 손으로 가슴을 감쌌다. 그녀는 뻣뻣해진 내 것을 잡았다. 그녀의 그것은 촉촉하고 따뜻한 채로 나를 요구하고 있었다.

하지만 내가 들어가자 그녀는 몹시 아파했다. 처음이냐고 물었더니 나오코는 고개를 끄덕였다. 나는 약간 당황했다. 그 때까지 기즈키와 나오코가 같이 잔 적이 있다고 생각해 왔기 때문이다.

나는 그녀의 깊숙한 곳으로 들어가 움직이지 않고 그녀를 끌어안은 채 있었다. 그리고 그녀가 진정되자 천천히 시간을 들여 내뿜었다. 마지막에 나오코가 내 몸을 힘껏 끌어 안으며 외마디 소리를 질렀다. 이제까지 내가 들었던 소리 중에서 가장 애절한 소리였다.

　다 끝나고 나서 나는 왜 기즈키와 같이 자지 않았느냐고 물었다. 그녀는 내 몸에서 손을 떼더니 또 소리 없이 울기 시작했다. 나는 붙박이장에서 이불을 꺼내 그 위에 그녀를 눕혔다. 그리고 창 밖에 내리는 4월의 빗줄기를 바라보며 담배를 피웠다.

　상처만 남은 상태에서 와타나베는 나오코에게 더 상처 주는 말을 한다. 나오코에 대한 와타나베의 감정은 일그러져 있었다. 나오코가 와타나베를 제대로 받아들이지 못하는 것은 그녀가 지금의 남자, 즉 자신과의 관계에 몰두할 수 없어서 그런 것은 아닐까 하고. 하지만 나오코는 기즈키와의 사이에서도 매번 실패했다고 했다.

　그런 그녀가 스무 살이 된 생일날에 와타나베와 잠자리를 같이 한 것은 용기를 낸 일이었지만 그 일에 순수한 기쁨을 느끼는 것은 불가능했다.

　그녀는 그 일을 항상 마음의 짐으로 생각하고 있었다. 기즈키가 자살한 것도 자신과 완전한 연인 관계를 맺을 수 없다는 사실에 절망감을 느껴서 그런 것은 아닐까 하고 말이다. 결국 그녀는 그러한 상황이 있은 후에 마음의 병에 걸려 교토의 요양원에 입원하게 된다. 그 일이 너무나도 큰 마음의 부담으로 작용했기 때문일 것이다.

　와타나베는 교토의 요양원으로 찾아가서 어떻게든 그녀와의 관계를 발전시키는 계기를 잡으려고 방법을 모색하는데 결국 그 노력은 결실을 맺지 못한다. 나오코는 마음의 짐을 스스로 받아들이고 자살을 하고 만다. 나오코의 죽음은 이 소설에서 사랑과 죽음을 두 축으로 하여 원으로 돌아가는 순환 운동을 완결시킨다. 그 때 주인공인 와타나베는 다음과 같이 중얼거린다.

죽음은 삶의 반대편에 있는 것이 아니라 그 일부로 존재한다.

죽음이 너무 자주 등장해서 이 소설을 연애 소설이나 청춘 소설로 규정하기에는 너무 무겁다고 할 수도 있지만 그 무게감이 오히려 이 소설에 깊은 음영을 드리우고 깊이를 더한다.

≪노르웨이의 숲≫의 주인공 와타나베는 여성을 대할 때 매우 상냥하며 상처 주지 않으려고 노력하는 성실한 이미지로 여성들에게 특히 환영받는 인물이다. 그런데 왜 여성과의 연애 관계는 행복하지 못한 것일까.

와타나베의 또 다른 여성 미도리와 레이코는 와타나베의 말투가 마음에 들었다고 한다. 미도리는 "나는 당신의 말투가 좋아. 깔끔하게 벽을 칠하는 듯이 매끄럽거든" 라고 하고 레이코도 ≪호밀밭의 파수꾼≫의 주인공 홀든 콜필드 같다며 그의 말투를 좋게 평가한다. 와타나베의 말투는 여성 쪽에서 보면 재미있고 개성적이며 화려한 수식어를 나열하기보다는 이해하기 쉽게 말하는 것이 특징이다. 기본적으로 여성에 대해 상냥하고 뭔가 요구를 해도 거절하지 않고 대응하며 상대방의 마음을 잘 이해해 주는 타입이라는 인상을 준다. 하지만 그에게 가까이 가면 갈수록 잘 알 수 없게 되는 남성이기도 하다.

그런 점에서 무라카미 하루키의 연애 소설에서는 연애관계에 있어서 정신의 합일이 육체의 합일에 귀착하는 형태는 취하지 않는다고 할 수 있다. 오히려 ≪노르웨이의 숲≫은 정신적인 치료를 중심으로 하는 테라피 혹은 카운슬링의 문학이라고 정의할 수 있다. 하지만 작품에는 와타나베와 육체관계를 갖는 3명의 여성 사이에 정신적인 교류는 적게 묘사되고 나오코, 미도리, 레이코가 일방적으로 와타나베에게 말을 걸고 자신의 마음을 이해받으려는 식으로 묘사된다.

와타나베의 대학선배 나가사와가 "내가 와타나베와 비슷한 점은 다른 사람한테 이해를 받아야 한다고 생각하지 않는 점이야" 라고 하며 "다른 놈들은 어떻게든 자신의 말을 다른 사람에게 이해시키려고 애를 쓰지만 나는 그렇지 않아. 와타나베도 그렇지 않고. 나를 이해 못 해도 상관없다고 생각하지. 나는 나고 남은 남이니까" 라고 하자 와타나베는 "설마"라고 부정하면서 "나는 그 정도로 강한 놈이 아니에요. 아무도 나를 이해 못해도 좋다고 생각하지 않아요. 내 마음을 이해해주길 바라는 사람도 있어요. 물론 그 외에는 이해를 못 해도 할 수 없다고 포기하는 부분도 있지만"이라고 자신의 마음을 이해해주는 사람이 필요하다고 강조한다.

그러나 소설 속에서 보면 와타나베는 타인의 이야기를 듣더라도 자신의 마음을 남에게 이해받으려고 하는 자세는 보이지 않는다. 나오코에게 처음 쓴 편지에서 "나는 모든 것들을 아직 잘 모르겠고 알려고 노력은 하지만 아마도 시간이 걸릴 것 같아. 그 시간이 흐른 뒤에 내 자신이 어디에 있을지는 전혀 상상이 안 가. 그러니 나는 너한테 어떤 약속도 할 수 없고 뭔가를 요구하거나 매끈한 말을 늘어놓을 수도 없어. 무엇보다 우리는 서로에 대해서 너무 몰라" 라고 앞으로의 일은 아직 모른다며 두 사람의 문제를 해결하려는 자세를 보이지 않는다.

또한 나가사와는 "와타나베나 나나 본질적으로는 자기 일밖에 관심이 없어. 오만인지 아닌지는 모르겠지만. 자신이 무엇을 생각하고 무엇을 느끼며 어떻게 행동할 지에 대해서만 관심 있지. 그러니까 나 자신과 타인과의 관계를 딱 잘라서 생각할 수가 있는 거야. 내가 와타나베를 좋아하는 이유이기도 하지" 라고 한다.

그러므로 주인공 와타나베의 말투에는 모든 사물을 심각하게 생각하지 말고 사물과의 사이에 그럴만한 거리를 두어야 한다는 생각이 나타나있고 거기에 사랑이 불가능한 원인이 있다고 할 수 있다. 보통 사랑에 빠진 사람은 서로 더 가까워지기 마련이지만 와타나베는 모든 사물과 모든 사람에게 거리를 두어야 한다고 생각하는 사람이므로 그는 누구와도 연애관계를 성립시킬 수 없다.

와타나베가 여성의 심리를 심각하게 생각하지 않는 타입이므로 그와 사귀게 되는 여성도 역시 같은 본질을 가진 사람이다. 자신의 의견이나 기분, 좋아하고 싫어하는 것 그리고 자신이 바라는 것을 확실하게 드러내는 미도리와 같은 여성말이다.

하지만 나오코는 자신의 기분을 잘 정리하지 못하고 감정을 분명히 전하지 않기 때문에 와타나베와 가까워질 수 없다. 나오코의 요양원 룸메이트 레이코는 와타나베에게 있어서 연상의 여성이며 그와 나오코 사이에 다리를 놔주는 역할로 조언을 하거나 남편과의 문제를 와타나베에게 얘기하는 것으로 서로 도움을 주고받는다. 만일 레이코가 그와의 만남에서 자신의 욕망을 입으로 드러내서 말하지 않았다면 와타나베와는 맺어질 수 없었다.

37세의 와타나베가 비틀즈의 노래 〈노르웨이의 숲〉을 듣고 죽음에 이른 나오코를 생각하며 정신적으로 혼란스러워 하는 것은 그가 '나오코는 나를 사랑하지 않았다'는 것에 대한 집착임과 동시에 나가사와가 말하는 상대방과의 거리를 좁힐 노력을 하지 않는 자신의 본질을 여전히 인정하고 있지 않다는 것을 뜻한다.

엇갈리는 두 사람, 와타나베와 나오코

소설 전체 중에서 중반에 해당하는 제5장은 나오코가 와타나베에게 쓴 긴 편지로 되어 있다.

이곳에 온 지도 벌써 4개월 가까이 됩니다. 나는 지난 4개월 동안 당신에 대해 많이 생각했어요. 그리고 생각하면 할수록 내가 당신에 대해 공정하지 못했던 것은 아닌가도 생각했어요. 나는 당신에게 좀 더 정확한 인간으로서 공정하게 행동했어야 옳았다고 생각해요.

하지만 이런 사고방식은 그다지 올바른 것이 아닐지도 모릅니다. 왜냐하면 내 나이 또래의 여자들은 대개 공정이라는 말을 쓰지 않기 때문이죠. 보통 여자들한테는 사물이 공정한가 그렇지 않은가 하는 문제는 별로 관심이 없거든요.

지극히 평범한 여자는 무엇이 공정한지 아닌지 보다는 무엇이 예쁜지 어떻게 하면 행복해지는 지 그런 것을 중심으로 사물을 생각해요. 공정이란 말은 아무래도 남자가 많이 사용하는 말이에요. 하지만 지금의 나한테는 이 공정이라는 말이 딱 맞는 말인 것 같아요.

아마도 나한테는 무엇이 예쁘고 어떻게 해야 행복해지는 지는 너무 어렵고 까다로운 문제여서 오히려 공정이나 정직, 보편이라는 문제가 더 쉬운 것처럼 느껴져요.

어쨌든 나는 당신에 대해 공정하지 못했다고 생각해요. 그래서 당신을 혼란스럽게 했고 상처받게 했을 거예요.

그리고 그것으로 인해 나 자신도 상처받았어요. 변명하는 것도 내 자신을 변호하는 것도 아니에요. 혹시라도 내가 당신의 마음속에 어떤 상처를 남겨 놓았다면 그 상처는 내 상처이기도 합니다. 그러니 상처를 입었다 하더라도 너무 나를 미워할 필요는 없습니다.

나는 불완전한 인간이에요. 나는 당신이 생각하는 것보다 훨씬 불완전해요. 그렇기 때문에 더더욱 당신의 미움을 받고 싶지 않아요. 당신한테까지 미움을 받게 되면 나는 산산조각이 날 것 같아요. 나는 당신처럼 껍질 속으로 들어가 세상을 헤쳐 나갈 자신이 없어요.

나는 당신이 어떤 사람인지 잘 모릅니다. 하지만 그렇게 보일 때가 있어요. 물론 나한테는 부럽게 느껴지는 부분이기도 해요. 그 부러운 마음에서 당신을 필요 이상으로 받아들인 것인지도 몰라요.

이 편지를 보면 나오코는 교토에 있는 요양원 아미료에 들어가서 4개월 동안 자기가 와타나베에게 '공정'하지 않았다고 스스로 자책하고 있는 것이 된다. '공정'이라는 딱딱한 이미지의 말은 일반적으로 젊은 여자가 사용하지 않는다. 하지만 나오코가 남성이고 와타나베가 여성이었다면 '공정'이라는 말은 나오코의 기분에 딱 맞는 말이 된다.

그런데 나오코의 공정하지 못하다는 반성은 이미 와타나베 스스로가 느낀 부분이다.

나오코는 내게 딱 한 번 좋아하는 여자가 있었는지 물었다. 나는 헤어진 여자 친구 얘기를 했다. 마음씨 착하고 그녀와 같이 자는 것은 좋았는데 왜 그런지 마음이 끌리지는 않았다고 했다. 아마도 내 마음속에는 딱딱한 껍질 같은 것이 있어서 그 껍질을 뚫고 안으로 들어올 수 있는 사람은 극히 적은 것 같다고 말했다. 그래서 사람을 제대로 사랑할 수 없는 것은 아닌가 한다고.

"지금까지 진심으로 누군가를 사랑한 적은 없나요?" 하고 그녀가 물었다.

"없어."

그녀는 그 이상 아무것도 묻지 않았다.

가을이 끝나고 찬바람이 거리를 휩쓸아치자 그녀는 가끔씩 내 팔에 몸을 기댔다. 더플코트의 두꺼운 천을 통해 나는 나오코의 체온을 희미하게나마 느낄 수 있었다. 그녀는 내 팔에 자기의 팔을 감기도 하고, 내 코트 주머니에 손을 찔러 넣기도 하며 정말 추울 때는 내 팔에 매달려 떨기도 했다. 하지만 그게 다였다. 그녀의 행동에는 그 이상의 아무런 의미도 없었다.

나는 코트 주머니에 두 손을 찔러 넣은 채 여느 때와 같이 걸어갔다. 나도 그녀도 고무로 된 신발을 신고 있어서 두 사람이 밟는 낙엽 소리는 거의 들리지 않았다. 도로에 떨어진 커다란 플라타너스 낙엽을 밟을 때만 바삭 하고 마른 소리가 났다.

그런 소리를 듣고 있으면 나는 나오코가 불쌍해 보였다. 그녀가 찾고 있는 것은 내 팔이 아니라 그 누군가의 팔이다. 그녀가 찾고 있는 것은 내 온기가 아니라 그 누군가의 온기였다. 나는 그 누군가가 아니라는 점에서 꺼림칙한 기분을 지울 수 없었다.

겨울이 깊어갈수록 그녀의 눈은 전보다 더 투명한 느낌을 주었다. 그것은 어디로도 갈 곳이 없는 투명함이었다. 가끔 그녀는 이렇다 할 이유도 없이 무언가를 찾아내려는 듯이 내 눈을 물끄러미 들여다보곤 했다. 그럴 때마다 나는 가슴 한 쪽이 텅 비어있는 듯한 쓸쓸함이 밀려와 견딜 수가 없었다.

아마도 그녀는 나에게 무엇인가를 말하고 싶은 것이 아닌가 싶었다. 하지만 그것을 제대로 말로 표현하지 못하는 것이라고, 아니 말로 표현하기 이전에 자기 스스로도 파악이 안 되는 상태일 것이라고 생각했다. 그렇기 때문에 말이 나오지 않는 것이다. 그래서 그녀는 늘 머리핀을 만지작거리고 손수건으로 입술을 닦기도 하고 내 눈을 물끄러미 아무런 의미도 없이 들여다보곤 하는 것이었다.

만약 할 수만 있다면 나는 그런 나오코를 끌어안아 주고 싶었지만 언제나 망설임 끝에 그만두었다. 그런 일로 인해 그녀가 상처라도 입으면 안 될 것 같았다. 그런 식으로 우리는 도쿄 거리를 내내 걸었으며 허공 속에서 계속 말을 찾고 있었다.

기즈키가 죽은 후에 혼자서 도쿄에 와서 외로운 생활을 하고 있는 나오코는 와타나베와 다시 만나 마음을 터놓을 수 있다고 생각하고 마음을 기댈 수 있는 사람으로 매주 전화를 걸어 데이트를 하자고 한다. 그러한 나오코의 행동에 와타나베는 오해를 했다. 나오코가 자기를 만나고 싶어 하고 또 자기를 싫어하지 않으며 호의를 갖는다고 생각한 것이다. 하지만 나오코는 아직 옛 애인 기즈키를 사랑하고 있으며 마음속에는 기즈키가 여전히 남아 있다. 그러므로 나오코는 기즈키를 사랑하는 상태에서 겉으로만 와타나베를 사랑하는 척해서 그를 혼란스럽게 하고 상처를 준 것을 공정하지 못은 행동이라고 생각한 것이다.

　나오코의 고뇌의 핵은 사랑하는 사람의 성(性)을 받아들이지 못하고 죽음에 이르게 했다는 죄악감에 있다. 그 죄악감은 나오코가 와타나베한테 육체적 관계를 갖는 상태에서 몸이 반응하는 것으로 증폭된다. 말하자면 나오코는 자신의 죄를 의식해 오다가 결국 견디지 못하고 '공정'이라는 말로 자신의 도덕적인 의식을 자책하고 있는 것이다. 나오코는 자신의 비뚤어짐을 정당화시키는 식이 아니라 오히려 정반대로 상대방에게 죄악감을 갖고 그 감정에 괴로워하는 것이다.

　또한 나오코는 여전히 기즈키를 사랑하면서 자신이 왜 와타나베에게 안기려고 하는지 또 그의 따뜻한 체온과 위로를 구하면서 와타나베에게는 왜 아무 것도 해줄 수가 없는지에 대한 죄책감을 가지고 있다. 기즈키에 대해서도 여전히 사랑하는 마음이 있으면서 와타나베와의 육체적인 관계를 갖는 것은 그에 대한 배신이라고 생각한다.

　하지만 나오코가 진짜 말하고 싶었던 것은 어느새 와타나베를 강하게 그리고 격렬하게 갈구하게 되었다는 사실이다. 그리고 나오코는 일종의 죄의식을 넘어서 와타나베를 그 누구와도 바꿀 수 없는 소중한 사람이라고 느끼고 있었다. 하지만 와타나베는 "나는 사랑하지도 않았는데 그랬다는 거야?" 하고 나오코의 본심을 이해하지 못하는 행동으로 나오코를 위험한 감정의 벼랑으로 밀게 된 것이다.

　나오코와 와타나베 사이에 아무리 사랑이 존재한다고 해도 나오코 자신이 죄악감을 가지면 연애 관계는 제대로 성립하기 어렵다. 더구나 와타나베가 자신의 세계에 틀어박혀 여성의 심리를 읽을 수 없는 타입의 남성이므로 나오코의 고뇌, 죄악감을 이해하지 못한다. 결국 나오코와 기즈키,

나오코와 와타나베와의 관계는 사랑이 불가능한 연애 관계라고 할 수 있다.

구원이 되는 연애, 와타나베와 레이코

레이코는 나오코의 아미료 룸메이트이다. 레이코는 제자의 동성애 행위로 자신의 성적 취향을 의심하며 정신적으로 혼란스러워져 정상적인 생활을 하지 못하고 남편과 이혼하고 요양원 아미료에 들어왔다. 만일 나오코가 아미료에 들어가지 않았다면 그리고 만일 와타나베가 아미료를 방문하지 않았다면 레이코는 일생 동안 아미료에서 지냈을지도 모른다.

레이코는 결혼 전까지 쭉 처녀였다. 피아니스트가 된다는 자신의 꿈을 이루지 못하고 정신 질환과 싸우며 단순한 생활을 보내고 있었다. 남편과 만나기 전에 한 번도 연애경험이 없는 레이코에게 남편은 첫사랑이었다. 남편의 성실함, 자상함을 의심하지 않고 그와 결혼했다. 만일 그 레즈비언 제자가 나오지 않았더라면 레이코는 자신의 성적 취향을 평생 몰랐을 것이다. 그녀는 그 때까지 경험하지 못한 성적 쾌락을 처음 경험하고 충격에 휩싸인다. 그것은 자신의 남편으로부터는 받을 수 없는 행복감과 만족감이었다. 그것에 의해서 레이코는 스스로 레즈비언인지 아닌지 판단할 수는 없지만 적어도 자신이 남편을 사랑하지 않는다는 사실은 확실히 깨달았다.

레이코는 지금까지 자신의 레즈비언 성향뿐만 아니라 남편을 진짜 사랑하는지에 대해서도 몰랐다. 남편은 '좋은 사람'말수는 적어도 성실하고 마음이 따뜻한 사람'같이 있으면 안 좋은 기억들이 잊히는 사람'이라는 느낌이 들었다. 둘이 있으면 안심이 되고 편안했다. 자신의 남편에 대한 레이코의 평가이다. 남편은 레이코에게 있어서 정신병을 치유해서 감정의 공백을 메워줄 좋은 결혼 상대였지만 그녀 마음에 들어갈 수는 없는 사람이었다. 레이코의 과거나 레즈비언 제자와의 일을 받아들이기는 하지만 정작 남편은 레이코가 정말로 원하는 것을 눈치 채지 못했다.

그 남편을 레이코의 뒤를 쫓아다닌 사람이라고 한다면 레이코는 와타나베의 뒤를 쫓아다닌 사람이라고 할 수 있다. 레이코는 와타나베를 직접 만나기 전에도 그에 대해서 잘 알고 있었다. 레이코는 남자 같이 시원시원한 모습으로 와타나베에게 깊은 인상을 남기고 나이를 뛰어넘는 젊음과 지혜가 있다고 보인다. 첫 대면에서 와타나베는 레이코에게 호감을 가졌다. 레이코도 와타나베에게 깊은 흥미를 갖고 있었다.

본래 아미료에서의 치료의 기본 취지는 서로 도우면서 건강을 되찾는 것이었다. 와타나베가 아미료에 가는 목적은 나오코를 만나는 것과 그녀의 병을 회복시키기 위해 뭐라도 하는 것이었다. 나오코와 와타나베와의 사이에 아무것도 숨기지 않고 전부 말하고 도움을 받는 것은 당연한 일이었다. 하지만 레이코가 첫 대면에서 와타나베에게 자신의 과거를 말한 것, 그리고 자신의 약점을 보인 것은 그녀가 진심으로 와타나베를 원하고 있다는 증거였다. 와타나베가 쓴 편지는 나오코에게 정신적으로 위로를 주는 일이었지만 마찬가지로 그것을 여러 번 읽은 레이코에게도 그것은 위로가 되는 일이었다.

나오코의 장례식이 끝난 후에 레이코는 와타나베를 찾아간다. 그리고 나오코가 죽기 전에 어떤 모습이었는지에 대해서 자세히 설명한다.

나는 맥주를 비워 버렸고 레이코 여사는 두 개피째 담배를 다 피웠다. 고양이가 레이코 여사 무릎 위에서 기지개를 켜고 자세를 바꾸더니 다시 잠들어 버렸다. 레이코 여사는 망설이다가 세 개피째 담배에 불을 붙였다.

"그러고 나서 나오코는 훌쩍훌쩍 울기 시작했어" 하고 레이코 여사는 말했다.

"난 그녀 침대에 걸터앉아 머리를 어루만지면서 걱정 마, 모든 게 잘 될 거야, 하고 말해줬어요. 너처럼 젊고 어여쁜 여자는 남자 품에 안겨 행복해지지 않으면 안 된다고 말이에요. 무더운 밤인데다 나오코가 눈물과 땀으로 범벅이 되어 있어서 나는 얼른 목욕 타월을 들고 나오코의 얼굴과 몸을 닦아 줬어요. 속옷까지 축축해서 벗기고. 이상할 것은 없어요. 우리는 내내 목욕도 같이 했고 나오코는 내 여동생이나 다름없었으니까."

"알고 있습니다. 그건" 하고 나는 말했다.

"안아 주면 좋겠다고 해서 이렇게 더운 데 끌어안느냐고 했더니 마지막이라고 했어요. 그래서 안아 주었지요. 목욕 타월로 몸을 감싸서 끈적이지 않게 해서. 잠시 후 진정이 된 것 같아 땀도 닦아주고. 그리고는 잠옷을 입혀 재웠어요. 잠이 든 척 했을지도 모르지만 어쨌든 잠이 들었어요. 잠든 얼굴이 얼마나 사랑스럽고 예뻤는지 몰라요. 이 세상에 태어나서 상처 한 번 안 받아본 것 같은 청순하고 가련한 얼굴. 그리고 나도 잠이 들었어요. 6시에 눈을 떠보니 나오코는 이미 자리에 없었어요. 잠옷이 내동댕이 쳐져 있고 옷과 운동화, 회중전등만 없어졌더군요. 순간적으로 빨리 찾지 않으면 안 되겠다는 생각이 퍼뜩 들었어요. 회중전등을 갖고 나갔다는 얘기는 아직 컴컴할 때 나간 것이 되니까. 혹시나 하고 책상 위를 살피니 메모지가 있었어요. '옷은 다 레이코 여사에게 드리세요'라는 문구가 눈에

들어왔지요. 나는 급히 밖으로 나가 사람들을 깨워서 나오코를 찾으라고
했어요. 모두들 숙소부터 숲 속까지 샅샅이 뒤졌는데 나오코를 찾기까지
5시간이나 걸렸어요. 나오코는 아주 튼튼한 줄까지 미리 준비해두고 있었
나 보더군요."

레이코 여사는 깊이 한숨을 몰아쉬고 고양이 머리를 쓰다듬었다.

"차 드시겠어요?" 하고 내가 묻자,

"고마워요" 하고 그녀가 대답했다. 나는 주전자에 물을 끓여 차를 넣은
후에 툇마루로 들고 나갔다.

이미 해가 질 무렵이 되어 햇살이 약해지고 나무 그늘이 길게 우리 바로
아래까지 드리워져 있었다. 나는 차를 마시면서 개나리, 진달래, 남천촉
같은 꽃나무들이 아무렇게나 심어진 정원을 바라보고 있었다.

"그리고 얼마 있다가 구급차가 와서 나오코를 실고 갔고 나는 경찰한테
조사를 받았지요. 조사라고 해도 복잡한 것은 아니고 간단한 것이었어요.
유서가 있으니 자살이 확실하다고 생각한 거지요. 게다가 정신병을 앓고
있었으니. 경찰이 돌아가고 나는 바로 와타나베 군한테 전보를 친 거예요."

"쓸쓸한 장례식이었습니다" 하고 나는 말했다. "너무나 조용하고, 사람
도 적었고, 그 집 사람들은 나오코가 죽은 걸 내가 어떻게 알았는지에만
신경 쓰고 있었고요. 아무래도 자살이라는 것을 알리고 싶지 않았던 거겠
지요. 장례식에는 가지 말았어야했나 봅니다. 그 길로 나는 여행을 떠났으
니까요."

나오코에 대한 공통의 추억이 있는 와타나베와 레이코는 같은 마음이
되어 나오코의 죽음을 안타까워한다. 유품으로 남겨진 나오코의 옷을 입

은 레이코는 마치 나오코처럼 다정하고 또 편안했다. 그리고 레이코는 상심한 와타나베를 필사적으로 위로한다.

"이제 그것으로 모든 게 확실해진 것이 아닐까요?"

나는 잘 모르겠다는 듯이 고개를 갸우뚱했다.

"나오코가 죽었으니 모든 게 제자리로 돌아왔다는 말인가요?"

"그게 아니지. 와타나베 군은 나오코가 죽기 전부터 이미 마음이 정해져 있던 게 아니었나요? 미도리와는 헤어질 수 없다고. 나오코가 살아 있든 죽었든 아무 관계없이. 와타나베는 미도리를 선택했고 나오코는 죽음을 선택한 거야. 와타나베도 이젠 어른이니까 자신의 선택에 대해선 확실한 책임감을 가져야 해요. 그렇지 않으면 모든 게 엉망이 되고 말아요."

"그렇지만 나오코를 도저히 잊을 수 없습니다"라고 나는 말했다.

"나는 나오코에게 언제가 되든지 기다리겠다고 했어요. 하지만 나는 기다리지 못한 것이 되네요. 결국 그녀를 내동댕이친 거예요. 누구 때문이 아니지요. 어디까지나 내 스스로의 문제이지요. 물론 나오코를 멀리 하지 않았더라도 결과는 같을지 모릅니다. 하지만 나는 나 스스로를 용서할 수 없어요. 레이코 여사는 그게 자연스러운 마음의 움직임이라고 했지만 나와 나오코의 관계는 그렇게 간단한 것이 아니었어요. 처음부터 생사의 경계선에서 만난 것이 되니까요."

"와타나베 군이 나오코의 죽음에 대해서 뭔가 죄책감을 느끼고 있다면 앞으로 인생을 살아가는 데 그것이 약이 될 수도 있어요. 하지만 그와는 별개로 미도리와 행복해져야 해요. 와타나베의 죄책감은 미도리와는 상관없는 거잖아요? 미도리에게 또다시 상처 준다면 그것은 돌이킬 수 없게 돼요. 그러니 이제 어른스럽게 좀 더 강해질 필요가 있어요. 와타나베군에게 그 말을 하려고 먼 길을 온 거예요. 그 관 같이 무미건조한 전철을 타고 말이에요."

"레이코 여사가 무슨 말을 하려고 하는 지는 잘 알겠어요. 하지만 나는 아직 마음의 준비가 안 되었어요. 정말 쓸쓸한 장례식이었어요. 그런 식으로 죽어서는 안 되지요."

레이코 여사는 손을 뻗어 내 머리를 어루만졌다.

"우리 모두 그렇게 죽는 거야. 나도 와타나베군도."

레이코는 나오코를 잊고 미도리와 행복해질 것을 제안한다. 미도리를 선택했으면서도 마음속에서는 나오코를 돌보지 못한 죄책감에서 헤어 나오지 못하는 와타나베의 마음을 어루만진다.

그리고 두 사람은 쓸쓸했던 장례식 대신에 제대로 된 장례식을 나오코에게 올려 주기로 한다. 와인을 따르고 촛불을 켜고 레이코는 나오코가 좋아했던 곡을 50곡이나 연달아 기타로 연주했다. 그리고 51번째 곡을 연주하면서 만족스럽게 나오코의 장례식을 마감했다. 그리고 레이코는 와타나베에게 두 사람이 하나가 될 것을 제안한다.

이 대목은 보기에 따라서는 너무 돌발적이고 인위적일 수 있으나 한편으로는 지극히 자연스러운 이행이 될 수 있다. 레이코는 나오코의 죽음에 상심하는 와타나베에게 위로와 격려를 아끼지 않고 쓸쓸한 나오코의 장례식에 아쉬워하는 와타나베에게 멋진 장례식을 선사하며 마음을 정리할 수 있도록 도와주었다. 말하자면 나오코 옷을 입은 자신과의 결합으로 와타나베가 새로운 출발을 할 수 있도록 한 것이다. 물론 그것은 그녀가 나오코의 분신으로서 와타나베와 새로운 관계를 맺으려는 것으로도 볼 수 있으며 레이코 역시 나오코 대신에 구제받고자 한 것으로도 해석할 수 있다. 하지만 중요한 것은 그 행위가 와타나베에게는 죽은 나오코에 대한 집착이나 구애의 마음을 제거시키는 기능을 했으며 와타나베로 하여금 나오코의 속박에서 벗어나 삶의 장소로 돌아갈 수 있도록 한 구원의 의식이었다고 할 수 있다.

자기중심적인 연애, 와타나베와 미도리

섬세하고 연약한 나오코와는 달리 미도리는 와타나베로 하여금 삶의 에너지를 느끼게 하는 여성이다. 그녀는 와타나베와 같은 대학에 다니며 〈연극사Ⅱ〉를 같이 수강하는 학생인데 그 등장부터 완전히 다른 타입임을 암시한다.

월요일 10시부터 〈연극사Ⅱ〉의 에우리피데스에 대한 강의가 있었고, 그 강의는 11시 반에 끝났다. 강의가 끝나자 나는 학교에서 10분쯤 거리에 있는 작은 레스토랑까지 걸어가 오믈렛과 샐러드를 먹었다.

번화가에서 떨어져 있는 그 레스토랑의 음식 값은 학생 식당보다 약간 비쌌지만 조용하고 안락할 뿐더러 오믈렛 맛도 좋았다. 무뚝뚝한 부부와 아르바이트하는 젊은 여자, 그렇게 셋이서 일하고 있었다.

내가 창가에 혼자 앉아 식사를 하고 있으려니 한 무리의 학생들이 안으로 들어왔다. 산뜻한 옷차림을 한 그들은 남자가 둘, 여자가 둘이었다.

그들은 입구 쪽 테이블에 앉아 메뉴를 바라보며 한참이나 생각하더니 한 사람이 주문을 모아 아르바이트생한테 전달했다.

그 때 나는 문득 그들 중 여학생 하나가 내 쪽을 흘끔흘끔 보고 있다는 것을 알아차렸다. 머리가 굉장히 짧은 여자였는데 진한 선글라스를 끼고 면으로 된 흰 미니 원피스를 입고 있었다. 그녀의 얼굴이 생소해서 나는 그대로 식사를 계속하고 있었는데 문득 그녀가 자리에서 일어나 내 쪽으로 다가왔다. 그리고는 테이블 끝에 한 쪽 손을 짚고 내 이름을 불렀다.

"와타나베 씨 맞죠?"

나는 얼굴을 들어 다시 한 번 상대방 얼굴을 찬찬히 살폈다. 하지만 아무리 봐도 모르는 얼굴이었다. 그녀는 차림새가 눈에 많이 띄는 스타일이라서 한 번 봤다면 분명히 생각이 났을 것이다. 더구나 내 이름을 알고 있는 사람은 이 대학에 그리 흔하지 않다.

"잠깐 앉아도 될까요? 아니면 올 사람 있나요?"

나는 어리둥절한 상태로 고개를 가로 저었다.

"아니에요. 앉아도 돼요."

그녀는 드르륵 소리를 내며 의자를 끌어 당겨 내 맞은편에 앉더니 선글라스 안쪽에서 나를 빤히 보고는 다시 내 접시 위로 시선을 돌렸다.

"맛있어 보이네요."

"네 맛있어요. 송이버섯 오믈렛과 샐러드."

"다음에는 그걸 먹어야겠어요. 오늘은 이미 다른 것을 주문해서."

"뭘 주문했는데요?"

"마카로니 그라탱."

"그것도 괜찮아요. 그런데 우리가 만난 적이 있나요? 생각이 안 나는데."

"에우리피데스"하고 그녀는 짧게 대답했다.

"엘렉트라. '아니오, 신께서는 불행한 자가 하는 말에는 귀 기울이려 하시지 않는답니다.' 방금 전에 끝난 수업이요."

나는 겨우 그녀의 얼굴을 빤히 보았다. 그녀가 선글라스를 벗자 그제야 겨우 생각났다. 〈연극사Ⅱ〉에서 본 적이 있는 1학년 여자애였다. 다만 머리 스타일이 너무 짧아져서 알아보지 못한 것이었다.

나오코에 비해 미도리의 성격은 상당히 단순하게 그려지고 있다. 밝고 솔직한 성격이다. 뭐 하나 숨기는 것이 없다. 첫 등장도 와타나베에게 먼저 다가가서 아는 체를 하는 적극성을 보인다. 외모 또한 나오코와 정반대다. 짧은 머리에 미니스커트, 선글라스까지 끼고 다닌다. 와타나베는 그 발랄하고 생기 넘치는 후배 미도리와 알고 지내면서 자신도 생활이 점점 바뀌어가는 것을 느낀다.

미도리는 요쓰야 역에서부터 얼마쯤 걸어간 곳에 있는 그녀가 다녔다는 여고 앞으로 나를 데리고 갔다.

요쓰야 역을 지나갈 때 나는 문득 나오코와의 그 끝없는 보행을 떠올렸다.

그리고 보면 모든 것은 이 장소에서 비롯되었다. 만약 그 5월 일요일에 중앙선 전철 안에서 나오코와 우연히 만나지 않았더라면 내 인생은 전혀 다른 식으로 전개되었을 것이다. 아니다. 그때 만나지 않았더라도 같은 결과가 되어 있을 수도 있다. 나와 나오코는 그때 만나도록 되어 있었고 그때 만나지 않았더라도 어딘가에서 반드시 만났을 것이다. 어떤 근거가 있는 것은 아니지만 나한테는 그런 생각이 들었다.

나와 미도리는 공원 벤치에 앉아 그녀가 다녔던 고등학교 건물을 바라보았다.

마음속에는 분명히 나오코가 자리하고 있으면서 이 시점을 계기로 와타나베는 미도리와 만나는 횟수가 늘어간다. 그리고 아무런 거리낌 없이 자기 생각을 얘기하는 씩씩함에 흥미를 느끼기 시작한다. 미도리와 함께 있으면 재미있는 이야기에 와타나베는 맞장구만 치며 있어도 되었다. 미도리한테는 젊은 대학생으로서의 생기발랄함이 가득 넘쳤다. 죽은 기즈키를 가슴속 깊이 품고 사는 나오코에게 느끼지 못하는 삶의 충만함이 미도리에게는 있었다.

우리는 교대로 목욕을 하고 파자마로 갈아입었다. 나는 미도리의 아버지가 몇 번밖에 입지 않은 새것이나 다름없는 파자마를 입었다. 조금 작은 듯했으나 다른 것보다는 나았다. 미도리는 불단이 있는 방에 내 이부자리를 펴 주었다.

"불단 앞인데 무섭지 않아요?" 하고 미도리가 물었다.

"무섭지 않아. 나쁜 짓 한 게 없으니까" 하고 나는 가볍게 웃었다.

"하지만 내가 잠들 때까지 내 옆에서 안아줘요."

"알았어."

나는 미도리의 작은 침대 한 쪽에 누워 그녀를 끌어안고 있었다. 몇 번이나 침대 밑으로 굴러 떨어질 뻔하였다. 미도리는 내 가슴에 코를 묻고 손을 내 허리에 감고 있었다. 나는 오른손으로 그녀의 등을 감싸고 왼손으로 침대 틀을 잡고 떨어지지 않게 받치고 있었다. 분위기가 전혀 달아오를 상황은 아니었다. 내 코앞엔 머리가 있었고 그 짧게 자른 머리카락이 내 코를 간지럽혔다.

"무슨 말이든 해 주세요" 하고 미도리가 내 가슴에 얼굴을 묻은 채 말했다.

"무슨 말?"

"무슨 말이든 좋아요. 기분이 좋아질 수 있는 거면."

"너무 사랑스러워."

"미도리" 하고 그녀가 말했다. "이름을 불러 주세요."

"너무 사랑스러워, 미도리" 하고 나는 다시 한 번 말했다.

"너무라니 얼만큼을 말하나요?"

"산이 무너져 바다가 다 메워질 만큼."

나오코와 계속 편지를 주고받으며 사랑을 확인하면서도 와타나베는 나오코를 사랑하는 감정과는 또 다른 감정으로 미도리를 사랑하게 되었다. 나오코는 물론 사랑하지만 나오코의 사랑은 와타나베 쪽을 향해 있지 않았다. 그 공허함과 쓸쓸함을 사랑스러운 미도리가 채워준다.

미도리와 와타나베의 관계는 순수한 연애의 정열보다는 본질적으로 자기애가 강한 사람들끼리 타인과의 관계를 만드는 형태로 볼 수 있다.

미도리가 바라는 '완벽한 사랑'은 자기의 제멋대로인 부분을 전부 만족시키는 것이다. 예를 들면 딸기 생크림 케이크나 치즈 케이크, 상대방이 보내준 것을 차례차례 내다버리는 것으로 상대방의 희생이나 인내의 양을 눈에 보이는 형태로 확인하려고 하는 식으로 말이다. 그것은 자신을 위해서 베풀어준 봉사의 양이기도 하다. 애정의 대체물로 요구된 봉사에 지나지 않을지라도 제멋대로인 성격이 그러한 것처럼 봉사만큼 애정과 비슷한 것도 없다. 말하자면 미도리의 제멋대로인 성격은 상대방의 애정을 확인하기 위한 하나의 수단이라고 할 수 있다.

부모로부터 받은 사랑이 그다지 없다보니 그녀는 항상 사랑에 굶주려 있는 상태였다. 그녀가 생각하는 '완벽한 사랑'을 누군가한테 충분히 받아 본다면 그녀 역시 상대방을 제대로 사랑할 수 있다고 생각한다. 그래서 그녀가 생각하는 '완벽한 사랑'을 만족시켜 준다면 상대방은 누구라도 좋았다. 하지만 남녀는 그러한 부분을 서로 상대방에게 구한다. 미도리의 노래 '아무것도 아니다'의 가사에는 '당신을 위해 스튜를 만들고 싶은데 내게는 냄비가 없네. 당신을 위해서 머플러를 뜨고 싶은데 내게는 털실이 없네. 당신을 위해서 시를 쓰고 싶은데 내게는 펜이 없네'라고 나온다. 상대방에게 주려고 하지만 실상은 아무것도 줄 수 없다는 미도리의 말투와, 나오코에게 쓴 편지에서 서로 너무 모르다보니 서로에 대해 알기까지 시간이 걸려 아무것도 해줄 수 없다고 한 와타나베의 말투는 비슷하다. 미도리와 와타나베는 본질적으로 같은 유형의 인간이다.

와타나베에게 있어서 미도리가 좋아지는 이유는 두 사람이 본질적으로 같은 유형의 인간일 뿐만 아니라 미도리가 자신이 추구하는 것을 명백히 밝히고 정정당당하게 자신의 욕망을 표현하는 용기를 지니고 있기 때문이다. 그녀의 예의 없는 말투나 행동이 자기의 세계에만 틀어박혀 있는 와타나베를 강하게, 그리고 거절할 수 없는 힘으로, 생동감 있게 끌어들이는 것이다. 그 끌어들이는 힘의 본질은 바로 '자기가 무엇을 생각하고 무엇을 느끼고 어떻게 행동하는지 밖에 흥미를 갖지 않는' 그녀와 그의 성격이다. 와타나베가 어떤 일에 헤매거나 상처를 받는 것은 그 자신이 아직 자신의 본질을 제대로 인정하고 있지 않기 때문이다.

미도리와 와타나베는 본질적으로 자기중심적인 사람이므로 미도리에 대한 와타나베의 애정은 기즈키와 나오코를 잃은 후에 자신의 기분을 말할 상대가 없어지고 가슴 한 가운데 뻥 뚫린 허망한 공간을 채우기 위한 것으로 생각할 수 있다.

삶과 죽음, 그리고 사랑

이 ≪노르웨이의 숲≫은 무라카미 하루키라는 작가를 일약 대스타로 만든 히트작이다. 대학에 막 들어간 와타나베와 자살한 친구 기즈키의 연인 나오코와 우연히 만나 주말마다 데이트를 하면서 와타나베는 점차 나오코에게 매력을 느끼지만 나오코는 마음의 병을 앓고 있다. 같은 대학의 동급생 미도리, 기숙사에서 기묘한 우정을 주고받는 선배 나가사와, 그 연인 하쓰미, 그리고 교토의 산속의 요양원에서 나오코를 보살피는 레이코, 무라카미 작품 속에서는 달리 그 예가 없을 정도로 현실적이고 사실적인 필치로 그려진 '보통의 연애 소설'이다.

하지만 '보통'이라는 것은 다른 무라카미 하루키의 소설과 비교했을 때의 평가가 되고, 전개되는 소설의 세계는 '보통'이 아니며 엄밀하게 말하면 그것은 '연애소설'조차 아닐 수 있다. 여기에서 주로 얘기되는 것은 연애와는 정반대의 죽음이다. 이만큼 죽음의 농후한 그림자가 전체를 뒤덮고 있는 작품도 흔치 않다. 소설의 전체적인 톤은 음울하고 싸늘하다. 무라카미 하루키는 마치 신들린 듯이 집요하게 죽음에 대해서 얘기하며 죽은 자의 목소리를 매개로 한다. 또한 이 작품에는 유례없이 성에 관련된 묘사가 많지만 그것조차 삶의 기쁨을 구가한다기보다 죽음의 그림자에서 필사적으로 도망치려고 하는 등장인물들의 몸부림처럼 생각된다.

'죽음은 삶의 반대편에 있는 것이 아니라 그 일부로서 존재한다'는 것이 주인공 와타나베의 기본적인 인식이다. 그리고 그것은 이 소설을 관통하고 있는 절대적인 주제이기도 하다. 우리는 모두 매일 조금씩 죽어가고 있다. 그런 죽음이 필연적으로 삶의 일부인 세계에서 계속 살아간다는 것은 어떤 의미일까. 주인공 와타나베는 필사적으로 삶을 영위하려고 몸부림친다.

> "나는 이제까지 17살이나 18살인 채로만 살고 싶었다. 하지만 지금은 그렇지 않아. 나는 더 이상 10대의 어린 소년이 아니야. 나는 이제 책임감이라는 것을 느껴. 그러니까 기즈키, 나는 너랑 함께 했던 때의 내가 아니야. 나는 이제 20살이 되었어. 그리고 나는 계속 살기 위해서 그 대가를 치르지 않으면 안 돼."

스무 살이 된 와타나베는 죽은 친구 기즈키를 향해서 말하는 식으로 혼자 읊조린다. 죽음의 유혹을 떨치고 살아가기로 했다고. 하지만 와타나베는 연인 나오코가 앓고 있는 마음의 병을 치유할 수 없었다. 나오코는 어느 여름날 숲 속에서 목을 매서 죽음을 맞이한다. 와타나베는 더욱 깊숙이 죽음의 세계로 이끌려가게 된다. 죽음을 삶의 일부로서 숙명적으로 안고 가면서도 계속 살아가려고 애쓴다는 것의 구체적인 의미는 무엇일까.

> "어떠한 진리를 가지고 생각해도 사랑하는 사람을 잃었을 때의 슬픔을

치유할 수는 없어. 그 어떤 진리도 그 어떤 성실함도 그 어떤 강인함도 그 어떤 상냥함도 그 슬픔을 치유할 수는 없어. 우리는 슬픔을 이기고 거기에서부터 무언가 배울 수밖에 없고 그렇게 해서 배운 무언가도 다음에 올 예기치 못한 슬픔에 대해서는 아무런 도움이 안 된다는 사실이야."

이 말은 죽음의 세계에서 들려오는 끊임없는 부름 소리와 그럼에도 불구하고 그 장소에 멈춘 채 계속 살아가고자 마음을 굳게 먹는 자아 사이에서 갈등한다는 의미일 것이다.

"너와 달리 나는 살아가기로 마음먹었고, 나답게 제대로 살아가려고 결심했어. 너도 힘들었겠지만 나 또한 힘들어."

나오코가 죽자 레이코는 오히려 요양원에서 나와 새롭게 살아가려고 결심한다. 그리고 그런 마음으로 도쿄로 온 레이코와 와타나베가 마음을 같이 한 것은 그 삶에 대한 결심을 뒷받침할 필요가 있었기 때문이다. 죽음은 삶의 일부로서 피하기 어려운 곳에 존재한다. 하지만 다르게 말하면 삶은 죽음을 내포하면서도 항상 거기에 존재한다. 비록 그것이 절망적인 소모전이든 후퇴전이든 우리는 죽음의 부름에 맞서 싸우지 않으면 안 된다.

그런데 이 소설은 무거운 주제임에도 불구하고 결코 씁쓸한 느낌으로 끝나지는 않는다. 오히려 삶에 대한 희구가 강하게 남는다. 그것은 미도리라는 등장인물이 상징하는 삶의 힘 때문일 것이다. 그녀의 존재 자체가 이 소설에 살아있는 증거인 피를 통하게 한다고 해도 과언이 아니다. 미도리는 이 소설에서 유일하게 구제가 되는 존재이다. 죽음이라는 숨 막히는 주제를 이렇게까지 많은 사람이 읽을 수 있도록 한 것은 작가의 등장인물에 대한 구성방법이 뛰어나기 때문이다.

우화적인 줄거리나 공상적인 등장인물, 환상적인 장치를 구사하면서 리얼한 이야기를 엮어가는 무라카미 하루키의 소설 계보에 있어서 ≪노르웨이의 숲≫은 어떤 의미에서는 이질적인 작품이라고 할 수 있는데 그만큼 무라카미 하루키의 세계관은 삶과 죽음에 대한 사생관이 직선적으로 나타나며 그 속을 사랑이라는 주제가 관통한다고 할 수 있다. 이 소설은 한바탕 울고도 끝나지 않는 슬픔이 이 세상 모든 남녀의 사랑에는 존재한다는 사실을 가르쳐준다.

| 찾아보기

【ㄱ】

【ㅈ】

일본 문학, 사랑을 꽃피우다 _ 일본 연애 문학사

초판인쇄 2017년 10월 23일
초판발행 2017년 11월 01일

저   자 정순분
발 행 인 윤석현
책임편집 안지윤
발 행 처 도서출판 박문사
주   소 서울시 도봉구 우이천로 353 성주빌딩 3F
전   화 (02) 992-3253(대)
전   송 (02) 991-1285
전자우편 bakmunsa@hanmail.net
홈페이지 http://jnc.jncbms.co.kr
등록번호 제2009-11호

ⓒ 정순분, 2017. Printed in KOREA.

ISBN 979-11-87425-51-9 03830   정가 22,000원